许元强 著

陶都纪事

The Record in Capital of Ceramics

续

文汇出版社

序

    自 2006 年我的第一部新闻作品选集《陶都纪事》由文汇出版社出版以来，匆匆十年又过去了。十年来，我又有约千篇新闻报道面世。近来我翻阅这些陈年旧月的稿件时，突然有风云激荡、海阔天空、新意盎然之感，由此产生了将它们结集出版的念头，不论是为社会留下有用史料、为后生留传专业经验，或是为自己留下生活印记。

    《陶都纪事（续）》是我的第二部新闻作品选集，我挑选了 145 篇有历史记录价值、有新闻专业价值的稿件。按照新闻业务最常用的分类法，分为消息、通讯、评论观察、业务研究四大部分，每一部分按时间顺序排列。近几年，作为媒体特邀评读员，写了一些评读文章，其中也体现了我的某些新闻观点，所以选择几篇放进了"业务研究"部分。

    真实是新闻的生命，也是这部书的生命。本书的稿件都是本人亲自采访的，故能保证其新闻事实之真实，故能产生其历史记录和档案保存之价值。该书可作为历史、档案、图书机构的藏书，亦可作为新闻从业者、新闻院校学生以及业余通讯员的辅助教材或参考读物。

    新闻记者不单单是一个职业，更是一项事业，是值得全身心奋斗的事业。自 1983 年 9 月进入无锡日报社以来，我的新闻记者职业生涯已经 33 年了，总共采写过数千篇、300 多万字的新闻稿。在这部续集中，我附上了自己各个时期的照片，尤其是增加了与亲友、同事、同学、老师、学生的合影。因为有他们的支持，事业才能精彩；有他们的陪伴，人生才不孤单。在当记者以前，我还当过兵、上过大学、做过教师，都给我留下了难忘的记忆，所以我借这本集子，将我的几张老照片也放上去了，聊作历史背景，从中可以窥略本人的人生轨迹和岁月雕痕。

我还要借此序言，向帮助过我的人以及与我合作写过稿的同仁和通讯员们表示诚挚的敬意和衷心的感谢。

　　路曼曼其修远兮，吾将上下而求索。近日我常常回忆起创办无锡日报宜兴记者站的经过，以及从事新闻记者最初的时光。那个岁月设施简陋、条件艰苦，任务艰巨，可是我收获的是对新闻事业的激情、对社会光明的追求和对人生美好的向往。我将这段回忆放在本书最后以为"代跋"。

　　是为序。

2016 年 8 月于江苏宜兴

目　录

序

消　息

通 讯

评论与观察

业务研究

无锡日报宜兴记者站的创办经过（代跋）

消息

"茶园结义"意打全国品牌

唐代"茶仙"卢仝诗赞宜兴茶曰："天子未尝阳羡茶，百草不敢先开花。"眼下正值春茶开采的黄金时间，"阳羡茶"到底在哪里？多次到宜兴的品茶人、买茶人都会问起这个问题，因为这个"牌子"到处都在用，可是始终没有一个合法的"阳羡茶"商标。幸运的是，记者昨天终于在宜兴发现了一只茶叶盒上面醒目地印制着"阳羡茶"商标！

据宜兴市茶叶协会介绍，这个商标是由该市11个规模茶场共同申请注册的，他们"茶园结义"，摒弃了"各自为战"，联手出招，以"阳羡茶"作为共同商标进入市场，全力打响宜兴茶叶在全国的"大品牌"。

现代农业在一定程度上可以说是品牌农业。宜兴古称阳羡，是我国传统的产茶基地，其得天独厚的地理条件和数千年传承的茶叶制作工艺，使阳羡茶名扬四海，到唐代成为皇宫"天子"的贡茶。宜兴茶古时"品牌"之响亮是毋庸怀疑的；而现今的宜兴拥有茶园面积7.5万亩，年产干茶6500多吨，是全省最大的商品茶生产基地，不过茶产业却面临着一个十分尴尬的局面：作为一个"茶叶大市"，却没有一个像"西湖龙井""福建乌龙""台湾铁观音"这样在全国打得响的"大品牌"。宜兴的200多家茶场竟有100多个注册商标，虽然各自在国内外的名优茶评比中屡屡"摘金夺银"，但是在茶叶市场竞争白热化的时代，宜兴多而分散的茶叶品牌，成了在夹缝中间生存的"小品牌"，处于市场的边缘地位，而"同室操戈"的本地茶商间的无序竞争更使宜兴茶卖不出价钱。这些因素成为拖住宜兴市茶产业发展壮大的"后腿"。

今年春茶采摘前夕，经历了茶叶市场竞争严峻考验的宜兴茶农开始认识到：要抢夺更多市场份额，宜兴茶产业就必须整合资金、品牌、人力等各项资源，走规模化、标准化经营之路。他们尤其认识到"品牌"之生死攻关，一部分最先觉悟的茶农多次聚首召开"诸葛亮会"，其中有 11 个规模茶场欣然"茶园结义"，共同注册了"阳羡茶"商标。由宜兴茶叶协会牵头，茶场采取"加盟"形式，在生产、加工、产品质量上，统一执行"阳羡雪芽""善卷春月""竹海金茗"三种茶类的标准，包装设计统一实行"阳羡茶＋企业商标"这一"母子商标"的管理模式，共同打造"阳羡茶"大品牌。

（2006 年 7 月）

参加全国新闻干部培训班与新华社社长穆青等合影（1990 年 5 月）

"玩火"烧出稀世壶

  陶都宜兴出了一桩新鲜事，一位不出名的紫砂艺人烧出了一把百年难得的"窑变"壶。

  记者昨日在蔡伟萍家看到了这件稀世之宝。这是一把粗看没什么特别的朱红色紫砂壶，但是当你看到它的一侧壶身时，就会惊讶得合不拢嘴：这里有一个微微突出的苹果似的圆形，颜色比壶体更深，上面有无数类似毛孔的小洞，整个造形和颜色看上去就像一轮朝阳从海平面上冉冉升起。业内人士都清楚：蔡伟萍烧出"宝"来了！苏州一位著名古董收藏家见到此壶后惊喜地说："这种紫砂壶在古代典籍上曾有记载，我寻找了半辈子没有找到。此壶虽为今人所制，却与典籍记载描述几无差别，真是一把人造而'天成'的作品，百年难得啊！"这位收藏家将此壶取名为"日出"。另有一些收藏家得闻此事，纷纷开出"天价"欲购此壶。

  "窑变"是一种具有悠久传统、比较少见的陶瓷烧成方式，称为"火的艺术"。它利用窑内火势和温度的变化，作用于不同的陶瓷原料，使陶瓷坯体变幻出千奇百怪的艺术效果。纯自然的"窑变"不是由人事先设计的，也不是人所能控制的，正如窑工们常说："她光着身子进窑，经过1000多度火焰的历练，没有人知道她出窑时会是什么模样。""窑变"艺术品是"天成"之作，成功的少之又少，堪称陶瓷艺术中的极品。蔡伟萍透露"日出"壶的细节：先将一小块朱砂矿石在800度的火中炙烤，磨碎后糅进上等朱泥，做好的茶壶再放进1140度的火窑中烧成。

  "玩火"痴心不改也许是蔡伟萍"出宝"的秘诀。今年42岁的蔡伟萍过去是一位优秀窑工，于名于利十分低调。他曾经在一家陶瓷厂烧过17年窑，曾烧过方窑、隧道窑、推板窑、燃气窑、电气窑等等，长年在烈火跟前炼就了一双"火眼金睛"，能根据火焰的颜色，用肉眼"测量"出它温度，

1000多度中误差不超过10度。烧窑的业余时间他喜欢玩玩书画和钻研壶艺。他从事紫砂创作后，进步很快，壶艺作品深受中国台湾、东南亚等地客商和收藏家的青睐。他最喜欢的是仿古造型，最执着的是"窑变"艺术。"窑变"总是失败多而成功少，他对艺术十分纯情，总把失败的和不完美的作品敲碎，长年累月残片堆成了"小山"。虽然他的执着使金钱收入少了很多，但是他痴心不改，总是期待着自己一生中会有那么一天，在火焰中得到一件"传世之宝"。他今天果然得到了！

　　蔡伟萍无比兴奋地说："我没料到这一炉会出这么一只壶。但是我一直坚信，老天爷看到我烧了无数炉窑，一定会给我一个赏赐！"

（2006 年 7 月 3 日）

废矿惊变"后工业遗址公园"

    昨日记者来到宜兴市丁蜀镇，看到两座犬牙交错的挖废山，山体泥石裸露，高处变成悬崖，低处变成湖泊，好不凄惨！可是，有一处地方却让记者发出一声惊叹：在两座山中间，出现了一个绿草如茵、树木葱茏的大广场，中间有喷泉和大型紫砂人物雕塑群。当地人说，这是已经开工建设的"丁山后工业遗址公园"。这个遗址公园总面积121公顷，包括青龙山后工业遗址园、黄龙山紫砂文化园、古龙窑文化园和青龙河生态园，总投资将达3亿元。

    丁蜀镇上的这两座小山，一座叫青龙山，一座叫黄龙山。山不在高，有仙则名，这两座山远近闻名，靠的是独特的宝藏。青龙山是青石山，其石头是制造高档水泥的上好原料，过去这里的水泥厂就是用这里的石头造出了全国闻名的"青龙牌"水泥。黄龙山更是出产紫砂土的名山，紫砂工艺品蜚声海内外，源头就在此地。古往今来，丁山人靠开挖这两座山吃饭，所以，丁山人称这两座山是"母亲山"。祖祖辈辈的丁山人靠"母亲山"繁衍生息，享誉中外的陶都在山脚下建筑而成。可是如今山已不山，水亦不水，风吹黄沙漫天，下雨黄泥流向镇区，被破坏的生态环境成了人们心中难愈的痛楚。建设"和谐社会"的春风吹来时，丁蜀镇委、镇政府决定创作一个"异想天开"的故事，从去年起，一个化腐朽为神奇的工程，就从这里开始了。在艺术氛围中生长的丁山人显然充满想象力，他们就像精心设计一把紫砂壶一样设计出一个后工业遗址公园。设计师说："我们要利用遗留的信息，组成美观的元素，以延续这种场地的古老记忆；再用现代造园手法，将现有的挖废地形重新整合，开辟一个全新的生态系统。"

    这是一个变废为宝的佳话。由于多年开采，青龙山上怪石嶙峋，悬崖绝壁；山间挖出的深深的大坑，已积聚幽幽的山涧水，把它利用起来，宛若可以荡桨其上的天然清水湖泊。山边的水泥厂已经搬迁，但是没有拆掉。因为这个停产的大型水泥厂庞大的身躯、高大的烟囱、列阵的车间、开阔的料场、遗弃的码头等等，仿佛一个不用发掘的遗址，这可是"踏破铁鞋无觅处，得来全不费功夫"的了解后工业历史的宝贵场所。丁蜀镇政府已投资 2000 多万元进行了环山复绿，以逐步形成一个绿荫满山、涧水淙淙的休憩、参观游览胜地。黄龙山上还将建设紫砂文化景观、下沉岩生态园、湿地生态水景、地景艺术馆、图书馆、少年宫等等景观。青龙山和黄龙山之间将架设游览天桥，将二者连为一体。

据有关专家论证说："这将是国内独树一帜的遗址公园。"目前，青龙山矿区已全面停采，黄龙山矿区也已封矿。遗址公园入口处的"紫砂之源"文化广场已经建成。丁蜀镇委负责人说：过去对矿山过度开采造成了对生态系统的破坏，废弃的矿山成了城镇一块难看的疮疤。丁蜀人民有环保意识、有创新头脑，他们变废为宝，化腐朽为神奇，将废弃矿山变成城中公园，将这个空气和流水的"污染源"改造成城镇的"绿肺"，创造一个全新的生态系统。我们还要将青龙山、黄龙山建设成国内外著名的工业遗址旅游胜地。

（2006 年 7 月 9 日）

“瓦盆”变“金盆”

宜兴成为全国最大花盆产地

中国工艺美术大师徐汉棠近日花 55 万元，向上海一收藏家买回了他过去设计制作的 150 件小小的紫砂“掌中盆”，当年只是因为要吃饱肚子就用它们换了一些粮票。更为稀奇的是，徐汉棠前脚一买回来，后脚就有台湾客商出价 150 万元议购，可是这一回徐汉棠再也不卖了，因为宜兴紫砂花盆正在成为一种新的工艺品门类，像紫砂茶壶一样身价扶摇直上。记者日前到丁蜀镇看到，这里车来船往，一派热闹景象，各种花盆产品运往全国各地，还远销美国、日本、新加坡、德国、澳大利亚等等，制作花盆亦已成为当地农民致富的“金盆”。

据宜兴市陶瓷行业协会花盆分会会长周占群先生介绍，宜兴紫砂花盆具有得天独厚的特质，它透气性好，栽花成活率高，而且它的装饰性给人以素雅高洁的感觉，这是其他陶瓷品种所不能及的，所以深受人们的喜爱。陶都已经形成了一个庞大的花盆产业，据初步统计，目前有 2 万人从事这个行业，设计制作 20 个系列 1 万多个品种的花盆，今年销售可达 7 亿元，直升为排列在宜兴紫砂壶之后的陶瓷大门类第二位。宜兴已成为全国最大的紫砂花盆生产基地。

花盆由昔日的“丑小鸭”变成了今日的“美天鹅”。走进丁蜀镇美术陶瓷耐火厂，记者看到一位技术人员正在设计一批新型的花盆，他对记者说：过去紫砂花盆用的是下等的泥料，被人称作“瓦盆”，造型简陋，品种单一，线条轮廓都比较粗放，更不讲究盆面的装饰，所以是很不值钱的陶瓷品种，好一点的几元钱一只，差的一元钱可以买一打。时代在前进，宜兴人抓住市场机遇，在传统的基础上进行创新。现在的花盆确实今非昔比，用的泥料与紫砂壶泥料同样品质，还要请工艺美术师设计造型，请名家在盆面上刻字绘画。陶都出现了一批花盆设计专家和制作名人，实际上，紫砂花盆已经从单纯的实用品走向了实用与工艺美术相结合的产品，所以现在的花盆数十元、数百元一只很平常，用于高档盆景的高档花盆以及用于收藏的工艺花盆价位高达数万元。

宜兴花盆行情的飞涨，源自国内市场的复兴，而国内市场的复兴来自于人民生活水平的提高。由于养花的人多了，文化品味高的人多了，宜兴花盆的价格就跟着水涨船高。紫砂花盆市场日渐升温，产品供不应求，做花盆已经成为农民脱贫致富奔小康的好行当，加入紫砂花盆分会的会员超过 150 个，其中不乏年产花盆百万元和千万元的农村企业和作坊。今年花盆分会举办了一次厂商联谊会，全国各地的花盆经销商云集宜兴，3 天就成交了 2000 多万元。丁蜀镇芳溪村等好几个村已经成为花盆专业村。这些村的农村剩余劳动力全部得到转移，从事花盆产业的农民收入颇丰，做花盆的职工人均收入比 3 年前翻了一番。

（2006 年 10 月 8 日）

宜兴均陶再创辉煌

在日前举行的全国陶艺评比中，宜兴均陶工艺有限公司李守才先生设计制作的"凤戏牡丹瓶"获得了全国均陶产品的唯一金奖。记者同时获悉，该公司今年的产品销售量比2年前增长了30%，社会上收藏均陶工艺品的热潮正在兴起，而原先离开均陶公司的一些工艺人员，也正在返回公司创业。这一切现象表明，作为陶都宜兴"五朵金花"之一的均陶正在走向新的辉煌。

前几年，由于企业体制问题和市场行情的关系，宜兴均陶一度处于低谷。但是宜兴均陶公司没有放弃希望，他们坚持"传承与创新结合，古朴与时尚相映"的方针，在自己的领域里不断开拓创新，艰难地前进。为使古老的均陶工艺不失传，均陶公司对传统工艺采取保护措施，每一种工艺都有传承人，例如蜚声中外的堆花艺术，就有2个工作室，均有高级工艺美术师传带年轻一代艺人，目前在这个领域已有40多名艺人，其中半数以上是中青年骨干。

继承传统不是墨守成规，均陶公司在成功实行新体制的基础上，致力于创新开发。他们先后开发出了金属釉、仿铁锈釉等20多种新一代釉水，使所生产的艺术品呈现出既现代又古朴的色泽。他们积极开拓国际市场，通过调研欧美市场的需求，改变以圆形为主的造型，增加了不规则造型等许多新造型，还开发出适合外国人野外烧烤的陶瓷炭炉。均陶产品远渡重洋出口已达20多个国家和地区，今年可出口花盆（瓶）、园林陈设、酒坛等等50多万件（套），比3年前翻了一番。均陶园林陶、陈设陶产品年产量达250万件（套），建筑陶发展突飞猛进，年产量达700多万件（套）。这些产品不仅有艳丽的外观装饰性，更具有经久坚固的实用性，属装饰亭榭、楼阁、宾馆、别墅的中国传统经典产品，博得了建筑设计巨匠及大师们的推崇，并被建设部推荐为小康住宅优先产品。

如今宜兴均陶名声大振，北京中南海、英国大不列颠博物馆等收藏了宜兴均陶园林陶台、均釉瓶等工艺品；毛主席纪念堂、北京民族文化宫、武汉黄鹤楼、中国驻日本大使馆、中国驻坦桑尼亚大使馆等著名建筑用上了"金龙牌"均陶琉璃瓦。

（2006 年 11 月 7 日）

与无锡日报社同事登黄山（1995 年 7 月 22 日）

村庄体育龙腾虎跃

农民追求健康快乐涌热潮

昨日记者在宜兴市张渚镇善卷村领略了山村的体育热浪：数百名满脸喜悦的农民活跃在新建的3面标准篮球场、2套有着单双杠等健身设备的健身路径、乒乓球室和棋牌室里，村民们在运动场上你追我赶，充满了幸福感，这一景象给这个著名的山村增添了龙腾虎跃的祥瑞之势，村干部说："农民解决了温饱后，现在追求的是生活质量和健康长寿啦！"

据宜兴市体育局统计，至2006年底，全市261个行政村，村村都建有标准篮球场和乒乓球活动室，90%以上的村有棋牌室，还建造了120个健身路径。去年宜兴市被授予江苏省"万村建体育健身工程先进单位"、江苏省"体育工作考核先进单位"，并获得无锡市"全民健身运动优秀组织奖"。

村民不再是"日出而作，日落而息"，他们寻求健康和快乐。宜兴市各镇积极为农民创造体育运动的条件，目前各个镇园和学校均配备了国民体质测定仪器，全市建立了一支拥有900人的体育指导员队伍，举办了40多次全民健身科普讲座。全市在镇村设立了500多个公园式的晨晚活动点，每天有10万多人次参加跳舞、跑步、散步等晨晚活动，享受过去只有城里人才能享受的生活。各个村党支部和村委会顺应民意，千方百计为村民创造条件，经济条件好的村会在运动场地、器材和规模方面向更高层次发展，经济条件差的也会因地制宜、克服困难办体育，鲸塘镇烟山村是个经济薄弱村，村委会拿不出多少钱来，村民们就集资建造了一个标准篮球场，现在这个球场每天欢声笑语，成了村民的乐园。群众体育对村风村貌的建设发挥了巨大的影响力，张渚镇许多村干部深有体会地说："多一面篮球场，就少几个赌场；体质增强了，社会安定了。"

各镇村形成了多种多样的特色体育运动。周铁镇农民风筝队成了全国闻名的队伍，其自己制作的巨龙风筝长达1800米，在国际风筝比赛中获奖，该镇最近举办的江苏省风筝比赛，吸引了各大市的 18 个代表队参赛，宜兴参赛队获得了多项冠军；张渚镇举办了江苏省武术散打比赛，成绩名列前茅；宜兴信鸽协会参与全国联翔比赛，获得南北三地总冠军。老年人体育活动也形成了热潮，各镇园均成立了老年体育协会，261 个村全部建立了老年体育活动小组。该市去年举办的老年运动会，历时 5 个月，有田径、篮球、乒乓球、门球、桥牌、钓鱼等 11 个项目，万余人次参赛。

（2007 年 1 月）

陶都纪事（续）

三省交界"第一商城"风貌初显

阳春四月，山花盛开，宜兴到处生机勃勃。尤为令人瞩目的是，这里的商流、物流、人流，千车万船川流，八方商贾云集；风景区景色如画，游客如潮——三省交界处的"第一商城"已初显风貌。

与浙江、安徽两省交界的宜兴，充分发挥区域位置和交通条件的优势，努力打造三省交界处的工商、物流、旅游"第一城"，为宜兴的新腾飞再添新动力。今年一季度，宜兴市商贸服务业又取得了骄人的业绩：服务业增加值完成 43.5 亿元，同比增长 18.92%，占该市 GDP 的 36.1%；流通应税销售完成 77 亿元，同比增长 100%；市场成交额完成 44 亿元，同比增长 23.28%；社会消费品零售总额完成 43.3 亿元，同比增长 15.4%。

商贸兴则城市兴。宜兴市委、市政府不断加大商贸服务业的后劲投入，大力调整流通业态，积极化解制约因素，商贸服务业呈现出持续繁荣景象，逐步成为三省交界处的"第一商城"。去年该市商贸业取得了服务业增加值、社会消费品零售总额、流通应税销售收入、市场成交额、服务业利用外资、接待中外游客等六个方面的历史性突破。社会消费品零售总额位居全省县（市）第三位。今年该市将再向商贸服务业投入资金 25 亿元。

市场是一个商城的重要载体，宜兴依托区域特色和产业基础，促进市场建设突飞猛进，目前的市场年成交额可达 200 亿元。该市大力培育规模化龙头市场，出现了融达汽车建材物流集聚区、环保产业集聚区、陶瓷产业集聚区以及石材市场集聚区等"十亿级"以上的专业市场，这几个大市场的年成交额今年即可超 100 亿元。该市还引进了大润发、农工商、乐购等国内外著名品牌大型超市。今年以来，该市着力培育年成交额超 50 亿元的大市场，推进中国陶都陶瓷城、宜兴国际环保交易城、长桥河休闲步行街、华地物流配送中心等重点项目建设，同时开展资本运作，推动重点商贸企业上市的步伐。

现代物流业是宜兴商贸业的一支新军。正在紧锣密鼓建设的城西物流园区、规模浩大的新港多用途码头、应有尽有的农产品物流配送中心以及即将开工的中国宜兴金融城、中国电缆城的物流配套中心，展示了宜兴商贸流通新构架的现代化精神。

作为太湖风景区的重要旅游城市，宜兴市坚持以旅兴商、以商促旅。去年接待中外游客达到了 378 万人次，旅游总收入首破 40 亿元大关，双双创历史新高。今年一开年，该市就以阳羡生态旅游区建设为突破口，投入了玉女潭景区综合开发、张公洞景区和善卷洞景区规划改造、竹海公园三期开发建设、竹海四星级休闲度假宾馆、六里春农业观光园启动建设等一系列重点旅游项目建设，以将宜兴建设成为三省交界处一颗璀璨的旅游明珠。

（2007 年 4 月）

陶都纪事（续）

九旬老翁圆了一个梦

　　长住和桥镇敬老院的陈仕林老人今年90高寿了。他一直有个梦想，就是在九十大寿时，请一家锡剧团到自己家乡钟溪村来演一场戏，一来庆贺自己寿辰，二来让乡亲们都欢聚一起，享受文化娱乐生活。

　　这个梦想终于在今年"五一"实现了，他的儿子陈洪生从常州市请来了小燕子锡剧团。那天钟溪村新浇好的水泥篮球场上人山人海，精彩的演出引发了阵阵掌声。村民们在享受演出后，都夸陈仕林好福气，夸他的儿子、儿媳有孝心，致富不忘家乡人。

　　为圆老人这个梦想，很多人都助了一臂之力。陈仕林家原来比较穷，20年前儿子陈洪生自筹资金办厂，经过10多年的奋斗，终于摆脱了贫困，过上了小康生活。陈氏父子俩都是锡剧迷，平时都能有板有眼地唱上几句。老人的梦想儿子和儿媳十分清楚，也十分赞同，他们决定为老人圆这个梦想。在陈仕林生日来临之际，陈洪生亲自驾车到常州邀请小燕子锡剧团，剧团一听说这是九旬老人的心愿时，都十分感动，也十分高兴来演出，可是演员食宿难安排。这时，钟溪村党支部书记何志中说："剧团到村里演戏，是丰富村民的文化生活，食宿问题由我们来解决。"他立即安排村里的篮球场作为演出场地。

　　小燕子锡剧团的演出受到了村民的热烈欢迎，一连演了6天。剧目有《郭志义拜寿》《婆媳情》《半夜夫妻》《状元与乞丐》等等。陈洪生每天驾车陪同父母回钟溪村看戏，双亲心花怒放，村民更是又欢喜又感激，他们说："剧院票价高，想看戏买不起票，现在陈厂长出钱为我们做了一桩好事。"一些老人说："到镇上看戏路太远，年岁大了跑不动，这送上门来的戏，越看越欢喜啊！"陈仕林老人天天开心得眼睛眯成一条缝，说："我的九十岁生日能为大家带来快乐，就是我最大的快乐，这就是我的梦啊！"

（2007 年 5 月 9 日）

考察江阴港（1983 年冬）

"金丰玉米"甜了农民心

昨天是宜兴市金丰农产品有限公司收购玉米的第一天。记者在现场看到，农民们从丰收的地里掰下玉米，一车一车地运往公司；公司里的职工迅速将玉米剥壳后送进加工机，制成标准玉米棒和玉米浆，经过包装后再由卡车运出销往各地——仿佛赶节一般的热闹，喜悦溢满田头和车间。农民们说："自从加入了玉米合作社，我们不愁种、不愁销，年年收入有提高。'金丰玉米'甜了我们的心啊！"

虽然种玉米比种稻麦一年一亩可多收入上千元，但过去宜兴种玉米的农户却很少，因为他们既没有技术，又没有销路。2003年，宜兴市金丰农产品有限公司总经理周建伟发起成立了宜城街道玉米种植合作社，将农民组织起来种植和加工玉米，通过充分发挥合作社的功能，实现农民共同富裕。4年来，已有450户农民正式加入了玉米合作社，带动了10多个乡镇的3000多农户加入种植队伍，种植面积达4000余亩，年加工销售玉米棒1000多吨，解决了6000余人的劳动就业问题，使合作社社员每年种植收入总额达250万元。

宜城街道玉米种植合作社确立的是"合作社＋公司＋基地＋农户"的发展模式，以合作社为中心，以龙头加工企业为核心，将原来零星种植的农户组织起来，再通过土地的自愿合理调整，实施连片种植。合作社内部实行"五个统一"：即统一品种、统一施肥、统一治虫、统一管理、统一销售。玉米种植技术原先一直被许多农户视为畏途，于是合作社每年组织多次集中培训，4年来合作社开展专业技术培训200余次，请专家田间指导1500余人次，为社员低价提供种子，为贫困农户免费提供种子。现在大部分农民都掌握了种植玉米的关键技术，亩产年年攀新高。为了解决农户担心玉米"卖不出"的烦恼，合作社包收了农户的玉米，利用集体的力量，展开销售攻势，与江苏、浙江、上海的一些大饭店和大超市建立了直销关系，一年可销售 6000 多万元，其中上海一年销 300 多吨，宜兴的饭店每天消费 1 吨。

　　该玉米合作社还努力打出自己"金丰玉米"的品牌，积极开展质量认证，并且成功制定了无锡市地方行业标准，今年已申报省级行业标准。宜兴市金丰农产品有限公司已发展成为江苏省龙头加工企业，"金丰"牌玉米棒已被评为无锡市和江苏省名牌产品，该社还建立了"风险共担，利益均沾"的分配机制，农民的种植和加工收益一年比一年好，今年预计农民种植一亩的净收入可达 1900—2100 元，比去年增长 25%，而一旦遇到自然灾害和市场波动时，合作社可以凭借"船大不怕浪"的优势帮助农户减少损失，渡过难关。

（2007 年 7 月 9 日）

年产十亿竹制品　"竹海"不少一根竹

张渚山农尽享"环境友好"工业之福

　　张渚当今最为红火的要数竹制品行业了。昨日记者在该镇的茫茫"竹海"中看到，江苏森茂竹木业有限公司等 12 家竹木加工厂个个开足马力，百船千车满载着各种型号的竹地板、竹窗帘以及竹制工艺品开向四面八方。山村的农民和企业的职工虽然满头大汗，却个个笑容满面。镇长骆永辉自豪地介绍道："我镇目前一年能生产竹木制品十亿元，已成为全国重要的竹木业加工基地。"记者对此十分惊叹，可是又担心地询问道："这对竹海森林资源能不产生破坏吗？"他笑着说："我们的竹海非但没少一根竹，而且每年都在扩大呢！"

　　年产十亿竹制品，"竹海"毫发未损，这是张渚人民创造的一个奇迹。张渚镇党委和政府近年来在经济发展中确立了环境优先的战略，关闭了近 200 家破坏山林资源和居住环境的矿山宕口及企业。同时，大力发展"环境友好型"的新型企业。近年来，由于森林资源日益贫乏，"以竹代木"成为国际流行趋势，也是我国政府鼓励的农产品加工方向，发展竹制品加工业无疑是一个朝阳产业。张渚是有名的"竹海"，有竹木山林 15 万亩，因此，利用毛竹资源发展经济是该镇的优势之一，他们抓住这个极好的机遇，大力发展竹木加工业，目前从业人员已达 2500 人，竹农 3 年来收入增长了近一倍。竹制品除了国内畅销外，还远销欧美、韩、日、东南亚等国家和地区。

　　在发展"环境友好型"竹木加工业的过程中，该镇确立了"不少一根竹"的原则，采取了有力措施保护资源提高森林覆盖率：根据毛竹的生长周期和规律，对竹林的砍伐量下达科学的限制指标，对超伐者依法惩处不手软；要求农户做好现有承包毛竹山林的护园、扩园作业；采取奖励措施，鼓励农户开荒发展新竹园。近几年来，"竹海"非但没有减少一根毛竹，蓄竹量反而每年以 10% 的速度递增，森林覆盖率得到了相应的提高，也带动了旅游业发展。

张渚目前的竹制品企业一年需要毛竹200万担,限制毛竹的砍伐,毛竹加工企业的生产会不会变成"无米之炊"?张渚人的回答是否定的。原来,张渚人眼光瞄向了更大的毛竹产区,福建、湖南、贵州、江西、安徽等地有着更为丰富的毛竹资源,但是由于经济条件相对落后,农副产品加工业不发达,毛竹只用做建筑工地的跳板和烧饭的柴火,深加工几乎为零,造成国家森林资源大量的浪费,农民也不能从中得到实惠。张渚镇的竹制品加工企业纷纷走向这些毛竹产地,与当地政府及农户建立友好合作关系,使5个省成了张渚的原料供应基地,而张渚也成为这5个省的加工基地,带动了当地经济的开发。那么,这是否会影响当地竹资源的保护呢?回答也是否定的,因为毛竹的再生能力是树木的十倍,加上张渚的加工业带来毛竹价格的明显上涨,当地农民从中获得了不少实惠,种竹积极性空前提高,因此几年来当地的蓄竹量非但没有减少,而且每年都在大量增加。

（2007 年 7 月 11 日）

陶都纪事（续）

瓜农要办"西瓜节"！

在日前宜兴的一次农业科技活动中，记者遇到这么一个浙江台州人，他 40 岁左右，胖乎乎、黑乎乎的，是一个在大浦种西瓜的农民，可是他说出话来却语惊四座："我要办一个西瓜节！"此言一出，赢得在场众人一片喝彩。

这个瓜农叫叶人营，曾在宜兴做了多年药品推销生意，掘得了第一桶金。去年一个偶然的机会，他看到了新农村建设的广阔前景，感受到了现代高效农业的无比威力，也看到了其中巨大的商机。凭借浙江人特有的商业头脑和说干就干的胆略，他联合自己的兄弟姐妹 7 人，在宜兴大浦承包了 200 亩土地。他决定先从种西瓜着手，再开展多种经营。种什么西瓜？当然是既甜又大的啦！他听说中国西瓜专家中唯一的"两院"院士在新疆，就通过关系向他取经，并向他要到了"8424"西瓜种苗。他加入了宜兴农业科技协会，向专家求教种瓜要领。他在宜兴种瓜得到了多方面的帮助，因此他总是感激地说："宜兴地方好，宜兴人更好。"一滴汗水一分收获，他的西瓜丰收了，由于他的种子特别纯，所以西瓜特别甜，水分特别多，卖得可俏了。他估计，今年第一年，兄弟姐妹每人可得 2 万元，明年每人可得 5 万元。

"办西瓜节不是吹牛，是一件我们能做到的事！"叶人营踌躇满志地说。他向记者透露了"西瓜节"的初步设想：在西瓜收获季节，向全国西瓜产业的有关专家、商家、农家发出邀请；在西瓜节上展示最新的品种，召开品尝会；举行西瓜科技研讨会、西瓜流通互助会和西瓜新品交流会；组建一个全国性的西瓜行业联盟组织；请著名演员来西瓜节上表演一场丰富多彩的文艺节目，让邀请来的嘉宾和当地农民享受一次文化大餐。"兴许中央电视台也会来现场直播啊！"他信心百倍地说。

"我们浙江农民胆子大，会包飞机去全世界做小买卖。种田的也一样，我们冬天可以到广东种水果，夏天马上就可以到东北种大豆。没有什么是我们不敢想的，没有哪里是我们不敢去的。我现在的劣势是规模还太小，形不成大气候。当前我最想要的是土地，起码 500 亩，最好 1000 亩，连成一片，形成规模优势，取得规模效应。我相信，有政府和大家的支持，我一定能将西瓜节办成功，让宜兴西瓜的名气在全国打响，让农民兄弟都受益。"

（2007 年 8 月 6 日）

陶都纪事（续）

农民"本本族"创业打先锋

宜兴市近日又有1300多名种养殖专业户经过系统培训，取得了绿色证书，加入了"本本族"，他们手捧"本本"兴奋地说："政府出钱，我们上学，学到技术，大家致富。真是太好了！"该市今年加快了现代农民教育培训的步伐，举办各类培训班400多期，已培训农村劳动力近20000人，实现农村富余劳动力就业15000多人。近几年来，该市累计转移农村劳动力就业60000人。

宜兴市委、市政府将培训作为提高农民文化素质、职业技能的有效途径，以及加快农村劳动力转移、促进农民增收的有效手段，专门设立了现代农民教育培训办公室，每年从市财政中支出培训费400多万元，以让更多的农民得到免费培训。该市着力建立了市与镇配套、培训基地与公司企业衔接的农民就业服务网络平台，近两年着重开展了职业技能培训、星火科技培训、绿色证书培训、农机系列培训、残疾人培训、困难群体培训等教育培训活动，组织农民进课堂、学知识、长技能，并鼓励和扶持有能力、有愿望的农民自主创业。

有了权威部门颁发的"本本"，表明宜兴农民素质提高了；有了"本本"，农民就业有了依据和保障。绝大多数接受培训的农民实现了转移或转岗就业，收入比未接受技能培训前普遍高出许多。今年的绿色证书培训和星火科技培训是两大热门。公告一出，农民报名者甚众，该市投入50万元资金，挑选100名有中、高级技术职称的农技人员组成讲师团，组织编印教材。在周铁、官林等地举办了粮油种植、水产养殖、蔬菜种植、畜禽养殖等30多期培训班，农民专业户经培训后，懂得了现代农业的真缔，树立了新的种植和养殖观，掌握了先进的耕作技术。作为替新型工业培训"后备军"的星火培训，该市每年从市科技经费中列支15万元重点支持星火培训工作，目前已建立了 11 个星火课堂，其中有 2 个为国家级星火课堂。今年举办各类星火科技培训班 30 多期，培训农民企业家、星火带头人、农民致富实用技术人员近 2000 人，这些取得"本本"的农民，将成为建设现代化新农村的中坚力量。

（2007 年 8 月）

采访原文化部部长、著名作家王蒙（2005 年 11 月）

"东方蓝宝石"在创新炉火中"重生"

濒临失传的"东方蓝宝石"——宜兴青瓷，终于在炉火中"重生"了。昨日记者在宜兴市金帆青瓷有限公司看到了新出窑的一批青瓷工艺品：有复旧的传统工艺品"蟹篓""济公瓶""葫芦瓶"等等，也有创新设计的"福娃""窑变情侣""佛手"等上百个品种，令人目不暇接。这些青瓷工艺品青中泛蓝，冰清玉洁，高贵典雅，美轮美奂。曾做过多年青瓷产品的总经理谈志坚十分动情地说："当年看到青瓷的衰亡，我流过伤心的眼泪；今天青瓷复生了，我感到无比的自豪！"

宜兴青瓷是中国陶瓷的一朵奇葩，它与景德镇的瓷器、与宜兴陶瓷其他品种都不一样，有着不可替代的特质。宜兴青瓷有着悠久而辉煌的历史，它起源于商周时期，唐代为皇家御品，从宋代开始衰落，到新中国成立初期，宜兴青瓷几近失传。1963年青瓷再次试制成功。由于宜兴青瓷"清水出芙蓉，天然去雕饰"的高雅风格，它入选到中南海紫光阁，并被作为国家礼品赠送朝鲜金日成主席、日本中曾根康弘首相等许多外国政要。上世纪80年代，宜兴青瓷出现了空前的繁荣，创新设计百花齐放，各类工艺美术陈设瓷达1000多个品种。"碧玉"牌青瓷荣获国际博览会银奖和国家技术进步技术革新成果奖。这是青瓷继唐代以后的第二个"繁荣盛世"。从20世纪90年代中期起，宜兴青瓷走下坡路，唯一的生产厂家宜兴青瓷厂于1998年宣告破产，窑炉都被拆除或改作其他用途了，从此宜兴青瓷走上了衰亡之路。

"不能让祖国的优秀传统工艺品失传！"人们对青瓷的逝去十分痛心，全国轻工学会和清华大学工艺美术学院的一批著名陶瓷专家都对宜兴青瓷的衰亡十分焦急，多次来宜兴表示希望看到青瓷生产的恢复。原宜兴青瓷厂厂长谈志坚和一批工艺技术人员对青瓷的复生一直没有丧失信心，他们从今年初起开始组建民营企业金帆青瓷有限公司，收购已经破败的旧青瓷厂，请来老一辈工艺技术人员，并从景德镇陶瓷学院招聘了一批大学毕业生，成立了青瓷研究所，打响了宜兴青瓷的复生之仗。可是由于青瓷是各类陶瓷中工艺和技术最复杂的一种，而且属群体作业，环环相扣，造型设计、釉水配制、窑炉烧成等环节中只要一道出问题，就前功尽弃。在青瓷的生产组织和技术人员已经解散十年的情况下，宜兴青瓷的复生不是一件轻而易举的事。他们确立了"让青瓷在技术、艺术的创新中复活"的理念，不断研究釉水配方，摸索烧成温度。一次烧成失败了，就开一次技术攻关会，制订新的试制方案，然后重新制作坯样，重新点火烧窑。就这样，他们在试制中投入了200多万元资金，度过了100多个不眠之夜，失败了20多窑，终于取得了成功的一窑！经行家鉴定，新出窑的青瓷，已经完全达标，甚至有些方面还超过了过去的水平。宜兴青瓷"复生"的喜讯一传出去，金帆青瓷公司就门庭若市，第一批1600元一套的"七仙女"被一个外地客户订去了100套；3000—5000元一只的青瓷瓶、篓等工艺品更是客户争抢的爱物。

（2007 年 9 月）

少男少女看戏来了"感觉"

"戏曲演出多年不见的热烈场面又回来了！"宜兴锡剧团的一位老演员9月15日晚看过戏曲表演后，感慨万端。记者发现，宜兴市人民剧院座无虚席，其中有一半是青年人和学生。这与以前观众几乎是清一色的"白头翁"相比，完全判若两个时代；每一个节目都伴随着经久不息的掌声和欢呼声，很多年轻人主动上台向戏曲演员献花，他们像追捧流行歌星一样追捧着自己的戏曲偶像。宜兴这次请来演出的有著名京剧表演艺术家李炳淑、朱文虎，著名越剧表演艺术家孟莉英、金采凤、赵志刚，还有小品演员王木瓜等等。

一位学生模样的女孩子说："我多年来一直是流行音乐和流行歌手的'粉丝'，不过时间长了，也不知怎么就产生腻味了。过去我总觉得戏曲节奏慢、情节旧，离我们年轻人太远，最近试着听了一些京剧和锡剧，发觉里面有许多说不出的意味，情深意长，婉转反复，感觉好极了，我已经学会了锡剧《双推磨》的唱段，也许我就要成为戏曲明星的'粉丝'了。"这位女生的感觉是有代表性的，这天晚上戏曲演员在宜兴受青年们的热捧，就是极好的明证。原计划每个演员唱一至两首曲子的，但是由于场面热烈，演员们深受感动，每个人都唱了三曲才下得了场。曾在京剧《龙江颂》中扮演江水英的著名京剧表演艺术家李炳淑演唱了《手捧宝书》后，又应观众的要求连续唱了《苏三起解》等传统曲目，她高兴地说："我看到宜兴人很爱听京剧，而且听说宜兴有许多票友团，我越唱越高兴啊！"有"越剧王子"美誉的赵志刚在演唱了《沙漠王子》后，又被热情的观众欢呼着演唱了锡剧《珍珠塔》等等。他掩饰不住激动的心情说："我在宜兴有许多朋友和票友，每次到宜兴就像到了自己的家。宜兴人对戏曲的热爱、对中国博大精深的文化的深刻理解，都让人十分敬佩。特别是培养年轻一代对戏曲的兴趣爱好方面，宜兴是卓有成效的。"

这场演出的联系人是宜兴红梅阁餐馆的李红梅经理，她曾是个锡剧演员，看到那么多观众喜爱戏曲，特别是来了那么多青年学生，她满心欢喜地说："我们要让年轻人了解戏曲，让戏曲走进学校，走进年轻一代的心中，让中华民族的优秀文化艺术发扬光大。"

（2007 年 9 月 17 日）

"寻亲大姐"用"尖端武器"

官林镇"寻亲大姐"吕顺芳昨日坐在家中一台电脑前，双手飞快地打着字，在她自己的 QQ 群内与全国各地的寻亲者交流信息。她还打开了"吕大姐寻亲网"，上面的栏目有寻亲信息、寻亲感言、寻亲资讯、寻亲交流、寻亲图片等等。记者看到上面记有 100 个上海孤儿、54 个无锡孤儿寻找家人的信息，还有全国各地上千个孤儿的信息，都有很高的点击率。真不敢相信，这个 57 岁的农村妇女，竟然用上了现代化的"新式武器"。

面对着桌子上一大摞四面八方寄来的信件、房间里几大箱寻亲资料和一台整天响个不停的电话机，用电脑寻亲真可谓是"新式武器"了。吕顺芳 7 年来接待了来自内蒙古、陕西、河南、河北、山东等 14 个省市的 3000 多名寻亲者，苦心收集和整理他们的姓名、相貌、血型、特征等信息，还有他们的文字、照片、录像带等资料，现在都能在网上发布，极大地提高了寻亲成功率。已经为 150 多名孤儿找到了亲人的吕顺芳，最近努力走上用现代化手段寻亲的新路，她苦学"十八般武艺"，除了学会了七八种方言外，还学会了使用电脑，每天夜里苦练打字，现在能同时与 2 个人进行网上交流呢！

除了"新式武器"，吕顺芳还有一件"尖端武器"——寻亲基因库！她最近与中科院联合建立了我国第一个寻亲基因库。过去认亲的手段比较原始，主要靠长相、体貌特征、字条等。现在只要接收寻亲者的 DNA 样本，进行样本分析后再录入专门的数据库中，计算机便会把寻亲者染色体中的 16 个位点与数据库中每个人的 16 个位点进行比对，如果这 16 个位点都完全吻合，那么这位寻亲者就找到了亲人。这种鉴定的准确率高达 100%。吕大姐认真地对记者说："今年获得'全国道德模范'提名奖，受到胡锦涛总书记接见后，我感到社会责任更重了。全国还有 50 万个孤儿在寻找亲人，相信有了寻亲基因库，一定会出现新的奇迹。"

（2007 年 11 月 15 日）

采访国家女篮主力队员卞兰（2007 年 1 月 27 日）

太华为保水源挥手告别种稻史

记者昨日看到太华镇农民们将新收成的稻米一担一担挑进家门，写在他们脸上的，既有依依恋情，又有跃跃激情，因为这是他们收成的最后一季稻米，此后，太华人祖祖辈辈耕种的 6000 亩水稻田，将全部改造成旱作物田。他们挥手告别种稻历史，是为了保护横山水库水源，让百万宜兴人民永远喝上清洁的水。

太华镇在宜兴西南部山区，紧靠横山水库上游。横山水库是国家大型水库，库容量达 1 亿多立方米。宜兴市近几年来投资近 10 亿元，将优质清洁的横山水库水送给各个乡镇的人民饮用，从此库里的水就成了宜兴百万人民的"生命之水"。在水库的上游，有太华的重重大山，还有 6000 亩水稻田。在这些水稻田里，每年要施 500 吨化肥，要打 10 多吨农药，它们不可避免地要随水流进横山水库，严重影响水库的水质。

"百万人民的吃水是天大的事！"太华镇党委、镇政府今年在科学发展观的指引下，毅然决定将 6000 亩稻田"水改旱"，由于改种经济林、用材林和其他旱田经济作物，基本不用农药和化肥，可以根除农业对横山水库的污染。宜兴市委、市政府对这一战略性的转变给予充分肯定和大力支持。但是，对于一直种水稻的农民来说，要根本改变他们的种植传统和习惯是一件不容易的事，镇党委和镇政府开展了广泛的宣传教育活动，终使农民们深明大义，顾全大局，3500 户种稻的农民全部与镇政府签订了"水改旱"的合同。

农民们逐步明白过来，这是一件既保护横山水库水质，又促进太华发展的双赢之计。太华山区种植水稻管理难、成本高、效益低，而实施水改旱后，就能将这些田地变成开发现代农业的"宝地"。太华镇政府科学规划这些水稻田的重新种植，最近引进了外来工商资本，将在 1800 亩稻田上创办一个大型苗木种植基地，大批农民可以转移到苗圃来工作。又用 1000 亩水库边的稻田做成围护湿地，种植有经济价值的植物，以自然生态来净化水质。因开发被征地的农民都得到了足额补偿。农民们自己算了一笔账后惊喜地发现：他们今后的收入可以大大超过水稻种植，从此将走上更加富裕的小康之路。

在彻底截断农业污染的同时，太华镇打响了对工业污染、地质污染、生活污染的全面截污治污战斗。记者从太华驱车来到横山水库，看到群山环抱的水面明净如镜，清澈见鱼。最近环保监测结果表明，横山水库的水质又有了明显提高，百万宜兴人民将喝上更加洁净的水。

（2007 年 11 月 30 日）

远大理想铸就打工新星

宜兴有这么一位年轻的外来民工，不管干活多么繁忙劳累，他每天必看《无锡日报》《宜兴日报》和中央电视台《新闻联播》。记者昨日与他交谈时，他饶有兴趣地谈论了近日国内外重大的时事政治，特别是对近日胡锦涛主席出访日本的过程和意义了如指掌，说来头头是道，颇有见地。他就是今年 26 岁的杨军，陕西省商洛人，在宜兴打工 6 年，现任宜兴市太平洋集装箱配件有限公司工段长，2005 年被评为无锡市"十佳外来务工人员"，2006 年被评为无锡市劳动模范，去年光荣地加入中国共产党，成为新市民中的一颗明星。

"我来打工不光是为了求个吃饱穿暖，我同当地青年一样，也有远大的理想和抱负，我要为了第二故乡的现代化建设贡献自己的青春年华和聪明才智，迎来一个光辉灿烂的明天。"杨军是一个积极要求上进的好工人，他的老家经济困难，除留必需的生活费外，他要将剩余的收入全部寄往家中。就在这样的情况下，他还总要挤一点钱买书，每天工作后看书到深夜 12 点，充实自己的政治和业务知识，提高自己的思想水平。他经常用专业书中的理论知识来指导自己的实际工作，并制定出很多切实可行的生产工艺、操作规程来指导其他气割工。他积极动脑筋降本节能，原来切割气体用到一定量时，钢瓶里剩余的一小部分因压力不够而用不尽，造成浪费。杨军向公司建议把多个钢瓶串联起来，提高气压，尽可能用完剩余的切割气，这一改革使企业节省了一笔不小的成本。他还经常利用自己学到的安全知识指导气割工段一班人，气割工段从未发生过重大安全事故。

"企业就是我的家"，杨军虽然是一名外来务工人员，但是他一直把自己看成是工厂的主人，把企业当成是自己的家。有一次家中来信说，四面漏风的土坯房随时有倒塌的危险，公司董事长知道这一情况后，给杨军预支了全年工资，叫他回家盖好房后，再回公司安心上班。当时正逢公司扩能扩产，新招的工人都在等待培训上岗，他觉得在这关键时刻说什么也不能因"小家"而影响公司的发展。因此，杨军把钱寄回去，和父母说明情况，拜托姑夫操心建房，自己留下来继续工作，这一高尚的职业情操受到全公司员工的赞扬。杨军不断被提拔，成为一名干部，他管的事情多了，管的人多了，为此有时一天要工作十几个小时，班上有员工身体不适不能上班，杨军还要顶班工作。杨军说："公司发展壮大，也是我们外来务工人员的光荣。"每到春节，杨军总是主动留下来值班，让别人回家过年。杨军在工作中的出色表现得到了人们的普遍赞扬，也得到党组织的高度信任，去年他光荣地加入了中国共产党。

（2008 年 5 月 12 日）

陶都纪事（续）

小戏 "大篷车" 开到农家门

昨天夜幕降临时，几辆"大篷车"满载舞台道具和演员开进了湖㳇镇大东村，小山村的露天场地上数千村民，欢声如潮。"我们山里人，多少年也不会到城里看一场演出，今天政府把这么好看的戏曲、歌舞免费送到我们家门口来演，真是让我们无比享受啊！"演出一结束，村民们兴奋地说。从年初起，宜兴市的"大篷车"已经开进30多个村庄，有15万农民饱享了文化美餐。

"看戏了！"村民们欣喜若狂，奔走相告，每场演出都有四五千观众。"大篷车"式的送戏下乡活动，使广大的农民群众在家门口享受到先进文化的乐趣，活跃农村的精神文化生活。宜兴市委、市政府对此高度重视，今年年初专门进行了"文化进村"的部署，作为今年文化大发展、大繁荣的一桩要事，宜兴市领导亲自出席"大篷车"进村启动仪式。各村镇企业踊跃出资赞助演出，村民委员会积极提供良好的演出场地。

"大篷车"把文化送到农家门口，把欢乐带给了村民；农民在饱享"文化美餐"的同时，也吃到了"精神美餐"，激励了构建和谐社会和建设社会主义新农村的热情。宜兴市锡剧团创作演出的小品《小事大闹》反映了农村建立和谐的邻里关系的曲折过程；《王来生"敲竹杠"》再现了农村征地拆迁过程中，政府是如何"以人为本"、处理经济社会发展与保证农民切身利益之间的矛盾关系；群口快板《环境保护就是好》等一批创作节目，则将当今时代发展的新气象，巧妙地以群众喜闻乐见的形式表现了出来。每场演出掌声雷动，笑声满村。每当"大篷车"演完回家时，演员们都会激情难平地议论："下乡演出虽然又累又挣不到钱，但是想想能给村民们带去这么多欢乐，就觉得值得。"

农民欢迎"大篷车"，还因为农民不光是看戏，还能参加演戏。宜兴市锡剧团、文化馆创作和排练了一批反映农村生活、农民新事的优秀节目，派出演出小分队进村，各个村镇也相应地组织农民文艺爱好者排练具有本地特色的节目，与市里下来的节目同台演出，气氛非常活跃。在四川汶川大地震发生后，该市文化局演出小分队和有关村镇文艺骨干及时创作和赶排了以抗震救灾为内容的节目，观众无不为之动容。"大篷车"在演出中还临时设立了"情系灾民"捐款箱，最近在丁蜀镇双桥村演出时，农民观众纷纷上前捐款，一次就募捐到6万多元救灾款。他们说："这一次我们当了主角！"

（2008 年 5 月 23 日）

著名画家范保文先生来访无锡日报宜兴记者站（2007 年 4 月）

编织新一代陶艺人的"摇篮"

学生成为陶艺界新军

江苏省宜兴丁蜀职业高级中学的工艺美术专业毕业生成为抢手人才，有许多陶瓷重点企业到该校展开毕业生"争夺战"。最近几年中，该校已为陶都输送近千名陶艺新秀，有效缓解了陶艺人才需求紧张的局面，成为陶都发展的一支新生力量。

作为中国的陶都，宜兴陶瓷行业近几年进入了快速发展的黄金时期，陶艺界每年需要大量有文化、懂专业、有手艺的青年陶艺专业人才，而宜兴显现出"青黄不接"的人才断层危机。宜兴市政府对此高度重视，责成宜兴市陶瓷界、教育界以及社会各界承担起培养新一代陶艺人才的历史使命。

宜兴市陶瓷行业协会每年初都制订人才培训的计划，与各个陶瓷企业联合举办培训班，请清华大学美术学院等高等院校的专家教授前来讲课，介绍国际国内陶瓷发展的新动向、新科技、新艺术；举办国际陶艺研讨会，让青年一代陶艺人有更多的机会与国际陶艺界接触；每年组织杰出的青年陶艺家到外地办展览，拓展他们的视野，提高他们的知名度；宜兴陶协每年都与中国宜兴陶瓷博物馆联合举办"陶艺新人新作大赛"，为他们搭建一个展示才华的平台；近三年来，协会与有关学校和组织先后举办了80多期短期培训，涉及陶瓷各个专业，近6000人次接受了培训。

陶艺新人的学习培训需要一个基地，该市将丁蜀职业高中建设成为培养陶艺新人的主要基地。学校投巨资创办了陶艺专业（后改名为工艺美术专业），现已成为江苏省示范专业。积极贯彻"艺术的生命在于创新"的思想，以继承和弘扬陶文化为宗旨，以最具地方特色的紫砂、均陶纯手工实践为基础，逐步开设美陶、彩陶、精陶等纯手工实践课程，引导学生将素描、色彩、图案、国画、书法、电脑平面设计、陶瓷造型等专业知识与技能糅合起来，使学生的设计创作实现了在传统造型基础上的创新。

　　"学生军"成为宜兴陶艺界的一支新军。近年来，丁蜀职高工艺美术专业的师生们应邀设计创作了江阴华西村农民公园的 56 平方米大型壁画、宜兴龙背山森林公园 100 多平方米的巨型壁画、宜兴长桥的 50 平方米大型长幅壁画《阳羡故人览胜》等大型力作。许多学生在省市各级技能大赛中屡获佳绩，毕业生吴国春作品获第四届中国工艺美术大师精品博览会金奖，夏立作品"福禄寿之星""富贵金蟾""弥勒系列"分别在国际国内博览会获金奖，范泽峰陶艺作品《情深深》荣获中国名茶博览会、中国紫砂艺术精品展金奖。有的毕业生自办陶瓷企业，成为拥有数百万资产的民营企业家，为宜兴陶瓷行业的持续繁荣打下了基础。

　　该市创办了江苏省中小学陶艺培训中心，承接全省乃至全国中小学的陶艺培训，目前正在创建国家级技能型紧缺人才培训基地。该中心先后培训本地和外地的中小学陶艺师资 300 多人，为宜兴乃至全省中小学纯手工陶艺课程的开设奠定了基础。培训中心业已成为国内外陶艺培训的知名基地，德国 BBZ 职教专家来此参观后，非常欣赏地说："看了你们的学校，改变了我们对中国职业陶艺教育的看法，你们做得太好了！"日本爱知县常滑高校陶艺交流代表团当即表示要把该中心的经验带回日本去。

（2008 年 6 月）

89 岁农民老妈申请入党

"我强烈要求加入中国共产党。这是我 60 多年来的一桩心愿！"昨天，宜兴市和桥镇闸口村 89 岁的老妈妈陈荣娣十分郑重地向村党总支递交了她的入党申请书。

记者得悉此事，立即驱车来到陈荣娣家。陈荣娣老妈妈正满面笑容地同满堂的子女们交谈，他的儿子邓铜山将军也从北京赶回来了。邓铜山原任中国人民解放军空军政治部副主任，现任中华慈善总会副会长。他说："我妈妈在旧社会是个穷苦人，没上过学，不会写字。今天她口述，我替她执笔写了入党申请书。看到她这么强烈要求入党，我们都感动得流泪。我的妈妈是一位伟大的母亲！"

陈荣娣是我国第一代全国劳模邓槐银的妻子。邓槐银在解放初期时，因合作社办得好，曾受到毛泽东、周恩来、宋庆龄等党和国家领导人的接见。而陈荣娣一直在背后默默无闻地当着一个好妻子、好妈妈、好农民的角色。其实她早在抗日战争、解放战争时期就是拥军模范，那时她同丈夫一道，扛过枪、放过哨，为新四军做饭、纳鞋底、护理伤病员。在敌军追杀宜兴地下县委书记、后任全国妇联副主席的徐敏时，不顾个人安危，毅然在家中掩护徐敏脱险。可是，她从来不以"功臣"自居。

上世纪 50 年代，农业互助合作化时，她响应党的号召，全力支持丈夫创办合作社，将抚养 6 个儿子 1 个女儿的重担一肩挑，使丈夫大获成功，成为全国知名的劳动模范。当丈夫一次又一次到北京出席先进表彰大会时，她将在家中带好孩子、种好田视为对党、对国家、对丈夫最大的支持。

"我在 60 多年前就下过决心，一定要成为一名光荣的共产党人。"陈荣娣有崇高的信仰、坚定的信念，她从来没有停止过对党的追求。她曾经带领全村妇女参加集体劳动，并且获得过"县劳动模范"称号。"文革"

期间，她的丈夫遭到迫害，全家生活极度困难，但是她仍然教育全家人要始终相信党、忠于党。在改革开放和建设和谐社会年代里，她和丈夫虽然年事已高，但是他们仍然一同为党做了许多力所能及的工作，汶川大地震后，她还支持丈夫交特别党费、向灾区人民捐款。

她曾经有过两次入党的机会。一次是在解放初期，村里有一个入党名额，大家都推举她，但是在她那当大队党支部书记的丈夫劝说下，她将这个名额让给了别人。另一次是在"文革"前夕，她成为预备党员，可是不久村里党组织被"打倒"了，她的"入党梦"也随之破灭。

如今她全家有 14 名党员，步入高龄的她感到非常欣慰。丈夫邓槐银在一年多前去世了，家中少了一名党员，这使她入党的愿望更加迫切。在今年"七一"到来之际，她委托子女，十分郑重地向镇、村党组织提出申请。她对记者说："我一定要加入中国共产党，不管还能做多少天党员，我一定会尽职尽力，为党的事业奋斗终身！"

（2008 年 7 月 1 日）

借奥运东风打"宜兴品牌"

宜兴方圆紫砂工艺厂的一批大师级工艺美术家昨日启程到北京，与北京奥组委有关部门一道开展为奥运加油的活动，他们将用自己的双手和才智，向盛会贡献出一批奥运会高级紫砂收藏品、礼品和纪念品。宜兴企业界正涌动着为奥运加油的非凡热潮，也希望借着奥运东风打响"宜兴牌"。

"我为奥运添光彩，奥运为我打品牌"成为宜兴企业界追求的目标。他们说："2008 北京奥运会是全世界的一件盛事，作为东道主的中国人民，应该全力为奥运作出自己的贡献。我们虽然距离北京千万里，但是我们要用自己的方式为奥运加油。"他们积极加入奥运建设工程和物资供应，国家体育场、首都国际机场扩建工程航站楼、北京南站、中央电视台新大楼等等奥运重点工程，都留下了他们的足迹和汗水；奥运会的礼品"家族"中到处可以见到陶都宜兴能工巧匠的杰作；北京、天津、上海、沈阳和青岛等 5 个奥运比赛城市将吃上宜兴农民种出来的优质大米和食油。宜兴人自豪地说："奥运会的重要设施中，都架构和渗透着'宜兴元素'。"据不完全统计，到目前为止，宜兴的企业已经成功揽得了数十亿元的"奥运生意"。

北京奥运会成为宜兴企业优化发展的一次机遇。为了给奥运会提供最先进和优质的产品，宜兴的企业使出浑身解数，自主创新的热情空前高涨。宜兴国豪生物环保公司自主研发出一种高速发酵有机垃圾处理机，可在一定时间内分解有机垃圾，使之转化为水蒸气等加以排除，而其余残余物可完全转化为标准绿色有机肥。该产品已通过北京奥组委环境工程部专家的测试并立即投入使用，近千台设备正在送往奥运村、青岛帆船基地等各大奥运场馆。江苏新源动力有限公司承担了为北京奥运会提供氢能燃料电池汽车的开发与生产，他们敢于走前人未走过的路，经过一年多的攻关，公司成为 2008 年北京奥运会城市公交的特许生产商，最近向北京奥组委交付了首批氢能燃料电池城市公交车。

北京奥运会也为宜兴打响了品牌。江苏沪宁钢机有限公司圆满完成了"鸟巢"等重大工程的钢结构任务，被中国建筑金属结构协会授予"中国建筑钢结构质量第一品牌"荣誉。无锡江南电缆有限公司 2 亿元"五彩"牌电线电缆进入了多家奥运场馆，国家体育总局、国家奥林匹克体育中心、奥运建设办公室向其赠送了题为"江南五彩耀神州，奥运建设作贡献"的锦旗及荣誉证书。据初步统计，宜兴的远东电缆、江南电缆等一流的电缆企业已为奥运工程提供了近 10 亿元优质安全电缆，从而打响了宜兴作为"中国电缆城"的品牌和声誉。宜兴"银鱼"牌精陶系列餐具、宜兴"方圆"牌紫砂、宜兴青瓷、宜兴艺术陶等，均被指定为北京奥运会特许商品，"中国陶都"的名声达到了新高度。

（2008 年 7 月 16 日）

陶都纪事（续）

中国画坛一大谜案：吴大羽果无留画？
旅美侄女爆料解谜：家尚存四幅绝笔！

画坛大师吴大羽谢世时，家中及后人没有留下一幅画——这是中国画坛无可奈何的定论，也将成为一桩千古传奇。然而，昨日记者在吴大羽的故乡宜兴，却有了意外发现：吴大羽尚留四幅绝笔，现藏于他的旅美侄女处。

爆料消息来自吴大羽的乡人吴淦华，他热衷收藏和研究方志，近年与吴大羽的侄女吴崇兰有书信往来。吴崇兰系旅美资深作家、《华盛顿新闻》华府人物专栏记者。她最近托亲戚给吴淦华带来一本自己的最新著作《人在洋邦》。吴淦华欣喜地拿来给记者看，当我们翻到其中一篇《我的小叔吴大羽》时，竟意外发现了打开中国画坛一大谜案的"金钥匙"。

这是一段鲜为人知的历史佳话。83岁的吴崇兰在文中细述了获得吴大羽四幅绝笔画的故事。吴崇兰1947年在台湾时，曾向六叔大羽求画未果。后来吴崇兰到了美国，常想念六叔，十分希望保存一张他的画作，以慰乡思，存为家宝。1981年吴崇兰与大羽叔取得联系，重续旧话，终于得到大羽叔来信说：家中没有成画，不过他会去买颜料及画布给她画一幅。吴崇兰当初以为这是婉拒的托辞，她不相信一名画家会没有自己的存画。后来她从侧面得知：大羽叔早年创作的巨幅油画，诸如《岳飞》《泉》《果园》《保卫中华》等，多为日寇侵华时所毁。以后所绘巨幅油画，如《回乡》《丰收》《东风草图》等，以及大量中小篇幅的作品，皆毁于"文革"。现在仅存作品，乃为晚年之作，有《公园之作》《芬芳》《婆婆》《滂沱》《草色》《谱韵》等，以及草图、速写、素描，全都存于国家博物馆。在他家中，确确实实没有一张画。为此，吴崇兰感慨万端，写下了《无画的画家》一文。

吴大羽有言必果。不久，他专门为吴崇兰画了《彩奏》《韵步》《春在》《色奏》四幅画，分两次由美国癌症专家汪嘉康来北京开会之便携回。这是吴大羽的最后之作，不久他即患手抖、眼疾，不能再作画了，1988年元旦谢世。吴崇兰描述道：他最后作的四幅《春在》《色奏》《韵步》《彩奏》，是写实与印象的合璧。那幅《春在》，只画了一棵树的干、几朵红色白色的花和绿叶，近看仿佛一圈圈的手印子，挂在墙壁上，那花是花、树是树、叶是叶，都有了生命，都仿佛在春风中摇曳。《色奏》是用红、绿、黑几种主色调配而成，近看只看到浓浓淡淡的几种颜色，远观则仿佛有窗子、窗帘、电灯，仿佛还在窗口被风吹得摇动，一张小桌上有花有果，花在吐露芬芳，果在迸出果汁，静中有动，动中有静，充满了生命力。《韵步》是万蓝丛中数点红，有人说"它像两只火鸡，正悠闲地在漫步"，有人说"它像一个少女，穿着大蓬裙，从旋转楼梯上一步一步走下来，而楼下厅中正有一个少女在翩翩起舞"。不管是画中人也好，鸡也好，或别的什么也好，那美的图画，有舞的韵致，有力的表现，有生命的呼吸。《彩奏》亦是以蓝色为主，画面中有几只小鸟，仿佛与风、与树、与花、与大自然一起在呼应歌唱，灵动欢乐，生命的喜悦，在那一刻都成了永恒。步有韵，色常奏，春永在，活着，生命有旋律、有欢乐、有色彩，多美好的画，多美好的祝福！不过这四幅画没有吴大羽的签名，因为吴大羽的画当时作为国家珍品是禁止出国的。

　　吴大羽是宜兴宜城茶局巷人，生于清光绪二十九年（1903）11 月 23 日，卒于 1988 年元旦，享年 85 岁。他坎坷一生，光辉一生。17 岁即任上海《申报》艺术编辑，2 年以后，赴法深造，进修油画，继又习雕塑，5 年后回国，初执教于上海新华艺专，后来在蔡元培指导下，助林风眠在杭州创办国立艺专，即今浙江美术学院前身，任绘画系主任。1960 年复任教上海美术专科学校，继转入上海油画雕塑研究室。"文革"开始，吴大羽被诬为反动新派画祖师爷，他的所有作品皆被焚毁，身心饱受摧残。"四人帮"覆灭之后，吴大羽出任上海画院副院长、上海中国画院顾问、上海油画雕塑院顾问、中国美术家协会顾问、中国美术家协会上海分会理事、上海交通大学艺术系艺术顾问等职。未几即病逝沪上。吴大羽一生桃李遍天下，如今健在的法兰西院士、宜兴籍画坛大师吴冠中及南艺奇才擅长素描的吴开诚教授等等，都是他的学生。

（2008 年 10 月）

养猪能手"点粪成金"

杜小坤将百万吨猪粪转化为电能

宜兴有个杜小坤，是一个远近闻名的养猪能手。可是昨日记者走进他那有久负盛名的万头猪场，最先看到的不是猪舍，却是一座三层楼高的沼气发电设施。杜小坤打开雪亮的电灯，发动隆隆的饲料加工机，非常自豪地说："我用的都是自发的沼气电呢！"原来，这个养猪能手爱上了循环农业，成了无锡地区最大的"沼气老板"，他将宜兴数百万吨猪粪点化成了"黄金"。

杜小坤爱上循环农业，是一个发展观念大转变的过程。过去，他曾辉煌地在宜兴市第一个创办了"万头猪场"，是将优质生猪打入上海市场的第一人。可是他的万头猪场大量的猪粪水通过各种途径排入河道、污染太湖。水发臭了，他被人们骂得很凶。去年太湖蓝藻的爆发使他猛然醒悟，十分自责："我赚了钱，却污染了水，怎么对得起乡亲们？"他决心走科学发展的道路，无数次顶骄阳、冒风雪到江苏省农林厅、江苏省农业科学院等单位请教良策，从专家那里学到了"循环农业"的新概念，并且以万分热情钻了进去。他潜心钻研猪粪水的科学利用，筹资200多万元建起了沼气池，买来了沼气发电设备。猪粪水从此不再排入河道，而是排入了厌氧发酵池，发酵出来的沼气用来发电、沼液用来施肥。他喜滋滋地算了一笔账：一年可节约电费7万余元、化肥18万元。最重要的一笔账是：他的猪场实现了"零排放"！

自家的猪场"零排放"了，可是人家的猪场还在排水入河、湖呀！杜小坤心怀深深的忧虑，开始大力推广循环农业，并且获得了很大的商机。他创办了无锡市第一个沼气工程建设队，将沼气工程产业化，变成了一个"沼气老板"。到目前为止，他已经为宜兴各地猪场建设了300余个沼气工程，每年有40多万头猪的数百万吨粪水得到了科学处理和利用，按理论推算，可发电 35 万度，少用化肥 100 余万元；他今年还在无锡太湖畔建设了 2 个太湖蓝藻发电工程，一年"消灭"蓝藻 1000 吨，发电 8 万度。

水变清了，杜小坤非但不再挨骂，而且受到了当地百姓的广泛赞扬和拥护，他被选为高塍镇人大代表、宜兴市政协委员、无锡市市民特邀代表。他的循环农业沼气工程引起了上级政府部门的高度关注，被列入江苏省大型沼气发电项目、国家级星火计划项目、国家高新技术研究发展"863"计划，坤兴养猪合作社荣获"江苏省二十佳农民专业合作社"称号。

（2008 年 12 月 10 日）

与联合国副秘书长沙祖康合影（2007 年 6 月）

旷世紫砂登顶"吉尼斯"化为美丽梦想

残艺人勇对"崩盘"当强者

一位残疾艺人"窝棚"5年艰辛创作的紫砂微雕竟在瞬间遭遇"崩盘"，创造"吉尼斯"世界纪录的希望立马灰飞烟灭。

昨日记者惊闻此信，火速驱车来到宜兴市丁蜀镇残疾艺人马志刚的工作棚。2米长的"万众一心"紫砂艺术盘静静平躺在棚中央，盘中崩开的裂缝如闪电划过。马志刚双手挂着拐杖，神情坚毅地凝视着他的爱作，紧咬牙关吐出两个字："重来！"

今年45岁的马志刚5年前立下雄心，要用家乡的紫砂泥创造一项"吉尼斯"世界纪录，向世界展示中国残疾人不凡的身手，向2010年上海"世博会"献礼。他精心构思了一座叫做"万众一心"的微雕：一段树木上，千万粒蚂蚁在平等和谐的环境中共同营造它们可爱的家园。这是一件旷世奇作，堪称微雕领域的"金字塔工程"。1:1的微雕中，蚂蚁要有11181粒，一粒蚂蚁要做6条腿12节、2根须、2只眼、头、颈、腹、臀，技术上采取捻、捏、搓、切、粘、装等52道工序。蚂蚁们有的在搬运蛾子、黄蜂，有的在衔蛋进窠孵化，千姿百态，栩栩如生。

他专门搭了一个四五平方米的小"窝棚"，地面铺了一层水以保持湿度，一年四季不能开空调、不能进风，他待在这窝棚里创作了1800多天！为了往"树洞"里装进数百粒繁忙劳作的紫砂蚂蚁，他这个双腿残疾人头戴矿灯爬到铁架上面，"倒挂金钟"式操作了3天。他追求艺术的完美，只要碰断一根蚁须，就要重新做，为此报废的蚂蚁有2000多粒。不幸的是，当他装到第11056粒蚂蚁、再过2天就可大功告成时，那个树段和蚂蚁赖以"生根"的紫砂托盘突然崩裂，残酷地将他5年的心血毁于一旦，也意味着创"吉尼斯"世界纪录成了他一个美丽的梦想。

"灾难"突袭的第一时间，马志刚惊呼一声："哎呀！"当徒弟们含泪上前安慰他时，他却大声喊着说："我的名字叫志刚！我不会崩坍！"他坚毅地告诉他们：一个人一生中总要经历许许多多的失败才会获得成功。他初中毕业后，白天开残疾人小三轮车送客挣钱，晚上自学紫砂艺术，20多年后终于在紫砂微雕界崭露头角。2003年他在印度新德里举办的世界第六届残疾人职业技能比赛中夺得第四名，获得了"江苏省技术能手"荣誉称号。"崩盘"后的几天他彻夜不眠，在改进方案上绞尽脑汁。他拄着拐杖，挺着胸膛说："面对危机和失败，我绝不放弃追求。我相信自己一定会成功！"

（2009 年 1 月 30 日）

陶都纪事（续）

争当"国家级农民"

昨天早上，天空下起了大雨，宜兴市科协的欧主席有点犯愁，因为国家葡萄产业技术体系专家讲座就要开始，会有农民来听课吗？当他提前半小时走进会场时，却吃了一惊，160多个农民挤满了会场，气氛十分热烈，凳子不够了，他赶紧让大家都到楼下去搬。记者看到，许多农民身上的衣服淋湿了，鞋子上沾着泥巴，有点发冷，但是他们眼神都闪烁着对农业科技知识渴求的光芒。前来讲课的国家葡萄体系岗位科学家民翟衡和南京农科院的几位研究员一致称赞道："宜兴的农民真好学，有前途！"

"我要争当一个国家级农民！"农民徐红兴兴奋地说。今天是个大喜日子，因为农业部和财政部将国家葡萄产业技术体系试验示范基地在他的宏兴园艺实验场挂牌了，同时来了几位国家级的葡萄技术权威，给宜兴的葡萄种植户讲课。他一夜难以入眠，联系了许多葡萄专业户一起到宜兴城里听课。他前年参加过一个省级的技术培训班，大大提高了科学种植水平，去年获得了"江苏省十佳农民创业标兵"称号，"这一次是国家级的培训，今后我们的种植技术水平也要上升到国家级才行啊！"

银湖氿果业有限公司技术员钱顺法是同几个种植专业户合打一辆"面的"来的，他在负责指导公司在山区500亩果品的栽培技术，由于他年年参加培训，被人称为"农民专家"。"不过这一次培训不一样啊，由国家级的专家来讲葡萄种植技术还是第一回。我是想通过这一次培训，学习最先进的系统技术管理，包括品种的选择、病虫的防治、机械化运作、栽培的创新等等。"他所在的果业公司去年每亩净收入近万元，他希望学到新的技术，让每亩收入再增加30%—50%。

近年来宜兴葡萄种植发展很快，全市有葡萄种植面积4000多亩，一大批农民脱贫致富。但是葡萄种植技术水平不是很高，特别是在病虫防治方面和无公害化技术方面普遍缺乏专业知识，因此，宜兴市趁国家有关部门来此设立葡萄产业技术体系试验示范基地的机会，请来了国家级的技术权威，为农民在技术上提档升级，掌握最先进的栽培技术和种植技术。徐舍镇青年农民汤俊新是个种葡萄的新手，他说："虽然我知道并没有'国家级农民'这个称号，但是我有向国家级农业技术水平挺进的决心！"

（2009 年 5 月 20 日）

陶都纪事（续）

老干部读书读报 20 年　　阅时事身心健康夕阳红

　　昨天，是宜兴市老干部读书读报小组 20 岁的生日。组员是平均年龄 83 岁的离休老干部，分别参加过抗日战争、解放战争和抗美援朝战争。他们鹤发童颜，在宜兴市老干部活动中心高唱起庆祝新中国成立 60 周年的革命歌曲，畅谈 20 年来读书读报心得，个个精神焕发，语言铿锵。

　　老干部读书读报小组组长是 83 岁的离休女同志储平，她充满激情地说："我们的小组在改革开放大潮中创建，在与时俱进中发展，在坚持不懈中成长，在永葆晚年幸福中求进。虽然走过了 20 个春华秋实，但是经久不衰，而且越来越年轻了。"离休老干部储蒿年说："我原来文化不高，多年的读书读报生涯不但坚定了我的理想、信念，而且提高了政治理论水平和文化写作水平。"

　　读书读报小组是老同志们在 20 年前自发组织、自愿参加的，每个月组织一至两次学习，以党的路线方针政策和时事政治为主要内容。20 年来，组织不散、人员不少、学习不断、活动不停、进步不止。活动形式多样：坐下来学，站起来讲，走出去看，并先后到无锡、昆山、常熟、江阴等地开展学习交流活动。小组成员之间和谐相处，互相提高。大家不论寒冬酷暑，坚持前来学习，并负责定期在老干部活动中心出黑板报，还编印《老年养生保健》《学习参考》《晚晴》等学习刊物，送到各位老干部手中。前几天党的十七届四中全会召开，立即集中学习大会精神，并且把自己的心得体会到群众中宣讲。

　　宜兴市老干部读书读报小组的成员以党的宣传员的形象活跃在社会上。他们大都在所在社区参加关心下一代工作，有 5 位同志参加老年艺术团、新四军老战士宣教团；每到党中央开大会，或者有新的方针政策出台，他们总是以先学为快，立即组织讨论，然后以参与闲谈交流、组织宣讲等等形式，迅速向社会传播。目前，这支"老战士学习宣传队"经常收到社区、学校、驻宜部队的宣讲邀请，成为一支社会活动的老战士"明星组"。

（2009 年 9 月 27 日）

三军仪仗队军营采访（2007 年 8 月 18 日）

物联网让农民"快乐养殖"

宜兴市高塍镇一幢大楼，现在是中国农业大学物联网实验站。昨天，记者来到二楼的监控大厅里，几台电脑和大屏幕正在实时监控着宜兴近百个水产养殖场。数十里外的鱼塘水面、充氧机器、看养房屋，以及正在塘边作业的农民等等，都能看得一清二楚。常驻宜兴实验站的中国农业大学丁启胜博士说："宜兴的感知农业走在了全国的前列，其成功经验值得向全国推广。"

这时，丁博士在屏幕上看到鹏鹞生态农业园里一个鱼塘的溶解氧数据偏低了，就在电脑上点击了一下，我们立即在监控屏上看到，那个鱼塘的增氧器开动了，水面汩汩地直冒气泡，"其实，即使我不遥控增氧器，那里的养殖户也一定收到了短信提醒，他们只需发一条短信就可以启动增氧器了。这一切都源自物联网'全面感知、可靠传输和智能处理'的神奇功能。"他十分自豪地说。

去年以来，宜兴市抢抓感知农业发展的重大战略机遇，积极探索物联网与现代农业的最佳结合点。通过引进中国农业大学、中国移动无锡物联网研究院等高校和科研院所的高层次人才，建立省级农业物联网创新团队，筹建农业物联网实验基地，在全省率先实现了农业物联网政、产、学、研一体化，实现了农业现代化的革命性突破，目前已为2000个养殖农户提供溶解氧实时手机信息服务，对50000亩鱼蟹养殖池实施养殖环境智能监控，其中10000亩已经达到全自动监控、增氧的水平。

物联网技术受到了养殖户的欢迎，他们从此享受到"快乐养殖"。高塍镇的养殖户老史说："过去，我们一年到头不敢离池一步，晚上睡觉也怕天气突然变化，渔池缺氧，鱼蟹死亡，造成损失。现在我们就是到东北旅游也不会出事，因为随时随地在手机上就可以操纵家里的增氧器了。"

据去年试验的情况，物联网技术的应用，使平均每亩鱼塘可以增收 1000 至 2000 元。

　　宜兴农业物联网示范项目得到了国家农业部的充分肯定，荣获农业部、科技部颁发的优秀案例奖。在水产领域取得成功后，目前开始向畜类养殖、禽类养殖以及种植领域延伸：至 2013 年，生猪物联网覆盖 25 万平方米，年出栏生猪 20 万头，母猪存栏量 2 万头；禽类养殖物联网覆盖 2 万平方米养鸡场，累计养殖规模 50 万羽。该市还计划开发农业物联网的装备研发和制造，生产传感器、采集器、控制器等等，成为面向全国及至全世界的农业物联网装备研发制造基地，打造成国家级感知农业示范区。

（2011 年 7 月 13 日）

村头歌声阵阵　街场舞影翩翩

宜兴城乡群众乐享"文化大餐"

在前不久结束的无锡市2010年群众文艺汇演评比中，宜兴市共有《修船欢歌》等12个舞台类节目和《热土》等16件美术、书法、摄影类作品荣获大奖，获奖项目和获奖人数均创下宜兴市历年之最，这是宜兴多年来坚持不懈为城乡群众配送"文化大餐"而结出的精神硕果。

宜兴市以建设文化大市为目标，以满足群众基本文化需求为落脚点，充分利用全市文化设施，贴近时代、贴近群众，积极开展公益性文化服务。宜兴市文化部门多年来在开展形式多样、内容丰富的群众性文化活动的基础上，努力探索、创新，目前已成功打造出"新风颂""社区文化艺术节""荆溪之夏"等知名度较高的特色文化品牌，从20年前的第一届"新风颂"开始，大约举办过各种演出1000多场次，累计有100多万城乡群众观看演出。

"新风颂"文艺调演，是宜兴市从1990年开始举办的特色文艺演出，每两年举办一届，至今已经是第十一届了。该活动广泛调动宜兴市各镇、园区、街道、市级机关部门、企事业单位、学校等单位共同参与，调演内容分为音乐曲艺类、小戏小品类、舞蹈类专场，参演节目均为各单位新创作节目，每届节目多达50余个，参演人员为各单位普通的干部群众。为激励参演节目者的参与热情，宜兴市文化局还组织了评优争先，并通过文艺调演，将其中的优秀节目送无锡参加群众文艺汇演、省五星工程奖评选、江苏省小戏小品大赛等活动，同时也达到了锻炼队伍、提升水平，出精品、出新人的目的。

同样是每两年举办一届的"社区文化艺术节"，至去年为止，已经是第四届了。"社区文化艺术节"和"新风颂"两个品牌互为补充、交替举办，更好地丰富了宜兴群众的文化业余生活。去年举办的第四届社区文化艺术节，全市19个镇（园区、街道）、社区共组织了55个节目进行专场演出，另有百余幅书画作品参加社区文化艺术节的书画作品展评活动。

在 2008 年曾荣获江苏省五星工程服务奖的"荆溪之夏"广场文艺晚会，是宜兴市文化局的又一特色品牌。该活动每年举办一次，至今已成功举办十一届，共演出 300 多场次，创排并演出文艺节目 3700 多个，活动足迹遍及全市城乡。该活动参与群众多、社会影响好，深受各地老百姓喜爱。

宜兴市在为群众举办文艺活动时，每年都有创新，不断寻求改进和完善。展演地点由起初放在城区主要广场发展到全市部分较大的乡镇，然后又把触角延伸到全市各镇（街道）以及部分村（社区）；组织形式由原来只是市宣传、文化部门承办，逐步发展到由市宣传、文化部门牵头、协调，各镇（街道）分别承办；节目内容由原来的市主要文化单位组织节目发展到全市调配节目，并推出三三制的组合形式，即承办镇（街道）出三分之一节目，兄弟镇（街道）间借调三分之一节目，文艺单位送去三分之一节目，极大地丰富了承办方的节目源，开拓了群众事业，促进了资源共享。这些文化艺术的盛会还培养了大批农村和城市文艺骨干，推进了文化事业的繁荣发展。

（2010 年 10 月 21 日）

小改革神奇　水泥厂换颜

江苏青狮水泥有限公司节能减排尝甜头

　　水泥厂给人的印象总是机声隆隆、粉尘满天、能耗惊人，可是记者昨天到江苏青狮水泥有限公司看到的却是另外一番景象。这里厂区整洁安静，绿化青翠宜人，空中不见烟尘。总经理张梅芳说："我们公司地处著名的宜兴竹海风景区，保护环境更是义不容辞的社会责任。我们厉行节能减排，使企业的面貌发生深刻变化。节能减排保护了周边环境，促进了企业的转型，而且拉动了本公司经济效益不断提高，我们真正尝到了节能减排的甜头！"

　　青狮水泥是无锡地区最大的水泥企业，目前有 3 座水泥窑和 3 条水泥熟料生产线，年产水泥熟料和水泥 300 万吨。同所有水泥企业一样，青狮水泥也是一个能耗大户，面临着节能减排的挑战和机遇。水泥行业的机械设备全国普遍雷同，技术进步比较缓慢，可是青狮公司独辟蹊径，通过一些投资不大的小改小革，收到实实在在的效果。公司对 2 条窑的燃烧器进行了改造，将原来的三通道喷煤管改造成为四通道，使煤得到充分燃烧。利用烧窑余热进行发电，投资 30 万元建成了 7.5 兆瓦发电机组，每天发电 19 万度以上，仅一个月就收回了投资。冷却机原来效率较低，公司发动技术人员和职工献计献策，只将机器前移 4 米，就提高了 20% 效率，2500 吨的窑可出产 3000 吨熟料。生料磨车间，提高产能 20% 以上。今年在节能减排方面投入技术改造资金 500 多万元，可是大大提高了产能，总体上已经收回了这笔投资。

　　作为水泥厂，过去粉尘和硫的排放是严重影响环境的因素。而公司地处国家 4A 级竹海风景区，如果排放不达标，则将对风景区和当地群众造成极大的损害，而且公司必将失去生存权利。面对严峻考验，该公司强化电收尘和袋收尘措施，并且不断改进，做到每天检查收尘情况，每月检查排放设备。在容易扬尘的重点环节上，采取新的简便易行的措施，如用雾水喷洒法减少粉尘；在装车环节上，做到全封闭式，不让粉尘外泄。今年各级环保部门多次来公司检查，确认排放全部合格。该公司节能减排从管理抓起，提高了企业的经济效益。公司制定细则，层层考核生产车间的考核指标中含有设备运转率、煤耗、综合电耗、机物料消耗、环境卫生、安全生产等10个方面的指标，使每一个环节都成为节能减耗的助推器。公司不断提高主机台时产量，去年主机的运转率为83%，今年平均可达95%；每吨产品的电耗比去年减少11度，仅一条日产5000吨熟料的流水线一年就可节电55000度，标煤的消耗也大幅度下降。节能拉动了转型，目前该公司在逐步淘汰高能耗的生产线和落后的生产工艺。

（2010 年 11 月 29 日）

蔬菜有了"身份证"

宜兴市和桥农贸市场最近爆出一桩新鲜事，从农民手中买来的蔬菜都贴着一张被称为"蔬菜身份证"的条码纸。记者闻之昨日来到这个市场采访。一进场，就见一条横幅："用了条型码，吃菜更放心。"最新奇的是，每个装蔬菜的袋子上，都贴着一块小小的条型码纸条，上面印着"宜兴市蔬菜质量安全查询条码"以及查询网址等等信息。

这是宜兴市最大的一个室内农贸市场，虽然买菜的人群熙熙攘攘，但是这里环境整洁、秩序井然。记者来到一个名叫王幼娟的菜农面前，看到她和丈夫俩面前摆放了萝卜、青菜、大蒜等10多样蔬菜，洗得干干净净，前来买菜的人一个接一个。记者指着菜袋子上的条型码问道："这张纸条有什么用？"王幼娟回答道："这里面有我的姓名、家庭住址、联系电话等等，买主如果发现我的菜有农药残留等等问题，可以查到我，找到我，向我索赔损失。"她丈夫说："我们家种了6亩地菜，起早贪黑很辛苦。但是我们特别注重蔬菜的质量安全。我们用的肥是有机的，农药是无毒的。现在用了条型码，就会更加注意。我们卖的菜总是自己先吃，好的再卖。"这时，有一个人走来买了一棵黄芽菜，用贴有条码的袋子装了起来，王幼娟对他说："我的菜你放心吃，如果有问题可以到门口的电脑上查的。"原来，在市场前厅里，有一台触摸式查询器，只要把条码往上一放，卖主的身份就全部显示出来了。在查询器的旁边，有公平秤、投诉台、315处理台、蔬菜农药残留检验室，蔬菜质量安全保证措施真是一应齐全。记者此时明白了，所谓"蔬菜身份证"其实是种菜人或卖菜人的"身份证"。

据和桥镇政府有关部门负责人介绍，这是宜兴市农林局在和桥镇建立的蔬菜质量安全追溯体系试点，为无锡全市首创。试行前进行市场调研，收集菜农信息，还组织130多位菜农办了"蔬菜条码制销售培训班"。试行一个多月来，菜农的蔬菜质量安全意识明显提高，消费者买菜更加放心了。蔬菜条码制销售即将在宜兴全市推广。

（2010 年 12 月 14 日）

参加官林小学百年校庆与原江苏省委书记储江校友合影（2009 年 5 月 30 日）

新年钟声一敲响　打胜一场生态仗

陶都 200 家琉璃瓦厂和谐关闭

消
息

　　昨天是 2010 年最后一天，陶都宜兴传来喜讯：污染环境的 200 家琉璃瓦生产企业熄火关门了！在宜兴打赢"十一五"生态文明建设最后一仗时，当地群众高兴地说："如今感觉呼吸的空气更加纯净了，看到的天空更加透明了。"

　　琉璃瓦是宜兴陶瓷产品一大门类，大到北京毛主席纪念堂，广到千家万户的安居小屋，都用过宜兴的琉璃瓦。作为一个产业，宜兴琉璃瓦生产历史悠久，国内需求量大，行情高涨，到去年为止，宜兴琉璃瓦企业达到了 279 家。琉璃瓦企业曾为当地人民致富立下了功劳，但是琉璃瓦生产造成了陶土资源的浪费，消耗了过多的煤、电能源，尤其是滚滚的烟尘，常常遮天蔽日，破坏了当地的生态环境，影响了居民的身体健康，也必将影响作为宜兴支柱产业的生态旅游业的发展。因此，宜兴市将它列入"落后产能"黑名单，坚决淘汰。

　　宜兴市委、市政府在 2010 年以"壮士断腕"的决心展开琉璃瓦生产企业整治行动。所有琉璃瓦企业全部签订关停协议，其中 200 家必须当年关闭。该市整合一切资源和力量，破除一切阻力和干扰，以铁的决心打赢琉璃瓦企业关闭行动攻坚战。同时，该市要求实现"和谐关闭"，明确政策要求，对琉璃瓦企业做过细工作，在敦促自觉履约上下功夫；既刚性执行，又严把政策界限，在依法依规操作上下功夫。该市还设立了按时关闭奖金，并保证履行在"窑炉拆除、烟囱推倒、清算完成、工资发放"到位后，奖金全部兑现到位，保证了关停过程中的社会和谐稳定。

　　整治琉璃瓦企业，淘汰落后产能，加快了宜兴工业转型升级的步伐。各琉璃瓦生产企业纷纷将眼光瞄向国家鼓励发展的行业，尤其是战略性新兴产业。丁蜀镇是琉璃瓦企业分布最密集的地区，位于该镇川埠村的宜兴市环球建筑陶瓷有限公司建厂已30多年，日产8000张琉璃瓦。自签订关闭协议以来，企业负责人邵建明在10月下旬就完成了停产拆窑，他凭借靠近104国道的便利条件，把厂房改建成汽车旅馆，生意做得红红火火。张渚镇共有需要整治关停的琉璃瓦企业22家。镇政府及时出台多项扶持政策，鼓励琉璃瓦生产企业快速转型。该镇琉璃瓦企业主卢益奎立志投身于战略性新兴产业，创办了嘉乐电子厂，生产用于光电产业的LED数码管，并与广东某企业顺利签约，明年的产品全部落实了买家。

（2011年1月1日）

女支书带出幸福村

高塍村党总支不忘使命建设新农村

当年一个穷困的小村，变成幸福、文明、美丽的新村，成为宜兴新农村的一面旗帜，这就是宜兴市高塍镇高塍村。6月26日，在高塍村当了28年党总支书记的沙玉琴同志，光荣地走进北京人民大会堂，出席纪念建党九十周年、全国建设新农村优秀共产党员座谈会，并获得了"全国建设新农村兴村富民人物"光荣称号。

"田不平、路不平，汗滴入土守穷门"，是上世纪80年代初高塍村的真实写照。1983年，面对经济薄弱、人心涣散的高塍村，村里一位26岁的姑娘当了村支书，她就是沙玉琴。她不负众望，带领高塍村党总支和村民勇立潮头，奋勇开拓。该村先后获"20世纪中国小康示范村""江苏省廉政文化示范点""江苏省四星级卫生村""江苏省百佳生态村""江苏省新农村建设示范村""无锡市幸福村""无锡市堡垒党支部"等荣誉称号。沙玉琴获全国"三八"红旗手、江苏省"十大女村官"、"无锡市劳动模范"、"无锡市优秀共产党员"等荣誉称号。

高塍村党总支把发展经济、改变贫穷落后面貌作为神圣的使命。党总支一班人吃尽千辛万苦、走遍千万山水，使高塍村逐步发展成经济富裕村。全村形成了以环保、建材为龙头的企业45家，其中科研院6所、省高新技术企业6家。该村多年来坚持以工业反哺农业，农业基本实现机械化。2010年，高塍村综合经济实力名列宜兴市第三位。

高塍村党总支不断推进强村富民工程，促进社会事业全面进步。女年满55周岁、男年满60周岁的农民全部享受村养老保险金，农民大病医疗保险参保率达100%，全村农民办理了家庭财产、失地农民、老年农民等各类保险，土地股份经济合作社每年股利分配，构建了全面完善的农村社会保障体系。

　　高塍村总是从解决农民最迫切、最直接、最关心的实际问题入手，让农民得到实惠。过去的高塍村露天粪缸多、村头垃圾多、杂物堆放乱。为了提高农民生活水平和生活质量，近年来，村党总支和村委会累计投资1000多万元，实现村道硬化、家园绿化、道路亮化。铺浇水泥路、配套生态绿化、疏通河道、改水改厕。一个投资280多万元的农民公园已经建成，里面有篮球场、乒乓球室、老年活动室、露天演出场、健身场等等，村民其乐融融，高塍村日益成为"幸福村"。

　　沙玉琴多年追求的"让民主管理之花在高塍村盛开"的理想已经结出丰硕果实。高塍村在民主理财、村务财务公开上大胆尝试，村里重大问题都由村民代表大会决定。该村早在2005年就成立了村级股份经济合作社，分配操作阳光化，首创了村级民主监督网络化。建成江苏省首个宽带网络示范村，实现了村民足不出户，轻松点击就能在第一时间了解到国内外及本村的大事要事。

（2011 年 6 月 28 日）

白洋淀抗日英雄

"雁翎队"副队长刘振亚与宜兴的缘分

　　"七一"期间，电视连续剧《水上游击队》火了。看着电视里"雁翎队"的革命人物和激战场面，宜兴老同志任德明不禁想念起年轻时的老领导，在白洋淀奋勇抗击日寇威振四方的"雁翎队"（俗称"水上游击队"）副队长——刘振亚。日前，老任同志激动地找到记者，讲述了刘振亚同志在宜兴的情况。

　　解放后，刘振亚曾任镇江地委副书记，后到宜兴山区一军工单位任党委书记，而老任则被组织上安排当了刘振亚的警卫员。他回忆道："刘振亚老首长魁梧的身躯，儒将的风采，给我留下了深刻的印象。他看我年纪小，时常给我讲革命战争年代的故事，帮助我成长。他与'铁道游击队'队长刘金山是战友，并肩作战。就是在那时，我被'雁翎队'真真切切的故事所吸引，更加珍惜来之不易的幸福生活，激发了我要更加努力学习和工作的热情。"

　　刘振亚书记在抗日战争期间指挥"雁翎队"沉重地打击了日本鬼子，多处负伤，还得了严重的胃病。在宜兴军工厂期间，经常下到车间一线，和工人们一起劳动，现场解决生产中的困难，拥有很高的威望。"文革"期间，他遭受不公正的待遇，生活非常困难，在与老首长朝夕相处中，任德明已把他当作自己的父亲，在当时特殊的环境之下，尽自己的一切力量帮助这位革命功臣。每到星期天，他就到刘书记家中，从他爱人那里取回馒头，送给他吃，照顾好他的日常起居，帮助他度过"文革"最困难的时光。

　　刘振亚同志平反以后，就被组织上调到江苏省军工局任副局长，在国防科技工业岗位上贡献力量。老任说："时间过得飞快，我2006年特意到南京去看望当时已经93岁的老首长。他看到我非常高兴，紧紧握着我的手说：'小任，你来啦。'离开他家时，他们老两口一直送我到小区门口依依不舍看着我上车远去。我的心情非常激动，眼里闪着泪花，以前的一幕幕场景不断在眼前浮现。老首长于 2009 年 12 月 30 日去世，享年 98 岁。在纪念建党九十周年之际，我更觉得老一辈共产党员高尚的形象永远闪耀着光芒，激励着一代又一代人前进。"

（2011 年 7 月 1 日）

采访中国奥委会名誉主席、国际奥委会委员何振梁（2010 年 5 月）

民警多年倾情资助　贫困女孩喜上大学

　　昨日获悉，宜兴市善卷山区姑娘曹丽收到了南京交通技术学院的录取通知书。得知这一消息，善卷派出所的民警们高兴得像过节一样，他们立即来到曹丽家中看望，给她送上了 1700 元慰问金和一批学习生活用品，鼓励她好好学习，争取将来做一个对社会有用的人。

　　曹丽是个家境贫苦的姑娘，4 岁时，父亲因车祸离开了她。后来母亲改嫁了，她跟着年老体弱的爷爷奶奶生活，家中十分困难，是亲朋好友和社会上的好心人帮助她渡过了一个又一个难关。后来善卷派出所的民警们得知了她的情况，决定把她作为结对资助对象，每逢寒暑假都给她送去助学金和学习生活用品，还经常和她谈心、聊天，帮助她化解成长过程中的烦恼、消除心理障碍、树立自信。3 年前中考，平时学习成绩一直较好的曹丽发挥失常，由于家中困难，眼看升学无望，曹丽整日以泪洗面。民警叔叔们看在眼里，急在心里，为此民警们在市内各学校间奔波，一次又一次将曹丽平时的学习表现和家庭情况向学校有关领导反映，几经周折，市汇文中学终于决定录取曹丽。曹丽将民警们对自己的爱心化作学习的动力，认真刻苦学习，然而，由于种种原因，曹丽一度出现学习成绩下滑、学习积极性不高的现象，民警叔叔们得知情况后，一方面经常找她谈心，帮助疏导情绪，一方面在节假日抽时间为她辅导功课，通过大家的共同努力，曹丽终于考上了大学。民警们表示，他们将一如既往地关心帮助曹丽，帮助她顺利完成大学学业。曹丽对民警们多年来的关心帮助深表感激，她表示只有好好学习，将来做个对社会有用的人，才是对所有好心人帮助的最好回报。将来自己踏上社会也要像民警叔叔们那样，去关心帮助身边的人，让爱心延续。

（2011 年 8 月 8 日）

紫砂"紫"遍神州

全国紫砂门店超万家

"紫砂壶的历史，最早可以追溯到宋朝，紫砂工艺真正完善起来，是明朝中期""这把是毛国强老师的闲云壶，你看这壶嘴、壶把、壶盖的呼应，有非常自然的过渡，细节处理恰当"……每天，在上海市闸北区大宁国际茶城，壶商胡建新都要向许多紫砂壶爱好者介绍紫砂，作为一名宜兴籍紫砂销售人员，在上海经营紫砂壶的这十几年里，他不仅对紫砂知识了如指掌，更把紫砂泥料、紫砂书籍带入店中，成为紫砂文化的积极传播者，让更多人近距离感受紫砂的魅力。像胡建新这样的紫砂壶商，在全国各大城市都能见到。据宜兴市陶瓷行业协会估计，分布全国的紫砂门店有1万多家，销售人员近5万，紫砂已经凸显鼎盛的势头。紫砂红得发紫！"紫"遍神州不是吹牛！

在北京马连道茶城、广州芳村茶叶市场、哈尔滨恒信茶城等地方，宜兴籍紫砂壶销售人员，以丰富的专业知识、源于原产地的货源，受到了紫砂爱好者和藏家的欢迎，紫砂生意一年比一年好。在北京马连道茶城经营紫砂批发零售十多年的潘美军，从小生长在紫砂发源地丁蜀镇蜀山，由于熟稔紫砂壶艺术，他的客户络绎不绝。据他介绍，广州、北京和上海的紫砂市场发展比较成熟，大部分紫砂爱好者都具有一定的看壶经验，在乎性价比和原产地的进货渠道，讲究物有所值。

乱世买黄金，盛世兴收藏。在国泰民安的今天，热爱收藏的人越来越多，而紫砂壶作为收藏界的一个传统工艺品，近年来非常走俏。据业内人士估计，全国收藏紫砂的爱好者约有100多万人。紫砂壶的拍卖与交易，正在强劲升温。近日，宜兴紫砂工艺厂成为国家首批非遗生产性保护示范基地，更坚定了广大壶商传播紫砂文化的信心。"世上只有一把紫砂壶，它的名字叫宜兴"。保护紫砂，宣传宜兴，这是壶商共同的心愿。

（2011 年 10 月 11 日）

在上海与家人合影（2009 年 8 月）

陶瓷九龙壁落户新加坡

　　陶瓷杰作——"九龙壁"，已于12月6日在上海海运码头装船运往新加坡。作为国务院侨办、中国海外交流协会赠送给新加坡的礼物，将被安置在刚落成的新加坡宗乡总会大厦前侧，并于龙年初三举行揭牌仪式。届时，新加坡总理李显龙先生将亲临活动现场。这是宜兴陶瓷九龙壁首次越洋进入新加坡，色彩鲜明、古朴厚重、典雅大方的陶瓷作品将为美丽的狮城增添一抹亮色。国侨办、中国驻新加坡大使馆、新加坡宗乡总会等先后给宜兴市委统战部来电来函，称赞其奉献精神和合作意识，并对所提供的热心帮助和优质服务表示衷心的感谢。

　　"九龙壁"由具有50多年生产历史的宜兴建筑陶瓷厂有限公司制作。该公司组织精干力量，从设计到成型、浮雕、彩釉、烧成等工序全力以赴，历经3个多月，顺利完成了九龙壁的制作。据悉，陶瓷九龙壁由180块陶板拼接而成，长16米、宽2.5米，总计41平方米。九龙色彩由橙红、杏黄、蓝灰、甜白、紫绛等组成，九龙在蓝天中跃动翻飞，形态逼真，色彩艳丽，蔚为壮观。

（2011 年 12 月 10 日）

绿色低碳"宜兴元素"亮世博

由宜兴市华雨科技有限公司研发的 IVS 人脸智能识别系统，昨日成功安装进上海世博会中国馆和澳门馆。这种高科技系统会将世博会人数统计、拥挤度等信息及时发布至世博管理中心。与此同时，宜兴 40 台氢燃料电池发动机安装到 200 辆零排放的世博会场馆专用车。绿色低碳的"宜兴元素"大举进入上海世博会，成为世博会的一个亮点、无锡人的一大骄傲。

转型发展为宜兴元素进入世博会打下了坚实基础，一批新兴产业为一个绿色低碳世博作出了贡献。宜兴市净化设备制造公司为世博会中国馆提供并安装雨水收集、净化、回用设备，成为世博会上顶尖的环保设备。宜兴太平洋金龙水设备有限公司凭借在中国音乐喷泉工程领域独创的各项高科技技术，在多家喷泉水设备企业的竞争中脱颖而出，成为上海世博会中心大堂数控水帘工程的设计安装者。远东集团为世博会重要工程项目提供大量电线电缆，满足了世博电力系统的可靠性、安全性的高要求。宜兴市赛特公司高标准完成上海世博会尼泊尔国家馆建设。宜兴的现代生态农业为世博会提供了安全优质的食品，宜兴市昌兴生态农业有限公司的生猪身强体健、肉质优良，经过严格的检验检疫，入选了上海世博会。

宜兴生态旅游景区是"世博之旅"旅游线路之一。善卷洞风景区、竹海风景区和中国宜兴陶瓷博物馆三大景区被纳入上海世博会 55 条"世博之旅"旅游线路，独具特色魅力的陶、洞、竹、茶生态文化之城将吸引海内外游客纷至沓来。"陶瓷元素"将再续百年来宜兴在世博会上曾有过的辉煌。中国工艺美术大师汪寅仙、徐秀棠、吕尧臣、鲍志强创制的 4 件紫砂壶精品将在上海世博会中国江苏馆中展出。宜兴紫砂、均陶、精陶、青瓷、美彩陶等"五朵金花"均将于世博会期间在上海展出。

（2010 年 4 月）

采访上海世博会（2010 年 6 月）

"国家好了，百姓才会好！"

"农民评论员"议政百篇诤言感人

昨天入夜时，吴达仁应约将《伟大复兴之路的十个重大问题》一稿发给团中央主管的《中国青年科技》杂志社。他仰头看星空，长吁一口气，比一季水稻丰收更加开心。

老吴这篇文章是从国庆六十周年当天动笔的，涉及政治、经济、外交等等领域，从一个平民的视角，指出了当前我国伟大复兴之路上的"十大暗礁"，洋洋万余言，思想敏锐，言辞恳切。很难想象，这是出自宜兴市和桥镇一个年届半百的农民之手。近两年来，吴达仁在新浪、网易、腾讯等重要网站和一些报纸杂志上发表了100多篇议政评论文章，常常引起热议。他经常会收到约稿，因为人们喜欢这位朴实真诚的"农民评论员"。

"我是写给决策者看的！"老吴颇为自豪地说，"我是农民，直来直去，但绝不是发牢骚说怪话。"他的评论大多针对国家时政和农村的现象，充满着善意和真诚。如今年上半年发表在新浪网的《皇帝与村官的错位》，指出当前中央的方针政策虽然十分正确英明，但是到了基层，有时就"走了调"。他批评有的党政官员不顾财力和民生，一味追求所谓的"政绩"，有的甚至中饱私囊；同时指出中央尚缺乏一个保证党的方针政策贯彻落实的、对地方官员强有力的监管机制。他的此番言论，一时引起上千人跟帖。

吴达仁敢说真话，又善引导舆论，成了人们信服的网上"大哥"。当看到社会上有人认为国有企业改革会导致国有资产流失，是一桩"赔本买卖"时，老吴立即在一个重要网站上发表评论《世界上最聪明的赔本买卖》，以一个法国船王的故事借古喻今，肯定国有企业改革的大方向是正确的。此文引得网上"硝烟四起"，众人折服。中国国际经济发展研究中心惊识他独特的见解和"一言服众"的能力，破格聘请他为高级研究员。

"国家复兴，匹夫有责"，这是老吴写议政评论的缘由。他从小生长在农村，只上过小学。虽属无党派人士，但他非常关心国家时政和世界形势，尤其对祖国的伟大复兴充满着激情和期待。但是，他认为，现在决策者不缺少"颂歌"，而缺少"诤言"，他说："我就是想让决策者提防'航程中的暗礁'，施政更科学，国家更富强。"他买了电脑，学了打字，每天晚上看新闻、学理论，写评论常常写到公鸡报晓。有的亲友对他不理解，劝他说："国家大事不是我们平民百姓管的，弄不好还会招来'麻烦'，还是把自家的事情搞搞好吧。"他的回答是："国家好了，百姓才会好啊！"

（2009 年 10 月 29 日）

陶都纪事（续）

"要建社，找老潘"

宜兴退休农艺师潘正元帮农民建成80多家合作社

宜兴市芳桥镇一批养鸡专业户想要组建一家专业合作社。可是，需要办理什么手续？准备哪些报批材料？农户可犯了愁。他们听人说有个叫"老潘"的人，专门帮农民办建社手续。于是，农户们立即登门请教。不到一个月，这家养鸡专业合作社就在鞭炮声中挂牌成立了。

"要建社，找老潘"，这句话正在宜兴农村流传。这个老潘是谁？他怎么会如此"神通广大"？昨天，记者带着强烈的好奇心，在宜兴市一家农业生态园内找到了他。老潘名叫潘正元，今年68岁，身体硬朗，是宜兴一位退休农艺师。近几年他先后帮助当地农民组建了80多家专业合作社，入社农户6000多个。

农民专业合作社风起云涌，成为当今农村繁荣和农民增收的重要载体。"但是农民生产分散、文化水平较低，他们组建一个合作社真是不容易啊！"老潘当过30多年乡镇农技站站长。退休后，他看到身边很多种养殖户想要建社入社"抱团"抵御市场风险。但是，组建农民专业合作社是要履行一系列法律法规手续的，而对于如何写申报资料，如何办理"三证"，如何申请贷款，很多农户都不清楚，甚至连农办、工商、税务的大门都摸不着。于是，老潘决心"跑瘦自己的腿"，帮助这些农户实现梦想。

老潘虽然只上过小学，但是协助组建合作社确有"神通"：报一家成一家，而且速度特快。有关政府部门称赞老潘的申报"手续全、材料硬、有亮点、可操作"。老潘说自己的奥秘是对"上下两头"吃得透。一方面对中央政策研究透彻，另一方面对农户情况了解细致。记者在老潘家里看到，从中央到地方有关合作社的各类材料以及他写的各种申报材料堆成了"小山"；宜兴市里召开各类农业会议，他总要主动挤进去当"旁听生"。老潘没有助手，没有汽车，但是他却跑遍了宜兴农村各个角落。他每天5点多钟起床，走村庄，串农户，听取农民的要求，摸清当地的情势，回来就写规划方案和申报材料，总干到夜深人静。一传十，十传百，老潘"申办合作社"逐渐美名远扬，常州溧阳、苏州太仓等地都有农户慕名前来找他帮忙。老伴说他"比市长还要忙"。

每当合作社成功建立后，老潘就大力帮助他们创建农业品牌，"西乡白芹""宜芳羊肉""韩珠葡萄"等一大批特色产品品牌已经在苏浙沪一带打响，供不应求。在他的热心帮助下，这些合作社个个发展势头良好，农民增产又增收，洋溢着幸福感。他两次被评为"宜兴市十佳农民专业合作组织优秀带头人"。

（2011 年 12 月 21 日）

与雕塑家吴为山在南京合影（2009 年 8 月）

乘上高铁　如虎添翼

宜兴抢抓高铁机遇打造苏南示范区"特色版"

7月1日，随着宁杭高铁列车的疾飞，结束了宜兴无客运列车的历史，此时宜兴真正融入了长三角一小时经济圈。而宜兴的发展必将乘上高速列车——产业、城市、生态和文化"四位一体"的特色化发展，开启了打造苏南现代化建设示范区"宜兴特色版"大幕。

由于宏观大环境的影响，宜兴上半年经济运行遇到了巨大的阻力，但是宜兴各界斗志昂扬、负重拼搏，取得了令人称道的实绩。上半年完成税收收入 38 亿元，增幅达 10.8%，位居无锡大市第三；完成规模以上工业产值 1266.7 亿元，同比增长 4.5%，增幅居无锡大市首位；1—5 月，出口增幅达 11.8%，在苏南 14 个县（市）区中位列第二。

宜兴前进步伐坚定，瓶颈却依然存在。如何才能真正抓住高铁的发展机遇，打造苏南现代化建设示范区的"宜兴特色版"？充分发挥自身的优势，搬除前进中的障碍，走出一条符合本地特点的最佳发展路子，这就是宜兴市委、市政府的回答。为此，宜兴从下半年起将统筹推进产业、城市、生态和文化"四位一体"的特色化发展。

——做强产业特色，推进经济现代化。宜兴将始终坚持以发展实体经济、制造业为主的经济战略，重点打造高端线缆、环保、非金属材料等特色产业集聚区，培育一批百亿级以上的线缆、环保龙头企业，确保宜兴线缆、环保产业在国内有主导力、有话语权。着力在光电子、新能源等领域培育若干个千亿级新兴产业集群，为宜兴未来发展蓄势奠基；建成长三角休闲度假旅游目的地，从而真正构建起以先进制造业为主体、现代服务业为支撑、生态文化旅游业为特色的现代化产业体系。

——做精城市特色，推进城乡现代化。目前宜兴新兴中等城市的形态已经初显，未来的重点要围绕区域性交通枢纽的定位，高标准推进高铁新城、范蠡大道、宜马太湖隧道等规划建设，推动锡宜同城化，融入长三角一体化；围绕打造西太湖功能区宜兴部分，在东氿新城加快建设一批高端功能载体，在"七个城乡一体化"的基础上，加大投入力度、实施扩面提标，建设更高水平的城乡一体化。

——做优生态特色，推进生态现代化。宜兴将围绕生态文明建设体系，进一步放大宜兴的空间优势、山水优势、生态优势，确保生态宜兴的品牌擦得更亮、辐射更广。宜兴有"四招"：一是着力发展生态经济，二是着力优化生态环境，三是着力繁荣生态文化，四是着力健全生态制度体系。大力发展旅游、现代农业、环保等绿色低碳产业，继续淘汰落后产能，努力构建附加值高、资源消耗低、环境污染少的生态产业格局。着力打造特色鲜明、生态宜居的生态镇、生态村网络体系，建成名副其实的"全省最美丽乡村"。

——做大文化特色，推进文化现代化。宜兴是全国县级市中为数不多的国家历史文化名城。宜兴将按照"历史文化和现代文明交相辉映"的要求，自觉传承"崇文重教"的人文传统，大力发展公共文化和文化产业，进一步提升城市的软实力和文明度；围绕陶瓷文化、书画文化、名人文化等特色品牌，依托陶文化节、国家历史文化名城保护发展规划等，进一步提高宜兴文化的影响力，彰显宜兴文化特色，用文化塑造城市品牌，增强城市实力。

（2013 年 7 月 3 日）

鉴藏家确证《风雨归舟图》为中国艺术瑰宝

可与《清明上河图》《富春山居图》媲美

传世孤品南宋《风雨归舟图》和北宋《清明上河图》、元代《富春山居图》同为中国艺术瑰宝。这一结论出自 9 月 25 日《中国文物报》专家长文，题为《解读南宋苏显祖〈风雨归舟图〉》，作者为宜兴著名鉴藏家、南师大客座教授马乐平。全国政协常委、中国书协副主席苏士澍为该文题词，并作高度评价。

马乐平在文中提出，南宋宫廷画家苏显祖的《风雨归舟图》传世孤本纵 97 厘米、横 39 厘米，图绘具有江南水乡山重水阔的特点，表现出风雨急骤时的特殊景致，其刻画人物的劲骨和枝叶爽利似箭的笔势笔韵有过于马远、夏圭，是南宋时期绘画水平极高的文人画杰作。宫廷画家一般为逢迎皇帝等上层的喜好创作歌颂良辰美景、国泰民安的作品，以获得嘉赏和封禄。从本画来看，苏显祖并未随波逐流。南宋中晚期，国力衰落，民愤四起，北方已被元人占领多年，上层斗志也已削弱。此种环境下，苏显祖绘出狂风骤雨寓当时社会黑暗与艰辛，又以迎难而上的人物形象体现民众不畏艰险的坚定信念。画中，顶风冒雨之高士和撑舟之梢公勇敢奋力前行，充分展现了中华民族的傲骨气节，深刻寓意了美好的未来要靠大众合力拼搏才能获得。苏显祖依画抒情，勇于抨击当时社会的黑暗面，表达真实的社会处境和民意真情，冒斩首之险用绘画的表现方式来激发民众的团结爱国之心。这与清初八大山人的"白眼看世道"、徐悲鸿抗战时期的《奔马图》有同工之妙意。此画在振奋民族精神意义上远超同期其他画作，具有震撼人心的里程碑效果。

马乐平强调，北宋张择端《清明上河图》反映的是北宋时期汴梁繁华的都市景象，元代黄公望《富春山居图》手卷描绘的是富春江翠微杳霭的秀美景色。而苏显祖的《风雨归舟图》则是南宋偏安时期，画家通过风雨归舟的主题来颂扬不畏艰险、勇往直前的中华民族意志。它不仅是南宋难得留有名款的画家苏显祖的传世孤品，更是一颗体现时代精神、寓意深刻的明珠。

据悉，《风雨归舟图》现由马乐平先生珍藏。《清明上河图》的发现者、已故国家顶级鉴定家杨仁恺曾为《风雨归舟图》题词："南宋苏显祖《风雨归舟图》诚少见之真迹，惟此公传世作品尚属初见，殊可珍矣！"

（2013 年 9 月 26 日）

与故宫博物院院长单霁翔、南京博物院院长龚良等合影（2013 年 4 月 14 日）

百年锡剧根植民众美丽恒久

我朋友谢先生家住宜兴南部山区，多年不见了。那天突然打来电话，说村里人都在说常州有一个锡剧团来宜兴演出，便向我打听个虚实并要搞票。我到处找人买票，终于弄到2张。老谢得票后喜出望外，在全村人羡慕的眼光中，同老伴连夜赶到50里外的市区看戏。看毕又来电感谢：如惬平生之愿！

今年5月，无锡市锡剧戏迷协会举办了一场锡剧交流演出，参加演出的有15个分会的近百名戏迷，还请了无锡锡剧院的著名演员前来捧场。能容200人的锡剧博物馆剧场爆满，很多人只能在场外听戏。演出人员个个化了戏妆，有高水平的乐队伴奏，古装戏和现代戏同台，雅俗共赏。就在这一个月内，该协会还举办了常州戏迷赴锡交流演出活动和无锡戏迷赴沪交流演出活动。

这个戏迷协会已经成立了10年。10年来以戏会友，连续多年参加了吴文化节、惠山庙会的演出、巡游以及周末广场文艺演出等活动；开展锡剧研讨、讲座20多次；交流演唱曲目2500多支，创作排练了现代戏《杨柳村的故事》《无锡是个好地方》，还有锡剧表演唱《唱唱社会主义核心价值观》等等。会长李桂英女士说："目前我们戏迷会员已有数千人之多，逐步年轻化、专业化。戏迷们热情高涨，活动一个接一个，最近要到上海《百姓戏台》演出，由上海电视台专场拍摄。我当然乐在其中、马不停蹄啦！"

在江阴、宜兴有许多锡剧票友，据估计有数万人。各地都有许多的票友聚会演唱点。沿着湖边、河边散步，就能听到优美的锡剧声。在宜兴市中心的瀛园，每周都有两三次锡剧票友聚会，有一个伴奏乐队，为想上台表演的任何人伴奏。可是，这里上台表演可要排长队的哦！就如比赛擂台，没有三分三的人是不敢轻易上台的。在农村、山区各个乡镇，也都是如此。

宜兴市徐舍镇美栖村有一个农民剧社，有全套的戏装、伴奏乐队、排练大厅，村党总支将此作为社会主义新农村建设的重要项目来扶持。村里有数十名爱好者经常在此唱戏。剧社常到无锡、常州多地演出，名声不小。江苏卫视最近还为该村剧社摄制了全本锡剧《玉蜻蜓》。

宜兴市老干部大学最近举行了一次戏剧演唱比赛，共有锡剧、京剧、越剧、黄梅戏、沪剧5种参赛剧种，60个报名参赛的人员中，有30个报了锡剧，占据"半边天"，是报"国粹"京剧的3倍。该校一位领导说："以前开了2个锡剧班，根据需求本学期开了3个班，班班都是报得满满的，有些是夫妻同报同学。看来还得增开。"

锡剧前称滩簧，是江、浙一带说唱艺术之一，发端于古老的吴歌。200年来，经过民间的演唱流变衍化、一代代艺人的加工提高和姐妹艺术的借鉴融合，逐渐形成了较为成熟的锡剧艺术。目前广泛流行的有《珍珠塔》《玉蜻蜓》《杜十娘》《孟丽君》《青蛇传》等古装戏，以及《沙家浜》《红花曲》《太湖游击队》等现代戏。2008年6月7日，锡剧经国务院批准被列入第二批国家级非物质文化遗产名录。

（2016年6月27日）

通讯

同一片蓝天　同一个希望
——近距离接触外来民工子弟

　　朝阳初升，宜兴市紫砂村民工子弟小学的全体师生又迎来了崭新的一天。昨日，记者走进了这所"流动花朵之校"。这是宜兴首家民办民工子弟学校，校园里干净整洁、书声琅琅，一个个天真活泼的孩子正坐在明亮的教室中认真听老师讲课，眼前一切和其他学校相比并没有任何区别。然而，这所学校又很特殊：全校800多名学生来自安徽、河南、河北、四川等十个多省份，学生身上几乎没有一分零花钱，他们身上的衣服裤子都是别人捐赠的，每天中午的饭菜只有1块钱……但是，这些新市民与我们本地人一样，希望以知识改变命运，以勤奋换来幸福。

捐赠的衣服和一元的午饭

　　记者走进一个教室里，孩子们正在安安静静地写作文，题目是《寻找春天》。"我们在田野上看到桃树开花了，小草变绿了，桃花很美丽……"班主任林老师怜惜地说，孩子们的视野普遍都比较狭窄，作文中词汇量实在少得可怜。他们身上几乎没有一分零用钱，更买不起课外书，一到星期天，有的学生就坐在书店地上看一整天的"免费书"。

　　记者发现，除了缺少课外书，孩子们的学习用品也很匮乏，铅笔短得握不住了还在使用，橡皮成丁块大小仍舍不得扔掉，不少人的作业本是去年用过的，有的孩子甚至连文具盒都没有。

　　9岁的刘鹏身上穿的衣服显然大了一号，他身上从衣服裤子到鞋子都是本地学生捐赠的，他说自己从来没有穿过新衣服，一直都是穿哥哥的旧衣服，宜兴市退休教师协会来给他们捐送衣服时，孩子们欢呼雀跃，比过年还高兴。

　　午餐时间到了，几个学生到食堂把两大盆饭和一大桶菜扛到了教室里，有两个孩子负责给大家分饭菜，其他孩子端着盆子排好队一个个上前领取。

队伍在教室里排得很长，但鸦雀无声，没有人争抢。菜很简单，只有一个豆芽菜炒肉丝，但孩子们个个吃得津津有味，碗里几乎不剩一粒米饭。这顿饭可能是大多数学生一天中吃得最好的一顿了。即使这样，还有的孩子为了省下这一块钱中午赶回家吃饭。

最大愿望是"拥有一张自己的床"

下午5点，10岁小女孩朱芯蕊放学一回家就趴在家门口的一张板凳上做作业。朱芯蕊的家在一间十几个平方的旧平房里，屋内一张床占去了几乎一半空间，还有一半空间被一大堆杂物占据，除了一台旧电视机外，房间几乎再没有像样的家具了。每天晚上，朱芯蕊和父母亲、弟弟四个人挤在一起睡觉。她曾经在命题作文《最大的愿望》中这样写道："我最大的愿望是能够拥有一个属于自己的房间，有一张属于自己的床，有一张可以看书写字的书桌……"

校长郑法娣介绍说，由于学校大多数家长都在本地琉璃瓦厂、紫砂厂等干粗重体力活，收入不高。所以许多人家都这样，全家人睡一张床，跪在地上做作业。

有些学生由于父母长期住在工地不回家，小小年纪就一个人住在出租屋里独立生活。穷人的孩子早当家，和当地孩子相比，这些孩子显然成熟懂事得多。

清贫而"富有"的老师

5年前，郑法娣还是一名小学教师，当时由于目睹不少外来民工子女入学十分困难，好多小孩整日游荡在村头马路上。于是，她和丈夫拿出准备盖新房的积蓄，买下当地一所旧村校，经过一番装修改造，正式创办了这所民工子弟学校。

民工子弟学校的教师很清贫，每月工资只有几百元。学校里没有一台电脑，有的教室里甚至连讲台都没有，由于没有办公室，所有的教师都只能在教室里办公。可是，郑校长说："这里的老师是清贫的，但同时又很'富有'，每个学生都是我们的无价之宝。"

青年教师卢燕说："虽然这里的条件艰苦一些，但这里的孩子个个都很纯朴可爱，看到他们一双双纯真的眼睛，谁又忍心离开他们呢？"多才多艺的她能在城里找到一份工资高又轻松的工作，但从小失去父母双亲的她更懂得父母关爱的珍贵，她表示要将这份关爱施于每个学生。

每年教师节，学校老师都能收到一叠厚厚的贺卡，这是已经毕业的学生送来的，而且都是他们亲手制作的。一个学生在贺卡上这样写道：师恩难忘，民工子弟学校的这段经历我将一辈子铭记在心。

"艰难困苦正是孕育人才的沃土"

"知识改变命运"的思想，已经在外来民工心中孕育。虽然学生家长文化水平都不高，但是他们对孩子寄予期望，孩子就是他们的希望、他们的未来。可以说，孩子的未来，就是他们离乡背井、艰苦打工的主要目的和动力。有的家长为了让孩子能够在这里读书，特地选择在学校附近打工，工资低一点、活儿脏累点都能扛过去。11岁的朱凤宇来自安徽霍丘，他说能够在这里读一辈子书也愿意。

朱芯蕊的父亲朱峰说："我们这一代因为缺少文化吃了不少苦，现在我们这么辛苦赚钱，就是要让孩子成才，就是为了让他们今后不再吃这样的苦。我们的一切都寄托在孩子身上了。"

"外来的孩子其实一点都不笨，他们对自己来之不易的学习机会十分珍惜。"这是是老师们的评价。一次，学校一个学生考上了宜兴外国语学校，他的母亲高兴地买了许多花生、糖果赶到学校感谢老师，她说："我们的孩子只有靠知识才能改变自己的命运，我没有钱请老师吃饭，但我和孩子永远都不会忘记你们的培育之恩。"

"艰难困苦正是孕育人才的沃土"，这是学校名誉校长、中国工艺美术大师徐绍棠为学校题的词。诚然，在祖国同一片美好的蓝天下，谁又能说这些"流动花朵"不能绽开得灿烂美丽呢？

（2006年4月10日）

"和谐大厦"的痴迷"义工"

——记"中国爱心老人"姜达敖

一个公民在构建和谐社会大厦中能够做多大的事？宜兴市高塍镇上一位名叫姜达敖的花甲老人，作出这样回答：他拿出自己所有工资奖金和个人积蓄 130 多万元，16 年中资助弱势群体 1000 多人。6 月 16 日，在北京人民大会堂中国公益事业功勋人物颁奖仪式上，他不仅获得了"中国公益事业十大慈善大使"荣誉称号，还获得了全国唯一的"中国爱心老人"称号。

"伸手扶一个穷人，社会添一份稳定"

"目前全国农村仍有 2000 多万人没有解决温饱问题，中国的'基尼系数'已经超过 0.4 的国际警戒线，贫富的悬殊过大将影响到社会稳定……"一位普通的农村老人，对于国家大事竟然如此了解和清晰，着实令人吃惊。姜达敖深知，自己是改革开放和富民政策的受益者。他和妻子过去都是农民，曾干了多年搬运装卸工，饥寒交迫的日子至今记忆犹新。改革开放后，夫妻俩依靠艰苦奋斗精神办起了乡镇企业，生活一年一年好起来了。现在，他担任欧亚华都集团党支部书记。他常说："人要懂得感恩。先富起来的人应当回报社会，分担社会责任。穷人太多，社会就难稳定，因此，伸出手来扶助一个穷人，就为社会增添了一份稳定。"从 1991 年开始，生活逐步富裕的姜达敖，踏上了扶贫帮困的路途。

2003 年初夏，已退休的姜达敖到西北一家污水处理厂办事时，偶然听说：附近西北农业科技大学有些贫困学生，吃的是从家里带来的杂粮面"锅盔"，一个"锅盔"要吃好几个月，他心里隐隐作痛。他找到该校领导，要求资助 13 名品学兼优的特困生，每人每年 1000 元，直到毕业。当时有一个来自陕西渭南的女生雷婉宁，因贫困已含泪递交了"退学申请"，姜达敖邀请她参加捐资助学仪式。雷婉宁热泪盈眶地说："敬爱的姜伯伯，如果没有你的这份资助，我只能怀着一颗破碎的心离开学校……从您的身上，我看到了未来的希望……"第二年，老姜千里迢迢专程来到陕西渭南这片黄土地上，看望和资助雷婉宁全家。

从此，帮助西北地区的贫困户，就成了他的一桩"使命"。他说："只有帮助西北贫困地区缩小和发达地区的贫富差距，我们这个社会才能够真正实现和谐。"两年来，他先后多次赶赴陕西、甘肃等贫困地区，冒着凛冽的寒风，钻进窑洞看望贫困家庭，给他们送去一份份助学金，并在那里结对扶持 32 名贫困学生。

"弘扬正气，乐善好施才是光明社会"

去年 1 月，姜达敖出席江苏省第八届精神文明建设新人新事颁奖大会。会上，他听到一件令他心潮翻滚的事：连云港市东海县的丁照前，为保护人民财产安全，在与歹徒搏斗时英勇牺牲了，留下抱着 3 岁孩子的妻子及 4 个老人。姜达敖当即在大会上把自己的 5000 元奖金一分为二，3000 元捐赠给印度洋海啸的难民，2000 元捐给丁照前的遗孀金雪言。回家后，他又跟妻子商量，决定把丁照前的遗孤认作干孙子，每年承担 5000 元生活和学习费，直到孩子长大成人。年底，他专程赶到东海认亲。

丁照前没有被"追烈"，姜达敖忧心忡忡，他想："如果这样的英雄不评烈士，那么今后我们的社会还有谁会'见义勇为'？一个弘扬正气、正义的社会，才是一个光明的社会啊！"从此，姜达敖为了给丁照前争取"烈士"称号四处奔走，他一连给江苏省委书记写了三次信，并发动自己资助过的一批大学生，多次向中央和江苏省民政部门写信呼吁。为了一位相隔千里、素昧平生的过世之人，一位老人抱着自己的多病之躯如此奔波呼吁，让所有的人都感动了。最终，丁照前获得了"烈士"称号，他家人也得到了烈属待遇。

姜达敖对一切乐善好施的行为都大加褒奖，并竭力推动。宜兴有一个农村妇女吕顺芳，曾帮助全国 100 多个离散家庭找到亲人，但由于这位"寻亲大姐"经济拮据，寻亲活动难以为继。姜达敖立即将 5000 元现金和一台电脑送到吕顺芳家中，并组织人力义务为她的寻亲活动服务。

"人人做好身边事，社会就会更美好"

宜兴市高塍镇邱新村农民杜水华，2001年做瓦工活时不慎从高空坠落，成了高位截瘫的残疾人，妻子体弱多病。同年5月，他27岁的独子突遭车祸身亡，还有80岁的老娘和一个未满周岁的孙子，一连串的打击，使他多次想结束自己的生命。这时，姜达敖带着慰问金和慰问品来到杜水华床头。为了帮助杜水华摆脱贫困状况，姜达敖多方奔走，帮助杜水华办了个烟杂商店。对生活重新充满向往的杜水华，为了表达自己的感激之情，特意把小店命名为"爱心商店"。

谈起这件事，姜达敖老人平静地说："一个人的力量很微小，但一百个、一千个、一万个爱心汇聚起来，我们的社会不就处处可爱了么？每个人只要从力所能及的事做起，就是为和谐社会添砖加瓦啊！"16年来，姜达敖把自己所有的工资奖金和个人积蓄，几乎全都用在了资助贫困群众上。他生活非常俭朴，喝的是几元钱一瓶的白酒，一碟花生米就能下酒。他六十寿辰和结婚35周年纪念日两桩大事，子女和亲戚分别送来了2.4万元贺礼，他把钱全部送到了高塍敬老院、慈善部门和镇政府治理河道工程。

有人对他这样的做法感到不可理解，对他说："傻瓜，钱又不咬你！"有人认为："想出名吧，花钱捞政治资本？"姜达敖回答说："我今年66岁了，既不想当官，也不求回报，我只是为了让更多的人生活好过一点。"他喜欢一句名人名言："带着财富死去，是人生最大耻辱。"当工作一天下来感到疲劳的时候，一个人静静地坐下来读一读受助者一封封对未来充满信心的来信，这是老人最开心的事情。

"爱心接力棒，定要代代传"

姜达敖多次说道："我最怕的是自己哪一天倒下不起。我对生死看得很平淡，但担心我资助的80多个求学的孩子、20多个结对贫困户，爱心接力棒会代代相传吗？"让老人感到欣慰的是，在他的感召下，有三代人已经在奉献爱心，其中有他的妻子、儿女以及他资助过的学生等等。他的儿子今年将其经营的乒超俱乐部的比赛门票收入等23万元，分别捐赠给了吉林省的孤儿学校、贫困老人。妻子王腊华筹集8万元设立了"华都爱心基金会"，用于帮助贫困职工和学生。他资助过的对外经贸大学十多名学生，也跟高塍镇上的32名中小学特困生、北京希望工程的10名中小学生开展"结对手拉手，爱心代代传"活动。

每到阴雨天，脑部两次手术的后遗症就折腾得老人头昏眼花，但他每天还要骑上半小时自行车锻炼身体。他说："过去我说生命不息，奉献不止。现在我要改说为了奉献，珍惜生命，因为还有很多人需要我。""爱心老人"在全国出名了。众多的奖杯、锦旗中，有"江苏省扶贫明星""全国孝亲敬老之星""中国公益事业百名优秀新闻人物""无锡市优秀共产党员"等等，他先后入选"无锡市精神文明建设十佳新人新事""江苏省第八届精神文明建设新人新事"。然而，他盼望的是有更多的人传承这些荣誉。

当我们请姜达敖描绘理想中的和谐社会是什么样子时，他慢慢地说："我是个农村人，道理讲不深。我要的是人人都能吃好穿好，接受高中以上的教育，发挥兴趣特长，正气正义，一人有难众人相帮，大家都能够安定快乐地生活……"

（2006 年 6 月）

猪圈变"花园"

——宜兴市兴望农牧公司"生态环保型"养猪见闻

　　提到养猪场，给人的印象总是"臭烘烘""脏乱差"，然而走进宜兴市兴望农牧有限公司，映入来访者眼帘的却是另外一番景象：一栋栋白色的猪舍掩映在绿树丛中，成群的鸡鸭在树林里悠闲地觅食，鱼儿在清水池塘中遨游，空气中弥漫着花香，使人仿佛置身于休闲农庄之中。人们不禁发出这样的疑问：这真是一个养猪场吗？

　　"我们的目标就是要把猪场建成一个'远看像树林，近看像公园，走进才知是猪场'的生态环保型绿色企业。"兴望农牧老总涂海龙是一位朴实而直爽的汉子，他乐呵呵地告诉记者："用粪便污水产生沼气发电、用电加工饲料、用沼渣生产有机肥出售、用沼液排放供应基地苗木，这样就形成一条循环经济产业链，基本实现了零污染排放。"据了解，兴望农牧公司建成的沼气发电项目是国家农业部沼电能示范工程、江苏省最大的养猪场沼气发电项目，该工程年处理猪粪尿达25000吨，年产沼气36.5万立方米，年发电69万千瓦时，产生的沼液通过铺设管网可浇灌1000亩苗木、2000亩水稻高产方。前不久，省有关部门组织了200多个规模化畜禽养殖场的负责人，到兴望农牧召开现场会，推广发展循环农业、优化农村环境的经验。

　　涂海龙怎么会想到创办这个现代化的养猪场呢？原来2000年宜兴将横山水库之水引进宜兴城，而原来依靠横山水灌溉的西渚镇的万亩水稻田将变成旱地，种惯了水稻的农户一时为找不到出路而发愁。此时，在外做生意的涂海龙毅然回乡办起了"兴望"农牧场，建起了一个300多亩的苗木基地，拉起了两个农业循环经济产业链：一个是集沼气发电、加工饲料、生产有机肥、沼液作为肥料供应苗木生产于一体的产业链；另一个是饲料加工、种畜繁育、肉猪生产、屠宰加工、冷冻保鲜、内外销售、立体综合养殖的产业链。目前，农场总投入已达 1700 多万元，成为年出栏 5000 头优良种猪、3 万头瘦肉型商品猪、存栏 1 万头猪的绿色生态养殖场，发展规模在宜兴独占鳌头，去年销售收入达 8000 多万元。

为了带动更多农户增收致富，涂海龙采用"公司＋基地＋农户"的经营模式，对挂钩搞生猪养殖的农户实行管理模式、品种组合、饲料供应、防疫程序、商品猪销售等五个统一，为养猪户解决了品种、技术、防疫、销售等难题，使每头生猪增加了 30 多元收益。在他的带动下，周边有 30 多家种田户转变为养殖户，走上了致富路。农户夏金才与兴望农牧公司挂钩后，从饲养 10 多只母猪起步，现已扩大到 60 只母猪、年出售 600 多头仔猪的规模，成了年盈利超 10 万元的养猪大户。35 岁的青年农民狄洪光，去年养殖母猪 25 头，出栏肉猪 1000 头，他还利用猪粪种植 60 亩果树，在树林中放养了 6000 只鸡，年收入超过 15 万元。

为了把这条"养殖—沼气—种植"三位一体的生态农业链做大做强，涂海龙告诉记者，目前公司正准备投资 1738 万元进行二期工程建设，计划用 5 年时间把农场建设成千亩绿色循环经济生态农业科技示范基地，新增一家年产 2 万吨颗粒饲料厂，建成一条年产 10 万头生猪屠宰加工线，带动 500 户农户养猪致富，成为一家集加工、养殖、种植为一体的现代化规模农业龙头企业。

（2006 年 6 月 2 日）

龙永图夜巡陶都

宜兴的黄昏是美丽的。28 日 20 点，一位年届花甲、步伐矫健、眼光锐利的先生走进了陶都的夜幕。他就是博鳌亚洲论坛秘书长、被誉为中国"WTO"先生的龙永图。龙先生是应邀来宜兴讲课的，他从北京到宜兴已是晚饭时分。一用过晚餐，他就跟随着人们看宜兴新貌了。

"西氿可改称西湖否？"

夜幕降临，华灯初上。在宜兴的宜园，面临徐徐晚风、粼粼氿水，大家漫步在石桥、花径、亭阁间，眼望着西氿沿岸的城市灯光轮廓，龙永图大声地感慨说："这不就跟杭州西湖一样吗？宜兴真美！"当他听说宜兴有西氿、东氿、团氿三个氿时，惊讶地说："那能不能将三个氿改称西湖、东湖、团湖？一个城有三个湖，那才绝了！可是外地人谁认识这个'氿'字？就跟现在给小孩起名字，用冷僻字，没几个人能读啊。"人们理解，龙先生长期致力于 WTO 和世界经济一体化，他的这一建议，无疑跟他的一贯思路有关，看来他对"通用"两字情有独钟。

龙永图与宜兴的交往已有 10 年，最初是为宜兴引进一个外资企业。他此次故地重游，虽然十分疲倦，但他精神抖擞。原计划看过宜园，巡视就结束了。可是龙永图正在兴头上，接着又看了宜兴城南河的改造工程和解放广场绿化工程，还饶有兴味地参观了由新加坡欣联集团投资兴建的高档商住区"新天地广场"。他感慨万千地说："宜兴的变化太大了！希望宜兴这个山水城市把环境保护好，这对长三角地区都是有贡献的。"

"当老师使我返老还童"

记者得知，龙永图除了担任博鳌亚洲论坛秘书长外，还担任复旦大学国际关系与公共事务学院院长和国际问题研究院院长，便乘隙问其原因。他说，复旦大学王生洪校长向他发出邀请时，他考虑再三，从博鳌亚洲论坛方面考虑，这个世界性的高层论坛，需要智力的支持、人才的支持，复旦大学是我国著名学府，它有丰厚的研究资源，可以成为博鳌亚洲论坛强有力的支撑机构。从复旦大学方面考虑，他也可以把当今国际上最热点的课题提供给复旦大学研究，并将研究成果传至博鳌，引向全球。因此他欣然接受了邀请。

说起到复旦大学上课，他顿时来了精神，他说："虽然一年中到复旦上课的天数不多，而且主要是举办讲座，但一到校园里，就仿佛回到了青年学生时期，感觉特别兴奋。大概像我这种年纪的人，到大学里当教师是一个很不错的工作。当教师能使我返老还童。不过，我也要对学生负责，每次都要带给他们一些新知识和新视野。"

"正确理解自主创新"

夜幕微风习习，陶都灯火璀璨。慕名这位中国入世谈判的功臣，一路上有个企业家特别想从龙先生嘴里得到企业与国际接轨的真传法宝。龙永图告诉他，企业与国际接轨，当前就要正确理解自主创新，自主创新包括原始创新和引进吸收再创新。两个都很重要，要注意防止一种倾向，好像自主创新就是全部自己搞，自己研究出成果。其实我们现在就是要花钱买外国的思想、外国的技术，拿来消化吸收后再自己创新。这对宜兴的中小企业尤为重要。还有一个环节很重要，这就是保护知识产权，没有保护，就是一句空话。当有人问他对宜兴紫砂的印象时，他说："宜兴紫砂是国之瑰宝，我也经常当作国礼带出去。但不能做得太多、太滥，任何东西做多了就不值钱。宜兴紫砂也要走创新之路，要多出点精品，少做点大路货。"

（2006 年 7 月 29 日）

"金点子"献礼大"鸟巢"

——江苏沪宁钢机在国家体育场建设显身手

9月17日，无论对于奥运史还是建筑史，都是一个不同寻常的日子。举世瞩目的国家体育场——世界上最大跨度的钢结构建筑"鸟巢"，完成了钢结构卸载。这意味着，一个建筑史上的"世界之最"诞生了。

大"鸟巢"终于在北京露出了真容，2008年北京奥运会的开幕式和闭幕式都将在这里举行。这个举世无双的庞然大物，钢结构重达4.8万吨，其中一半是由宜兴市的江苏沪宁钢机股份有限公司承担建造的。当2003年国家体育场方案通过国内外专家评审，确定"鸟巢"方案时，人们不免在这世界奇迹般的图案面前感到惊心动魄，一些外国专家怀疑说："中国人能做出来吗？"因为这个庞然大物结构之复杂、技术质量要求之高，属当今世界上罕见。在场的中国专家信心满怀地说：能！我们中国的企业肯定能造出来。由于沪宁钢机在上海磁悬浮列车、国家大剧院等世界顶级建筑工程中的突出表现，国家体育场业主委员会总包单位中国建筑设计研究院特邀沪宁钢机参与工艺设计。在"鸟巢"钢结构工程一标段和二标段的投标中，沪宁钢机均以总分第一名胜出。

沪宁钢机公司将"鸟巢"工程作为国家的形象工程来认真对待，派出总工程师和高水平的技术人员，他们决心向2008年北京奥运会献上最好的礼物。在参与"鸟巢"的设计和施工过程中，沪宁钢机人高举创新的旗帜，充分发挥工程技术人员的聪明才智，为工程的圆满成功献出了一个又一个"金点子"，中国建筑设计研究院等单位称赞他们是"鸟巢"建设的大功臣。

钢材是"鸟巢"成败的一大关键。这种世界顶尖的建筑，要的是顶尖的钢材，这种钢材是一种叫做"Q460E-Z35"的合金钢，它要同时具备高强度、高韧性两大特性。这种钢材国内从未制造过，也从未使用过，国外也是凤毛麟角，大部分中外专家都认为必须从国外进口才行。沪宁钢机股份有限公司董事长王寅大从国家利益出发，力主用国产钢材。根据自己 20 多年的钢结构建设经验和对国内钢铁企业的广泛了解，他认为河南舞阳钢铁厂有能力制造出这种合金钢。他向工程建设单位竭力推荐，他说："如果能用国产的钢材产品，就可以使民族工业上一个新台阶，还可以为国家重大建设项目节省大量资金。"用国产钢还是用进口钢一时间成了争论的焦点。王寅大积极与舞钢取得联系，让他们到北京工地上现身说法，并试制出超过国外水平的高质量合金钢。最终建设单位采取了王寅大的意见，用舞钢的钢材代替进口钢材。设计和建设单位对王寅大的"金点子"十分佩服，非常感激，称赞他为国家立了一大功。

"鸟巢"难就难在两个方面，一是结构中节点特别多，二是钢板厚而形状特殊弯曲。原设计方案中，节点原设计采用大量的铸钢节点，它产生两大问题，一是重量大，二是成本高。如何解决这个难题，成了业主的一桩心病。沪宁钢机的工程师经过分析对比，提出改用钢板焊接节点。建设单位经过科学的分析，认为这是个"金点子"，毅然采用沪宁钢机的方案，结果仅此一项，就节省了 5000 多万元资金。对于难度特大的箱型弯扭件，他们将传统工艺与现代化数控技术相结合，创造出一套独特的弯扭构件加工工艺方法，创造了世界一流的外观质量。

在"鸟巢"方案问世后，总承包单位为进一步完善"鸟巢"钢结构的吊装施工方案，通过集思广益，展开了一次国际性的吊装方案征集招标。国内外共有 12 家有实力的施工单位参加了投标，他们各显其能，拿出了许多种方案。沪宁钢机凭借多年来积累起来的实践经验，提出了"地上分段拼装，划块高空吊装"的新方案，引起了中外专家的极大兴趣。他们经过理论分析，觉得十分可行，最终确定沪宁钢机的方案为唯一吊装方案。方案施行后的实践表明，它具有钢结构吊装与土建施工可同时进行的优越性，大大加快了工程进度，大大提高了安全系数，节省了 30% 的工程费用。

（2006 年 9 月 18 日）

寻访"活"龙窑

听说从明代开始点火的古龙窑，还有一条"活"着，它就在陶都宜兴丁蜀镇的前墅村。记者怀着寻访古迹的迫切心情，向前墅村走去。这个村在镇的东面五六里，又没有路牌，很难找到。过了一座小桥，终于看见桥边有个村庄，新屋旧屋杂陈着，路人告诉我，这就是前墅村了。此时已近黄昏，很多人在家门口端着饭碗吃着晚饭。可是古龙窑在哪里呢？村民带着我绕过几座小屋，转了个小弯，抬手一指："这就是龙窑。"

原来这个大名鼎鼎的家伙就躲在数幢农舍间，真不敢猜度这就是国家级文物。但是龙窑的古朴风度给了我不小的震撼。这座龙窑在一个土坡之上，没人知道这个土坡是怎样形成的。它黄色的身子长约30来米，高约10多米，呈30度向上延伸，真像一条龙。窑身全部是黄土的，有观察火势的数十个眼洞和两个装窑进货的门，窑身上方搭着木头棚顶，为它遮风挡雨。这时村长来了，他叫郝三英，知道记者来看龙窑很高兴，立即帮我叫来了龙窑老板吴永兵。这个吴永兵五大三粗，古铜色的脸显示着岁月的沧桑。他今年47岁，已在这座窑上烧了26年。他带我顺着边上一条一米宽的便道走上了龙窑，路上都是烧窑用的陶钉和无数的碎陶片。推开窑门，热气扑面而来，里面黑洞洞的，约有一人高，整齐地堆放着许多盆盆罐罐，门旁边堆着很多松枝柴禾，这座窑至今仍烧柴。这座窑可以烧到1150度高温，已烧了500多年。老吴告诉我，这一窑刚刚烧好，正在等待冷却。

走下窑来，吴永兵给了我一张咖啡色的名片，上面写着："古龙窑紫砂工艺陶瓷厂，吴永兵厂长。"原来他还有一个厂，就在龙窑身边，其实只有一幢小楼房和几间配房，看起来很旧。可是门口那个约一米八高的绿色花瓶却引起了我的兴趣。因为它的瓶体是一种窑变釉技术，如果用倒焰窑、液化气窑、电气窑等等现代的窑是烧不出这种效果的。所以吴永兵显得很自豪："我这里烧出来的是真正的艺术品，彩陶、青瓷、美术陶上的釉水经过这座古龙窑烧过后，釉色千变万化，想都想不出啊。一百只紫砂茶壶出来就是一百种效果。顾景舟大师过去常来这里烧他的茶壶呢！"走进他的"厂房"，我又看见许许多多罐头，大的可以藏人，小的可掌中把玩，色彩都很暗灰。他指着那些罐头说："这些是台湾商人来定做的茶叶罐，'八鼎'名牌呢。"

黄昏来临，村子安静下来，古龙窑显得更加神秘。郝村长和吴永兵送别记者时说："宜兴市政府和丁蜀镇政府近几年对这座龙窑花了好多钱。现在已经是全国重点文物古迹了，要是能花点钱再修一下，并且与旅游线路连接起来，就能成为一个旅游景点，在弘扬陶瓷文化上发挥作用了。"

（2006 年 10 月 27 日）

日本东京留影（2008 年 6 月）

外来夫妻办学记

——宜兴大别山希望小学见闻

在宜兴市丁蜀镇，有一所学校，叫做"大别山希望小学"。为何以"大别山"命名？记者满怀好奇，近日访问了这所学校。在一片田野里，有一座不太显眼的三层楼建筑，就是这所学校了。校舍虽然简陋，却十分整洁，400多名来自安徽大别山区以及全国8个省的外来民工子弟在这里欢快地读书、玩耍，他们像花儿盛开在大地。教师们看着他们健康地成长，心中涌起无限的幸福，其中最感幸福的要数校长张继美和他的爱人陈菊，因为这所学校就是他们夫妻俩创办的，是他们爱心和理想的结晶。

张继美和陈菊都是安徽大别山区霍邱县人，今年都40岁左右。7年前，张继美在老家是镇政府干部，陈菊是小学教师。他们第一次到宜兴考察时，看到大批霍邱人带着孩子到宜兴打工，在丁蜀镇川埠一带就有数千人之多。可是因为经济条件差而上不起当地的学校。家长上班去了，这些孩子们在家无所事事，虚度年华，安全也难保证。家长们打工心挂两头，这成了他们的最大心病。张继美、陈菊夫妇看到此景，既怜惜，又着急，他们决心在宜兴为大别山的孩子们创办一所学校，让他们有学可上，有书可读。校名就取"大别山希望小学"，寓意大别山的希望就寄托在孩子们身上。

离乡背井、千里迢迢来到陶都宜兴，创办之初的艰难是可想而知的。他们把自己的三个孩子丢在家里，带着霍邱县的一张介绍信，扛着行李铺盖就乘上来宜兴的汽车。办学审批是一个繁杂的过程，他们心志坚定，一个部门一个部门跑，一个公章一个公章盖。他们的热血行动引起了宜兴市政府的关注，宜兴市市长亲自批示，要求有关部门关心和支持他们。

当他们顺利地获得办学批文后，才知道后面的工作更艰巨。茫茫四野，校舍在哪里呢？他们俩的经济实力微薄，不可能建造学校，只好租房子办学。他们四处打听，先在一个村庄里租了10间屋子，从老家带来几十套旧课桌，又请木匠做了几十套。当一个简陋的学校现出雏形时，学生在哪里呢？教师在哪里呢？他们想方设法，动员了老家几个教师一同来宜兴，然后挨家挨户走访民工家庭，让他们送孩子来上学。张继美和陈菊对他们的老乡说："我们大别山人就是因为没有文化，所以才受穷啊。我们不能让孩子们走我们的老路，要让他们有出息，为社会作更大的贡献，就一定要读书学文化。我们会用全部心血来哺育他们健康成长。"就这样，一些家长陆陆续续送孩子来上学了。创办的第一个学期办了5个班，招收了70多名学生。为了不断提高办学质量，改善办学条件，他们先后迁了三次校址，一次比一次好。他们招聘当地的优秀退休教师来担纲教学重任，又招聘了3位有志于希望小学教学的大学毕业生，师资力量大大提高。考虑到学生们住得分散，他们购置了2辆中巴车，每天接送。学生们快乐上学，全面发展，家长们安心上班，心中多了一份希望。几年来，这所希望小学成了当地一所人人称道的好学校。

　　夫妻俩一唱一和，琴瑟相谐，张继美主持行政、后勤、对外联络和资金筹集，陈菊负责教学业务，还担当任课老师，学校慢慢走上规范之路，大别山希望小学名声逐渐播扬，除了大别山区的孩子外，四川、河南、贵州、山东、苏北等地来宜的民工也纷纷将子女送来上学，学校每年都要扩大几个班。宜兴市各级政府和社会各界对这所学校倾注了厚爱，市教育局派人来校指导教学，团市委赠阅《无锡日报》等报刊。荆溪小学与该校结为友好学校，每年都给学生们送来图书、衣服和书包等。去年高塍镇"爱心老人"姜达敖得知学校有困难后，立即拿出个人积蓄，专程送来一批课桌椅、衣服和现金。今年一开年，宜兴市政府办公室和教育局电教馆又捐助他们8台电脑。这些都让教职员工和学生们感动万分，张继美和陈菊激动地表示："宜兴是我们大别山人的第二故乡，我们夫妻俩在这里找到了实现理想和抱负的宝地，享受着幸福感和成功感。我们将精心耕耘这片园地，作为终身奋斗的事业。"记者看到，这所充满生机的学校却也不乏令人遗憾之处，主要是教室偏小、校舍拥挤，没有一块理想的运动场地。由于收费低廉，又有较多学生欠费，所以学校没有资金改善校舍。记者认为，应该有社会各界更多的团体和个人伸出援助之手，帮助他们改善办学条件，使这所学校真正办成外来民工子弟学习知识、快乐成长的园地，使新一代有文化的"新市民"从这里走向成功和希望。

（2007 年 1 月 22 日）

在香港采访黎巴嫩驻华大使苏莱曼·拉斯先生（2008 年 9 月）

"锡山俞传"今安在？

——做客宜兴紫砂名人倪顺生家

清末民初有个鼎鼎大名的俞国良，他是无锡锡山人，长年在宜兴蜀山研制紫砂壶。由于他制壶技艺精湛，曾经应邀到京城为朝廷制壶，他做的"四方传炉壶"获得过1932年美国芝加哥博览会优秀奖，可谓一代大师。可是俞国良1939年便辞世了，那么他的传人现今在哪里？真是鲜有人知了。经过一番周折，我昨日终于有幸在陶都丁蜀镇找到了他们。在一个普通小区的住宅楼里，我见到了高级工艺美术师倪顺生先生，他就是俞国良的第二代传人！

走进倪顺生家，大厅里醒目地悬挂着"锡山俞传"的匾额。今年70岁的倪顺生仍然十分精神，兼有艺术家和教书人的气质。他告诉我："锡山人俞国良很年轻时就到宜兴来制壶，俞国良的女婿倪祥林就是我的父亲，他跟着俞国良学艺，也就是第一代传人。我呢，是第二代传人了。"他的妻子杜爱华也是在紫砂艺界耕耘了半个世纪的陶艺家。倪顺生一家都是工艺领域中的实干家，做人十分谦虚低调，业内口碑甚好，虽然祖传显要，自己也成果卓著，却很少对外宣传。他的口头禅是："壶是做出来的，不是吹出来的。"

倪顺生幼年随父学艺，17岁时，进入紫砂工艺厂拜陶艺泰斗朱可心为师。他聪明伶俐，好学勤思，因而成为朱大师的得意门生。3年后就带徒弟，5年后就赴京参加全国工艺美术作品展，可谓少年英杰。他继承名师的传统，作品以"花货"类见长，以大自然万物为题材，精雕细凿，惟妙惟肖。他善于在传承的基础上创新，他的师傅朱可心当年以梅花为题材的一把"报春壶"名扬四海，他学得其真谛，而又立志"青出于蓝胜于蓝"。他制作出许许多多梅花类茶壶，千姿百态，巧夺天工，在梅花的花瓣上作了改进，由平贴式做成浮雕式，立体感更强；壶盖做成"虚盖"，视觉效果更好。

他的梅花壶，只只有个性，个个不雷同，享有"天下第一梅"之誉。

　　宽广的思路加上精湛的手艺，使倪顺生的作品成为中外收藏家的抢手货。上世纪 80 年代末起，倪顺生的名字就在中国台湾和东南亚叫响。有一位台湾要人到北京来参加两岸高层会议，亲点他做一只"长寿壁饰"拿回去祝寿。后来，他又延伸制作了"寿桃壁饰"五件套和"梅桩壁饰"，获得江苏省"四新产品"一等奖，消息在《人民日报（海外版）》刊登后，台湾客商纷纷前来，欲买回去收藏。被中南海紫光阁收藏的"色泥象形杯"堪称极品，取材自大自然的 20 只杯只只不同泥色、不同形象，赤橙黄绿青蓝紫，色彩美不胜收；形态各异，有茄子、佛手、石榴、松树、柏树、葡萄、梅花等等。倪老说，他为配制出这 20 种不同颜色的原料，经过了上千次试验，历时 3 年，耗资 10 多万元。他的作品在文化艺术界享有盛名，许多文学家、书画家、金石家都喜欢与他交朋友，切磋艺术。因而他的作品上留下许多名家的笔墨和金刻。著名画家陆一飞在他的提梁壶上刻画了国画"提月"，紫竹先生在他的"夺魁"壶上镌刻了"门里门外门门有理"的名句，范曾先生对他的"文房四宝"格外珍视，分别在笔筒上刻"和靖雅韵"、在笔架上刻"神来"、在砚台上刻"磨出乾坤"、在镇纸上刻"摘藻"。众多名家的题刻，使他的紫砂作品意韵深厚、形意相容、身价百倍。

　　梅花香自苦寒来。倪顺生的作品为什么同大自然如此接近？原因很简单，他是个"自然迷"。他每到一个风景区，首先要观察那里的动物、植物，看到特殊的、美丽的，就拍了照片带回来仔细研究。为了做一只青蛙壶，他到水田里捉了一只青蛙，用玻璃瓶子盖着端详一整天；为了做一只蜜蜂壶盖，他到菜园里捉了两只蜜蜂，折了一枝菜花，放在瓶子里，一边看着它们的振翅飞舞，嗡嗡采蜜，一边模仿着它们的身体造型制作壶盖。

　　做客倪顺生家，一壶浓茶，沁人心脾。如今俞国良的第三代传人正在脱颖而出：他的儿子倪建军和女儿倪建英、倪建云都是宜兴的青年陶艺家，一些作品还获得全国大奖。在这个极其普通的人家，我看到了"锡山俞传"的无限生机和光辉未来。

（2007 年 5 月 20 日）

"莲花父子"

昨日车过宜兴市徐舍镇西,只见路旁一大片莲花,开得绚烂,开得妖娆,微风吹动,恍若仙境。记者无法不被美景吸引,停下车疾步走向池畔。池中一老一少正踩在水中采摘莲蓬。"今天是第一天开摘,你们赶得巧了,来尝尝鲜吧。"见有客从远方来,他们亲切地递上又大又嫩的莲蓬,嗬!吃在嘴里清香无比。

这一片莲花池总共100亩,是郑志元和郑亮父子今年2月着手开发的。30岁的郑亮原来在无锡市区一家大企业工作,但他却对观光农业情有独钟,立志大干一番,带着浑身的青春活力就跟着59岁的父亲来拓荒了。这里原来是一片荒水,他们来承包开发时野草丛生,脚都踏不进去。他们全力投入开发种植,至今没有歇过一个时辰,两人晒得乌黑发亮。

这里是"接天莲叶无穷碧,映日荷花别样红"的新景。"你们看到过这种美丽的莲花吗?"他们神秘而自豪地说,我仔细一看,花色确实与众不同,红色的、白色的,都含有一种不可名状的"混血"之美。原来他们种下的可不是一般的莲花,它叫"太空莲",是人造卫星在太空育成的,它的莲蓬特别丰满,比普通品种大三分之一。这还是从中国科学院引进的一个科研项目呢。太空莲花旁边,漂浮着的是美国睡莲。再靠岸边,种的是黄菖蒲、再力花、梳鱼草等等湿地植物。池中还有花花绿绿的锦鲤、锦鲫等观赏鱼在自由自在地游动。真是一个高起点、追时尚的观光农业园啊!

莲花初开,郑氏父子却早有经营打算。他们已与宜兴的宾馆联系,将第一批莲蓬送去试销。宜兴的森林公园、宜园、城市湿地公园,甚至附近县市,都有人来联系用他们的莲花装点公园,用他们的"太空莲子"烹调美味佳肴。今年丰收已成定局,他们掐指一算,每亩可产5000个莲蓬,加上其他水生植物,亩均经济效益肯定超过3500元。他们已向工商部门申请注册,成立

"宜兴市水生植物园"。明年他们将向其他农户输出种子和技术，带动一大批农户投入到观光农业和高效农业中来。我听过"莲花仙子"的美丽传说，可是我今天却亲眼看到了给新农村绘制新图的"莲花父子"，他们带给人间的更美、更实在。

（2007 年 7 月 10 日）

携妻参加女儿大学毕业典礼（2010 年 7 月 1 日）

果园"三结盟"

——三个农协会联手新农村建设

昨天，虽然烈日烤得人难以喘气，可是滨湖区的龙寺生态园依然风景宜人，美如仙境，气氛热烈，原来这里进来了一批特殊的客人，他们个个古铜色皮肤，兴致勃勃地穿行在葡萄园、水蜜桃园和各种各样的果园中间，看得特仔细，问得很内行。他们是什么人呢？那个领头的老头笑眯眯地说："我们是宜兴市草莓协会的代表，来这里交流学习的。"原来，这天是宜兴市草莓协会和滨湖区大浮果农协会、蠡园葡萄协会"三会"聚首、一起交流、田头"结盟"的日子。

这三个协会为无锡市的三个"名牌协会"：宜兴市草莓协会是全国农业百强示范协会，20年如一日，为农民提供技术和销售服务，带领许多农民走上了脱贫致富的道路，多次在全国农业技术协会会议上介绍经验；大浮果农协会组织农民学技术，联合起来搞销售，建起一个全国知名的"百果之乡"，最近即将建成国家级的杨梅基地；蠡园葡萄协会将农民组织起来搞品牌建设，成为国家优质葡萄基地，这里的葡萄被评为江苏十大品牌水果。

农友相见，分外亲切。宜兴的专业户对葡萄园内先进的喷灌系统表现出浓厚的兴趣，葡萄园的农民就向他们介绍这种设备有什么优点，在哪里可以买到。大浮果农协会向宜兴的专业户询问怎样才能使梨子的吃口更香甜等等技术问题，然而大家议论的最大的主题却是三个协会怎样联合起来，取长补短，为农民提供更科学、更完备、更便捷的产前、产中和产后服务；怎样强强联手将我们无锡的农业品牌在全国打响；以及怎样心心相印，化解和处理农业和农民遭遇到的风险。大家有时相互请教，有时深入探讨，有时激烈争论，都向着一个光明的目标：致富农民。草莓女专业户小马在一旁看得真切，情不自禁地说："协会就是我们的家啊！"

没有客套，没有仪式，在滨湖区科协和宜兴市科协领导的见证下，宜兴市草莓协会吴会长、大浮果农协会王会长、蠡园葡萄协会陆会长三双大手紧紧握在一起——三个协会在太湖边的果园里结成了建设新农村的联盟。

（2007 年 7 月 31 日）

陶都纪事（续）

一场惊心动魄的"爱心接力跑"

张渚残疾人母子挣脱病魔获新生

27日，经过4天紧张抢救和治疗，残疾人朱建华和她剖宫产出生的儿子终于脱离了危险。当无锡市红十字会副会长吴选声将家中熬的粥送到她病床边时，她流着眼泪说："是人民政府、红十字会、残联和社会各界人士的爱心，给了我第二次生命。"

这是一个惊心动魄的"爱心接力跑"的故事。

8月23日夜里11点多钟，张渚镇68岁的红十字会常务副会长贾林康已熟睡，被一阵急促的手机铃声惊醒。原来是残疾人孕妇朱建华哭着告知她腹痛难忍。贾林康果断叫她马上到张渚镇人民医院治疗，然后立即赶到医院。朱建华是一位高位截瘫残疾人，她丈夫也是残疾人。经检查，朱建华患有肾积水，子宫收缩剧烈，已有流产迹象，虽经张渚医院全力抢救，病情仍然十分严重。

24日下午4时，贾林康与张渚医院紧急商量，决定将朱建华送往宜兴市人民医院抢救，张渚医院免费提供救护车和陪护人员前往宜兴。由于朱建华家境贫寒，贾林康从家中拿来1100元现金交给朱建华亲属作为抢救费，同时向张渚镇张静副镇长作了汇报，张副镇长随即派镇残联工作人员陪同前往宜兴市人民医院。

下午5时，宜兴市残联得知朱建华到了宜兴市人民医院，立即由戴菊华科长拿出2000元送到宜兴市人民医院。宜兴市人民医院为朱建华作了紧急检查，由于朱建华怀有身孕，病情十分严重，已处于肝昏迷状态，宜兴市人民医院果断决定将朱建华转到无锡市妇幼保健院抢救，并免费提供救护车和陪护人员。

"爱心接力跑"的第三棒启动了。25日上午6时，无锡市红十字会副会长吴选声得到贾林康的报告后，及时与妇幼保健院取得了联系，保健院火速做好了抢救准备工作。朱建华一到医院，立即得到及时抢救。经该院检查，朱建华急性阑尾炎发作，必须立即手术，否则有生命危险。从晚上10点多开始，妇幼保健院专家给朱建华进行了剖宫产。当6.8斤重的男孩脱胎而出、阑尾炎手术取得成功时，在场的人才长长地嘘出了一口气。

　　记者昨天得知，无锡市红十字会和宜兴市红十字会分别给朱建华送去3000元和2000元慰问金。一场"爱心接力跑"，挽救了朱建华母子的生命，为充满人间真爱的和谐社会献上了一朵鲜花。

（2007年8月28日）

浪漫农民荒岭苦筑"天山馆"

在宜兴芙蓉寺的一座山头上，昨日记者见到了宜兴人传说的"天山馆"。它庞大的圆形身躯静静地矗立着，远望宛如海市蜃楼，这座神话般的宫殿是一座根雕艺术馆，里面有根雕《西游记》全套人物、《水浒传》一百单八将人物、五百罗汉等等，个个栩栩如生。主人是当地农民叫顾松彬，他个子矮小，不善言辞，带着一脸憨笑对记者说："我造天山馆用了10年，已经投入800万元，这只是我的第一期工程。我的目标是建造一座美丽的山林公园，献给祖国，献给后代，我这一辈子做成这一件事就满足了。"

今年53岁的顾松彬土生土长在这个山沟里。从小生活十分穷苦，没有多少文化，被人看不起。上个世纪80年代初，他开始到村前荒山上挖太湖石卖钱，期盼着活出个人样来让人刮目相看。他拍大胆子承包了村子周围没人要的2000亩荒山，苦战十年后成了苏浙皖一带有名的"石王"。一路拼搏由穷变富时，他开始思考"人生的价值"，他想："人的一生不能只为挣钱活着，必须创造一个造福人民的事业，才不枉到人世间走一遭啊！"他明晰了自己的理想：建造一座以根雕和石雕为特色的山林公园，让人民群众生活、游玩在一个山青青、水碧碧、宛如仙境的环境中。

老顾粗茶淡饭，陋室而居，是一个朴实木讷的地道农民，可是他对人生和事业却充满着常人难以企及的浪漫主义精神。这座规模宏大的山林公园，他一不靠设计院，二不请专家，硬是靠自己的"土理念"，建造五大园区：一是"天山馆"，为华东地区最大的根雕馆；二是微缩景观"颐和园"，池塘做成"昆明湖"，太湖石建造"万寿宫"；三是"老寿星宾馆"，老寿星的身体是客房大楼，头部是观光厅，拐杖是电梯，伴随身边的梅花鹿是餐厅；四是"石艺馆"，这座馆通身以活树为墙、为窗、为顶，其中有千吨"石王"作为"镇馆之宝"，它将成为全国收藏最丰富的奇石馆之一；

五是"山中游乐园",将引进内资和外资,建成独树一帜的休闲度假胜地。

　　顾松彬为找石源、找根源、借资金跑了十多个省市,钻了无数山沟。当他的"天山馆"基本建成、免费对人们开放时,却背了一身债,得了一场病,可是他没有趴下,他说:"公园不建成,我是不会离开人世的!"今天,作为山林公园第一期的"天山馆"已经建成,顾松彬的经济状况已经改善。他打算再苦干十年,使山林公园初具规模,他说:"造这座公园不是为了赚钱,我要将它献给国家,只要后人知道是我老顾造的就行了。"

（2007 年 11 月 5 日）

陶都纪事（续）

114

热水器的"乒乓外交"

在宜兴市阳羡西路，有一个店铺门庭若市，整排的各种型号的"桑夏"牌太阳能热水器琳琅满目，吸引着不少市民前来选购。这是江苏桑夏太阳能产业有限公司宜兴办事处，其经理是一位从南通来的年轻人，他叫陈刚。

今年30岁的陈刚来宜兴创业整一年，他在这个"阳光"大道上奔驰搏击，在竞争激烈的太阳能热水器市场脱颖而出，今年销售可超200万元，成为业内的佼佼者。当记者问起他成功的经验时，他说："我喜欢打乒乓球，依靠的是打乒乓球交来的众多朋友，他们为我开拓了前进的道路，使我能在宜兴这个商家必争之地获取一席地盘。"

"乒乓外交"曾打破了中美关系的坚冰，创造了世界外交史上的奇迹。而在新世纪的今天，一个外来的"新市民"竟用同样理念，展开"乒乓外交"，并且获得了商业成果，怎不令人惊叹！谈起以往，陈刚有点自豪，他7岁开始打乒乓球，后来入选南通市业余体校，与当今乒坛名将陈玘是校友。更为奇巧的是，陈玘现在是"桑夏"牌太阳能热水器的形象代言人。

陈刚初来宜兴时，人生地不熟，形单影只，常常感到孤独无助、生意难做。宜兴的太阳能热水器市场虽然很大，但是各种品牌竞争十分激烈，一个外地人要打开局面非得使出浑身解数不可。他看到宜兴有打乒乓球的优良传统，风气特浓。陈刚的特长正是打乒乓球，他就积极参加宜兴的乒乓球俱乐部，每天晚上一有空，他就到球室挥拍打球。他球艺出众，得胜居多；他球风良好，人们感觉这位外来的"新市民"非同一般，因此获得许多乒乓球爱好者的好感和尊重。在乒乓室里，他认识了宜兴市的领导、企业家，还有众多消费者，他们成了无所不谈的球友。人们在打球中认识了陈刚和他的为人，因此都愿意帮助他在宜兴成就事业，很多太阳能热水器业务，都是由他的球友们促成的。他坚守诚信为本的原则，做到价格公道、质量保证、服务周到。因此，他的生意越做越大，有时一个单位、一个小区就做到上百吨级的热水器业务量。初战告捷，可是陈刚并没有"小富即安"。今年，节约能源的东风从北京吹到宜兴，太阳能热水器市场将走上一个令人振奋的"阳光大道"。陈刚正在积极策划，抢抓机遇，谋求更大的发展。

金秋十月，陈刚参加了无锡市个私协会乒乓球比赛，获得男单第一名，这使他更加雄心勃勃，力争在太阳能热水器市场上创"宜兴第一"。

（2007 年 11 月）

陶都纪事（续）

一千张借条背后的故事

在江苏长峰电缆有限公司董事长陆泉林办公桌抽屉里，保存着 1000 多张借条，其中数额小的数百元，大的 10 多万元，总额加起来有 500 多万元。这些钱既不是合作单位欠下的货款，也不是借给亲戚朋友的，全都是陆泉林主动向生活遭遇困难的员工们提供的"应急款"。

过去只听说企业给员工"打白条"，很少有听说员工向企业"打借条"。为何一位企业老板会借给员工这么多钱？这些借条的背后是什么？日前，记者走进宜兴市官林镇的长峰电缆有限公司一探究竟。

"员工进了厂就是一家人，他们渡过难关我才安心"

在长峰公司员工眼中，54 岁的陆泉林就像是一位慈祥敦厚的长辈，他们亲切地叫他"老阿伯"。夏天他把西瓜、饮料送进车间，年终买好车票送外来员工回家过年。为了丰富员工业余生活，他在公司设立了乒乓室、图书室等，投入 100 多万元，建起一栋公寓楼，改善员工生活条件。员工遇到困难，他更是慷慨相助。他对待员工就像对待自己的亲人一样，没有人看到他骂过员工一句。

来自河南的员工李利鹏和韩竟义在厂里认识后相爱，去年俩人准备结婚，想在官林镇上买一套商品房，但 20 多万元的购房款让他们犯起了难。消息传到陆泉林耳朵里，他主动找到两人说："只要你们愿意在这里安家，在公司好好工作，我可以为你们垫资购房，以后你们分年偿还，不要一分利息。"第二天上午，陆泉林就给他们垫付了 10 多万元房款，俩人当日就欢欢喜喜地领到了新房钥匙。他俩激动地说："真没想到我们外来打工仔也能住上这样的新房，这多亏了陆总的热心相助。"

近年来，长峰公司有将近 20 对像小李、小韩这样的年轻员工，在陆泉林的帮助下，在官林安家，住进宽敞明亮的商品房，过上了幸福安康的生活。陆泉林说："这些孩子孤身在外打工，无依无靠，进了我的厂就是自家人，他们遇到困难，我怎么能不帮？他们渡过了难关，我才能安心啊！"

"财富是大家创造的，把钱借给员工我放心"

有人"好心"地提醒陆泉林："这些钱都是你艰苦创业多少年挣来的，现在四处借给员工，万一将来有人还不起怎么办？"他回答说："我坐的高档轿车，招待客户用的高档烟酒，可以说公司里每一样财富，都是全体员工共同创造的，钱借给他们我有什么不放心呢？"员工谢红芬的丈夫身患重病，家里欠下不少债务，她未成年的儿子不久前又溺水身亡，家庭几乎陷入绝境。陆泉林得知后，随即派人给谢红芬夫妇送去1000元，同时组织公司员工爱心募捐。他在上门看望谢红芬一家时，又主动借给她1万元，并说："你们不用担心，以后有困难就跟我说，我们一起渡过难关。"

陆泉林出身在官林镇一个普通农家，自幼家境贫寒。16年前，他借了5000元钱起家，经过艰苦创业，发展成身家上亿的企业大老板。但他始终认为企业并不属于自己个人，而是属于全体员工和社会。平时他生活朴素，不吸烟、不赌博，可是有谁遇到生活困难，他总是慷慨解囊，每年仅用于村里修桥铺路、捐资助学、扶贫济困等公益事业的资金就超过百万元。

"老板与员工要双赢，无价的是真心"

陆泉林只读过6年小学，谈不出什么深奥的经营理念，他说："借给员工500万元，并不会影响到企业的发展；但这是我付出的真心，这是无价的，真心带来的长远效益是不可估量的。"这就是陆泉林的"真心观"。他始终坚持一个观点：企业要想获得长远发展，老板不能只顾自己赚钱，而要同员工一起赚钱，实现双赢。这样才能凝聚众人力量，发挥出员工最大的才智和能力。这样，企业才能和谐，社会才能和谐。他的这个理念，首先是被他的"贤内助"妻子周春妹接受了，她在企业担任工会主席，对丈夫所做的每一件好事，都大力支持。员工们都亲切地叫她"小阿婶"。有一次陆泉林向镇里认捐5万元善款，周春妹不仅第二天就把钱准备好，还主动添上 6000 元。

近年来，在其他企业大呼"招工难"的时候，长峰公司却从未出现"用工荒"问题，每年员工流出率几乎为零。由于企业内部和谐，员工生产积极性高，销售额每年都以 50% 的增幅上升。曾经有一家企业欲出 3 倍年薪"挖"公司一位副总，对方以为十拿九稳，不料却遭到拒绝。这位副总说："长峰公司让人有家的感觉，在这里工作浑身都是劲，别的企业即使年薪再高我也不会离开这里。"

年关就要到来了，陆泉林思考的不是怎样将这上千张借条变成现金收回来，而是如何使职工们年底拿到更多工资，获得丰厚的福利，过一个喜气洋洋的大年。他动情地说："我一年中最快乐的是到年底，看着职工们心满意足地拿到工资和福利，欢天喜地回家过年。他们临走时都会对我说一声'祝老阿伯新年快乐'，这时，我的眼泪就掉下来了。"

（2007 年 12 月 6 日）

农家的"新年礼物"

——谢桥村 10 本挂历的故事

新年到来喜洋洋，谢桥村里欢声响。在宜兴城南郊区这个美丽的村庄，每家农户昨天都收到了一本《谢桥村 2008 年挂历》，这是村党总支和村委会发给村民的"新年礼物"。村民们如获至宝，满心喜悦地将它端挂在屋子中堂。10 年来，他们每次迎接新年时都会得到这么一本挂历。

小小一本挂历不值多少钱，村民为什么这么喜欢呢？记者抑制不住好奇心，走进了宜兴市新街街道谢桥村村委会。村党总支书记杨利民取出了 10 本不同的挂历，这是村里从 1999 年开始印制的挂历，每年一本。上面印制着党的路线方针政策、村规民约、谢桥村历年来的工作设想和发展蓝图。其中有工业小区的建设情况，村民住宅楼房、别墅、草坪、花园等等，图文并茂，一年比一年漂亮、精致。杨利民轻轻抚摸着一页页画纸，自豪地说："这上面不仅勾画出了我们美丽的家园，更是记录着谢桥村十年来由穷变富、一步步迈向文明小康的巨大变迁，展望着谢桥人的新希望，它是全体村民的汗水和心血编印而成的。"

村干部的"军令状"

最初，挂历是谢桥村发放给村民的年终"红利"。那时村里穷，只有 3 家小企业，年利润不足 10 万元，道路狭窄不平，村民住房低矮破旧，村级经济实力位于全市第 298 位。为了年终对村民有一些福利"表示"，就制作了挂历，上面只印了一些汽车、花卉、生肖之类的图画。村党总支和村委会决心带领群众改变贫穷落后面貌，首先是改善村民居住条件，为此，2001 年的挂历上印的是住宅小区的设计方案。当时，看着挂历上一栋栋精美漂亮的楼房，全村 600 多户村民如看海市蜃楼一般，几乎没人相信这能够变成现实。

"把发展规划印上挂历，就如同在全体村民面前立下了'军令状'，如果承诺不能兑现，怎么面对父老乡亲们？"村干部就是这么想的，因为挂在村民家墙上的挂历，会让村干部"享有"巨大的责任感和压力。为了把挂历上一幅幅蓝图变成现实，村干部们从此天天都像打仗一样，没日没夜在外奔波忙碌，大年三十凌晨5点，几个人待在简陋的办公室里，浑身冻得瑟瑟发抖，还在忙着工作。功夫不负有心人，第二年，村里364套新楼房顺利竣工，300多户村民欢欢喜喜住进了宽敞明亮的新居。这时，全体村干部才长出了一口气，悬在心头一年的大石块落了地。

　　有了挂历，群众除了天天可以看到上面印着的党的路线方针政策外，还懂得了党的纪律，因此挂历成了干部廉洁奉公的"监督哨"。对村干部一言一行，大家会与上面的要求作对比。这些年来，全村干部没有一个人创办自己的企业，或是在企业中"搭股"发财。村里各项政务全部公开，凡是工业区搬迁工程、新村建设方案等都必须经过村民代表会议商量讨论才决议实施，并由老干部、老党员和村民代表组成的监督小组实施全程监管。

村民们的"幸福图"

　　挂历上的图案一年比一年漂亮，村民的生活一天比一天好。挂历就是谢桥村村民的"幸福图"。村里接连有3个花园式新村印上了挂历，接着又有一批高新技术企业和现代服务业落户村中并上了挂历。2007年新建的休闲广场、社区文化墙、图书馆等一批配套设施先后建成，成了村民休闲娱乐的好去处。

　　谢桥村村民的幸福，特别体现在他们几乎家家都是"房东"。全村93％的村民住进了一两百平方米的新房，70％的家庭至少拥有2套房产，成了"百万富翁"。他们将多余的房子出租，每年租金就有好几万元。村里建造了5万多平方米标准厂房，引进了52家企业，很多村民在厂里找到了工作。在村级股份合作社中，每年可分得丰厚的红利，养老、医疗保险等全部由村里负担，60岁以上老人逢年过节还能领上一个大红包。

　　1999年第一本挂历问世时，村里人均收入不到3000元，而2007年，人均收入已达 14250 元，村级经济由宜兴市第 298 位跃居第 2 位。如今，谢桥人的腰杆子一年比一年挺得直，他们把每年的挂历像宝贝一样精心收藏着，有亲戚朋友来拜访，就拿出来展示一番，让大家一起分享自己的幸福生活，他们对新生活充满了希望。

民主文明的"教科书"

光富了"口袋"还不行，还要提高全体村民的素质。谢桥村不断丰富挂历的内容，将它变成了一本本民主文明的"教科书"。村里逐年把"文明家庭评比标准""小康知识问答""村规民约""公民道德教育""八荣八耻""新农村建设要求"等内容印制在挂历上，并把文明考核与年终红利分配挂钩，如有赌博、打架等行为，就要受到相应的经济处罚。当家里有人"犯规"，其他成员就会翻开挂历，指着上面的条条框框来"警示"。

为了推进民主政治，村里将中央有关精神印上了挂历。全面实行民主选举、民主决策、民主管理、民主监督、村务公开、财务公开，并要求村民全过程监督。为了丰富村民精神文化生活，先后建起了老年活动中心、村民学校、绿色上网中心、远程网络教育中心等等，还创办了业余剧团，每年请市锡剧团前来村里采风，以村里发生的新人新事为题材，创作剧目演出，让村民在娱乐中受到教育。近几年来，全村用于送戏下乡、广场文艺演出、发放家庭宣传资料等的费用就达 60 多万元。村里还投入资金实施绿化、亮化和美化工程，整治河道、浇灌水泥路、建造公厕，增加了垃圾箱、健身器材等设施，建起了农村合作医疗室、警务站、菜场、垃圾中转站，引进了一个投资 500 余万元、占地 1500 多平方米的妇科诊所。

如今的谢桥村政治民主、村风文明、环境优美，成为苏南小康村中的一颗明珠，中央电视台曾来此做专题节目。连年来村里捧回了"江苏省文明村""江苏省卫生村""无锡市新农村建设示范村""全国民主法治示范村"等一块块金灿灿的牌子。

临别之际，记者也获赠了一本"谢桥村 2008 年挂历"，上面印上了一批明清风格建筑效果图，古典中透出时尚之美。特别引人注目的是，挂历上醒目地印着与村里事业紧密相关的"十七大"精神。这些金光闪闪的大字，就是谢桥人的新目标、新希望。

（2007 年 12 月 21 日）

群山里走出的科学家
——春节进村采访吴岳良院士

宜兴太华，山峦叠嶂，竹海森森。1978 年，从这里走出一位少年；今天，他已经成长为探秘微观粒子运动和天体演化的著名科学家，他就是现任中国科学院理论物理研究所所长吴岳良。2007 年，45 岁的他当选中国科学院院士，成为我国最年轻的院士之一。

吴岳良院士今年回家乡过春节，记者欣然前往太华镇太平村采访了他。村子里积雪尚未融化，座座屋顶一片洁白，阳光下分外耀眼。一条小河穿村而过，两岸树木竹林茂密，好一处风水宝地！村民穿着漂亮的新衣服，忙着拜年，小孩们在屋角嬉戏放鞭炮。吴岳良走到门外迎接记者，他高高的个子，平易近人的作风，睿智风趣的谈吐，给记者留下了深刻的印象。记者饶有兴致地请他谈起了自己成长的历程。

对自然的好奇，是探索宇宙的起点

吴岳良 16 岁考取南京大学原子核物理专业，20 岁考取中国科学院研究生院，从师于著名科学家周光召，获得中科院理论物理博士学位，接着去德国、美国从事理论物理研究 10 年，走上了宇宙探索之路。

吴岳良说，其实他探索宇宙的真正起点，是孩童时期对自然的好奇。幼年时，有一次他突然问妈妈："是谁在记着每一年过年的时间，有没有记错大年初一的时候？"妈妈告诉他，姥姥说过，因为山区与外界隔绝，她小时候还真有一年记错了时间，比其他地方提前一天过了年。他天真而得意地笑了。少年吴岳良，曾问初中物理老师："何时是时间的起源？时间有没有尽头？"一个中学生能提出这样的问题，至今还让他的老师惊讶不已。

对时间最朴素的那份思考，对自然最简单的那份好奇，成了他日后探索微观粒子运动和宇宙天体演变的起点。1978 年，填报高考志愿时，吴岳良毅然选择了南京大学原子核物理专业。

1987年，吴岳良取得中科院理论物理博士后，由著名物理学家李政道先生举荐到德国多特蒙德大学从事博士后研究，之后又在德国美因茨大学、美国卡耐基·梅隆大学、美国俄亥俄州立大学继续从事理论物理研究，前后10年，研究方向为粒子物理和量子场论。为了报效祖国，也为了实现自己探索宇宙的理想，1996年12月，吴岳良放弃了美国多所大学的高薪职位，毅然回到中科院物理研究所工作。

在谈到他热爱的物理时，吴岳良兴致盎然地说："一个不到一行的公式，可以描述微观粒子的复杂运动。当研究到一定深度时，你确实会发现物理很美妙。这里面没有框框，你可以用自己的思维与自然对话，去认识自然，找出其中的规律。这很有实现感。"

执着痴迷未知世界，才能冲浪前沿科学

吴岳良天资聪颖过人，没有人会否认。吴岳良8岁时，和大弟吴岳军在山洞里掏鸟窝，结果两人都被毒蛇咬了一口，差一点丢了性命。后来，有人风趣地说，这一口"咬"出了吴岳良的聪明。

其实，了解吴岳良的人知道，他的聪明，来自于他对科学的执着和痴迷。

读高中时，吴岳良每天步行5公里到太华中学上学。路上时间，他从来不舍得浪费，来回10公里，是他思考问题和记忆知识的时间。他的同学都知道，那时他书包里一直放着一套数理化自学丛书，走在路上的他，不时会拿出来看看，记记公式，想想问题。

在南京大学上学时，他父亲几次去看他，上课之外的时间都是在阅览室找到他。有一次，天已漆黑，早就过了晚饭时间，父亲到阅览室里找到他的时候他还饿着肚子呢。

吴岳良在南大时是班里年纪最小的同学，被选为学习委员，是老师和同学公认的天才少年，同学在课余遇到物理难题都会找他，他对物理的浓厚兴趣和对物理的理解是一般人难以达到的，那时他深得物理老师龚昌德院士和陆埮院士的赏识，尤其是他异于常人的刻苦和钻研精神给老师和同学留下了非常深刻的印象。在国外时，吴岳良每天的睡眠时间不足5个小时。

他在美国写给弟弟的一封信中说道："科学上确无平坦之路，要在前人没有做过的方面去突破，发现一个新的规律，需要无数次的探索、失败，只有坚持到底，才能看到希望。有时甚至一辈子也无结果，不过，失败也能给后人少走弯路提供经验……"

正是这样的执着和痴迷，使吴岳良成了国际知名的科学家。他应邀到十多个国家和地区进行学术交流和访问，多次被邀请在国际高能物理会议上作报告。1996 年获得"国家杰出青年科学基金"，1997 年入选国家人事部"百千万人才工程"，1998 年获得政府特殊津贴，2000 年被纳入"中科院百人计划"，2003 年被中组部等六个部委授予"全国优秀留学回国人员"，2005 年"电荷－宇称对称性破坏和夸克－轻子味物理的理论研究"获国家自然科学奖二等奖。

用自己的思维与自然对话，用不到一行的公式去描述微观粒子的运动，吴岳良做到了。但他仍以对科学执着和痴迷的精神，不知疲倦地在微观世界与宏观世界的海洋中勇敢地"冲浪"。

（2008 年 2 月 10 日）

陶都纪事（续）

采访中科院院士吴岳良（2008 年春节）

夫妻洗车

在宜兴汽车南站附近，有一个城南洗车场，每天门庭若市。记者昨日来此洗车，看到车辆鱼贯出入其间，其中有很多车主是远道而来洗车的。记者忍不住问道："你们为什么舍近求远来此地洗车？"他们说："汤师傅夫妻人缘好，车又洗得好嘛！我们的车在他们手里洗了多年，有感情了。"

男的姓汤，女的姓吴，今年差不多都近40岁了，带着一个女儿从苏北泗洪县来宜兴后，夫唱妇随干洗车行当已经10年了。没有人知道他们的名字，因为人们不问，他们也不说，只是整天整月整年带着笑脸迎候着每一辆车、每一个人。

他们属宜兴洗车行中最早的一批，也是干得最出色的一批，因为他们洗车最认真，也最能吃苦。从太阳刚露脸，到月亮升上天空，他们带着伙计们成天在洗车场上洗啊擦啊。冬天水一浇上车就冻上了，抹布一离手就变成了一块硬砖。车主躲在车里还直喊冷，可是他们却干得衬衫都湿透了沾在背上。夏天个个晒得非洲人一样黑，浑身脱掉一层皮。虽然他们手下有10多个伙计，可是夫妻俩总是"身先士卒"，车主们总是赞叹不已。

当个洗车场的小老板也实属不易。他们诉苦说，由于城市变化太快，城管越来越严，他们只能经常搬迁，最近3年中，他们搬了4次场，每搬一次，都伤筋动骨，遭受不少损失。特别去年以来，人手又成了大问题，过去从安徽、苏北来找工作的人很多，可是现在一般都不愿意到洗车场来打工，因为工作太苦，收入又少，他们只能请泗洪老家的亲戚朋友来帮忙，但仍然凑不到足够的工人。令他们最感到伤心的有两件事：一件是几年前，汤师傅很晚收工回家，不料被一辆卡车撞倒在地，断了好几根骨头，卡车逃走了，他住了半年医院，一年的辛苦钱，全付了医药费。还有一次是一个开发公司的工头，骗他们合伙做生意，他们拿出多年的血汗钱借给他，结果那个工头突然间蒸发，他们苦苦找了几年，终于找到他时，他却赖账不肯还钱。所以他们现在的生活非常拮据。

记者问汤师傅夫妻，他们现在这么苦干有什么期盼，他们说："是想挣点钱，让女儿好好上学，找到好的工作，过上好的生活，不要再吃我们的苦。"他们的女儿已经上初中了，在宜兴一个比较好的学校。当问到他们今后是否想一直干下去时，他们说："最好是能换个行当，我们干得实在太累了。可是干什么好呢？"

（2008 年 3 月 3 日）

陶都纪事（续）

一对陶艺夫妇赴美讲学后惊叹——

宜兴紫砂倾倒美国人

宜兴一对陶艺夫妇最近应邀赴美国讲授紫砂艺术和文化，归来后惊叹道："万万没有想到，宜兴紫砂竟能在美国形成如此热潮！"昨日，他们对笔者讲述了这段难忘的经历。

陶瓷艺人像明星一样被追捧

这对夫妇男的叫张正中，是宜兴紫砂工艺厂研究所高级工艺师、江苏省工艺美术名人；女的叫蒋雍君，是无锡工艺职业技术学院陶瓷艺术系教师。夫妻俩分别受美国胡德学院、乔治华盛顿大学、三多贝克学院等6所大学以及美国中华陶瓷艺术学会之邀，到美国东部的华盛顿和西部的旧金山等地讲学和进行陶艺交流。

他们一下飞机，时差还未调整过来，就像影视明星一样被记者们追着采访，美国华语电视台、《世界日报》、旧金山华人电视台、《华盛顿新闻》等等媒体纷纷派出记者，对"大胡子"张正中和"东方美女"蒋雍君"狂轰滥炸"。在旧金山华人电视台，蒋雍君接受了《今夜有话要说》栏目25分钟的现场采访，被问及宜兴紫砂的历史根基、原料特点、工艺流程、文化内涵、艺人追求等许多美国人感兴趣的问题。一些华文报纸和英文报纸发表了他们讲学的消息和照片，尤其是许多网站上，他们夫妇的赴美讲学成了网民议论的一个焦点。

紫砂文化令青年学生痴迷

美国胡德学院陶瓷艺术系有一门必修课叫"宜兴紫砂壶"，不管是本科生还是研究生，拿不到这2个学分是毕不了业的。这门课的授课人不是美国人，而是来自中国宜兴的张正中和他的合作者——清华大学美术学院陶瓷系教师王辉，他俩绝对权威地掌控着这 2 分的"命门"。

"中国陶艺神奇无比，中国文化博大精深"，这是美国大学生的热评。张正中和王辉一连讲了 4 天课，从紫砂历史、成型工艺、紫砂鉴赏讲到茶壶文化等等，还进行了现场操作演示，对美国学生手把手地辅导。该学院将他们的讲课和演示全程录像，作为研究中国文化的"宝贝"。学生们听课时凝神注目，不时报以由衷的赞叹和掌声。有一个住在弗吉尼亚的学生，每天开车 3 个小时赶来华盛顿听课。而蒋雍君原计划只在 2 个地方讲学的，到了那里才惊呼"身不由己"，接连被邀请到橙县滨海学院、萨克学院、创价大学、美国大地陶艺中心和第 43 届国际陶艺教育年会上作演讲和制壶表演。三多贝克学院院长为她举行欢迎酒会，为她颁发陶艺作品的"参展证书""收藏证书"和"访问学者证书"。中国工艺师享受这种高规格待遇在美国学术界是不多见的。

中国崛起引发"紫砂热"

离美回国前，他们夫妻俩多了一个大"包裹"，里面不是别的，而是一批今明两年预约讲座和邀请展览的请柬和公文函件，其中有耶鲁大学的、旧金山陶瓷博物馆的……

美国人对宜兴紫砂之钟爱"热度"，是张正中、蒋雍君夫妇始料未及的。他们说："过去，我们只知道中国台湾、东南亚地区的'紫砂热'经久不衰，但总认为东西方文化差异太大，宜兴紫砂是东方文化的典型代表，不可能被西方人欣赏和接受。可是事实要改变我们这个看法。"

在同美国人的接触交谈中，张正中夫妇强烈感受到中国在美国人心目中的地位越来越高大。中国作为一个世界大国，正在以前所未有的速度崛起，中国的文化正在渗透到世界各个角落，当然也包括"西洋"和"洋人"的心灵。外国人急切地想了解中国，那么从中国的文化来了解中国人是一个有效的途径；而历史悠久、优雅别致、底蕴丰厚的宜兴紫砂工艺堪称是中国文化的典型代表之一，美国人对宜兴紫砂兴趣的心理渊源或许就在于此。

据悉，近几年应美国方面邀请去讲学和办展览的宜兴紫砂艺人已有数十人之多，宜兴陶艺界每年都要派代表参加在美国举行的国际陶艺教育年会，不少美国学者编写出版了介绍宜兴陶艺的著作，上百所美国大学开设中国陶艺课和宜兴紫砂课程。每年来宜兴进行陶艺交流的外国陶艺家和学者有数百人之多，其中许多来自美国。

（2008 年 4 月 20 日）

采访香港恒基兆业董事局主席李兆基（2010 年 12 月 4 日）

"我最乐意为家乡父老演戏！"

——访锡剧名旦许美霞

"我是官林钮家村人，为家乡父老演戏，我最高兴了！我万分投入，万分兴奋！"江苏省锡剧团的名旦许美霞日前带团来到宜兴市官林镇演出，使农民们饱享了一台大戏。她从舞台上一下来，就气喘吁吁地对记者说："我嗓子嘶哑了，浑身瘫软了，衣服全都被汗水湿透了！"

许美霞小时候在宜兴白茫小学、钮家中学读书，然后考入江苏省戏剧学校，专攻青衣、花旦。她出众的外表和非凡的聪颖引起了著名锡剧表演艺术家姚澄的注意，1982年被姚澄收为徒弟。从此，她苦练戏艺，在锡剧舞台上大展身姿。她曾在《拔兰花》《庵堂认母》《玉蜻蜓》《寻儿记》《江姐》《秦香莲》等剧中担当主演。她的唱腔花丽典雅、委婉深情，舞台表演端庄大方，深受观众喜爱。她曾三次荣获江苏省锡剧节"优秀表演奖"，三次参加中央电视台《九州戏苑》和春节戏曲晚会的演出，多次参加中央电视台《名家名段》拍摄和专访，并应邀到台湾参加两岸戏曲文化交流演出，《许美霞唱腔集锦》赢得了全国各地戏迷的青睐。

许美霞现为国家一级演员、中国戏剧家协会会员、江苏省锡剧团团长助理。她是个特别恋乡的人，今年49岁了，几乎每年都要回家乡，哪怕为家乡父老只唱上一段戏曲，也是她的款款心意、浓浓情结。

（2008 年 4 月 28 日）

一声"嫂子"多和谐

——记军达企业"老板娘"沈杏芬

"在我的心中嫂子是最可敬的人,是我们做人的榜样。想起嫂子,我就会对明天充满希望……"这是最近一次演讲会上,宜兴市军达化工厂一位员工的真情表白。"嫂子"名叫沈杏芬,是军达企业的"老板娘"。她把军达企业的 500 多名职工真诚地当作自己的兄弟姐妹,大家忘记了她是一个亿万富婆,都亲切地叫她"嫂子",这一声亲切的称呼是一个企业凝聚力的集中体现。

"能让更多的村民就业,吃再大的苦也值得"

沈杏芬的丈夫吴兴盛原是芳桥镇华阳村党支部书记,早在 20 世纪 80 年代,他们家就创办了一家小型企业,开始富了起来,可是他们看到全村村民大都以种田为生,有些困难户子女交不起学费。沈杏芬和丈夫非常忧虑,他们日夜思量:"如何才能改变村民贫穷的命运呢?"最后,他们决定投资办一个新项目,因为这个新项目可以安排 500 多人就业。可是这个项目要投资 7000 万元,对于他们来说,这无疑是个天文数字。项目开工没多久,他们全部的资金已经用完,可是还缺 5000 万元,那时已近大年三十,要在往年,全家人都会其乐融融地准备过年,可如今,家里锅台清冷如冰,沈杏芬忍不住伤心地哭了,但是她没有埋怨,她说:"为了解决村民的就业,吃再大的苦也值得。"她大年三十出门"讨钱",跑遍了亲朋好友,尝尽了辛酸,她理解了无钱的艰辛,也更坚定了配合丈夫办好企业的信心。他们的真诚感动了众人,也感动了上级,宜兴市领导亲自出马,帮助他们解决了资金,企业很快就开工了,村民进厂了,可是他们的"嫂子"却病倒了。

"职工的难处就是我的难处"

军达企业有了这个"嫂子",多年来从领导到技术骨干,没有一个跳槽的。因为全体职工把企业当作自己的家,把嫂子当作自己的贴心人。

"有困难找嫂子,有矛盾找嫂子",这是军达企业职工常说的一句话。她口袋里有一本困难职工名册,谁要帮助,谁要关心,她都有数。每到逢年过节,她总会到困难职工家中送上500到1000元。对外地职工,嫂子更是关心备至,她亲自为他们的子女办入学手续、安排住房、交水电费等等。

厂内一位职工的女儿得了红斑狼疮,吴杏芬主动送上1万元,同时还在企业工会内开展献爱心捐助活动,在她的带动下,职工纷纷献爱心,捐出了2万多元医药费。

她自己连一件高档的衣服都舍不得买,而对村里的公益事业却总是慷慨解囊:村里铺路,她出了5万元;村民房子漏了,她出钱帮助修;村文化活动室缺少器具,她帮助买。丈夫在村里当了十几年支部书记,没有拿过一分钱工资,她非但没意见,而且村里的活动、开会吃饭,她总是自掏腰包。

有一天,沈杏芬看到《宜兴日报》上一个农民家庭丈夫患癌症去世了,妻子又患类风湿性关节性,不能劳动,13岁的儿子吴忠明只得辍学的报道,顿时泪如雨下。第二天她就带着慰问品来到吴家。后来,她每个月都到邮政储蓄所给她家寄生活费、学费,每到过年再汇一大笔过年费,储蓄所要汇款人的名字,她就写了"清风"两字,吴家也不知道"清风"是谁,连沈杏芬的丈夫也不知道这件事。就这样,这个"清风"一直支持吴忠明读到大学毕业。

有人问吴杏芬:"嫂子,你这样做到底图个啥?"她说:"我是苦过来的人,职工的难处就是我自己的难处,我就图个职工幸福快乐。"这几年,吴杏芬先后获得了"宜兴市优秀社会妈妈""宜兴市优秀母亲"和"宜兴市优秀共产党员"等荣誉,还被评为"无锡市劳动模范"。

（2008 年 5 月 16 日）

古杨桥"开街"

昨天，千年古杨桥重新"开街"了！

牛灯、龙灯、万人伞、撑扇旗，百人游灯队伍，上万观灯农民，常州、无锡、宜兴等地闻讯而来的观众，将杨桥古街塞得水泄不通。宜兴市和桥闸口的百岁寿星张鸿俊一早就赶来，像孩子般高兴："这种场面我还是第一回见到！真是盛世啊！"

杨桥是常州市武进区的一个古村落，与宜兴一衣带水，两岸同俗。明朝大理学家朱熹的后裔曾在此安家建设，直到抗日战争时期，一直都是宜兴和武进相邻地区的商贾流通、文化交融的中心。记者惊奇地看到，这里历史遗迹众多、文物丰富多彩，石桥座座，人家枕河而居，有唐代古刹万福禅寺、太平庵、保丁寺、关房阁、老戏院、红莲寺等等古迹，是个典型的江南水乡古镇。但是长期没有保护和开发，古镇日渐衰落，明清时期的旧房子眼看着一座一座地倒塌。宜兴市参与开发策划的吴淦华先生介绍道：从前年起，武进和宜兴的有识之士和当地政府决定联手开发旅游，成立了开发组织，有关开发公司积极参与，立志把杨桥打造成江南又一个"周庄"。

重新"开街"选在传统庙会正日，据村人说，这是 60 年来最热闹的一次庙会。记者随着欢腾的人群畅游在古镇。在"杨桥老街书场"，一群文化人在此召开笔会，几位书法家现场挥毫，更有说书艺人执扇说大书，引起阵阵欢笑。有 600 年历史的太平庵香烟缭绕，远近来的人们在祈求着丰收和平安宁，许多人在一处处遗迹和文物前留影。走进一家清代造的旧房子，女主人正在烧鱼，她说："我家多少代人在这里住过，现在要开发旅游了，我们相信生活会比现在更好。"一家依水而建的古建筑"杨桥人家"，是古街唯一的饭店，这里高朋满座，酒香扑鼻，农家菜当家，传统出名的红烧蹄髈，桌桌都上。古杨桥的首期开发商是常州市旅游开发公司，总经理陈真很有底气地说："我在三五年里要将这里的古旧房子一座一座地修复，供人们参观游览。但是我一个人力量有限，希望得到无锡市、常州市有关地方政府和有实力公司的大力支持。"

　　杨桥解放后第一任乡长、80多岁的蒋淦生站在300多年历史的石拱桥边，一直面带笑容默默地看着欢闹的乡亲们。他对记者说："这是一个旅游的宝地啊，条件一点不比周庄、同里、乌镇差啊，可惜一直没有开发。现在同无锡宜兴一道开发，前景一定会好！"

（2008 年 5 月）

天造的圣洁不可亵渎

——与中国南极科考内陆冰盖队队长孙波一席谈

今年 43 岁的孙波已经 4 次踏上南极大陆，为中国第 24 次南极科考内陆冰盖队的队长。上旬，他和中国极地研究中心的领导来到宜兴联系科考物资，记者前往采访，并与他深入交谈。

地球上竟有这么圣洁的地方

"你第一次踏上南极大陆时，得到的印象是什么？"记者的这个问题显然点中了孙波的兴奋穴。他眉毛一扬说道："我第一次踏上南极的土地时，简直不敢相信地球上还有这么圣洁的地方！"接着他描述了南极：无边的大陆，冰雪皑皑，天空明朗，静寂得如同仙境一般。"垃圾"的概念在这里不存在。为了保护这里的无比洁净，各个国家科考队所有人的吃喝拉撒等生活垃圾，以及科考过程中的废弃物，全部要由科考船运离南极、回国处理——没有人会忍心弄脏这片土地。对此，没有国籍之分，人人都有一样的观念。

"南极的动物同样是圣洁的天使。"孙波说，你会突然看到鲸鱼在海里自由翻滚，企鹅摇摇摆摆地向我们走近，实在太可爱了！它们不懂什么叫做恐惧，因为从没有人类伤害它们。如果在冰洞里钓鱼，鱼儿太容易上钩了，连鲨鱼也不例外，因为它们根本就没有防范别人的基因，怎么会理解人类的"暗算"呢？初开始考察南极时，有人会暴露出人类弱肉强食的劣性，捕杀企鹅，可是当他们刹那间听到成千上万只企鹅绝望和悲凉的号叫声震南极上空时，他们的心灵必然会受到沉重打击！在此一刻，人们会认识到人类为什么要同自然界和谐相处，这绝对不仅仅是政治口号和行政要求。

"这是地球上最圣洁的陆地，在这片土地上生活，人类的心灵会感化、净化得冰清玉洁。如果可能，我愿意永远在南极生活下去。"记者相信孙波这番话发自内心。

"地球洪水"不是危言耸听

不久前，各国媒体争相报道了某些科学家的预言：人类对地球的破坏，以及地球的温室效应如果任其发展，那么总有一天，南极洲的冰山会融化入海，一场史无前例的"地球洪水"将会淹没整个人类文明。

孙波作为南极科考内陆冰盖队队长，是这个领域的权威，对此，他一脸严肃地说："这决不是危言耸听，这是科学的预言和警告！"孙波在南极的日日夜夜，每天都在对南极的冰盖进行实地研究，发现冰盖确实在一点一点融化。如果南极的冰盖全部融化了，流进海洋，那么全世界的海平面要陡然上升 60 米！目前世界上人类居住的城市和乡村绝大部分都将沉入水底。在中国，首当其冲遭受"灭顶之灾"的是长江三角洲和珠江三角洲，也就是目前中国人口最密集地区和经济最发达地区。

对于这个预言，已经引起发达国家较大的关注，可是我们中国人对此尚未引起足够重视。他曾将这个问题在有关高层研讨会上向一些城市的领导人发出过警示，可是他们大多付之一笑，好像这不是天方夜谭，就是危言耸听；好像这仅仅是子孙后代的事情，今天的人们不用"庸人自扰"。"可是，他们不懂得，自然界还有一种特殊情况，这就是人类难以预料的'突变'，就如火山和地震的爆发；一旦这种突变发生，人类恐怕是难以逃生的。"孙波说到这里，因忧虑和激动，他的脸涨得通红，我们在这位充满血性的专家身边，能强烈感受到一种意识，这就是"地球意识"，这是当今世界人人都要树立的一种公共意识，人类毕竟只有一个地球啊！

（2008 年 7 月 16 日）

陶都纪事（续）

夏日里的葡萄园

田野里飘荡着稻禾的清香，农民的脸上荡漾着丰收的喜悦。昨天记者在宜兴走访了几个葡萄园，正值葡萄旺销季节，到处欢声笑语，透出现代农业给农民带来的福音。

今年葡萄很好销

邵利平是和桥镇同里村人，她在和桥镇和芳桥镇两地承包种植了40多亩葡萄园，成排的葡萄架连成片，上面吊挂着硕大的葡萄串，都用白纸包着，透出阵阵香甜。她笑着对记者说，葡萄越种越香，生活越来越好。今年葡萄估计比去年增产一成，价格也高一成。而且今年的销路特别好，不用出园，就有点应接不暇，每天都有顾客开着汽车上门，特别是一些企业，成了这里的长期客户。她几天前得到了一桩2000公斤的大生意，轻而易举进账10多万元！你说，她能不乐吗？

新品带来高效益

高塍镇王家村的吴南生夫妇今年都快70了，可是仍然在家门前的一片葡萄园里辛勤地劳作着。他家客厅里摆放着各种各样的葡萄样品，标牌上写着"巨玫瑰""夏黑""红富士""美人指"等等，少说也有三四十种。吴南生说："我就是喜欢品种创新，我近几年到全国各地去发现好的品种，引到宜兴来种，好品种才能卖好价钱；新品种的培育、繁殖、推广也是我的主业，好多葡萄专业户都来我家取种呢。"他特别推荐我品尝"美人指"，我一尝，果然味道不一般，除了甜味外，还带着隐隐的冰糖香和蜂蜜香。他妻子是个快言快语的人，她说道："你们知道吗？我家的'美人指'葡萄卖到60元一公斤呢！"真叫人惊叹：科技创新给农民带来了高收益啊。

携手合作力量大

在宜兴市韩珠生态种养场，韩建平十分自豪地展示了他的葡萄园，他6年前从3亩葡萄园起家，现在种了30多亩，品种10多个，有的品种得过金奖。他尤其自豪的是创办了一个惠农果业合作社，目前有20多种植户入了社，他们在一起切磋种植经验，交流最新科技，交流供求信息，谁家销售有难处，各人伸出援助之手。"我们品尝到了携手合作的甜头，只有这样，我们才能抵御市场风险，走上共同富裕的道路。"

宜兴市农林局干部告诉记者，宜兴过去很少种葡萄，在发展现代高效农业的热潮中，农民看上了葡萄种植，每年以20%的速度增长。目前已经种植葡萄4000多亩，一般每亩收益三四千元，多的上万元。种葡萄的农民越来感到携手合作的好处，因此各种合作社应运而生，现在已有几十个这样的果业合作社。宜兴的葡萄园正沐浴在朝阳中。

（2008 年 8 月 6 日）

在"居民之家"开眼界
——宜兴市宜城街道宝东社区见闻

简陋、单调,也许是人们对社区居委会活动场所的一般印象。可是昨天记者走访宜兴市宜城街道宝东社区的"居民之家"后,顿时觉得大开眼界,它已经被赋予了新时期的"文体教育中心""生活服务中心"的新概念。江苏省民政厅一位领导日前来此参观后留下一句评语:"苏南第一,全省一流,全国领先。"

这个新落成的"居民之家"就在宝东社区居委会的办公大楼内,总面积达 5000 平方米,里面有 10 多个馆室,设置科学,设备完善。记者首先走进宽敞明亮的"一站式服务大厅",看到这里物业管理、城乡医保、计生服务、综治法律、民政服务等等一应俱全,居民可以足不出区,就在此排难解惑。这里每周请律师来"坐堂问诊",接受居民关于拆迁征地、婚姻财产等方面的法律咨询;居民与物业的矛盾等都可以坐进"民主议事室"去面对面协调解决。"同汇幼儿园""爱心超市"等均让人心旷神怡,尤其是拥有一定医疗条件的"卫生服务站",已做到"小病不出社区,康复回归社区"。

这里是学生们的乐园。走进"电子、读书阅览室",只见许多学生在阅读报刊,借阅图书,"绿色网吧"里 15 台电脑全部有了小主人;"远程教育室"是一个可容纳上百人的大教室,里面正在准备着社区健康教育课。"生态教育馆"里陈列着几十个动物标本,栩栩如生,其中还有废物利用、节能环保、绿色社区的教育材料。"少年科普馆"是一个特别引人注目的科普实验园地,这里有各种机械设备,你可以自己动手制作各种小模型,有各种科学演示设备,如"声驻波"演示、"法拉笼"绝缘体演示、智能机器人演示等等,据说仅这些设备就投资了几十万元,放暑假以来,已经有 1300 多名学生来此活动过。

突然，一阵歌声从一个房间里飘出，原来这是"乐龄俱乐部"的老年合唱队在排练唱歌，我从歌声中听出了他们的幸福，这里真是老年人的乐园！供老年居民们开展文体活动的场所还有学习书法绘画的"丹青遨游苑"和种草养花的"花卉园艺苑"。宝东社区党支部书记蒋丽萍介绍说，社区居民共有4553户，14000多人。"居民之家"正在努力实现全社会关心、全民性参与、全方位服务的目标，目前已经建立了5支志愿者队伍、6个文体活动小组，他们将合力打造社区居民"幸福的家园、爱心的憩园、和谐的乐园"。

（2008 年 8 月 12 日）

陶都纪事（续）

142

大桥通南北　大港通天下

——放眼"桥港时代"的南通

9月24日上午，2008中国南通港口经济洽谈会隆重开幕，来自36个国家和地区1300多名嘉宾欢聚江海融汇处，面对滚滚长江和浩瀚大海，他们惊叹："大桥通南北，大港通天下，南通今非昔比，魅力无限，生机无限！"

就在4个月前的那个春日，苏通长江大桥正式通车，长江两岸的人们蜂拥上桥，激情拥抱，仰头欢呼。长江和黄海的上百个港口汽笛向天齐鸣，巨轮隆隆出海——这一天，南通告别了"南通南不通"的历史；这一天，南通宣告进入"桥港时代"。

桥——接轨上海，融入长三角

苏通大桥"通在大江最宽处"，是南通人最为自豪之处。

虽说现今的长江上面"彩虹"座座，可是行进在苏通大桥上，记者却仍为这座大桥的非凡气势所震撼：涛涛江面一望无际，大桥宛如巨龙腾飞。由于这里地处江尾海头，江面奇宽，造桥奇难，因此创造了4项"世界第一"：最深的基础、最高的桥塔、最大的主跨、最长的拉索。

与700多万南通人民一道欢呼的，是南通市委书记罗一民，他激动地说："这是一座跨越天堑的有形之桥，更是一座加快接轨上海、全面融入长三角区域经济一体化的大桥。"

"南通南不通"，这是千百年来南通人的心病。20世纪80年代初，南通是中国首批沿海开放城市，可是在相当长的历史阶段，南通并没有振翅起飞，其重要原因就是长江的阻隔。南通与苏南、上海一衣带水，但早先南通人去上海只能坐船，往往需要一夜时间；后来有了汽渡，行程虽然缩短为4小时，但一遇上雨雾天，一等又是半天一天；坐汽车也得三四个小时。曾有一位欲来投资的客商遗憾地放弃了，他说从上海来南通"比到日本东京还远"！苏通长江大桥的建成通车，彻底结束了"南通南不通"的历史，使南通构筑起承南启北、西进东出、江海联运、水陆空互通的"黄金十字通道"，交通枢纽地位逐步确立，资金、技术、人才等各类要素将加速向南通集聚，无论是在江苏沿江沿海大开发战略布局中，还是长三角区域经济一体化过程中，南通的地位都将举足轻重。沿着苏通大桥在搭建的腾飞跑道南下北上，南通将一脚踏上世界经济的大舞台，发展的空间和平台骤然开阔。

东望大江，南通的战略性大桥又何止"苏通"一座，已经立项的沪通铁路大桥就在苏通大桥东侧，不久的将来，列车将在长江上隆隆疾驰；崇海大桥已经规划，它打开了从海门进入上海的便捷通道；而崇启大桥已经在 8 月奠基，从启东到上海浦东国际机场只需一个小时！

港——面向世界，构建新都市

驰上黄海大桥，韩国、日本隔海相望，大海在脚下腾起细浪，我们来到了建设中的洋口港——中国又一座深水海港，面向世界的亿吨级大港，它结束了南通"有大海无大港"的历史，也打开了进入国际化港口新都市的大门。

黄海大桥长 12.6 公里，走到头是一座人工岛"太阳岛"，这里正在建设的是投资 160 亿元的大石化项目，而沿海的岸线上已经规划了工业基地。这个洋口港是南通"桥港时代"的又一个大手笔。规划总面积 135 平方公里，临港新城规划面积 17 平方公里，建设 60 多个泊位，其中有 2 座 30 万吨级大泊位，一步就跨入了中国深水大港的行列，并列入了国家级战略规划。目前南通港口货物吞吐量突破 1.2 亿吨，进入全国港口前 10 强；今后，进出南通的远洋巨轮不用再到宁波或者上海的港口卸载转运，南通港口可以直通世界五大洲。

"靠江靠海靠上海"是南通的巨大优势，它有 166 公里江岸线和 206 公里海岸线，大港带来大产业，造船产业就是南通的一大产业。我们来到有"中国最好的船厂"之誉的中远川崎公司，一艘刚刚下水的集装箱货船像一座水上之城挺立在我们眼前，这是川崎公司新造的一万标箱巨轮，公

参加江苏省新闻采访团采访南通港（2009 年 5 月）

司技术人员自豪地说："这种船目前全世界只有 3 个国家会造呢！"这个厂目前在造的还有 30 万吨油轮和 5000 辆汽车滚装船。南通 2007 年造船完工量 274 万吨，产值达 298 亿元，增幅达 71%，成为我国重要造船基地之一。船舶配套产业迅速崛起，拥有 209 家直接为船舶配套的企业，舱口盖出口总量居国内首位，地产 900 吨特大型龙门吊是亚洲最大的龙门吊之一。

载入史册的是"思想之桥""追求之港"

"桥港时代"无疑将载入改革开放的史册，可是更值得载入史册的是南通人的"思想之桥""追求之港"。南通市委常委、宣传部部长张小平女士感慨万千地说，苏通长江大桥的审批立项和建设，用了十多年时间；而洋口港从考察、立项到建设，用了三十年时间！其中经历的艰难曲折是难以言表的，甚至可以说是十分"痛苦"的。一届又一届市委、市政府都咬着牙关，前赴后继，终于有了今天的结果！可以说，南通是先有思想之桥，才有苏通大桥；先有追求之港，才有江海大港。这个思想，就是改革开放的思想，勇立潮头的思想；这个追求，就是追求发展，追求幸福。

南通正是依靠思想和追求，一个经济发达、社会和谐、生态优美的沿海开放城市快速崛起：南通经济发展速度和效益连续三年保持江苏省首位，2007 年实际利用外资突破 30 亿美元，在长三角仅次于上海和苏州，位居全国前十强；南通先后被评为国家环保模范城市、国家卫生城市、国家园林城市、全国社会治安综合治理优秀市、全国优秀旅游城市、跨国公司最佳投资城市、最具台商投资价值的城市、中国投资环境百强市。

南通的发展进入了一个"桥港时代"，依托着大桥大港，南通人在追求更为辉煌的世纪梦想。

（2008 年 9 月 26 日）

一座生机无限的文博城

——扬州营造文化软实力提升竞争力印象记

第二届中国扬州世界运河名城博览会于 9 月 25 日隆重开幕，千年古城引来全世界的目光。面对世界上最长的人工运河京杭大运河，联合国副秘书长诺林海泽禁不住临风抒怀："我是怀着一颗敬仰的心来的。"

京杭大运河值得敬仰，千年古扬州值得敬仰。扬州世界运河名城博览会将"文化扬州"提升到了"世界级"，扬州人不倦追求的"文化软实力"因之扶摇直上，生机无限。

扬州人的"比"与"不比"

2500 年的历史，赋予扬州特别厚重的文化。数度繁华、绵延不绝的文脉浓缩成扬州通史式的文化景观。

对于扬州的发展，扬州市委负责人说，我们不与人家比高楼、比规模、比洋气，而是比特色、比秀气、比大气、比文气。这句话听起来不是豪言壮语，然而人们能感觉到它的强大冲击力和浩然大气，因为这是科学发展观在一个城市的独特思路，也是扬州人的高明之处。

文化是城市之根、城市之魂。近年来，扬州市委、市政府深刻认识到文化对于扬州建设和发展的重要性，举全市之力建设文化博览城和名城解读工程，深度挖掘和释放城市文化资源，以文化软实力勃发城市核心竞争力，努力把扬州打造成一个古代文化与现代文明交相辉映的名城。

文化与经济交相辉映，将城市的物质文明和精神文明一步一步推向了新的高度。"烟花三月"国际经贸旅游节、"名城扬州"日韩行、世界运河名城市长论坛等一系列重大活动成功举办，京杭大运河、瘦西湖、历史古街区、雕版印刷的"申遗"，大大提高了扬州的知名度、美誉度，引来四海宾朋。文化与经济实现了完美的互动，扬州的经济和社会发展也因此腾飞起来了。人们公认的"中国软实力看扬州"一语，就是一个诠释。

扬州人的文化大手笔

瘦西湖"瘦"，小金山"小"，扬州是一个精致的城市。我们在扬州官方和民间都很少听到现今流行呼喊的"大"字，然而"文化扬州"的建设，却无疑是一个"大手笔"。

我们徜徉在扬州中国雕版印刷博物馆，折服于精美的雕版印刷工艺，更惊叹于扬州人巧夺天工、坚忍不拔的"雕琢精神"。这种精神转化和落户到今天的城市建设，就是一种无与伦比的文化建设精神。

建设"文化扬州"，不是权宜之计，而是一个大战略。因为没有"文化扬州"，也就不会有"经济扬州""幸福扬州"。扬州从发展战略高度，打出了"文化博览城"王牌。

"文化博览城"以扬州历史城区、古运河及蜀冈—瘦西湖风景名胜区为依托，通过完善、提升、利用、新建等手段，对扬州传统文化资源进行挖掘、整理和整合。计划用 15 年时间，建成不少于 100 个、惠及全社会的文化博览场所。目前已经新建和修复了一批文化场所，如扬州大戏院、扬州博物馆、扬州中国雕版印刷博物馆、扬州文化艺术中心、康山文化园、万花园、淮扬菜博物馆、水文化博物馆、大王庙广场、中国剪纸博物馆、崔致远纪念馆、中国佛教文化博物馆、世界动物之窗等等，已建及将建的文化大工程，总投资将达百亿之巨。

我们荡舟在秀丽的瘦西湖上，看到湖水更清了、花园更美了，原来这是投入 2 亿元的"活水工程"的结果；我们在"双东"历史街区访古探幽，这里的历史建筑、地方民俗、民间工艺的保护和修复是如此完美，原来是投入了 10 亿元的巨大工程。我们由衷感叹：扬州正在全身心投入建设一座"文化博览城"！

扬州人心灵的"天际线"

扬州的历史文化、历史建筑、历史风貌保护得如此之好，让市民和外地游客饱尝的是如百年"富春包子"一样的原汁原味。

这个城市是怎么做得这么好的？我们听到了一则有趣的"放气球"故事：为了不挡瘦西湖的美丽视线，消除"视觉污染"，谁要在湖边建设楼宇，就必须通过"放气球"的考验，这是扬州城市建设一条不成文的规矩。其做法是由一名工作人员牵着氢气球，在建筑物开建的位置以设计高度向空中放升，其他工作人员则分散在瘦西湖的熙春台、五亭桥、二十四桥、白塔等主要景点向气球眺望，如果能看到气球，就说明建筑物超高，影响瘦西湖景观，必须降低建造。因此，在老城区，一些高楼在规划之初就被否决掉了，很少能看到 10 层以上的楼房。

　　"放气球"是扬州人在守护一条城市"天际线"。城市天际线，是一个城市呈现在人们面前的风貌轮廓线，它反映了城市风貌与变迁，折射出城市的文化底蕴、风格与品位。忽视城市天际线的城市建设，就是忽视城市的文化风貌，自然就会让城市失去文化魅力。由此，扬州市政府正在酝酿一部有关城市天际线的总体规划。

　　沿着扬州的城市"天际线"，我们看到了扬州人心灵的"天际线"，这是一条立意高远、开放辽阔的科学发展路线，从这里，我们可以远眺如海上日出般的壮丽风景。历史文化名城在迈向现代化的进程中，如何处理好发展与保护的问题，一直是个"世纪难题"。而瘦西湖、古城、古运河的完美保护，铸就了古城保护的新钥匙。

　　为了守住心灵的"天际线"，保护好城市风貌，扬州市耗费了巨大的精力和财力，而这些投入不会很快产生经济效益。但是他们保住了千年文脉，丰富了独特的文化精神！扬州人有一个坚定的信念：一个"文化扬州"，一定会成为一个"繁荣扬州"。在城市竞争日趋白热化的今天，文化软实力一定会变为"四两拨千斤"的城市核心竞争力。

（2008 年 9 月 30 日）

名城、名人、名菜、名湖

淮安旅游"一身名牌"举世瞩目

9月26日，第四届中国大运河文化节暨第七届淮安·中国淮扬菜美食文化节在淮安隆重开幕。中国古都学会授予淮安"运河之都"牌匾。美丽的大运河唱响千年旋律，飘香的淮扬菜喜迎八方宾朋。这个节日充分展示了淮安悠久的历史文化、精美的淮扬菜肴、优美的城市风光、良好的投资环境、广阔的发展前景，是淮安市"大旅游"战略的重要活动之一。

淮安是一代伟人周恩来总理的故乡，也是全国历史文化名城、中国优秀旅游城市和著名的淮扬菜之乡。美丽的淮安旅游资源丰富，有"一身名牌"之誉。"名城、名人、名菜、名湖"构成了淮安旅游的独特品位。淮安市委、市政府高度重视旅游业发展，明确提出要以建设旅游大市为目标，把旅游业作为第三产业的龙头、国民经济的支柱产业。市委书记刘永忠日前接受记者采访时，始终表露出对淮安发展大旅游前景的期待和信心，并且提出了"淮扬名菜香天下，美丽清纯洪泽湖"的旅游命题。该市旅游经济近年来保持了较高速度的增长，2007年全市接待国内外旅游者736万人次，实现旅游总收入62亿元，分别比上年增长15.2%和31%，旅游业对经济社会的推动作用进一步显现。

该市不断加大旅游景区景点和旅游产业建设力度，先后投入17亿元新建、改建、扩建了周恩来纪念馆、大运河文化广场、中洲公园、钵池山公园、淮安府衙、猴王世家艺术馆、铁山寺天泉山庄等一批旅游项目。目前已有国家4A级景区3个、3A级景区2个、2A级景区10个、全国工农业旅游示范点6个、国家水利风景区3个，初步形成了市区人文景区、洪泽湖风景名胜区、盱眙山水旅游景区、金湖生态农业观光景区等四大风景区。旅游产业规模日益壮大，全市拥有旅游饭店46家、旅行社78家、旅游车船公司6家，可供游览的景区景点43个、持证导游2000多人。

淮安以旅游精品提高旅游核心竞争力和对外吸引力，努力放大旅游"名牌"效应。市县两级多次成功举办了"中国淮扬菜美食文化节""中国盱眙国际龙虾节""金湖荷花艺术节"和"水文化旅游节暨洪泽湖水上运动会"等富有淮安特色的重大节庆活动，通过各种形式加强红色旅游、绿色旅游、文化旅游、美食旅游产品的宣传促销，"周恩来故乡""中国历史文化名城""中国优秀旅游城市""淮扬菜之乡"四大城市品牌得到明显提升，"淮安红色之旅""淮安美食之旅""淮安名人故里游""盱眙山水风光游""金湖生态农业观光游"等一批特色旅游线路日益为游客青睐。尤其是洪泽县拥有全国五大淡水湖之一的洪泽湖，牢牢抓住其世界级的亮点，先后投入巨资，实施国家级洪泽湖东部湿地自然保护区示范工程，建设渔家花园，景区内有上万只白鹭、灰鹭在空中飞翔。"美丽清纯洪泽湖"旅游一亮相就红遍了全国。

淮安的"大旅游"开发具有极强的战略性和宏伟的目标，是淮安市委、市政府贯彻落实科学发展观的具体实践。在旅游开发初战告捷之时，该市今年又吹响了"把淮安打造成世界知名旅游城市"的进军号：实现旅游产业从国民经济的重要产业向支柱产业、从一般观光旅游城市向休闲度假旅游城市"两大转变"，突出人文旅游、山水旅游、休闲旅游"三大重点"，打造名城、名人、名菜、名湖"四大精品"，不断提升淮安旅游的整体实力和综合竞争力。到2010年，旅游产业增加值占地区生产总值比重达到5%以上，成为苏北旅游强市；到2015年，成为全国著名旅游城市；到2020年，力争使旅游增加值占地区生产总值比重达到10%以上，建成世界知名旅游城市。

（2008 年 10 月 4 日）

南北携起手　两岸映朝晖

——靖江江阴跨江联动开发巡礼

　　我们来到靖江工业园区时，正是国庆前夕的一个艳阳天。站上江堤，眼前是一江秋水，两岸朝晖；园区车水马龙，江边巨轮座座，一派勃勃生机，谁看了都会激情四溢。

　　记者5年前也曾站在这条江堤上，那时这里还是滩涂片片、农田小沟，只看见手扶拖拉机在阡陌上奔走。面对这一切，泰州市委领导不无感触地说，是江北与江南的跨江联动，带来了沧海桑田的巨变。

北岸：突破"紧箍"天地宽阔

　　江北的靖江发展要金钱，江南的江阴发展要空间。一江之隔，行政之别，隔断了各自进一步发展的"经脉"。

　　2003年2月15日，靖江和江阴的一个大胆举动"石破天惊"，在全国引起震动：双方商定，在靖江设立江阴经济开发区靖江园区。划定园区规划面积60平方公里，首期实施8.6平方公里。园区经济事务由江阴经济开发区负责，社会事务由靖江委托园区管理。江阴市政府承诺，10年内不从园区分取投资收益，投资公司收益含税收留成，全部留在园区滚动开发；靖江市政府承诺，10年内不向园区收取任何规费。

　　几个月后，江阴、靖江两市的第一个联动项目——江苏巧丽针织品有限公司在园区奠基；江阴、靖江两市跨江城市公交线开通；江阴经济开发区靖江园区正式被确认为省级经济开发区，更名为江苏江阴—靖江工业园区……

　　回忆当年，泰州市委常委、靖江市委书记刘建国感慨道："这是极难跨出的一步，它突破的不光是长江天堑，更是强大的行政体制的'紧箍'。"

　　正是两地的不同优势和不同需求，将两地紧紧相连。

弹指一挥间，5年过去了。靖江市委常委、靖江工业园区管委会主任赵叶介绍，园区的开发总共已经投进去100多个亿，造船和冶金两个主要产业欣欣向荣，园区累计签约项目35个，总投资超过25亿美元。而就在前些年，靖江每年的实际利用外资不过几千万美元。园区今年工业销售可达130亿元，相当于靖江2003年全市的经济总量，财政收入可达5个亿。"两江"联动的成效不仅仅在这园区以内：2007年，靖江实现地区生产总值200亿元，人均地区生产总值3.1万元，分别是2002年的2.44倍和2.43倍。经济总量实现五年翻番。靖江的企业也在变，最突出的是资本运作意识。江阴有20多家上市企业，形成独特的"江阴板块"；反观靖江，2007年之前还没有一家上市公司。现在，情况不同了，靖江的上市公司已经实现了零的突破。

南岸：发展空间"豁然开朗"

江苏新扬子造船有限公司原是江阴的一家中型造船企业，总经理任元林从2005年跨江来到靖江发展。他对我们说："如果我死守江南，不到江北，我就走进了死胡同。"原来的船厂在江南岸，只有1000米岸线和300亩土地，虽然造船行情如日中天，可是他的"平台"太小了。过江来后，他得到了2400米江岸，3000亩土地，他惊呼："天地真广阔！"2007年，他在江北造的第一艘巨轮下水，掐指一算，与江南的船厂相比，投资少一半，效率增一倍，并创造了"人均产量中国第一，人均销售全球第一"的骄人业绩。他今年造船可达80亿元，不久的将来年产船舶能力可达250万吨至300万吨。

江北江南联动让南岸发展空间"豁然开朗"，精明的江南人看出这是一条"黄金之道"。与新扬子造船有限公司有着同样经历的企业比比皆是。江阴的法尔胜特钢、新长江工业园等纷纷跨江而上，江阴各路资本进入靖江的有100多亿元，涉及工业、服务业、建筑业等十多个行业，新办企业70多家，接收当地数万个劳动力。事实上，跨江发展，为江阴在开拓全新发展空间的同时，成功实现了高质量的战略转移和优化发展，开辟了一条协调发展和跨越发展的全新路径。

曾有人提出这样一个命题：大江隔断了什么？结论是，大江表面上隔断了经济的联系，但是，从深层次分析，大江隔断了人们观念的交融。联动开发的意义，远不止一些经济指标。它最大的意义在于，为促进区域协调发展提供了一种交融的思路。

联动的生命力：走向多领域、全方位

对于跨江联动，无锡市委常委、江阴市委书记朱民阳说过一段很精彩的话："创新的思路要用创新的举措来推进，市场的问题要用市场的手段来解决，发展的矛盾要用发展的办法来破解，联动的开发始终要在开发中联动。"时至今日，靖江和江阴的联动开发，已经不仅仅局限一个园区，而是全方位的，从工业、农业、到现代服务业，甚至城市建设等等。从一个园区走向多领域，从单纯工业开发走向全方位开发，这才是跨江联动的生命力所在。

靖江古城，已显老态龙钟，难以适应新的形势，难以满足市民的居住需求。该市决定开发一个新城区，可是财力有限，于是靖江市政府在 2004 年就与全国最大的毛纺企业、江阴市阳光集团签订了联动开发滨江新城区的协议，双方共同出资成立滨江新城投资开发有限公司，计划用 5 到 10 年时间，投资 49 亿元，建设 13.86 平方公里的新城。这又是"第一个吃螃蟹"的举措，是政府与企业合作建设城市的典范，也是长江两岸联动开发的新领域。

滨江新城投资开发有限公司总经理陈雅娟看上去是个文弱女子，可是她已进驻靖江 3 年，投入了 20 亿元，造出了"两桥六路"，拆迁安置了 1708 户村民。花园式的马路、城中观赏水库、商业休闲中心等等无不展示了崭新的江城风貌。这个江阴女能人说，当初接受这个非凡的任务时，她心中还忐忑不安，怕两地行政的阻隔和差异影响与当地百姓的相处，从而难以顺利开发，可是实际上她进行得相当成功，她笑着说："每年过年都有滨江新城区的老百姓给我寄贺卡呢，这是我最开心的一件事！"

（2008 年 10 月 4 日）

小山村追文明

——喜看谭家冲环境与村民的变迁

谭家冲是一个深藏山林的小村子，村民大多是清朝时从河南逃难而来的。它虽然有优越的自然条件，却一直是宜兴市西渚镇一个有名的环境卫生"肮脏村"。当它最近成为宜兴市社会主义新农村示范点时，人们无不感到万分惊奇。

记者昨日在这个静静的小村庄徜徉了三圈，久久不忍离去：这里丘陵起伏，茶园茂盛；河塘清彻，小桥流水；青砖小道，鲜花簇拥；村舍错落有致，全部青白两色；空气清新花香氤氲，村民脸上荡漾幸福。仅仅一年前，这里出名的仍是"粪缸多""坟墩多""臭塘多"，怎么这些都荡然无存了？一位村妇告诉记者："从去年起，村里轰轰烈烈搞起了环境卫生改造，光是垃圾箱和窨井就做了一两百只呢！"

恍若隔世，今天的谭家冲成了令人向往的"世外桃源"，村民居住环境的巨大变化叫人心旷神怡，村民的环境卫生观念和行为习惯的巨大变化更令人振奋不已——这是农民昂首阔步追求现代文明的脚步声。

人改变了环境，环境又反过来改变人；环境牵着农民的手，告别过去，走向文明

见证谭家冲人改变陋习、走向现代文明的是一棵"千年冬青"，它高高屹立村口，俯瞰全村，村人祖祖辈辈对它顶礼膜拜。

"千年冬青"见证了村民的"如厕革命"。家住树旁的吴贵根老人回忆道："过去树下是一个个坟墩、一只只粪缸，雨天粪水溢上村道，晴天苍蝇蚊子乱飞。"与他的回忆截然相反，呈现在记者面前的是千年冬青浓荫凉爽，四周环绕花红草绿，微风送来原野的清香。在这一年中，谭家冲迁移了坟墩，消灭了露天粪缸，填平了刷马桶的臭水塘；村口建造了一座公共厕所，家家户户都装上了卫生设施，完成了"如厕革命"，走向了"如厕文明"。

"千年冬青"还见证了文明和谐程度的演变。过去村里赌博多、吵架多，村风民风是镇、村干部的头痛事。如今千年冬青树下成了村民健身和文化娱乐的中心，夕阳西下，音乐声起，村民合拍跳起健身舞；他们在树下交流致富经，酝酿合作情；北京奥运会期间，他们在这里激动地历数着金牌。为什么吵架少了？有个村民诙谐地说："我们觉得声嘶力竭的吵架声与优雅的环境'不入调'了。"从话语中我们看到他们正在努力使自己的行为与环境"相配"，环境正在拉着他们的手走向现代文明。

"环境就是财富！"当农民悟出这个道理时，优美环境就成了聚宝盆

午饭时分，村东头袁志宏的庭院里响起了鞭炮声，是一家村民搬新屋，正在他家的鱼头店里办喜宴。袁老板满脸是笑，一边招呼客人，一边对记者说："村里环境一变，我的鱼头店生意一天比一天火。环境就是财富啊！"几年前他开了一家小小的鱼头店，可是由于村里环境太糟，开窗就闻到臭味，所以一直是惨淡经营。今年环境整治好了，行情一下子就变了，外地来客一日比一日多，许多城里来客把酒桌搬到屋外场上去吃"排档"，他们说，吃鱼头，赏美景，闻花香，是人间莫大的享受。而村民办酒席，一般也就不用出村了。

"环境就是财富！"对此感同身受的村民远不止袁老板一人。改造后的谭家冲，凭着它独特的自然条件和优美的人文环境，逐渐成为"乡村游"的一颗明珠。今年以来，不少旅游团队或新农村考察团队光顾过村子。镇里已经规划了水库旅游度假区，村后的一片荒地，已经有客商来考察，将开发成配套服务点，村里一批剩余劳动力可以走向工作岗位了；而农民们现在的多余房屋，经过装修，将会开办小店，更会出租给游客，大大增加村民的收入。环境正在演变成村民的聚宝盆。

农民猛然觉醒：又脏又臭的不是社会主义新农村，环境好坏与文明程度水涨船高，他们应该在一个优美文明的环境中过日子

在环境改造初期，旧习惯势力的阻力很大。有人说："谭家冲虽然脏，但是我们祖祖辈辈都是这么生活的呀！""把改造环境的钱发给我们花才叫真实惠。"还有人说："形式主义又来了！"时至今天，谭家冲村民饱享了环境改造的巨大恩赐后，一片响亮的赞扬声终于说出了口。

环境教育了干部：环境好坏与文明程度水涨船高。走生态良好的文明发展道路，使农民在良好的生态环境中生产生活是建设社会主义新农村的重要目标；没有优美、文明的生活环境，农民素质提高是"空中楼阁"，农村文明建设将举步维艰。

环境也教育了农民。有一个村民，曾为了保留他的露天粪缸同干部吵架，蛮横无理地说："不蹲粪缸我拉不出来！"现在他家里新建了卫生间，家前屋后整洁美观，他出门衣冠端正，待人彬彬有礼，还自觉为村里环境卫生的长效管理出了"金点子"，他仿佛猛然觉醒似的说："又脏又臭的不是社会主义新农村，我们就应该在这么好的环境中过日子啊！"

（2009 年 1 月 30 日）

"鹰"翔原野
——军旅画家方军剪影

方军春节前来宜兴西渚镇的兴望农牧公司办了个画室，作为自己新的创作基地。他是第一位到宜兴田野之中办画室的画家。这位被中国文联授予"有突出成就的书画家"荣誉的军旅画家以及他的妻子淑兰，被这里的人文和自然环境所吸引，走进了十分僻静的田野。这位年届半百的著名画鹰大师，将在宜兴美丽的原野上翱翔。

记者采访时，天空还飘着小雪。走进他的画室，抬头就看见画着许许多多的鹰：有成群的、有独只的，有的飞翔、有的抓扑，无不栩栩如生，给人震撼。一只老鹰标本，放在他的书房，它是一只特大的鹰鹫，两翅张开足有 2 米多长，两眼炯炯，神态有力。"这种标本在全国仅有 2 只，是新疆部队用军用飞机送来给我的礼物。"方军对他的至爱十分得意。

作为南京艺海潮书画院院长的方军，从小酷爱画画，18 岁被选进解放军从事专业作画。先后入鲁迅美术学院、中国美术学院深造，他精书法、擅画鹰、工诗文，有"诗书画三绝"之誉。8 年来，他的创作进入了黄金期，其作品苍劲雄浑，气韵天成，潇洒流畅，蕴含着内在的艺术魅力。佳作多次入选全国书画大展，并获得一、二等奖。"方军书法作品全国巡回展"先后在全国几十个城市举办。作品被国家文化部、美术馆、名人纪念馆、中南海及党和国家领导人收藏，并荣获"二十世纪德艺双馨艺术家"称号。

他画鹰出了名，曾应邀到中南海为怀仁堂贵宾厅创作书画作品，有多幅作品被国家收藏。还应邀到中国航天城向航天英雄杨利伟赠献《横绝九霄》和《飞鹰图》两幅力作，杨利伟将此作为最能表达他的雄心壮志以及中国航天精神的心爱之物珍藏起来。他现为国家一级美术师、中国书法家协会会员、中国诗词学会会员、中国国学研究会名誉会长。他为什么选择画鹰呢？"我是个军人，鹰最能体现军人精神：坚定、勇敢、彪悍、迅猛。"

这就是他的回答。他对老鹰颇有研究，甚至有点痴迷，他经常到新疆、西藏、青海、吉林等高山地区，那里是鹰最多的地方，最适合观察和写生。他深入到吉林的鹰屯，与著名的养鹰人交上了朋友。

　　春节刚过，他再次冒着寒冷的北风，来到宜兴的原野，在田间构思写生，放飞思绪。他与这里的农民和农民企业家结成了莫逆之交，深受当地群众的欢迎。他说："艺术家只有到广阔的天地间生根，获取无穷无尽的创作思想和创作源泉，才能如山鹰一样飞上高空。"他立志要在这里创作出一批全新的佳作，为宜兴文化艺术事业的发展作出自己的贡献，向国庆六十周年献礼。

（2009 年 2 月 9 日）

通
讯

老翁募捐记

宜兴有一位 72 岁的老翁，几年来历尽艰辛，多次为身陷绝境的困难群众组织募捐，他叫吴仕俊，是一个退休农艺师。当被救助群众称他是"救命恩人"时，他总是说："人人都过上平安幸福的日子，是和谐社会的目标嘛。"

这么可爱的女孩，我们一定要救她！

老人昨天拿起电话，拨通了白血病女孩陈欣昱的母亲邹惠英的手机，当他听到骨髓移植成功的消息后，才放心地挂了电话，因为他为此耗费了大量心血。

8 岁的白血病女孩陈欣昱的事是今年春节前传到吴仕俊耳朵里的。她是宜兴山区人，唯一可以救她的办法就是骨髓移植，但是高达 50 多万元手术费却让她的生命悬于一线，父母亲卖了房子还差一大半。有人说："要这么多钱，看来手术做不成了。"吴仕俊听说后心急如焚，立即把陈欣昱全家请来商量办法，当小欣昱亲切地叫他"爷爷"时，他感动地说："这么活泼可爱的小女孩，我们一定要救她！"

春节期间，吴仕俊没有心思走亲访友，小欣昱可爱的形象一直在他的脑海里翻滚。可是钱从哪里来呢？他自己退休工资一个月才 2000 多元，但是他一心要救这个小女孩。春节一过，他就到宜兴市民政局、总工会、妇联、共青团、经贸局、农林局、科技局、张渚镇政府等一家一家去"拜年"，送上了一份红色的募捐活动"邀请书"，并向他们介绍小欣昱的危急病情，请求大家捐款救她。然后他召开了草莓协会理事扩大会，会上开展了救死扶伤献爱心募捐活动，为小欣昱募得 7 万多元，让他们立即拿到南京医院去动手术。

为了救人，哪怕把老命搭上！

近几年来，吴仕俊曾经为两个白血病患者募捐，为一个特困农民家庭募捐，为一个车祸的农民募捐。有人说风凉话了："老吴这么热心，恐怕也想混个'爱心大使'之类的名声吧？"这实在是小人之见。作为一个老年人，他募捐的过程千辛万苦，为了救助他人，他数次遇险，用他的话来说"差点搭上老命"。

为了给小欣昱举行募捐活动，老吴在春节期间做了大量准备工作。一天，他到一家广告公司设计制作给政府部门的"邀请书"，直忙到晚上7点多钟，他才骑着自行车在漆黑的寒风中回家。突然一辆卡车急驰而来，将他逼到路边，他重重地摔在石头上，没人看见，他过了好久才挣扎着爬起来。当他跌跌撞撞回到家里时，老伴非常揪心地说："你再也不能这样玩命了！"他当时点点头。可是两天后的一个下雨天，他从宜兴一个单位劝募回来，骑上一座高桥时，又被汽车擦到，从桥坡上滚了下来。许多人劝他，以后不要再骑车了，他说："我没有汽车，不会摩托，步行太慢，骑自行车要一直骑下去啰。"当大家都为他的安全担心时，他幽默地说："我出了几次险都没大事。我是在救人，好人会有好报的！"

我人微言轻，但和谐社会的力量是巨大的！

老吴总对人说："我是一个无权无钱的退休人员，人微言轻，做不了多少善事；但我相信和谐社会的力量是巨大的。一个和谐社会，不应该有被钱憋死的人。"每次募捐活动，他总是第一个捐款；每次募捐活动，他总是请有关领导和新闻记者到场，以此扩大社会影响，倡导文明互助新风。

募捐会欠"人情债"，也会得罪人。老吴看到很多感人的捐款场面，但也尝到了人情冷暖、酸甜苦辣。有的单位当面答应了，活动时却不来参加；有的认捐了，可是过后由于种种原因落空了；还有的干脆一口拒绝说："我们单位也有白血病人、特困户啊，总不能见一个捐一个吧？"

有一次，老吴在路边修自行车，得知修车人郭亚军是一个残疾特困农户，老婆心脏病刚开过刀，欠了7万元钱，小孩无钱上学。他立即到他家里走访核实，然后就连续为他举行2次募捐活动。今年春节，他到郭亚军家里拜年时，发现他家里冷冰冰，锅里没鱼肉，他又发动了第三次捐款。郭亚军走到哪里都说老吴是"救命恩人"。可是他哪里知道，就在捐款活动上，还有人拍着桌子骂老吴呢！面对这种情况，老吴说："我募捐不是进自己的口袋，我是在救人，这总没错吧？人家早晚会理解我的。虽然我欠人情债，但如果我这张老脸能解人急难，也就值得了！"

（2009 年 3 月 6 日）

宁夏沙坡头留影（2012 年 5 月）

为宁杭高铁搬"石障"

昨日记者在宜兴城南一个风景秀丽的小山坡上放眼一望，这里道路畅通、土地平整。当地一位农民说："宁杭高速铁路将在这里通过，这里就是未来的'新宜兴站'！"这条铁路通车后，宜兴到南京或到杭州均只需半小时，对宜兴的发展具有十分重要的战略意义。

不久前，这里还是一个大型石材市场，以千姿百态的风景石闻名苏浙皖三省，成天车水马龙，人声鼎沸。国家重点工程宁杭高铁将在这里通过，新宜兴站的站址就选定在这块"风水宝地"。因此，这个"日进斗金"的石材市场就成了一块硕大的"路障"。宜兴市委、市政府从大局出发，果断决策，在丁蜀镇南部104国道边新开发了一个同样规模的"大港石材市场"，然后将整个市场搬迁过去。

搬"石障"成了宜兴一件大事，此重任落在宜兴市城管执法局、丁蜀镇和环科园肩上。这不是一件轻而易举的事，在这个占地200亩的市场上，有100多家石材经营户，小的石头几十斤，大的100多吨，整个市场约有100多万吨石材！风景石材值钱，有的一块就能卖几十万甚至上百万元，许多经营户在此发了财。他们在搬迁过程中肯定会有经济损失，开始时有相当一部分人出现抵触情绪，宜兴市城管执法局本着"以人为本"的精神，派了20名执法人员进驻市场，日夜值守，为经营户的搬迁做了大量的思想工作；局领导带着执法人员一家一户走访，了解他们的真实思想，解决他们的实际困难，制订周密的搬迁方案，安排运输"绿色通道"，并给予相应的经费补贴。

宜兴人民在搬迁过程中表现出了"舍小家，为大家"的崇高精神。丁蜀镇查林村是市场所在地，当年为建设这个石材市场，投资了600余万元，现在村里每年可从市场上进账60万元。当上级的搬迁任务下达后，党总支书记田洪生没有半点犹豫，立即苦口婆心地向经营户宣传建设宁杭高铁的意义，催促大家迅速腾出建设场地。姚亚男是该市场的经营大户，他一个人的石材就占地七八亩，尽管知道搬迁到新市场后，在相当一段时间内生意会受影响，但他说："个人损失事小，宁杭高铁建设事大；铁路建成了，我们的新市场一定会更加繁荣，宜兴人民一定会更加幸福。"他第一个搬迁，带动了一大批经营户。石材既贵且重，搬迁过程中遇到许许多多技术和吊装运输设备的难题，而确保人员安全是最大的难题，丁蜀镇和环科园的领导想经营户所想，急经营户所急，为确保搬迁安全绞尽脑汁。市场上最后一块奇形巨石高七八米，重100余吨，难以搬上车，最后由多个部门和单位的专业人士开"诸葛亮会"确定了方案，动用2台挖掘机、4台25吨车吊，警车开道，终于使巨石完好无损搬进"新家"。

目前，"新宜兴站"上百万吨石材"路障"已经全部搬走，新石材市场已经开门迎客。宜兴市有关负责人欣慰地说："这次搬迁真是打了个大胜仗，整个过程没有发生一起群体性事件，没有发生一起安全事故，没有一个搬迁户因为过激行为而被追究法律责任。"

（2009 年 4 月 24 日）

陶都纪事（续）

百岁"国宝"张鸿俊

　　宜兴市和桥镇楝树村百岁老寿星张鸿俊最近到北京出席中国书画艺术家理事会，其书法作品在会上荣获金奖，他还应邀到北京大学作书法演讲。我们昨日来到他家：农家小屋清新自然，屋前屋后种瓜种菜，子孙满堂其乐融融。张老正在挥毫，精气神充满全身。谈起此次北京之行，他满面笑容，十分自豪地说："在北京时，文化部和中国书协的领导们都叫我'国宝'呢！"

　　张鸿俊今年100岁，他出身农家，9岁始习毛笔字。他出手不凡，小学时就在村上出了名，人们纷纷请他写春联。初中和高中分别得到两位清朝秀才的指点，从此懂得了什么是书法艺术，并将其作为终身爱好和追求。

　　百岁张老身手矫健、头脑灵敏，记忆力特强。他谈起往事如数家珍，人名、地名、电话号码，都脱口而出、准确无误。他喜欢讲故事，尤其是抗日战争的故事。其中有一个是他一辈子都感到骄傲的经历。那时，新四军在村子附近建立了一个分部，因机密泄漏，日本鬼子来搜查。他情急之中将3名新四军干部藏在自家阁楼上。鬼子将他抓去，逼他交待那几个新四军的藏身之处。他被倒挂在木梯上，鼻子里被灌水，背上被鞭子抽了几百下，日本军官将指挥刀架在他脖子上来回拖了3次威胁他，但他坚强不屈，誓死不说，最后日本兵无可奈何放了他。1943年，新四军成立5周年时，他组织乡亲们送去3头猪、3只羊和300斤鱼。他的模范拥军行动在苏南地区引起很大反响，新四军第六师师长兼政治委员、中共苏南区党委书记谭震林专门接见了他。他的事迹记载在当地革命史册中。

　　解放后，张鸿俊长年当小学语文教师，直到退休。他身体健康、精力充沛，非常热心社会公益事业，退休后一直没有停止向社会贡献余热。他看到附近几个村子里的老人没有文化娱乐生活，就开了一个茶馆，成了老人们的乐园。他看到农村学生一到寒暑假除了做作业没有其他活动，尤其是缺乏艺术素养，他感到十分忧虑，先后开办了免费少儿京剧班和免费少儿书法班，他亲自教唱京戏，亲自教练书法。为了吸引更多农家孩子来上课，他还给每个孩子每天发 2 元钱、一根冰棍和一个蛋筒。村上有条近一里长的路泥泞不堪，下雨天学生和乡亲们行走很困难，他就拖了几十车煤渣，将路填铺结实。

张鸿俊年岁愈高书法造诣愈高，现为中国书画艺术家协会副会长、一级书画师，被敬称为"国宝"。全国各地前来请他墨宝的人络绎不绝，他两次应邀到北京出席全国书法界活动。他今年 100 岁了，还是坚持每天练习 80 个大字不松劲。他正、行、草、隶样样精通，尤其是他的正楷，端庄有力、高风亮骨，被称为"胖颜体"，在全国书法界已有名气。他最近在北京大学的讲堂上发表了一个独家观点："目前中国最缺的就是正楷。也许是因为正楷对艺术功力要求高，对书法家的毅力要求强，不是短时间内就会有艺术成就的缘故。但是我深感忧虑的是，如果大家都不写，长此下去，中国的正楷不是要失传了吗？"他的观点在全国书界引起了轩然大波。

（2009 年 5 月 11 日）

陶艺界一棵常青树

——记中国工艺美术大师徐汉棠

小镇小巷小庭院

陶都宜兴的丁蜀镇是中国名镇。小镇上陶瓷企业鳞次栉比，来自世界各地的客商穿梭如云，繁忙无比。中国陶都的独特景象，在这里演绎得淋漓尽致。在一个曲曲折折的巷子里，有一户宁静的人家，小院花树锦簇，小楼洁净安详，这就是"陶都艺界常青树"中国工艺美术大师徐汉棠的家。

78 岁的徐汉棠在客厅里迎接笔者，他脸面白皙，吴侬软语，给人一种资深老教授的感觉。他说："我上了年纪，眼睛不太好使。现在主要就是辅导后代做紫砂，并且回忆总结一下 60 多年的从艺经历。"他带我走进他的书房兼收藏室"自乐轩"。他说，取名"自乐轩"是源自个人的性格爱好，以及思想境界，有两层意义，一是自寻其乐，二是助人为乐。今年是国庆六十周年，他要向国庆献上厚礼，3 件紫砂作品将送到中国美术馆展出。第一件是大掇只壶，是仿古代名家的作品，这只掇只壶可装 500 毫升水，这是一把仿清代名家邵大亨的壶，不过体积大得多，堪称中国"掇只王"；第二件是提君茶具一套；第三件是石瓢壶。我看到这几件珍品，眼前顿时一亮，其技艺之精湛让人叹为观止。徐汉棠是目前中国紫砂界唯一获得"中国工艺美术终身成就奖"的艺人，也是中国首批获得"中国民间文化杰出传承人"荣誉的大师之一。

"徐门紫砂"源流长

徐汉棠是宜兴紫砂界的"老大哥"。他 1932 年诞生于紫砂故乡——宜兴蜀山，其家族以紫砂为业，出现过多位颇具名气的紫砂艺人，外曾祖父邵云甫所制的紫砂烟具在南洋极负盛名，父亲徐祖纯则从事紫砂陶的生产，而三舅邵茂章、小舅邵全章是当时著名的紫砂高手。徐汉棠自幼在此环境中成长，浸淫在紫砂世界里，他在紫砂工艺美术领域拔得头筹，实非偶然。他得自父母两大家族的遗传，对紫砂有天生禀赋，对紫砂工艺之美产生浓厚兴趣，1948年自东坡中学初中部毕业后，即随父母亲及舅舅们学习制作紫砂陶艺。后来拜"壶艺泰斗"顾景舟大师为师，为顾老首位弟子。徐汉棠折服于顾老对紫砂的丰富知识和高超技艺，悉心求教，刻苦钻研，勤奋学习，在紫砂陶艺技术上有了长足进步。从其祖父徐锦森开始直至他的孙女徐曲、孙儿徐光，已沿袭五代从事紫砂事业。"徐门紫砂"历经百年风雨沧桑，从制作到经营，技精诚信，名扬海内外。其家传源远流长，代有传人，在紫砂史上可谓难得。

博采众长常出新

徐汉棠当年欲拜顾老为师时，顾老让他制作一副紫砂工具"矩车"，如合格，方答应收他为徒。徐汉棠硬是凭着几件简陋的刀、凿，精心琢磨完成了这项考核，得到了顾老的认可。

宜兴紫砂厂1960年成立研究所，徐汉棠进入研究所与顾景舟一道研制紫砂新工艺、新造型，其作品"百岁树桩壶""什锦水平壶""微型什锦壶"等，先后获省和地方陶瓷公司四新产品奖。1975年8月进入中央工艺美术学院陶瓷系进修班学习，加强了创作方面的理论基础，提升了创作内涵。他钻研传统陶艺，从中吸取精华，入古而能化新，采撷其他艺术的表现手法，进而开创出糅合古今的艺术精品，设计创作之式样共有350余种。不断求新求变，开创自己的风格，是徐汉棠创作的一贯理念。1979年以红木镶嵌的手法，与徐秀棠、鲍仲梅合作，开了紫砂嵌银丝装饰的先河，作品"十五头嵌银丝咖啡具"在当年全国陶艺展中深受好评，后被北京故宫博物院收藏。1980年，他吸取青瓷开片手法，首次在紫砂壶上做出碎瓷效果的"四方开片冰纹壶"，再次在全国陶艺展获奖。1981年以来，香港及内地举办的各种展览会，他均有新品参展，同年香港双鱼公司举办展览，徐汉棠有"提梁裙花""石瓢"等壶参展，其中"石瓢"壶被英国维多利亚博物馆收藏。1985年调至紫砂二厂任研究所所长，次年中艺公司办展，徐汉棠应邀前去做技术表演，香港各电视台和报社争相采访与报道，参与作品有"岁寒三友""三菱花壶"和"大型掇壶",获得高度评价。他的紫砂壶身价在国内外拍卖会上高达数十万元。

博采众长,常做常新,是徐汉棠大师执着的工作态度。他继承了顾景舟大师的制作技法,吸取了明清几代大家的优秀风格,融入了自己的思想,形成了自己独特的风格。作品制作严谨规正,讲究点、线、面的变化,线、面转折过渡恰到好处,圆润有力度,造型变化方中有圆、圆中寓方。1987年香港办展,徐汉棠特设计制作了一把以海浪为壶身装饰,并嵌上珍珠以拟水珠的"碧海明珠壶",其装饰手法可谓开历代先例。在创作实践的同时,徐汉棠对紫砂工艺理论进行了系统研究,发表了《传统紫砂壶艺》《传统紫砂壶的成型》《琐谈紫砂成型工具》《茶与紫砂壶》等多篇论文。他说:"紫砂艺术作为一种境界是很高深的,可是作为一种造物方法,它又是很亲切的,它并不是简单地再现或摹仿自然,而是深深地将自我表现和审美观念蕴含在作品中,作品是无声的语言,它会真实地表露出你的心声。"

千古一品"汉棠盆"

宜兴传诵着一段佳话:徐汉棠近几年先后几批次从台湾用重金收回了自己做的140多件紫砂花盆。那些花盆都是他当年送给友人,后由台湾收藏家通过各种途径获得带到台湾的。当年他都是免费赠送出去的,而现今,每件作品价值都逾万元。记者有幸登上他家小楼一睹这些花盆的风采。花盆大都是微型的,大的有一只茶叶筒般大小,小的只有拇指大小。形状千姿百态,美不胜收。花盆有圆形、方形、多角形、几何形、线条形、浮雕形、嵌线形等,装饰手法五花八门,无所不有,每一根线条,每一个造型,都体现了徐汉棠无边的想象和艺术追求,就在这么小小的花盆上还有着许多美丽的装饰,其中不乏名人字画。人们在这些花盆上,可以见到一个大千世界,因为每一只花盆都是精美绝伦的艺术精品!为什么要重金收回自己的作品?徐老对笔者吐露了心声:"我想自己创办一个艺术馆,把这些作品放进去,使自己的紫砂艺术品永远留给祖国,传给后代。"

"汉棠盆"被誉为千古一绝。上海盆景协会和上海的收藏家对徐汉棠的紫砂花盆最为钟情,他们为徐汉棠的每一只花盆都编了号,现已编到250

多号。"不收汉棠盆，枉为收藏家"是上海收藏界的流行语。在宜兴，紫砂艺人高手如林，可是紫砂花盆却无人可以与"汉棠盆"比肩。

德艺双馨美名扬

徐汉棠是个德艺双馨的艺术家，也是一个虔诚的艺术家。

他曾说："对于传统必须加以尊重，且须深入的地加以钻研，才能打下扎实的根基。传统乃是前人智能的积累，承袭传统并不可耻，重要的是能在承继之中，推陈出新，并赋予作品新的时代意义。"徐汉棠对于传统与创新兼容并蓄，可谓独得其中三味。

他为人谦虚，作风踏实，痛恨虚张声势。虽然徐汉棠获奖连连，"一壶万金"，海内外收藏家、紫砂爱好者对其作品极度喜爱。但是徐汉棠并不以此自满，仍然不断作新的尝试，近年又有创新之作，如"古兽窥今""寒江独钓""龙宫宝灯"等壶问世，此外还仿制了大亨式"仿古"和"大亨掇壶"等，得到了台湾和大陆地区收藏家和艺术家的好评。徐汉棠常以"做到老，学到老"来自勉。有一次，一位著名收藏家赞扬他的"汉棠盆"是"前无古人，后无来者"时，他立即纠正道："前无古人尚可接受，后无来者实不敢当，因为时代在前进，艺术在发展，我希望有人超过我。"

他为人正直，不喜阿谀。在他的人生轨迹上，有两件事算得上他的"惊世骇俗"之举：一件是"文革"中，造反派贴他的大字报，并没收他制作的微型小花盆，挂在厂门口的布告栏内，指责他究竟"为谁服务"？他居然连夜刻出一方"文艺为工农兵服务"的印章，次日在大字报上签名盖章，公开回应，在当时"左雾"弥漫下，能有如此举动，其睿智中的幽默，正直中的胆气实在令人感佩。另一件是改革开放初期，他义无反顾地辞去国营厂的工作，打破"铁饭碗"跳槽到乡镇企业，为乡镇企业培养紫砂人才，展示自身价值。对一些他看不惯的事情会激动地劈头斥责，如对当前紫砂艺术界那些作假售假、沽名钓誉的歪风，他就多次在有关场合迎头痛斥。

徐汉棠是个深居简出的艺术家。他不沾烟酒，不善交际，不喜应酬，空下来醉心于山石盆景、养花植草、练练书法、打打太极拳。虽然如今上了年纪，头发白了，但与人交往还是一点架子没有。

作为一个虔诚的艺术家，徐汉棠内心感恩时代给他的机遇，经常想着回馈社会。早在 1992 年他就捐资 10 万元，创立"顾景舟、徐汉棠教育儿童奖励基金"。2006 年"宜兴市慈善会丁蜀分会"成立时，他又捐了 10 万元。2008 年汶川地震，他再次捐资 2 万元。他的善举，受到了全社会的尊敬。他曾当选宜兴市、无锡市政协委员。

（2009 年 5 月 22 日）

通讯

特困户住进"白宫"

8日清晨，平时十分宁静的官林镇桂芳村突然鞭炮齐响、宾客盈门，原来是一家特困户住进了新房子。这是当日村里最大的喜事，前来贺喜的人还真不少，镇村干部、户主吕志年的亲戚朋友、村里邻居等等足足有五六十人。记者闻讯赶来，走进这坐落在一棵古老白果树下的新房子，玫瑰色的琉璃瓦特别抢眼，两间主屋洁净宜人，客厅、卧室、卫生间、浴室、储藏室齐全，还有单独一间厨房。由于新房雪白耀眼，村人戏称为"白宫"。

与一般人进新屋的形式不同，主人除了在大门挂上两只大红灯笼外，还加了两条大红彩带标语："重建新房感恩共产党，幸福生活不忘好政府。"吕志年今年快60岁了，家中三口人中有两个是残疾人，当他见到记者时，满腹的话语涌上来："我这两条标语确确实实是我的心里话，因为如果没有共产党，没有人民政府，我哪会住进这么好的新房子啊！"

吕志年过去一直住的是简易平房，有30多处漏雨，每逢雨天外面下大雨，家里下小雨，苦不堪言。因为穷困，无法修理，更无法重建。官林镇领导得知此事后，多次前来查看，决定帮助吕志年解决住房困难。桂芳村党总支立即组织资金和建筑工程队，将原来的旧屋彻底拆除，在原址上重新建造新房子。建房期间，老吕一家暂时没地方吃住，无锡市晶财节电设备有限公司总经理史卫君主动找到他，请他一家三口住进公司，并免费提供一日三餐。镇供电所领导带了6个工人前来免费安装开关、电灯、插座等，2个小时就全部装好，没喝一口茶，没抽一根烟。就这样，仅仅40多天，吕志年没有花一分钱，一座洁白如雪的新房子就盖好了。"党的好干部处处为我们弱势家庭着想啊，今天我真正感受到了政府的温暖。"吕志年眼含激动的热泪再三表达他的切身感受。

村支书告诉记者："村党总支和村委会的主要任务就是让村民过上幸

福生活，这两年我们已经为村里 3 户困难户解决了住房问题，今后还要帮助更多人脱贫致富，过上小康生活。"

（2009 年 6 月 8 日）

采访原南京军区政委方祖岐上将（2012 年 7 月）

月是故乡明

——写在宜兴屺亭悲鸿故居重新开放之际

屺亭小镇的盛大节日

　　秋天的阳光格外明亮。11 月 8 日早晨的宜兴屺亭小镇张灯结彩、锣鼓喧天，仿佛过着一个盛大的节日。"悲鸿故居开放了！"人们奔走相告，分外自豪。

　　屺亭人应该有资格自豪，因为他们是艺术大师徐悲鸿的同乡人嘛。1895 年 7 月 19 日，徐悲鸿在这里的一间民屋中呱呱落地。这正是今日开放的"悲鸿故居"。

　　徐悲鸿的亲人来了。他的夫人廖静文、儿子徐庆平、女儿徐静斐等等分别从北京和安徽来到故乡会聚。看到悲鸿故居修缮一新，恢复开放，他们的感受比谁都强烈。廖静文曾多次来到屺亭，称自己已经是屺亭人了，为此感到无比自豪。今天，她再一次洒下了悲喜交加的泪水："故居保护、修缮得太好了！如果悲鸿还在世，我们会经常一起来到这小屋里小住，会一起挑灯作画……"她是一个情感非常丰富的女人，常常沉浸在诉不尽甜蜜和悲苦的过往里。如今在悲鸿故居，她更是百感交集，深情款款地对人们讲述着大师的往事。徐庆平是全国政协委员、中国人民大学徐悲鸿艺术研究院院长，徐静斐是安徽农业大学的教授，作为徐悲鸿大师的儿女，他们的共同心声是："故乡的政府和人民太好了，太感谢你们了！"

　　徐悲鸿的学生来了。南京师范大学美术教授谭勇，以 93 岁高龄出现在故居，这位悲鸿的高足将自己的画作《鸣喜图》挂在故居墙上，让两只喜鹊俏立枝头，让故居充满吉祥喜气。最让人感动的是杨先让和张平良夫妇俩，虽然都是白发苍苍，却带着两幅画作分别从北京、南京来到屺亭。其实就在当天，他们的儿子正好从美国回北京了，但是他们却没有及时同他见面——恩师的故居竟然具有如此神奇的魅力！

故乡的贤达来了。除了宜兴市的党政领导们前来热烈祝贺外，盛产陶瓷艺术大师的陶都宜兴，有 80 多位陶艺家每人带来一副手写对联。宜兴著名收藏家王继军将数十年收藏的价值 2000 多万元的紫砂壶带到悲鸿故居免费展出，为故居增添风采。

运河边上有故事的故居

故居门外新辟的故居路上，几个红红的氢气球高高地挂在上空，一条长长的黄龙正在漫街飞舞，鼓声咚咚，欢歌笑语，神采飞扬在舞龙师傅们的脸上。

这条路 100 多米长，一头连着静静的古运河，另一头，矗立起一座新牌楼，正上方是"悲鸿故居"匾额，这是当年周恩来总理题写的；两旁对联为"海内皆知徐孺子，前身应似九方皋"，为章士钊先生所题。穿过牌楼，我们来到了修缮了一年多的悲鸿故居。

据当地人介绍，这个故居最初修建是在 1995 年，是徐悲鸿先生一百周年诞辰之际。当时的故居占地仅为 500 多平方米。而经过修缮后的故居，占地总面积扩大到 12000 多平方米。增加的主要是庭院区域、故居路以及一个二层楼的艺术展览厅。这是由苏州园林设计院设计的，这个全国知名的设计院原本只为大项目设计，接受这个小项目是个特例。该院设计专家徐阳先生说："因为它的意义和影响非同一般啊！"

青砖黛瓦、缕花格致的围墙，花树相间、卵石铺地的庭院，粉墙木门的格调，以及与运河一步之遥的感觉，配合成一座江南小园的素静外观。

记者随着欢腾的人群走进了悲鸿故居。园中间有一座小屋，便是过去徐悲鸿和全家人生活起居之所。门厅内有一徐悲鸿塑像，是他的学生刘小岑所作。墙上挂着全国政协委员、北京徐悲鸿纪念馆馆长、悲鸿夫人廖静文撰写的《徐悲鸿小传》，厅内挂着徐悲鸿的珍贵照片以及一些画作。在卧室、书房、灶间小屋里，分别按原样摆放着徐悲鸿小时候用过的课桌、煤油灯、睡觉的木床，还有农家的柴灶、菜篮、阁楼的木梯等等。在这个历史感厚重的屋内，屺亭的老人们会给参观者讲述徐悲鸿在故乡的故事：徐悲鸿的父亲徐达章是当地一位农民画家，徐悲鸿 6 岁开始跟父亲读书，以即景成诗的艺术才华闻名乡里。他9岁读完《四书》《左传》后，便开始随父亲学画。13岁时，家乡发大水，徐悲鸿便随父到外地以画谋生。这种卖艺的生涯使他更多接触到到下层社会和劳苦大众，激发了他忧国忧民的感情。17岁时，徐悲鸿成为宜兴知名的画家，在宜兴三所学校教授美术。

在新建的艺术展览厅内，挂着几幅徐悲鸿的画作以及悲鸿弟子们的几十幅佳作。在一楼有一间小小的房间，门边有刻着"静翰轩"三字的木条，里面挂着一幅徐悲鸿的《奔马图》，还有几张长短沙发和藤椅。有关负责人介绍说，这是专为廖静文女士安排的，她来故居时可以在此休息、会客，也可以挥毫作画。

悲鸿精神与"名人效应"

徐悲鸿是屺亭的骄傲，"悲鸿故乡"是一张金光闪闪的名片。"名人效应"是没法用金钱来衡量的。中国不知道屺亭的人很多，但是不知道徐悲鸿的人不多，人们都是通过徐悲鸿才认识了屺亭，并来到屺亭。因为徐悲鸿是中国当代影响力极大的艺术大师。

廖静文女士深情地告诉我们，徐悲鸿于1953年9月26日逝世，3个月后，北京就隆重举行了徐悲鸿的遗作展览，周恩来总理亲自前往参观。他站在徐悲鸿遗像前，无限怀念地指着徐悲鸿书写的对联"横眉冷对千夫指，俯首甘为孺子牛"说："徐悲鸿便有这种精神。"他高度赞扬徐悲鸿的作品融会了古今中外的技法，是一位艺术大师。北京的徐悲鸿故居被辟为徐悲鸿纪念馆后，周恩来总理以遒劲的字体题写了"悲鸿故居"匾额。1995年，徐悲鸿一百周年诞辰时，党和国家领导人出席了纪念活动，再次强调要弘扬悲鸿精神。

悲鸿精神，是爱国主义精神，是追求理想的精神，是鞠躬尽瘁、甘为人民孺子牛的精神。

"弘扬悲鸿精神，扩大名人效应"是屺亭街道党工委和办事处的一条重要发展思路。为了修缮悲鸿故居，街道办事处投入了2500万元，对于这个财政并不十分宽裕的街道来说，可以说是一笔巨资了。但是，这是他们一笔高瞻远瞩的投资。

采访徐悲鸿之子徐庆平（2010 年 11 月）

　　去年开始设计悲鸿故居的修缮方案时，街道党工委就指出，这是增强屺亭文化软实力的一次极好机遇，也是提高屺亭知名度、凝聚力、吸引力，打造一个有深厚文化内涵和强大文化影响力的新屺亭的极好机遇。

　　"名人效应"带动了文化名镇建设。悲鸿故居的修缮和开放，带动了大片街道的改造。周边区域成了一个文化味道很浓的小商业区。不久还将在这个基础上延伸，连片改造行政区和商业区，将原先有点破旧零乱的镇东部地区打造成整洁美观的街区，将芳亭建成别具一格的文化名镇。

"名人效应"将带动芳亭的旅游业和文化产业。镇东一座秀丽的芳山，已经准备好，建设一个风景旅游区，品牌就是"徐悲鸿艺术馆"，中心区域将建造一个艺术村，为全国各地有成就的艺术家提供住宿、创作和展览的场所。

"名人效应"促进了教育事业发展。悲鸿实验小学是弘扬悲鸿精神的教育阵地。该校 1985 年就成立了少年先锋队"徐悲鸿中队"，培养出一批又一批德智体全面发展的好学生。美术教学是这里的特色，学生书画获奖多、等级高，获得国家级和省级的大奖在这里已经不稀罕。人们可以看到，一批未来的大画家正从这里出发。在悲鸿故居重新开放之际，该校决定创办一个徐悲鸿少年研究院。更让人惊喜的是，徐悲鸿的儿子徐庆平表示，将此地作为中国人民大学徐悲鸿艺术研究院的一个教学实践基地。芳亭街道办事处负责人欣喜地告诉记者，悲鸿故居自 1995 年正式对外开放至此次修缮前，已接待游客 10 多万人次。故居已被命名为江苏省、无锡市、宜兴市爱国主义教育基地和宜兴市青少年德育教育基地。

正午的阳光照在故居旁的运河水面，流动的波光映射到故居屋檐上，使老屋充满了生气。记者看到厅内一幅由廖静文女士书写的古代名诗："露从今夜白，月是故乡明。"一时竟猝不及防被打动了，悲鸿故乡，月夜一定是"千里共婵娟"之景吧。

（2010 年 11 月 11 日）

不是不困难　只因敢登攀

——探究宜兴企业在危机中的"乐观精神"

一场罕见的国际金融危机，足以让众多企业主忧心忡忡、愁眉不展。然而，昨日记者到宜兴走访时，却发现不少企业主面带笑容、精神焕发。当记者问到："你们公司保增长困难吗？"他们常会笑笑回答说："不是太难啊，今年还跨了一大步呢！"

确实，在宜兴一些企业走访中，所到之处机声隆隆，如火如荼的项目建设工地洋溢着蓬勃的发展气息。该市经贸部门提供的一组数据更是令人振奋：1—4月，宜兴市存贷款余额快速增长，增幅双双高出无锡市和全省平均水平，贷款增幅位居苏锡常第一；工业用电量同比基本持平，电线电缆、环保机械等等支柱优势产业发展势头强劲，全市规模以上工业产值同比增长5.82%。对外贸易发展态势平稳，止跌回升。宜兴人民已经看到了经济复苏振兴的曙光。

然而，宜兴企业保增长真的不难吗？宜兴企业主的"乐观精神"从何而来？记者对此进行了一番"探究"。

危中求机创造"俊知速度"

记者走进坐落在宜兴环科园的江苏俊知技术有限公司，宽敞整洁的生产车间内，正呈现出一派蒸蒸日上的繁忙景象：一条条流水线正开足马力生产，企业生产订单已排到年底……这家创办仅2年多的企业，已成为我国移动、联通、电信三大运营商的主流供货商，跻身国内同行业前三强，名列"中国通信产业设备制造商50强"的第16位。在金融危机中，该企业却迎来了一个"井喷"式的发展阶段，一季度已实现应税销售收入2.3亿元，同比增长273%，创造了惊人的"俊知速度"！

"俊知速度"得来很容易吗？"不！"公司董事长钱利荣说道，"我们企业 2 岁时就遇到了金融危机！不险吗？我们是在危机中抓住了一个大机遇，才转危为安的。"得到国家 3G 通信发牌的信息，俊知技术公司立即紧紧抓住这个难得的机遇，瞄准中国通信产业发展高端，引进了国际一流的生产检测设备，建起无锡地区首家通信工程研发中心，各个环节都严格按照 3G 生产要求。企业先后获得国家知识产权局实用新型专利 6 项、省高新技术产品认证 2 项，开发出新产品 30 多项，还获得了"2008—2009 年通信产业技术贡献奖"，产品质量达到国际先进水平。可是开发新产品的资金需要 10 亿之巨，金融危机下，银行信贷紧缩，资金不足又成为俊知企业裂变发展的最大瓶颈。但是他们没有退缩，他们千方百计取得政府、金融界的重视和支持，取得兄弟企业集团的全力担保和帮助，终于化解了融资难题，注入了强大的动力。当国内众多企业为了争抢 3G 这块"蛋糕"时，俊知公司却早已踌躇满志地揽得了厚厚的订单，并获得了"2009 中国 3G 建设与创新成就奖"，年内将可实现销售收入 12 亿元。

开辟新市场　外贸唱"新曲"

全球金融危机，给了中国出口纺织业一记重击。在国内许多纺织企业一蹶不振之际，宜兴乐祺纺织集团却依然蒸蒸日上。今年 1—4 月，他们的销售额增长了 8%。

乐祺纺织是一家以外贸出口为主的企业，国际市场销售额占公司销售额的 80% 以上，去年国际市场的萎缩使出口额一度下降了近 20%，一时压得董事长甄仲明喘不过气来。但是他没有被击倒，很快就重新振作起来。他指挥全体员工高唱三首歌：第一首是《国际歌》——从来就没有什么救世主；第二首是《国歌》——我们万众一心，前进；第三首是《敢问路在何方》——开辟新市场，路在脚下。

"西方不亮东方亮"，公司迅速作出市场战略调整。欧美消费市场萎靡，他们就着力开发日韩、东南亚、南美等新兴市场，国外客户数量增加了 30%；从出口为主向出口内销并重转变，今年在国内市场的份额一路攀升，填补了外贸缺口；大力开发新产品，用不同的产品档次适应不同层次客户的需求，全面扩展市场占有率。引进国外先进生产线，跨越纺织企业产品附加值低、生产工艺落后、污染重等瓶颈，开发研制优质面料产品，拓展发展空间；延伸产业链，从粗放式生产经营向终端服装产业市场延伸，打造拥有自主品牌的休闲服装，提升产品附加值。企业已先后获得中国驰名商标、国家免检产品和"全国行业十佳企业"等称号，成了李宁、九牧王、佐丹奴等知名品牌服装的面料合作伙伴。今年，公司计划投入千万资金，首先在二级城市开设 10 家门店，力争用 3 到 5 年时间打响自主服饰品牌，逐步从生产加工型走向品牌营销的高端之路。

敢于投入才能"脱胎换骨"

在江苏灵谷化工总投资 20 多亿元的大型技改项目建设工地上，一批技术人员正在紧张进行设备调试。这个技改项目正式投运后，企业就实现了"脱胎换骨"，不仅企业生产能力可扩大一倍，新增年销售收入 20 亿元，而且在能源结构、经济效益、环保能力等各方面都将达到世界先进水平。

在当前经济形势下，众多企业纷纷"捂紧钱包"，灵谷化工却为何投入如此大手笔？作为传统"能耗大户"，灵谷化工近几年面临着环保压力、成本增大等一系列严峻考验。金融危机，更是把企业逼到了"十字路口"。灵谷化工的决策层认为：危机中往往蕴藏着巨大的机遇，作为一个传统产业，只有走转型发展的新路，才有光明的前途，而转型发展必须敢于投入，更新装备。金融危机阶段正是引进先进装备"鸟枪换炮"、实施低成本扩张的大好时机。抓住这个契机，企业发展就能跃上一个新台阶。他们找到了这个年产 45 万吨合成氨、80 万吨尿素技改扩能新项目，同时引进了美国、荷兰、德国等多个国家的先进技术，尿素生产成本可下降 30%，每年可节约标煤 9 万余吨、节电 3 亿度、节水 70 万吨，企业综合竞争力将跨入国内氮肥行业前五强。新项目毫不迟疑地上了马。

公司董事长谈福元深有体会地说："在金融危机下搞企业、保增长不难是不现实的。我们遇到的难题和解决难题的经历可以写一本书啦！但是只要敢于攀登，路子走对，就会登上成功的峰巅，迎来光明的前景。"

（2009 年 5 月 27 日）

"钢琴是一种美育"

——访著名钢琴家刘诗昆

瘦高个子、深色西装、淡色衬衣、整齐短发，眼镜后面的眼光敏锐而单纯，这就是著名钢琴家刘诗昆展现在人们面前的形象。日前他在陶都宜兴举办钢琴独奏音乐会，乘着比赛前的一点空隙时间，记者采访了他。此时他还未吃晚饭。看看时间不早了，他跟主办方交代："不到酒店去吃了，帮我买一只汉堡就行了。我无论如何不能让观众等我。"

"我是第二次来宜兴。第一次是在上世纪 80 年代初，那时宜兴还是一个古老而小巧的县城。现在大不相同了，高楼林立、道路宽阔、环境优美，古城新貌真叫人愉悦。宜兴的陶瓷文化、紫砂艺术举世闻名，我非常喜欢。"70 岁的刘诗昆充满深情地说。

刘诗昆说话时，就像一位中学教师在教室里讲课，你看不出他就是享誉中外的著名钢琴家，是迄今中国和世界所有华人钢琴家中在国际钢琴比赛获奖级别最高者之一。毛泽东、周恩来、刘少奇、邓小平、江泽民、胡锦涛等党和国家领导人，都聆听过他的演奏，十余个国家的最高首脑接见过他。

刘诗昆首次在宜兴举办钢琴音乐会，有许多家长带着孩子蜂拥而来。其中有很多孩子正在参加钢琴培训班和钢琴考级，为此，记者请他谈谈对儿童学钢琴的看法。这位当年的"钢琴神童"首先回忆了自己走过的路。他 3 岁学钢琴，5 岁登台演奏。10 岁在全国少年儿童钢琴比赛中荣获冠军。19 岁在苏联莫斯科举行的"第一届柴可夫斯基国际钢琴比赛"中荣获亚军，从此蜚声世界乐坛。他说"钢琴是一种美育"，目前琴童学琴要防止走入误区。家长不要总以为家里能出个钢琴家，把孩子学琴当成"望子成龙"，这对绝大多数孩子是没有意义的。不能孩子上了数学课就指望他成为数学家，成为华罗庚，上语文课就想着他能成为巴金。学钢琴也不能完全看成是一种娱乐。其实学器乐根本上是一种美育，美育拥有其他任何教育不可替代的作用。现在出现这么多琴童，是一种社会美育现象。中国钢琴产销量全世界最高，琴童人数发展很快，也是一种必然趋势，家长应把孩子学琴视为基础性美育。其实孩子学琴有很多好处，音乐可以培养高雅的情操，十指跟脑子的关系最紧密，能够提高基本反应能力，提高智商，就像老年人玩核桃、钢球可以增强记忆力一样。

刘诗昆十分热心艺术教育，在北京、上海、广州、香港等近 30 个城市开办了"刘诗昆钢琴艺术中心"和"刘诗昆音乐艺术幼儿园"等等，共有学生超过 1.5 万人。

（2009 年 9 月 24 日）

通

讯

"徐悲鸿才是最大的腕"

——访电视剧《徐悲鸿》主演吴刚

电视剧《徐悲鸿》杀青仪式 10 日晚上在宜兴举行。记者采访了没来得及卸妆的徐悲鸿扮演者吴刚。令人惊讶的是，吴刚同徐悲鸿如此相像，简直惟妙惟肖，精气神一样都不差。

"在宜兴拍了最后几场戏，到宜兴来杀青，这真是天意啊！"吴刚感叹道。尽管他是个酷爱紫砂壶的主，但他却是第一次来宜兴。在宜兴的这几天，他看到了宜兴的青山绿水、旧街老桥、陶瓷风情，他才更懂得了什么是人杰地灵，也才懂得了只有这里才会成为徐悲鸿的故乡。

在《铁人》《潜伏》《梅兰芳》里担纲主演并有令人称道表现的吴刚，原是活跃在北京人艺舞台上的一个出色的演员，他总是尽量演活人物的精神，拍电影《铁人》，吴刚看罢剧本只身去了大庆，搜集有关王进喜的资料，找老工人们聊天；他还走进铁人纪念馆，仔细端详上世纪 60 年代铁人的照片。拍《潜伏》之前，吴刚买了两本敌特方面的书，又从导演那里借了一本，他反复研读品味，看出那个年代人的举手投足、对事物的思维方式等都与今人不大一样。拍《梅兰芳》时，他钻进人艺图书馆，找了大批那个年代的老照片，还专门请教对那个年代很了解的老先生们。"在你心里，必须有个影子，你才能慢慢用你的身体和他靠拢，那个人物才可能鲜活。"

这个人气正旺的青年演员，对《徐悲鸿》这部电视剧充满着特别的感情，他认为，这是一部有思想、有文化品位、有艺术感染力的电视剧，它以徐悲鸿先生独特的文化人格和艺术追求再现历史，启迪今人。

从吴刚的言谈举止可以看出，他对徐悲鸿充满着崇敬，他说："在中国，要说粉丝最多的艺术家，非悲鸿先生莫属，他才是中国最大的腕！"他把此次扮演徐悲鸿作为自己"人生的大幸"，"我每天都在捉摸他的思想、情感，我要沉浸到他的心灵中去，才能把他演好"。据他介绍，4 个多月来，他每天早上 6 点多一起床，就全身心投入拍摄，直到天黑。一天十五六个小时的工作，真的很疲劳。其中最难演的是徐悲鸿同蒋碧微、廖静文等三个女人的戏，这是一个全新的挑战。她们的经历不同、思想不同、性格不同，拍好同她们的对手戏，是吴刚的演技实现飞跃的关键。天遂人意，他终于来到了宜兴，这个他所向往的神秘而神圣的地方，他一声声的感叹，无不隐含着对悲鸿精神的赞叹。

（2009 年 12 月 11 日）

全家合影（2011 年 5 月 1 日）

不喝酒的"酒瓶王"

有一个从不喝酒的人，却在全国各大造酒厂赫赫有名，他就是宜兴金鱼陶瓷有限公司董事长葛渚中。今年55岁的他在陶瓷行业摸爬滚打了30多年，做过青瓷工艺品、均陶花盆等等。而真正让他才能毕现、大放光彩的是陶瓷酒瓶。2009年，他的金鱼公司销售了2500万只陶瓷酒瓶，销售额近2亿元，在全国同行业中首屈一指。他的酒瓶一步一步走向高端化、品牌化，目前"金鱼牌"陶瓷瓶获得了"江苏省名牌产品"和"江苏省著名商标"称号。葛渚中，已经成为当之无愧的华夏"瓶王"。

1993年创办的合资企业金鱼陶瓷有限公司，主要制造均陶花盆。但是品种单一、耗料量大、利润率低等等因素，都毫不留情地拖住了企业发展的后腿。如何才能使企业发展壮大、在竞争中立于不败之地？这是葛渚中日思夜想的问题。他在广泛的市场考察中敏锐地发现，中国的酿酒业自古以来经久不衰，而为之配套的酒瓶业也在不断地变革和发展，这是一个极有前途的行业，他决心让陶瓷在这个行业中大展身手。

对陶文化爱之入心的葛渚中从此又迷上了"酒文化"。他不辞千山万水，不停游走于全国各酿酒企业的车间、酒窖、酒席之间。用最快的时间，把全国名酒厂的"家底"摸了个一清二楚。过去中国的酒瓶基本由玻璃瓶一统天下，但是他发现好酒要用陶瓷酒瓶的"三个理由"：一是品位高雅。玻璃酒瓶式样单调、装饰性差，而陶瓷是最原始的包装容器，古朴典雅，多姿多彩，具有可雕刻、可堆花等无限可变性。二是品质优越。陶瓷酒瓶不透光、稳定性好，且能加速酒的老陈化，尤其是宜兴的陶质瓶透气性好，更优于瓷质瓶，紫砂陶土，只有宜兴才有，独一无二。三是价格较低。国产的玻璃瓶质量不过关，高档玻璃瓶必须从法国、意大利等地进口，而进口瓶一只就要一二百元，同档次的陶瓷酒瓶价格要低一半多。

对于造酒行业来说，虽然陶瓷酒瓶只是属于配套产品，但这毕竟是为中国酒业锦上添花，也不失为一桩"美事"。可是能当一个"最佳配角"绝非信手拈来的易事，为此，葛渚中投入了自己所有的聪明才智和全部精力。造瓶如造酒，要造出色香味俱佳的产品，个中精妙，存乎一心。全国造陶瓷酒瓶的厂家发展特别快，目前已有千余家，竞争几近白热化，他怎样才能独树一帜、超越对手？创新，就是他的"尖端武器"。他首先要在款式创新上超越对手。他与全国60多家酒瓶设计专业公司挂了钩，请高手设计独特的款式，"人有我有，人无我也有；人家能拿出10种，我就能拿出100种"，这不仅仅是豪言壮语，他每年创新品种和样式达500种之多。几年来，光是"口子窖"酒瓶，就有1500多个款式品种，深得口子酒业公司的青睐，该公司2009年就欣然订了金鱼公司3000万只酒瓶。其次是在技术创新上超越对手。他认为，酒瓶也要不断向高端攀登，才会有持久的生命力，他让"东方的蓝宝石"青瓷走出了纯艺术的"象牙塔"，开发出青瓷酒瓶；他不停搜集造酒企业反馈的改进信息，进行技术攻关，在造型、釉色、装饰手段上都取得了重大突破。尤其是对酒瓶的底部，在传统工艺上进行革新，泥坯与上釉高温一次烧成，首创了"底足不露胎"的全包底酒瓶，档次骤然跃升，获得了造酒企业的普遍青睐，也获得了国家专利。1500元一只的"国窖"酒瓶，圆形的肚子饱满有韵，光亮的面色青中泛蓝，周边印有一幅幅造酒的工艺图，文化气息十分浓郁。泸州老窖公司一次就订了4000只。

葛渚中不倦开拓市场的精神堪称陶瓷行业中的典范。他总是不远万里进行市场调查，参加许多糖酒会议、高层论坛。他瞄准了国内造酒业巨头，与他们建立了协作关系。他是个有心人，每到一处，总要拍许多企业和产品的照片，收集成套成套的技术资料，回来后就打开一个一个的"宝囊"，与技术人员一道开研讨会、攻关会，博采众长，改进设计，为此，他不怕冒失败的风险，常常为了一个适应市场需求的新品种，投入几十万元、上百万元进行研制，他说："即使捣鼓不成，我也心甘情愿。"现在茅台、五粮液、泸州老窖、酒鬼酒、汾酒、老白干、古越龙山等7家酒业上市公司，都用上了金鱼公司的陶瓷酒瓶，2009年五粮液用了50万只，茅台用了80

万只，泸州老窖用了 200 万只。

　　山外青山楼外楼，总有英雄在前头。葛渚中懂得市场竞争中没有"常胜将军"的真理，他说："虽然我们现在领跑全国同行，但是我们身后是上千个奋跑的竞争者。事实上酒瓶没有最好，只有更好。为了能长久领跑，我们所要做到的，就是不断发现，不断创新，永不自满。"

（2010 年 1 月 9 日）

陶都纪事（续）

远征草原大"风场"

——民企"抱团"进军内蒙古纪实

宜兴华泰国际集团一行昨天回到宜兴时，迎接他们的是桃红柳绿的江南春色。然而就在之前的一周内，他们在内蒙古高原冰雪中攀行，在突如其来的沙尘暴中奋战，勇往直前地抢占战略性新兴产业制高点。

高原振奋攀登人

燕山与阴山的交会处，内蒙古自治区乌兰察布市，海拔 2000 多米高处有一个叫做辉腾锡勒的大风场。一位 74 岁的老人迎着凛冽的狂风和沙尘，一脚深一脚浅向着远处高高的风塔奔去，孩童般的兴奋和喜悦写在脸上，他就是曾在美国宇航局搞过科研的华泰国际集团风机总设计师陈忠良。风，就是他生命；有大风，就能创大业！

华泰国际集团是宜兴一家著名企业，近几年致力于产业转型，瞄准风力发电这个战略性新兴产业，开发出了具有自主知识产权的风力发电机组，获得了 15 项专利，其中有 2 项是发明专利，在全国风力发电机中独树一帜。

可是宜兴本地无风能资源，再好的风机也无用武之地。内蒙古是我国最大的风场，也是世界风能资源最丰富的地区之一，而乌兰察布的风能资源在全内蒙古数第一。董事长黄兵毅然决定远征内蒙古，抢占中国第一大风场。一进内蒙古，就遇上了从未见过的沙尘暴，一时天昏地暗，能见度不到十米，牛羊都趴下了，大家站立不稳。但是他们抢占风场马不停蹄，考察了内蒙古察哈尔经济开发区和商都县、化德县的多个风场、风电企业以及其他企业。

中共乌兰察布市市委常委、副市长薛培明对宜兴民企老总说："你们办风力发电，真是找对了地方！我们'构筑空中三峡，打造风电之都'的宏图大愿一定会实现。"经过洽谈，华泰国际集团与乌兰察布市初步达成了意向：创办一个占地5000亩的华泰科技园，在园内办一个年产600台2兆瓦的风机总装厂和一个风机叶片厂，以及相关产业；经过三期开发，总投资将达120亿元。今年夏天，第一台华泰风机将在草原上高高矗立！

草原"抱团"结成"链"

一同进入内蒙古的并不只是华泰国际集团一家，这是一个由宜兴6家民营企业、复旦大学教授等有关专家组成的投资考察团队。以风电产业为龙头，相关的企业一同跟进，以便形成一个风力发电、特种电缆、风电蓄能、环保设备、厂房建设的产业链。这种由民营企业自发"抱团"远征创业的举动，在宜兴属"开山之举"。

比较发达的苏南民企，正遭遇着发展的瓶颈，转型和创新势在必行。宜兴有"中国电缆城"之称，江苏金丰塑业有限公司是一家电缆生产企业，董事长陈祖培先生说："我办了多年的企业，可是以后的路怎么走？一直困惑着我。来到内蒙古后，突然发现为风电产业配套特种电缆，是一条光明大道。"

内蒙古的风电产业发展也遇到了一个瓶颈，就是大量的风电没有办法快速蓄存，造成极大的浪费。华泰国际集团特聘的我国蓄电池权威、复旦大学教授夏永姚此次专门来此考察石墨资源，这是制造高能蓄电池的重要原料。而内蒙古是石墨资源最丰富的地区，他们打算在此办一个大型蓄电池企业，成为全内蒙古风电的蓄能"大水库"。而另一个企业家丁女士则打算在此开办一家五星级酒店，填补当地现代服务业的空白。

浙商"抱团"创业举世闻名，在各种专业市场、房地产业等领域屡创奇迹。现在宜兴民企也"抱团"远征了！华泰国际集团董事长黄兵说："抱团出征创业，具有很多优势，首先是可以形成产业链，形成创业'气场'，其次可以优势互补，互相提携，最适合在一个陌生的地方开辟新的基地。"

西部呼唤雄鹰飞

香浓的奶茶、洁白的哈达，丰富的资源、热情的人民，给宜兴民营企业家留下了极其难忘的印象，他们在心灵震撼中得出了一个共同的结论："西部大开发正如火如荼，谁能介入国家大战略，谁就能抓住发展大机遇。"

经过多年开发，西部地区开发的基础和条件远胜过我们的印象和想象。从内蒙古乌兰察布市来看，这里同时享受国家西部大开发和国家振兴东北老工业基地双重优惠政策。公路、铁路四通八达，甚至拥有通向蒙古国、俄罗斯及欧洲国家的陆路国际贸易要道。这个地级市拥有 5.5 万平方公里面积，是无锡面积的十多倍！风能资源、光能资源均居全国之首。已探明矿种的潜在经济价值达 4500 亿元，去年还发现了储量达 1 亿吨的大油田。

中共商都县委书记王国相情真意切地对宜兴民营企业家说："我们发展的热情非常高涨，但是我们缺少资金、项目、人才，非常希望你们来开发。我们已作好准备，承接你们长三角地区的产业转移。我们会用一流的环境、一流的服务，真诚迎接你们来落户。你们下决心过来吧！"

"抢抓机遇"，是我们近年来讲得烂熟的一个词。介入西部大开发，就是抢占战略高地，这个机遇稍纵即逝。我们在内蒙古察哈尔开发区看到，一批国内、国外著名的企业，都在抢占这个"风水宝地"。内蒙古"风场"再大，占完也就没有了！

雄鹰翱翔蓝天，冰雪正在消融。素以能征善战著称的无锡企业，能否鹰击长空，在祖国西部大开发中一展身手，抢占转型发展的制高点？

（2010 年 4 月 12 日）

"绝不给紫砂瑰宝抹黑"

——紫砂老艺人吴小兔一席谈

　　5月16日嘉德春季拍卖会上，已故紫砂泰斗顾景舟的一把石瓢壶以1232万元成交，登上了紫砂壶的巅峰。而近日媒体对宜兴紫砂出现"化工壶""代工壶"的连续曝光，又几将宜兴紫砂的声誉打入谷底。宜兴紫砂艺人是怎么看待这一现象的？记者昨日与宜兴民间紫砂老艺人吴小兔进行了一番颇有深意的交谈。

我能保证百分之百的原矿紫砂

　　今年60岁的吴小兔出身紫砂世家，30年来一直在开发研究紫砂泥料。

　　"宜兴紫砂壶的价值在哪里？首先是它的原料——紫砂泥。做一把紫砂壶有三要素：泥料、做工和烧成。可是多年来宜兴的紫砂艺人并没有把泥料价值提高到应有的地位。其实泥料好不好是第一要紧。"

　　"我能保证做百分之百的原矿紫砂！"吴小兔响亮地说，他对那些做假原料、滥拌化学添加剂、做代工壶的现象深恶痛绝："我们宜兴紫砂绝不能让极少数败类毁了美名！"他做壶的泥料全部是自己到黄龙山紫砂矿上取来，自己研磨，自己提炼，自己贮藏。他历经千锤百炼的功夫，耗费大半辈子的精力，就是为了将上苍恩赐给宜兴人的紫砂瑰宝发挥到极致，让人间共享美好。

　　吴小兔"惜泥如金"，他总是到挖废的紫砂矿山宕口、泥潭、石缝里寻找矿石。记者在他家里看到，桌子底下、阳台上、床底下，都是一块块各种颜色、各种形状的石头，"这些都是人家开矿时丢弃后我捡来的，其实都是不可多得的紫砂宝藏啊。三亿多年才形成的紫砂泥，我们这一代人可不能把紫砂这碗饭全吃光了，要留给子孙后代，才叫可持续发展吧"。

紫砂艺人不能太拜金

"紫砂艺人不能把金钱看得高于一切。要做好壶，首先要做好人。做人诚信第一，做紫砂壶也是诚信第一，这是我的观点。"吴小兔是个容易激动的人。

宜兴紫砂进入了"黄金时期"，古人说的"人间珠玉安足取，岂如阳羡溪头一丸土"竟然成了现实，这把"五色土"真的比黄金还贵。动辄数千、数万、数十万元一把壶的价格，滋长了行业内一些人唯利是图的观念。只要有钱赚，就可以假泥代真泥，鱼目混珠；有的名人自己做不了太多，就让别人代做，用自己的名字蒙骗顾客。

吴小兔对这些行为嗤之以鼻，他说："紫砂艺人如果太拜金了，做假壶了，他的艺术生涯就行将结束，他终将被人耻笑。"吴小兔的壶以原料精细、做工精致、雅俗共赏的特点深得消费者和收藏者的喜爱，一把壶要数千元、上万元，可是他精雕细刻，从来没有追求数量，从不叫人代工，他坚持质量，一个月只做 2 把壶。赚不了多少钱，家里比较清苦。"我要对得起宝贵的紫砂泥料，要对得起崇高的艺术，要对得起爱壶的消费者"，这是他的座右铭。

为买壶人识别真假紫砂支三招

当前市场上出现假冒紫砂的现象，成为爱壶人、买壶人的"心病"。这也成了吴小兔的一块"心病"。如何使人们识别真假紫砂壶？昨天他献出了自己独特的"三步法"：

一观。观壶面光泽，观紫砂结构。真砂壶滋润如玉，艳而不俗，摸上去有砂粒感觉；而假砂壶不是表面过分光亮、艳得晃眼，就是表面粗陋、令人生厌。观紫砂结构，最好有一把 80 倍的放大镜，用灯光照射壶身，放大镜下可以看到真砂壶如颗颗宝石排列而成，晶莹剔透，而假砂壶则如泥团乱石，毫无美感。

二听。真砂壶如是新壶，则敲之清脆如罄，倒入开水时，可听到"*丝丝*"如细雨之声，这是砂粒在吸水。而假砂壶则有的声音过于清脆，如金属敲打，有的则沉闷如礁石碰撞，倒入开水也没有什么反应。

三试。可泡茶试，真砂壶泡的茶数日不变馊，而假砂壶则极易变馊；也可烧火试，壶中倒入凉水，把壶盖好放到火上烧，真砂壶表面会微微出现一层水汽，而假砂壶一般则因为没有足够的透气性而不会出现水汽。

采访结束时，吴小兔再三叮嘱记者，一定要表明，紫砂界造假害人的败类绝对只是很小的一部分，而绝大多数紫砂艺人是有良心的，他们绝对不会给紫砂瑰宝抹黑。

（2010 年 6 月 2 日）

一个痴迷民俗文化的种茶人

——记古董收藏家张才新

摆满古董的"张家老宅"

太华山耸入云天，山顶上有一个白石岭高山云雾茶场，种茶人叫张才新，今年49岁。山脚下的太华村里有一幢古老的宅院，就是他的家。近日这座老宅摇身一变，办成了"张家老宅"农家乐，远近的城里人闻讯，都想到那里一尝当地野味山珍。可是，当他们走进这个农家乐时，才惊奇地发现，这里有比吃"草鸡炖野蕈""竹笋烧咸肉"等山区名菜更加滋味无穷、滋养心灵的东西，那就是民俗文化收藏，以及爱得痴迷的张才新。

两只大红灯笼挑在门楼前，两只石狮子坐在门口，穿过青砖黛瓦的门楼，左右各一小巧花圃，然后才踏进正厅。墙上挂着名人字画，长台上摆放明代瓷瓶，还有石磨、石臼等等，隔窗木门边，一架已经在人们的视线中消失多年的山路独轮车赫然出现在人们眼前，这种过去山农的运输工具成为来客必看、必问的奇物。然而，更为令人称奇的是他们吃饭的圆桌，是清朝初期的文物，红株木制成，料厚扎实，做工精细，坐这里享用佳肴的同时可以感受时光倒流。这张圆桌还可分为两个半圆桌，当地清朝时风俗规定，分开放时，示意主人不在家，谢绝造访，并在一起则示意主人在家。当人们被这个民间博物馆深深吸引、赞叹张才新高雅的文化爱好时，老张会非常自豪地说："这里只是我收藏的几件小品，我的古董少说有1000多件呢！"

收到一件古玩，就像打了胜仗

太华山区有着悠久的历史文化，座座千年古村点缀在青山绿水间，到处都有历史文化宝藏。只是当地农民都为生计奔波，鲜有人对此留心。张才新是个例外，他自幼喜欢玩古董。6岁时，在家中老橱抽屉里发现了祖宗留下的一只木制罗盘，感觉十分新奇，天天玩不辍手。从此他爱上了古玩。这只罗盘至今仍放在身边，当作护身符，并作为看"风水"的灵物。几十年来，除了上山砍毛竹、种茶叶、做茶叶等等必做的农活，他将精力都放在收集古玩上，成为远近闻名的"收古痴人"。他说："我每收到一件物品，都会觉得像打了个胜仗。使我开心的不是能赚钱，而是成就感。"

收古要有痴迷的境界。他随时随处都会打听：哪家在拆旧房子，哪里在造庙宇，哪座山里发现了古董？只要一有信息，他就会不顾一切去设法把它搞到手。老婆起初对他不理解，骂他是"捡破烂的"。十年前，他听说一个村子里有一张古代雕花床，精工细作且保存完好，他欣喜若狂地找到主人，当即被人家拒绝了。他没有气馁，连续四次带着香烟、茶叶上门去游说，终于打动了主人，买得了这张雕花床，他如获至宝，至今每天晚上还睡这张床。他凭着这种毅力和韧劲，获得了铜钟、石磨、瓷碗等等古玩，仅清代雕花床就有5张！看到如此丰富的收藏成果，他老婆也开始支持他了，并且逐步成为他的得力助手。

叫"宝贝"发挥作用，让农民提高文化

收古玩要有人缘，要有慧眼。有人缘才有信息，有慧眼才有机会。张才新与人为善，平时喜欢交朋友，帮助有困难的村民；他喜欢研究古籍、民俗文化，做茶时也带着书本上山，因此具备了高超的鉴赏能力。有一次，一位溧阳人来到村里办事，突然下起大雨，直到天黑都不停歇，由于没办法回去，他急得像热锅上的蚂蚁。老张主动用摩托车送他，在崎岖山路上冒着雨送到几十里外的溧阳，那人一定要酬谢老张，老张谢绝了。老张一眼看到对屋角落里有一只旧花瓶，就想买去，主人看到老张爱不释手的样子，就同意给他，老张万分欣喜，第二天买了两只宜兴大花瓶去换来了那只旧花瓶。回家仔细一看，竟是明代万历年间的白瓷花瓶！他对自己的收藏方式方法很自豪，说："我是农民，种点茶叶，家里没有多少钱。我收古玩最缺乏的是资金，但是我靠着人缘和识货，就能获得这些宝贝。"

风雨数十年，张才新收得1000多件古玩古董、民俗物件！这在收藏界也是个奇迹。他说："我想办一个小小的农家民俗博物馆，让我的这些宝

贝东西发挥点社会作用，让山区农民增长点见识，提高点文化修养。"

（2010 年 8 月 3 日）

书画情　故乡心

——写在吴冠中大师书画宜兴展

9月12日至16日，中国著名绘画大师吴冠中作品展——"书画情系故乡情"在宜兴美术馆展出。一代艺术大师吴冠中先生于6月25日离世，此展30幅作品让家乡人民得以一偿感悟大师、缅怀故人的心愿。

我一辈子总在画江南

乡情，是吴老一生解不开的情结，对江南这片土地，吴老爱得是如此的深沉。"黑、白、灰是江南主调，也是我自己作品银灰主调的基石，我艺术道路的起步。我一辈子断断续续总在画江南……"小桥流水、白墙黑瓦的家乡不仅给了他一个瘦小的身躯，也给了他江南农民和读书人特有的犟劲。吴老的学生兼同事，清华大学刘巨德教授这样说道：来到宜兴，他寻访到了吴老童年梦想的河床，感受到了吴老笔下黑、白、灰三色所表现的江南意蕴。这句话，让我们明白了为何在《燕子归来寻古人》《双燕》《太湖之畔》等画作中总有着一抹淡淡的乡愁，为何在他的散文作品中，关于家乡的文字有5万多？吴老旅居北京60余年，却始终未改乡音，暮年的吴老曾六次回到家乡探访，"下次我要把夫人一起带来"，这成了吴老毕生的憾事。

我负丹青，丹青负我

"下辈子不做画家"，吴老曾这样说道。盛誉满载的他却以"我负丹青"为自己的自传命题，自谦地称自己的画画得不好，暮年时烧掉了200多幅自己不满意的画作。像吴老这样，站在艺术巅峰，却能勇于否定自己，这需要多大的勇气啊！不仅如此，他坦承，比起绘画他更偏爱文学。鲁迅是吴老一生最崇敬的人，他将鲁迅视作自己的精神父亲，年轻时没能选择文学的道路成为他一生的遗憾。"我不该学丹青，我该学文学，成为鲁迅那样的文学家。从这个角度来说，是丹青负我。"他狂言道："一百个齐白石抵不过一个鲁迅。"因为"齐白石少几个对这个国家关系不是很大。但没有鲁迅，这个民族的心态就不行"。这种对鲁迅在民族精神塑造上的崇拜，正代表了中国知识分子精神的最高境界。

画作不留遗产

吴老生前已经为健在画家中身价最高的人，曾有人统计，吴老作品的总成交额已经达到 17.8 亿元。巨额财富归属何处？不禁成为人们的疑问。"我什么都可以留作遗产，但画绝不留作遗产。我的画是画给大家看的，绝不是画给家里几个人看的！"对于这个问题，吴老毫不犹豫地选择了将画作捐赠给社会。从 20 世纪到今天，这样的画家只有两位：一是徐悲鸿，另一位便是吴冠中。暮年的吴老将家中的藏画悉数捐出，只留下几幅给子孙作为纪念。中国美术馆、故宫博物院、上海美术馆、浙江美术馆、香港艺术馆等公立博物馆中都藏有吴老晚年捐赠的作品。吴老说："我吃的是草，挤的是奶。草，是长在祖国土地上的草，奶也应属于祖国和人民。"淡泊名利、德艺双馨是吴老一生最完美的注释。

（2010 年 9 月 15 日）

我赴巴比晚宴

——江苏天地龙集团董事长蒋加平归来谈盛况

宜兴有人到北京参加了巴比慈善晚宴！事先几乎没有人知道这件事。因为巴比晚宴被炒作得太神秘、太滚烫了！没有人料想到宜兴会有有这样资格的人。昨天黄昏，真真实实参加了巴比晚宴的江苏天地龙集团董事长蒋加平风尘仆仆地从北京回到宜兴，记者兴致勃勃地听着他讲述了这场全球关注的巴比晚宴。

没有什么神秘，没有什么"劝捐"

作为应邀的 50 人之一，蒋加平一见面就拿出了巴比慈善晚宴发给他的正式邀请信给记者看，这是他在今年 8 月收到的。上面还有昨天巴菲特在晚宴上给他的亲笔签名。然后，他滔滔不绝地讲述了晚宴的经过。

蒋加平在 29 日晚上带着邀请信乘坐朋友的一辆普通桑塔纳进入了北京昌平拉斐特城堡庄园。会场很简单，7 张桌子，上面放了几瓶矿泉水，讲台也同样很普通。下午 5 点半，巴菲特和比尔·盖茨在主持人杨澜的引领下满面笑容地走进了会场，全体鼓掌表示欢迎。他们入坐后，就开始了论坛。论坛主要探讨了四个问题：对财富应有的态度是什么？你对慈善捐赠的态度和看法是怎么样的？如何使慈善事业做得更加有效？慈善事业对慈善家的家庭有什么影响？开始主要由巴菲特和比尔·盖茨讲，与会者都听同声翻译，然后台上台下互动，提问对话，气氛十分和谐、真诚、热烈。

接着便是酒宴开始。这时大家都围着巴菲特和比尔盖茨，请他们签名和合影。他们非常乐意，全然不顾会议事先定下的"不准照相"等等规矩。出席晚宴的中国官员、富翁们此刻都仿佛是一群天真活泼的孩子，无拘无束，同两位世界顶尖的富豪、慈善家自由交流思想、共同寻找快乐，场面令人感动。宴会实际上是十分普通的自助餐，喝的是烟台的红葡萄酒，每人 300

元的标准，是这个庄园最低标准的宴席。

整个巴比慈善晚宴不超过 3 个小时便圆满结束了，根本没有"劝捐"一事。柳传志在晚宴结束前抢先站起来说："我们的活动很正常嘛，完全没有必要搞得这么神秘，中国的慈善事业应该更加公开地面对全中国和全世界。"巴菲特非常赞同地说："我们会如实向社会公布这次慈善晚宴的！"

慈善要早做，慈善是快乐

蒋加平回忆道："在不长的时间里，巴菲特和比尔盖茨给我们讲了很多精彩的故事和精辟的思想。"会上有个人提问："我们中国发展较晚，能不能等发展得更富有时再做慈善事业？"巴菲特回答说："慈善事业不要等到非常富有了、人老了才去做，而要抓紧时间，在年轻力壮、心智清醒时就做。"他自己很早就写了捐赠遗嘱，现在每隔五六年就要修改一次，而且同家人一同讨论。巴菲特认为，中国慈善发展会超过美国，并告诉准备投身慈善的人们"不要怕失败，以前我们都有许多失败"。他还说，对中国而言，现在这一代人是"关键的一代人"，当今一代成功的企业家将有机会引领并激励后来人为慈善作出自己应有的贡献。

比尔·盖茨说："我喜欢慈善，我从小就在母亲身上学到了乐善好施的精神，那时家里人还吃不好，她就想着帮助穷人了。慈善并不容易做，是要全身心投入的一个事业，比如我现在主要从源头做起。用慈善基金开发疫苗，然后用非商业的方式给人们去用，以此来减少疾病的发生。我就是从慈善事业中获得了很多很多的快乐。"

陈光标带着儿子进晚宴

江苏省此次一共有两个人应邀出席晚宴，一个是蒋加平，另一个就是陈光标。陈光标无疑是此次晚宴上的"明星"。他强烈要求带着自己的一个儿子进入会场，要让下一代也感受一下慈善氛围，成为新一代慈善事业的接班人。他的要求获准了。他的儿子也不负父亲的苦心，还在晚宴上向巴菲特提了一个问题："年轻一代怎么样学做慈善活动？"巴菲特马上神采飞扬地回答了他的提问。陈光标是在会上非常活跃的一个人，他向巴菲特和比尔·盖茨提出要求，希望他们每年来中国搞一次类似的活动，以推动中国的慈善事业发展；他还邀请他们到中国西部去做一次慈善活动，以从根本上解决西部的贫困问题。"壹基金"的李连杰也很活跃，他在论坛上发言说："社会上有误解，总认为慈善只是富豪的事，与其他人无关，其实，慈善是全社会都要参与的事。"他呼吁不要形成向富人逼捐的局面。在场很多人表示，应改善中国的慈善环境，为慈善事业立法。

一场晚宴是一次心灵的洗礼

蒋加平回到宜兴后，心潮澎湃，久久不能平静。他十分动情地说："参加这次晚宴，是一次心灵的洗礼。"他对巴菲特和比尔·盖茨油然产生了深深的敬意。他觉得他们的思想理念、慈善行动，以及对财富深层次的理解，都是值得世人尊敬的。"在满足了自己和家人的生活必需之后，其他的财富怎么处置？这对于我是一个全新的课题。慈善事业不仅仅是捐款这么简单，我要把所有的经济活动、社会活动都与社会、人们的需求结合起来，这才是一个全新的境界啊！"

还有一个心得，是蒋加平在此次不平凡的晚宴中获得的，这就是："慈善是自己的事，也是家庭的事。因此，我做慈善事业，也要教育、引导家庭成员共同关注弱势群体，关注慈善事业，使慈善成为全家人共同的追求，也以慈善事业带来的快乐来提高全家人的幸福指数。"

（2010 年 10 月 1 日）

"老愚公"拓荒"苏南第一峰"

秋天的"苏南第一峰"宜兴黄塔顶层林尽染、天清水净，峰顶之上碧波竹海荡人心神，远眺群山连绵起伏，苏浙皖三省尽收眼底。峰顶美景如画。日前，记者来到宜兴茗岭黄塔顶，看到人头攒动，上百人穿着统一的登山装，手中拿着登山竹棒，摇旗呐喊，群情振奋。原来这是无锡某韩资企业举办的一次黄塔顶登山活动。这里美好的景色吸引了越来越多的游客慕名而来。面对如此场面，有谁能想到，就在几年前，这里还是一座因为开矿而被破坏殆尽的荒山呢？

故事要从 2004 年说起，那时的黄塔顶只是一座开采白泥的废弃矿山，一座千疮百孔的荒山。山上植被严重破坏，水土流失严重，更危险的是，每到雨季，山上还不时发生塌方，曾发生过一家四口葬身塌方的悲惨事件。2004 年，当地政府发出矿山整治的号令，号召群众开荒造林，改善环境。听到这个消息，有一位办厂的村民朱洪明毫不犹豫地拿出 38 万元竞标，承包下这座满目疮痍的荒山，从此朱洪明就和开荒复绿结下了不解之缘。

今年 63 岁的朱洪明这样说道："我是当地土生土长的居民，对这块土地有着说不尽的热爱。眼看山清水秀的黄塔顶变得面目全非，心中有说不出的痛。"承包下荒山后，朱洪明做的第一件事就是新建排洪沟，避免山体被洪水冲刷，解除泥石流的隐患。紧接着植树种竹，绿化荒山，涵养水源。几年来，朱洪明共计种植竹子 85000 多棵，造林 300 余亩。目前，黄塔顶已经变成一个不小的果园，种有杨梅、枇杷、石榴、桃、李子等果树，丰收之时由当地村民自己采下山去卖，既绿化了荒山，又富裕了当地村民。

黄塔顶作为"苏南第一峰"，为苏浙皖三省交界处人们所仰止，由此朱洪明想到了发展旅游业。他要把这座高山打造成一个旅游、登山、休闲胜地。由于荒山毁弃多年，山路到半山腰就没了，朱洪明就开凿了 20 多公里山路，蜿蜒而上，直通峰顶。

　　为了复绿荒山、发展旅游业，朱洪明不断发掘民间文化，创办了农家乐，接待八方来客。每年阴历的四月初八，江南地区都有吃乌米饭的习俗。乌米饭的制作是将当地俗称为"乌饭草头"的植物捣成汁液，将糯米浸泡其中，这样烧出来的饭看起来乌黑发亮，吃起来有一股特有的清香，天然食品引人胃口。吃乌米饭在宜兴历史悠久，深受当地人喜爱，但乌饭草头却为野生，数量有限。有鉴于此，朱洪明在黄塔顶实验人工种植乌饭草头，培育乌饭草头50亩，成为我省首个规模乌饭树种植基地。除此之外，朱洪明发掘了"卢象升故里"，考证民间传说"刘秀脚印"和"孙尚香望夫台"等等，使得"苏南第一峰"有了更深厚的文化内涵。

　　6年汗水换来丰硕果实，今天的黄塔顶已经焕然一新，满目青翠。但这还远远不是朱洪明心目中的黄塔顶，朱洪明说："我目前所做的只是基础工程，我要建造的是一个竹海幽深、山泉清澈、苏南最高的旅游度假胜地。要将我心中的黄塔顶建造完成，至少还需要10年时间。到那时我老了，就让我的两个儿子继续完成我的梦想。"正是由于这种坚韧不拔的开发精神，朱洪明被当地村民尊称为"当代愚公"。

（2010 年 10 月 12 日）

一个"月嫂"的跌宕人生

——记宜兴巾帼月嫂母婴护理中心杨荣

宜兴有一家叫做"巾帼月嫂"的母婴护理中心，日前在北京召开的第三届中华妇幼健康大会上，获得了全国"2010特色妇幼健康服务机构"的称号，为江苏省唯一获此殊荣的母婴服务机构。这家护理中心的创办人是一位40多岁的普通妇女，她叫杨荣。拿着奖牌，她百感交集，脑海浮现出自己从一个身无分文的打工妹，一路艰难走来的人生经历。

人生多劫，她曾选择轻生

杨荣本是湖北房县的一位农村妇女，1993年婚姻失败的她一下子被逼到了绝境。不仅要负担一双子女的生活，更要照顾年老体弱的父亲，加之母亲又患有严重的精神疾病，离乡背井打工成了她唯一的选择。但命运似乎并没有特别眷顾杨荣，外出打工并没能改善她的生活。由于不懂技术、没有经验，杨荣只能做一点擦皮鞋、洗汽车、端盘子、倒垃圾之类的工作。一家老小就靠着她每月140元收入过活，生活的拮据令人难以想象。1996年春节刚过，被生活打倒的杨荣跳入冰冷的河水中想结束自己的生命，因得好心人相救，幸免于难。

重获新生，满怀爱心做"月嫂"

经历过死亡的杨荣不再消沉，她对自己说："既然我死不了，就应该坚强地活下去！"从此以后，不管工作多苦多累，杨荣都没有抱怨一句。2006年的时候，杨荣听说苏南经济发达，就业机会多，便带着女儿来到常州打工。就是从那时候起，杨荣接触到了"月嫂"这个行业。"当时的月嫂一个月的工资只有700元，但听说做得好的话以后还会不断上涨，前景发展广阔，我就做起了月嫂。"杨荣说。万事开头难，回忆起刚做月嫂的那段时光，杨荣的眼眶又湿润了。最令她难忘的是，有次她为某个家庭照顾的小孩出现了黄疸，虽然这和杨荣并没有直接关系，但是爱子心切的父母却将一腔怒气发泄在这个外来妹身上。小孩的父母怒气冲冲地找到杨荣，对着她又打又骂。那一天的情形令杨荣终身难忘。从那件事之后，杨荣非但没有退却，还更加坚定了当月嫂的决心，她时时刻刻以"细心、耐心、爱心、责任心"为做事准则，不断提醒自己，将月嫂当做事业做了下去。

来宜创业，赤手空拳办"巾帼月嫂"

一个打工妹，怎么会当上小老板呢？在常州月嫂行业渐渐得心应手的杨荣发现，当时宜兴的月嫂行业还是一片空白，这正是她大展身手的好时机。为此杨荣只身来到宜兴，开始了她的创业之路。杨荣首先费尽千辛万苦，好不容易找到一个几平方米的小车库，作为自己的栖身之所，有当地好心人见杨荣很可怜，把旧床单、旧被子赠送给她，使她在宜兴安定了下来。之后她来到旧货市场，买了一台旧电话、一张旧书桌。资金是杨荣面临的最大问题，她东拼西凑，在热心人的帮忙下，终于借来 1000 元钱，杨荣的"巾帼月嫂"母婴护理中心就这样成立了。为了提高自己的育婴技术，杨荣不断学习，参加各类培训，目前她不但拥有中级月嫂证，更是宜兴地区唯一的高级催乳师。育婴家庭对她的中心提供的服务非常满意，她收到了几十面感谢的锦旗。3 年来，经杨荣服务过的客户已有 2000 多个，她们中的许多人都是听闻杨荣的事迹之后而特地赶来的。

回报社会，真心帮助妇女就业

现在的杨荣已经成为当地小有名气的传奇人物了，然而，面对满屋的锦旗和荣誉，杨荣并没有因此而骄傲，而是将更多的爱心放到与她有着同样经历的女性身上。如今杨荣开办的"巾帼月嫂"母婴护理中心共吸收妇女职工 200 多人，其中有月嫂 110 余人，还有钟点工、保姆等。在"巾帼月嫂"工作的 30% 的员工都有着婚姻失败的经历，她们中间最小的只有 20 多岁，最大的 50 多岁，杨荣都将她们看成自己的姐妹。有位来自苏北的打工妹，婚姻失败后曾像杨荣一样，很长时间不能走出人生的阴影，对生活感到无比的绝望。杨荣知道后，经常和她聊天、谈心，像对待自己的亲妹妹一样关心、照顾她，更手把手耐心教她怎样掌握月嫂的技术，怎样喂食、洗澡等等。在杨荣的关怀之下，这位小姐妹走出了人生的阴霾，用自己的双手撑起了半边天。杨荣打心眼里高兴地说："我真希望让每一个姐妹都从自己的工作中找到生活的乐趣，过上幸福的生活。"

（2010 年 10 月 20 日）

通

讯

千年陶乡"脱胎换骨"

中国陶都在宜兴，陶瓷产地在丁蜀。该镇历史悠久，知名度高，先后被命名为"中国历史文化名镇""中国陶瓷艺术之乡"和"中国民间艺术之乡"。面对新的历史时期，这个"千年陶瓷之乡"正在奋力实现一个脱胎换骨式的全面提升。

摆脱思想束缚

陶瓷做了几千年，如今到了"脱胎换骨"的时代。为了摆脱固有思维的束缚，抢抓宁杭高铁和江苏省"强镇扩权"试点镇的双重机遇，丁蜀镇政府组织企业外出参观，开拓思路。今年4月请南京理工大学10多位教授为企业主讲课。6月组织企业主到武汉理工大学洽谈项目。10月在宜兴市秋洽会期间，该镇举行了1000多个项目的对接。

原来一直开办紫砂工艺厂的民营企业家杨泉芳火速创办了一家新兴工业陶瓷公司，利用太湖淤泥作原料，开发出一种耐高温、耐高压的轻质玻陶，市场前景十分看好。宜兴化工陶瓷公司是一家开办半个多世纪的陶瓷老企业，如今瞄准飞速发展的汽车工业，开发出了用于消除汽车尾气的新型蜂窝陶，老企业焕发了青春。

丁蜀镇有一个陶瓷产业园，虽属省级开发区，可是由于空间狭小、产业单一，影响力有限。丁蜀镇委、镇政府抓住机遇，重振陶瓷产业园的雄风。采取的措施有两条：一是逼退低层次的产业，将粗笨型的陶瓷，如花盆企业、琉璃瓦企业清退出去；二是引进高层次的科研院所，发展新兴产业。该镇已与江苏省陶瓷研究所达成意向，在陶瓷产业园办一个分所，建成产业园的一个研发中心。

实现历史提升

两幢 19 层楼高的"双子楼"在丁蜀镇北部开建了，这个被称为"桦帝科技广场"的大楼，是苏州大学投资 3 亿元创办的一个科研中心。建设地点虽然目前感觉还有点冷清，但是这里离宜兴高铁站仅一箭之遥。这个站前区的商业投资价值，正吸引着华东地区有识之士的眼光，世界级的沃尔玛也来"抢站"。站前区商机争夺的白热化是不言而喻的。然而，这个地区建设的"操纵杆"却牢牢掌握在丁蜀人的手中。他们利用这个机遇，实现城镇的历史性升级。

"有了梧桐树，不愁金凤凰。"有市场就有人流，有人流就有资金流，有资金流就有商机。

拥有 5000 年制陶史的古镇丁蜀，城镇转型的机遇不可让它擦肩而过。该镇市场建设拉开了帷幕。石国松先生大胆投资 10 亿元兴建了一座中国陶都陶瓷城，成为全国第一流的陶瓷市场，每年客流量达 50 多万人次。为了配合宁杭高铁宜兴站站前区的建设，该镇在连接宜兴市中心的陶都路两旁开发楼宇经济，建设酒店、宾馆、写字楼、研发中心；省级现代农业示范园也将进行重新规划，整合成既能适应农业的发展，又能进行观光旅游的全新示范区。

丁蜀再也不是"小径通陌巷，烟囱树瓮高"的小镇形象，一个具有浓郁现代气息和悠久传统文化的繁华城镇将矗立在太湖之滨。

打造"上海后花园"

多年来人们总说，丁蜀人有一个"上海后花园"情结。因为历史上这个"陶瓷之乡"与上海有着千丝万缕的联系。历史性的机遇将把丁蜀镇变成一颗珍珠穿进了沪宁杭"一小时城市圈"，使打造"上海后花园"的浪漫情结变得现实可触。

丁蜀是个陶瓷古镇，陶瓷文化旅游前途无量。黄龙山和青龙山是陶瓷工业的发源地，该镇请来国内外顶级的 4 家园林设计院，将两座山设计成别具一格的陶瓷工业遗址公园，北京建工集团来此一见便心跳不已，决定投资 3.5 亿元开发建设。

当年苏东坡生活过的蜀山，是一个历史文化遗存的集聚区，这里已规划成一个以紫砂和历史文化名人为主的蜀山风景区。紫砂宾馆、万丽大酒店、陶城大酒店等3座五星级酒店已进场施工。一镇三"五星"，无疑提升了丁蜀镇的形象和接待游客的能级。

　　目前，以发展丁蜀旅游为主业的东坡陶文化发展有限公司已经注册成立，仅在蜀山风景区，该公司就计划投资20亿元！蜀山、古街、东坡书院、陶瓷博物馆、大师艺术馆、显圣禅寺、陶瓷城、古龙窑，以及农业观光园、陶瓷工业遗址公园等等特色景点串联起来，就是全国独一无二的以陶文化为主线的旅游度假胜地，成为引起中国和世界关注的一个旅游目的地。

（2010 年 12 月 13 日）

陶都纪事（续）

云湖边有座茶博园

唐代诗人卢仝有诗云："天子须尝阳羡茶，百草不敢先开花。"

在贡茶的故乡宜兴，2010年岁末纷纷扬扬的飘雪中迎来了一桩盛事——阳羡茶文化博览园开园了。它是无锡"八大博览园"之一，它绽开了一朵无锡打造"博览之城"无比耀眼的礼花。

从"御茶飘香"牌坊看过去，茶博园是一座仙山琼阁

宜兴西南山区有个云湖，烟波浩渺，水鸟纷飞，群山迤逦，茶园如浪。阳羡茶文化博览园就在云湖之畔。你远远就能看到群山怀抱中的优美的古典建筑，留下难以忘怀的印象。抬头看那"御茶飘香"牌坊，白云从上面悠然飘过；再从高高的石柱间看过云，粉墙朱瓦的建筑群，在起伏的群峦间，犹如仙山琼阁。

"中国名茶之乡"——宜兴，是我国茶文化的发祥地之一，也是当今江苏省最大的茶叶生产、加工、出口基地。宜兴市经过 2 年的精心雕琢，使这座融合了茶文化深厚底蕴、彰显自然生态魅力的茶博园成为一道靓丽的风景。茶博园占地 1600 多亩，建筑面积 6000 多平方米，总投资 5000 万元。

阳羡茶文化博览园的核心部分是阳羡茶文化博物馆。包括主楼部分、台湾馆，以及英国馆、日本馆 2 个饮茶品茗处以及茶体验区，游客除了室内参观外，还可以走到室外与千亩茶园零距离接触，亲身体验采茶、制茶、品茶的乐趣。

茶博馆包括序厅、千年茶史、贡村焙茶、茶诗流韵、名山寺泉、壶韵茗馨、芳香冠世等展厅，通过文字、展品、高清绘画、仿真场景、人物雕塑等形式，采用声光电等高科技手段，详细介绍和展现"阳羡御茶"的形成、传承和发展的历史，以及在此基础上形成的阳羡茶文化。

"千年茶史馆"展现了我国以及宜兴的种茶、制茶历史，具有相当的展示、教育和科研的价值，其中有"茶圣荐茶""境会亭""卢仝烹茶""急程茶""贡茶辑录"等五个部分。在贡村焙茶部分，你可以通过人物雕塑和实物，以及不停播放的古代制茶过程的模仿录像，看到古代焙茶的蒸、捣、拍、焙、穿、封六大程序，以及唐代25件茶器具。据专家称，此馆的规模、设施、水平在国内同类馆中极为少见。

"壶韵茗馨馆"可以说是陶都宜兴的"专利"。这里有古代、现代的茶具，并且有不少巧夺天工的名人名作，让人得到艺术美的享受。俗称泡茶有"三要"：一是茶叶，二是茶壶，三是茶水。这里详细介绍了紫砂茶壶的特质、壶艺历史、名人名壶。好茶要有好壶泡，宜兴紫砂壶是茶壶之王，紫玉金砂在全国、全世界都颇有名声，宜兴因此被称为"世界壶城"。讲解员十分自豪地告诉每一个参观者，宜兴紫砂泡茶能保持茶叶原汁原味，不会有熟汤味；它透气不透水，过夜也不馊；紫砂含有铁、钙、钾、钠、锌等矿物元素，起到益智健体的作用，茶客能远离亚健康。

"芳香冠世馆"显示了阳羡茶文化博览园是一个知识宝库和开放园地。到这里可以了解包括阳羡茶在内的中国各种名茶知识，它们各自的特点、特性、品位、历史都有充分的展示。西湖龙井、洞庭碧螺春、黄山毛峰、庐山云雾、六安瓜片、君山银针、信阳毛尖、武夷岩茶、安溪铁观音、祁门红茶——中国"十大名茶"在此均有实物展示和文字介绍。徜徉馆内，你仿佛可以闻到祖国各地的氤氲茶香。尤其是阳羡制茶，源远流长，久负盛名，唐代起做贡茶。1915年在巴拿马赛会获金奖，现有茶园3000公顷，年产干茶4000吨，为江苏第一；阳羡茶系列有荆溪云片、盛道寿眉、茗鼎白茶、阳羡雪芽、竹海金茗、雀舌等等，其中阳羡雪芽是宜兴最著名的茶叶，它外形紧直匀细，翠绿显毫，内质香气清雅，滋味鲜醇，汤色清澈，叶底嫩匀完整，多次获得国家级大奖。

"急程茶""清明宴""喊山造茶"——边品茗边听故事是难得一享的文化大餐

进了阳羡茶文化博览园，你一定要去品茗，里面有专门的茶馆，还有茶道表演。你在这里可以听到许多闻所未闻的故事，享受一次茶文化大餐。

你一定听说过杨贵妃"急程荔枝"的故事，但是你听说过"急程茶"吗？杜枚《过华清宫》诗说："一骑红尘妃子笑，无人知是荔枝来。"说的是杨贵妃爱吃荔枝，唐玄宗就命传递公文的驿卒给她飞马转送，这就是"急程荔枝"。其实那个时候还有"急程茶"，要赶送皇宫的"清明宴"。晚唐李郢的《茶山贡焙歌》诗中写道："……驿骑鞭声斥流电，半夜驱夫谁复见，十日王程路四千，到时须及清明宴……"还有一首诗与杜枚《过华清宫》诗有异曲同工之妙，明代张文规《湖州贡焙新茶》诗云："凤辇寻春半醉回，仙娥进水御帘开。牡丹花笑金钿动，传奏吴兴紫笋来。"其中"紫笋"就是宜兴的紫笋茶，皇帝想尝"明前茶"了，现采现做的绝好茶叶要在清明前送进宫，就是汗血宝马也需十日路程啊！

你知道什么叫"喊山造茶"吗？在古代，宜兴地方官员都特别重视茶文化，每年春季开采造茶时，官府要出面举行隆重的喊山造茶的活动，以示对老天和皇上的敬意。喊山时间选择在惊蛰天降雷雨之际，负责监制贡茶的官员登台喊山、祭礼茶神，祭毕，鸣金击鼓、鞭炮齐鸣、红烛高烧，台下千百茶农齐声高喊："茶发芽！茶发芽！"声震山谷，场面极为雄伟壮观。

茶博园里有一个古典式凉亭，叫做"境会亭"。这个凉亭在古代是做"茶事"盛会的地方。历史记载，自阳羡紫笋茶公元 770 年入贡开始，常州、湖州两州刺史便在茶区建"境会亭"，茶事活动进入辉煌时期。两州刺史每年立春后 45 天在此相会，官员们商议分山造茶，社会名流品茗斗茶，茶农们繁忙采摘加工，另有歌舞表演以增彩添趣、助兴加油。立春后 45 天到清明只有 12—13 天，境会亭峰会要热闹 2—3 天，留下 10 天路程时间送"急程茶"到长安。当时境会亭盛会的活动规模浩大，仅品茶研讨要摆 20 多桌酒席。除了两州官员洽商贡茶事宜，还举行茶会、茶舞、斗茶等茶艺活动。时任苏州刺史的唐代大诗人白居易曾即兴寄诗："遥闻境会茶山夜，珠翠歌钟俱绕身。盘下中分两州界，灯前合作一家春。春娥递舞应争妙，紫笋齐赏各斗新。……"境会亭一年一度的茶山盛会，不亚于绍兴王羲之的"兰亭盛会"。其督造、品茗、鉴定、交流的活动功能，在我国的宫廷茶文化、

213

文人茶文化和民间茶文化活动中起到极好的桥梁作用，从而成为我国茶文化史上一个光辉的亮点。

第一记礼炮打响后，期待着"茶博园效应"的回声

云湖之畔的茶博园盛装开园了，它以独特的茶文化之美，给云湖披上了七彩烟纱。

"我们打响了第一炮！对云湖景区来说，茶博园是一个先锋工程，一个示范工程。我们要将其示范效应扩大到 30 平方公里的云湖景区的建设。"宜兴市云湖景区建设办公室主任金新华兴奋地说道。

云湖景区的中心是国家大型水库横山水库，把云湖建设成为宜兴的龙头景区，是宜兴"旅游振兴"战略的关键一环。这里湖面开阔，水质清冽，山水相依，自然禀赋实为一流。

云湖景区的目标是国家 5A 级景区。这里将建十大项目，除了茶博园外，还要建造现代农业生态观光园、湿地公园、温泉度假村、国内一流的体检康复中心、五星级国际会议中心、青少年野外拓展基地、新农村农家乐、生态运动体验区等。这些项目将在三五年内建成，总投资数十亿元人民币。这个景区的建设，将有力地带动宜兴南部山区的发展。

记者沿着茶博园高大的牌楼走出去，阳光下的湖面碧波荡漾、水鸟纷飞，巧遇当地西渚镇党委书记蒋德荣，他说："茶文化、旅游业的发展前景和带动作用不可限量，茶博园和云湖景区的建设强力带动了西渚镇的转型发展。今后，西渚的发展主攻方向是围绕着云湖的建设，搞好配套工程，发展旅游服务业。目前《西渚生态文化风情村旅游概念规划》等规划已经编制成功。围绕'山、水、禅、茶、陶'等旅游资源优势，出台了鼓励农家乐发展的优惠政策和评定标准，举办了农家乐培训班，并积极参与了宜兴市首届'阳羡生态杯'乡村风情美食大赛。我们还要积极引导和鼓励工商业主和农户参与休闲旅游业的建设，努力创建全国特色景观旅游名镇。以此为龙头，搞好新农村建设，带动全镇人民走上一条全新的发展道路，过上幸福生活。"

大文豪苏轼曾在宜兴买田办书院。他平生最爱饮茶，且颇有讲究，非

唐贡茶不用，非紫砂壶不泡，非金沙泉不饮，此"饮茶三绝"皆在宜兴。阳羡茶文化博览园里镌刻着苏东坡对宜兴茶叶的由衷赞美："柳絮飞时笋箨斑，风流二老对开关。雪芽我为求阳羡，乳水君应饷惠山。竹簟水风眠昼永，玉堂制草落人间。"美丽的诗词充满着无尽的想象和对未来美好生活的无限憧憬，但是东坡先生难以想象到的是诗中的"阳羡雪芽"今天已经成为中国名茶，茶文化、茶博园已经成为宜兴生态文化旅游业发展的金色标志和助推火箭。

（2010 年 12 月 23 日）

参观河姆渡遗址博物馆（2013 年 1 月）

小晖回家乡

"去看小晖！"这几天，宜兴台球爱好者说得最多的就是有关丁俊晖的话题。亚运会结束后，世界斯诺克排名第四的丁俊晖回到了家乡宜兴，参加2010中国职业斯诺克巡回赛总决赛。对于家乡人民来说，能够亲眼看到小晖打球，是一种幸福，而对丁俊晖来说，能够在家乡打球，更是一种幸福。

从12月26日起，宜兴就被这样一种幸福包裹着。而在以往的三届总决赛上，丁俊晖均毫无悬念地拿下了冠军，今天丁俊晖更是信心满满："我期待能够在家乡拿下第四冠！"

家乡变化大　台球氛围好

24日下午，穿着白色棉袄的小晖刚刚现身2010中国职业斯诺克巡回赛总决赛新闻发布会，立即引起现场的一阵骚动。数十家媒体的镜头齐聚丁俊晖。而在发布会进入提问环节后，记者的提问更是一波接着一波，而丁俊晖早已习惯了这样的场面，淡定地回答着每一个问题。发布会结束后，丁俊晖匆匆离去，这也让一些媒体记者唏嘘不已。

随后，记者拨通了丁俊晖经纪人的电话，要求单独采访一下丁俊晖。得知是家乡媒体采访，小晖欣然答应。"今年一直都待在英国，在家只有十多天的时间。这次好不容易回来一趟，我特意到处走走看看，家乡的变化真的蛮大的。"小晖首先谈起了家乡的变化。他表示，仅仅一年时间，宜兴高楼更多了，环境更好了，城市更漂亮了。"唯一不变的只有家乡人民的热情。"说到家乡的台球氛围，丁俊晖侃侃而谈。他说，宜兴现在的台球室越来越多，参与台球运动的人也越来越多，这让他感到很高兴。"作为从宜兴走出去的台球选手，我希望可以通过自己取得的成绩来推动家乡台球运动的发展，让大家了解台球这项运动，让更多的人参与进来。"

回乡再作战　状态非常好

此次是丁俊晖第四次在家门口参加中巡赛总决赛，对此丁俊晖坦言："宜兴是我的家乡，在家乡打球，等于是在主场作战，我感觉很轻松，而家乡人民都会为我鼓劲，这是我最大的优势。"丁俊晖觉得家乡人民最大的变化就是观看比赛时的文明程度越来越高。"台球是一项优雅的运动，在国际比赛中，观众往往大部分时间都不发出任何声音，只在球员打出好球时给予鼓掌。我们宜兴的观众在这点上越做越好。"

2006年斯诺克全国锦标赛首次来到宜兴时，观众们相对嘈杂，让球员们有些不适应。接下来的2007年和2008年，观众的表现明显上了一个台阶，为球员们营造了良好的比赛氛围。"我想，这就是对台球比赛的了解吧。很高兴大家能够更深地了解台球运动，了解台球比赛。"

回到家乡后，丁俊晖除了走亲访友外，最多的时间还是用于练球。"最近几天也一直在练习，这次比赛虽然不是国际大赛，但是全国排名前16的选手都会参加，我不能轻视任何一个选手。"丁俊晖的话显示出一种绝不轻敌的大将风范。

亚运很难忘　期待新突破

当记者问到今年参加的哪次比赛印象最深时，小晖毫不犹豫地回答道："亚运会！"小晖表示，四年一度的亚运会很难得，而台球因为相对小众，不是奥运会的项目，所以对能够参加亚运会这种综合性比赛感觉很幸福。

在前不久结束的广州亚运会上，小晖取得了团体金牌、个人银牌的好成绩，对此他表示，自己发挥得还比较正常，能够赢得团体冠军，证明中国的台球水准有了一个提升。而在个人比赛中，自己输给了香港的傅家俊。"他打得很顺畅，所以连打连进，打台球状态很重要，而他的状态正巧处于最佳。"

目前世界排名第四的小晖，心中有着更高的目标——台球第一人。"我很敬佩斯蒂芬·亨得利、罗尼·奥沙利文，我希望我的职业生涯能像他们那样出色。他们都是很伟大的选手。"亨得利被公认为历史上最好的斯诺克球员，他"统治"了20世纪90年代的斯诺克台坛，奥沙利文是斯诺克有史以来最具天赋的选手，而被称为"台球神童"的丁俊晖正沿着他们的足迹向更高的目标迈进。"2011年，我希望自己可以发挥得更出色，拿到更好的成绩！"

（2010 年 12 月 29 日）

陶都纪事（续）

幸福村庄出"真经"

——宜兴三座紫砂村新年喜谈新希望

新年开年时，下了一场小雪，把陶都宜兴装点得分外妖娆。瑞雪兆丰年，城乡老少纷纷说：又一个幸福年景到来了！

在陶瓷主产地丁蜀镇有一批著名的紫砂专业村，都成了闻名远近的富裕村、幸福村。记者在开年之际，兴意盎然地走访了 3 座紫砂村，分享当地农民的快乐，探究村庄幸福的"真经"。

转型快——洋渚村开启"幸福门"

"陶瓷之村"门楼在村口矗立着，这是壶艺泰斗顾景舟的题词。这里被称为紫砂"大师之村"。家家户户从事以紫砂为主的陶瓷业，150 多辆轿车不停穿梭，据估计，户均年收入二三十万元的占到半数。有的银行竟在村里设了分行，村民存款达 2 亿元！

村里有 2 个紫砂花盆厂，一年要制作销售 300 多万只花盆，是全国紫砂花盆基地之一。可是过去大多数人都做一些低档次的花盆，仅卖一二十元一只，村民所得微薄，却消耗了不少陶土资源。新时期来了，他们感到了转型的迫切性，花盆生产必须尽快由资源型转向智力型，由粗放型转向精致型，由实用型转向收藏型。村里请来陶艺大师讲课辅导，组织工艺人员参加全国花盆制作比赛。现在对洋渚村的花盆可要刮目相看了，用料越来越少，价格越来越高，一般的花盆都卖到三五百元，小小的工艺花盆，要 2000 多元一只呢！收藏家从北京、上海、广东等地闻风而来，把高档的工艺花盆尽收怀中，村民则将成捆人民币尽收囊中。

许峰是琉璃瓦厂厂长，在新年钟声敲响前，将这个烟尘污染的厂熄了火、关了门，他还了全村、全镇一方洁净的蓝天。可是他更忙了，原来，他在半年前，就积极准备着转产。他参加全国经济精英班，同专家教授广交朋友，到美国考察，创办了一个节能环保型企业。全村像许峰这样的琉璃瓦厂有4家，如今都熄火关门了，全都转向了科技含量高、前途广阔的新产品。

村党总支书记顾进华是一位资深的老书记，他说起话来带着历史的沧桑感："企业的发展是全村幸福的'墙基'。但现在再也不能走高消耗、高污染的发展道路了，加快转型为我村打开了一座幸福门。"

保障好——紫砂村谋划百年大计

"紫砂村"这个名字还是改革开放初年，著名社会学家费孝通先生前来考察时亲自提议，并亲自报请上级特批的。村委会里可以看到墙上挂着荣毅仁、李铁映、江渭清、储江等领导同志的题词，见证了这个村厚重的历史文脉和惊人的发展变化。

来到这个村庄，正赶上宜兴市司法局、丁蜀镇在此联合举行庆祝元旦"关爱新市民，普法我先行"文艺晚会。原住村民同外来户同台表演，欢歌笑语极其自然地表达了他们的幸福感觉。村里有着一个新市民公寓区，6幢新楼房，花园在中央，这里还有老年活动室、便民超市、小吃店、菜市场、医务室、健身场。记者走进房间，看到的是两室一厅一厨一卫，从陕西来的小周一家正在吃晚饭。小周说："这里比我们的老家房子舒服多了啊！"村庄就坐落在陶瓷工业园区，全国各地来的务工人员特别多，他们本来要外出租房住，下班回家做饭，生活很不方便。因此村委会就决定投资2500万元，建设宜兴市第一个新市民公寓，现在已经有630多户新市民搬了进去。

如何能让紫砂村的村民子子孙孙都安居乐业、生活幸福？这是村党总支和村委会一班人挂在心头的大事。村党总支书记杜其松说："我们不能只看着眼前的小康，而要谋划百年大计，因此要着重搞好社会保障体系建设。这几年村民的保障待遇逐年提高，除了农保、医保等一应健全外，还有粮食补助、失地补助等等，就这些，村里每年要发给村民400多万元。"

紫砂村以制作紫砂壶出名，做壶人家都发了。但是近几年有2个村并了进来，他们很少有人会做壶，村里发动紫砂艺人带动这些新村民一起从事紫砂制作，为他们开办壶艺培训班，每年可新增100名紫砂艺人。

"十二五"在喜气洋洋的鞭炮声中开局了，紫砂村作出了"紫砂旅游文化村"的新规划，要建造一个紫砂文化旅游区，里面小桥流水、人家枕河、前店后坊、有展有销，安排500户村民在里面制作紫砂，可供游客参观游览，也可以参与制作。省旅游局领导不久前来考察后十分赞赏，表示将向全省推荐这个旅游景点。

抱成团——西望村合力打造"紫砂第一村"

一进西望村，就有城镇才有的繁华感：一条商业街上，"壶艺室""茶香阁""紫砂楼""古陶坊"等等，琳琅满目。村民的轿车不少于200辆，琉璃瓦盖的农村别墅有六七十套，村民脸上洋溢着新年的喜气。

这个古村去年爆出一件轰动新闻：全国第一家农民手工艺专业合作社"西望紫砂陶瓷专业合作社"诞生！西望村明末清初就开始以紫砂闻名于世，出过范大生等名家。目前85%以上的农户做紫砂。但是村民们逐渐发现，一家一户各做各的活，难免一盘散沙，没有秩序，没有品牌，总有一天会成为紫砂业发展的绊脚石。村委会决定借鉴农民专业合作社的形式，成立一家紫砂专业合作社，让全村人抱成团，一道奔向更加幸福的未来。可是农民手工艺合作社这种形式在全国没有先例，执照难领啊！宜兴市领导获悉，当即批示：这是农村新事物，值得尝试。无锡市工商局认为这样的合作社有利于农民致富，应该支持。最后经过上级特批，宜兴市工商局局长亲自将执照送到村里。

这个专业合作社采用股份制，首期参与者达300人。合作社成立后，举办了壶艺培训班，进一步规范和提高工艺水平；举办了宜兴市"希望杯"陶艺大奖赛；尤其是组织本村农民带着自己的紫砂壶，参加广州、郑州、深圳、大连等地的茶文化博览会，打出了"西望紫砂陶瓷专业合作社"的鲜明旗号，在展会上大出风头，参观者和购买者门庭若市，村民赚得盆满钵满。

村党总支书记范泽峰是宜兴最年轻的紫砂工艺美术师，他踌躇满志地说："全村千名农民艺人只要抱成团，有合力，就一定能打造成'中国紫砂第一村'！"

（2011年1月5日）

夜访周立波

梳着一头油光可鉴的分头，带着一个熟悉的微笑，"波波"来宜兴了！"立波下江南·'我为财狂'海派清口专场"将于20日晚与陶都观众见面。昨天傍晚，记者来到周立波下榻的宜兴花园豪生酒店对其进行了采访。

"我算是个玩壶人"

问起宜兴，周立波侃侃而谈，谈宜兴的壶，谈宜兴的洞，没有丝毫的陌生。他说："我十几岁的时候就曾来善卷洞游玩，那时候就已经和宜兴结下了不解之缘。"谈到宜兴，自然离不开紫砂。周立波对紫砂情有独钟，他自称："我算是个'玩壶人'，季益顺等制壶大师都是我的朋友。"他说自己"家有好壶"。周立波透露，在即将举办的"海派清口公益基金慈善活动"中，宜兴紫砂大师们将分别献出自己的作品，为慈善事业添一份爱心。

永不收徒弟

近日，随着周立波的走红，"小周立波"张冯喜的名字也渐渐地为大家所熟知。很多人不禁产生"周立波会不会收徒"的疑问。昨日记者也就此事向周立波求证。周立波称"有生之年永不收徒弟"。他说海派清口的形式，目前还未完全形成，因此他不会谈传承问题。"如果有一天有人和我同台演出，那一定不是我的弟子，而是我的朋友。"

海派清口源自"栋笃笑"

说起海派清口，很多人都会想到中国传统的相声，但恐怕很少会有人知道周立波的海派清口其实是源于香港的"栋笃笑"。昨天，周立波为海派清口"正名"道："这其实和相声没有什么关系。"他称自己最早接触的是林海峰的表演，之后还接触了黄子华等人的演出。他发现海派文化和香港文化在很多地方都有着相似性、共通性，在表演上给了他很大启发，因此他吸收了其中许多有价值的地方，并以"海派清口"这个名字为自己的表演命名。

不但要"下江南"，还要"南巡"

访问快要结束时，记者问起周立波何以以乾隆皇帝下江南的"下江南"为自己的演出命名，周立波幽默地回答道："我不但要'下江南'，还要'南巡'呢——南方巡回演出！"这一回答引来大家一片笑声。

（2011 年 1 月 20 日）

"紫苑奇女子"
——记紫砂陶艺家沈锡芬

　　中国陶都陶瓷城，江南格调浓郁，艺术气味芬芳。在这个全国最大的陶瓷市场上，排开着数百家紫砂工作室、作坊、销售门店。其中有一家"集贤苑紫砂陶瓷艺术馆"，人来人往，分外引人注目。门口绿树成荫，室内书画壁挂美不胜收，橱窗里各色紫砂壶琳琅满目，当你坐在茶桌边泡上一壶浓浓的宜兴红茶，环视四周，你就会静静地享受起这里的紫砂文化和艺术。

　　长桌前，泥凳上，坐着一位举止温雅、端庄聪慧的中年女子，她手执工具，精心雕琢心爱的紫砂壶，沉浸于对艺术无尽的追求和享受之中。人们也许难以相信，这位 44 岁的普通女子，竟有 5 把紫砂壶被国内博物馆收藏："仿古壶 / 如意壶"被天津博物馆收藏，"鱼化龙 / 云龙壶"被山东博物馆收藏，"树桩壶"被厦门博物馆收藏，"禁果壶""紫韵壶"被无锡市博物馆收藏，"龙头盛菊壶"被中国宜兴陶瓷博物馆收藏。

　　她就是中国中外名人文化研究会会员、中国工艺美术学会会员，人称"紫苑奇女子"的沈锡芬。

"每一件作品都是一个自己"

　　沈锡芬的老家在太湖边的宜兴市丁蜀镇乌溪村。她母亲是当地的制壶高手，她的童年便是在母亲的泥凳旁玩耍。她生性活泼，热情好动，常常喜欢跟着父亲下湖捉鱼摸虾，但只要一看到母亲制壶，立刻就被吸引过去，一动不动，全神贯注站在一旁观看。这也许就是她的制壶"天分"吧。

　　18 岁中学一毕业，沈锡芬就开始学习制壶，从拍、捏、压、挖、塑开始，逐渐掌握制壶的基本技艺。从小娇生惯养的沈锡芬却有着一股韧劲。她初学制壶就认准"要学就从难的开始"，她从做工复杂、细节繁琐的传统"鱼化龙壶"开始起步。

那时，她做的壶坯要送到宜兴紫砂二厂验收后才能进窑烧成。当她稚嫩的肩膀第一次挑着20多只壶坯，跌跌撞撞10多里路，满头大汗地来到厂里时，却有10多只被刷了下来，她急得当场就嘤嘤哭了起来。但是她没有退缩，而是坚定地重头再来。就在这条坎坷的送坯路上，留下了她一行一行年轻的足迹，一年后，在紫砂二厂职工招聘制壶考试中，她登上了"女状元"宝座。

窗前的灯光是沈锡芬艺术人生的忠实伴侣和绚丽写真。她最喜欢夜深人静时分，在感情投入、浑然忘我的状态下制壶。沈锡芬像个孩子般天真与开朗。她说："我一坐到泥凳，就会忘记世间的喧嚣和烦恼，沉浸到紫砂艺术的海洋深处。一天不做壶，就惶惶不知所措。"她就是这样天天不知不觉就做到凌晨一两点，家人一觉醒来，总看到她还在凝神屏气做壶。往往都是在家人催了又催下，她才依依不舍地离开工作台去休息。她对自己制的每一把壶都充满着眷恋与期待，因为在她的心海里，"每一件作品都是一个自己"。

博物馆以收藏她的茶壶为荣耀

梅花香自苦寒来。一个当年嘤嘤哭泣的女孩，逐渐在高手林立的紫砂壶界脱颖而出，一步一步攀向艺术的高峰。

沈锡芬先后从师于紫砂名家邵新和、研究员级高级工艺美术师顾治培和中国陶艺大师徐安碧。名师出高徒，她的作品形成了自己独特的艺术风格。沉稳大方、秀外慧中是她的个人写照，也是她艺术作品的贴切写照。

沈锡芬学做壶是从"鱼化龙壶"起步的。这种壶非常难做，手工技艺的要求相当高。沈锡芬悉心揣摩历代制壶名家制作此壶的精妙之处，并融会贯通，几年下来，做得心应手。所制"鱼化龙壶"，砂质温润细腻，紫里透红；壶面饰云浪纹，生动和顺，舒展流畅；鱼、龙、云浮雕装饰与壶身浑然一体，刻画精细，作品整体风格奇巧俏丽。山东博物馆慧眼识珠，竭力将她的"鱼化龙/云龙壶"收藏。

除了鱼化龙壶外，做筋纹器壶也是沈锡芬的强项。筋纹器是以自然界的瓜果造型为创作源泉的。艺人们常说做一只筋纹器壶的功夫抵做5只普通壶；而做好筋纹器的手艺要苦练十年。"龙头盛菊壶"是她的一只代表作：瓣瓣菊花簇拥而成的壶身、壶钮，紧凑而有力；正欲绽放的菊蕊，蓄势待发，张力十足；龙头式样的嘴与把突显了蛟龙遒劲、矫健的身姿；壶身上的题字由高级工艺美术师邵新和亲笔铭刻，苍劲有力，起到了锦上添花的艺术效果。这把壶不但荣获 2005 年中国宜兴国际陶瓷研讨会暨第二届宜兴陶艺专业新人新作展优秀奖，还被中国宜兴陶瓷博物馆永久收藏。2005 年，她的筋纹器作品"菱花壶"和"树桩壶"在江苏省文化厅、江苏省文物局举办的"江苏绝技展"中脱颖而出，被选送参加了全国非物质文化遗产保护成果展。

2010 年，沈锡芬又凤登新枝，向世人展现了新的辉煌。在 10 月由中国轻工联合会和中国工艺美术学会主办的第十二届中国工艺美术大师精品博览会上，她与中国陶艺大师徐安碧合作的"泰然泰之"对壶荣获了"中国工艺美术金奖"。一位艺术鉴赏家是这样评价这对壶的："温和、宁静，包容得像一个怡然自得的智者，像一个大彻大悟的高僧。任风吹雨洗，任浮云掠空，依然静坐在天地之间。从容不迫，宠辱不惊，世间之事，泰然处之。"沈锡芬又一次在全国工艺美术界芳名远扬。

从艺 20 多年来，沈锡芬以汗水和智慧收获着物质和精神财富，成为我国工艺美术界崭露头角的艺术翘楚，获得了"紫苑奇女子"的美称。她获得的全国性奖项不下 20 次，其中金奖 7 项！

德艺双馨是她永恒的追求

千年岁月，大浪淘砂。紫砂是古老的诗，也是现代的歌。沈锡芬在继承传统工艺的同时，不断开辟着新天地。如今虽然已经是陶艺界闻名的青年陶艺家、中国工艺美术学会会员、江苏省陶瓷专业委员会会员，但是她仍然学习不辍，练功不停，创作不息，她在百忙之中到江苏经贸职业技术学院工艺美术专业和中国工艺美术高级研修班进修。她深知紫砂艺术是一种"戴着镣铐的跳舞"，无论你怎样展开艺术想象，都是以"壶"为前提的。而她却能在此领域如鱼得水，游刃有余，她最近创作的"菱花宝鼎壶"十分见得古典技法和现代审美相结合的非凡功力：大气磅礴，精巧典雅，筋线贯通，饱满清晰，鉴赏家认为，其气势、气度、气质再现了紫砂史上的经典杰作，集浑厚、文心、力度、静气于一身，属筋纹器中的上乘之作。

沈锡芬的艺术成就让她的头上笼罩着令人羡慕的光环，但是，她的心态却一直非常的平和，从不因这些骄人的成绩而沾沾自喜。她始终谦虚低调，勤奋进取。在商品经济大潮中，沈锡芬没有迷失自己，虽然她的紫砂壶身价不菲，但是她坚持自己做人的原则，诚信为本，为了保证用料的纯精，她细选原矿紫砂泥，投巨资，在家里存放了数吨清水泥、红皮泥、朱泥、段泥、紫泥；她从不为多赚钱而做假壶。从香港、台湾来的一些常客都说："在紫砂界鱼龙混杂时，买沈老师的作品是最放心的。"

"一个艺人，要有社会责任心，才能受到社会的尊重"，这是她的座右铭。她每年都向慈善机构、学校和村庄捐款、捐壶，在汶川大地震等灾难性事件后，她都主动捐款资助灾区人民重建家园。她于2008年光荣地出席了"全国道德模范大会"，受到国家领导人的亲切接见；她还被评为"全国十佳德艺双馨模范"。去年"三八"国际劳动妇女节，她荣获"宜兴市巾帼文明岗"称号；她的集贤苑紫砂陶瓷艺术馆日前荣获"江苏省诚信经营示范店"称号。

风物长宜放眼量。"紫苑奇女子"沈锡芬的艺术人生是一条追求德艺双馨的长河，源远流长。

（2011 年 2 月 23 日）

"意中两国人民有许多共同语言"

——意大利驻沪总领事德卢卡访问记

"意大利和中国有许多相似相通的地方，双方的合作发展前途十分广阔。"昨天意大利驻沪总领事德卢卡在宜兴法阿姆工业电池有限公司兴致勃勃地接受了记者的采访。

宜兴法阿姆公司是一家意大利独资企业，专业生产环保节能工业电池，在北京奥运会和上海世博会的环保电动汽车上大显身手，获得了较高评价和声誉。德卢卡是新近上任的意大利驻沪总领事，他的第一次出行就来到宜兴考察意大利投资企业。

中国和意大利目前的交流和合作状况如何呢？德卢卡如数家珍地说，意中交流和合作的情况很好，上升很快。意大利已成为欧盟与中国合作的第三大贸易伙伴。尤其是在华东地区，上海、江苏、浙江、安徽就有800多个意大利投资企业，涉及机械、汽车、制药、食品等等行业。目前意大利与中国的贸易额为450亿欧元，比5年前翻了一番。在上海有45家意大利人开的餐馆。意大利的名牌消费品在中国名气很大，光服装品牌就有普拉达、古驰、芬迪、瓦伦蒂诺、迪赛等等，中国人十分喜欢。

"意大利和中国有哪些相似相通之处呢？"当记者问到这个问题时，德卢卡表现出特别高昂的兴致，他说："有很多啊，一是意中两国都是历史悠久的国家，有古老的文明和优良的传统；二是两国的经济结构相近，中小企业都比较密集，意大利每11个人就有一家企业；三是两国人民创业的精神也十分相似，我们都崇尚互利协作。有相似相通之处就有共同语言，这是两国贸易、投资不断上升的基础。"

对于两国的合作发展前景，德卢卡表现出极大的信心，他说："意中两国的合作正在走进新的阶段，我的使命是在今后5年内，努力将对华贸易再翻一番，达到1000亿欧元。我们不光要增加到中国的投资，而且要吸引更多中国企业到意大利投资，我们真诚欢迎中国企业家到意大利考察和投资。我们意大利有许多独特的旅游资源，2010 年有 49 万中国人到意大利旅游，比 5 年前增长了一倍。我们之间的交通条件也越来越好，今年 6 月 1 日中国东方航空公司将首开上海至罗马的航班。我们期待更多的中国游客，尤其是无锡的游客前往意大利旅游观光度假。"

（2011 年 3 月 9 日）

与美国作家在灵山（2014 年秋）

春风化雨　点顽成金

——宜兴市"四帮一"教育活动巡礼

春天的阳光普照陶都，学校处处生机勃勃。有一个数据令人欣喜，自2006年以来，宜兴市共有近2000名有不良行为的学生得到明显转变，平均转好率达59%，青少年犯罪案件数自2008年以来实现每年下降。这是该市在学校开展"四帮一"活动的丰硕成果，这个成果引起了中央领导同志的高度重视，并要求在全国推广宜兴经验。

宜兴市教育部门、关工委部门在全市学校中开展的"四帮一"活动，是由一名退休老教师、一名任课老师、一名优秀学生干部以及"问题学生"家长，4个人共同组成一个帮教小组，合四方之力来帮扶一名有不良行为习惯的学生，逐步使之培养起良好的思想道德素质和行为习惯，牢固树立遵纪守法观念，在校做一名好学生，走上社会成为一名好公民。记者最近走访了宜兴的一些学校，亲身感受"四帮一"所发挥的"春风化雨，点石成金"的神奇功效。

从最需要帮助的学生帮起

万石镇是华东地区最大的石材市场，学生来自全国10多个省。万石中学整洁的校园、朗朗的书声，展现着农村中学的质朴和上进。一本《洒向学生都是爱》"四帮一"教育宣传册吸引了记者的眼光，这里记载着"四帮一"领导小组、工作网络、工作职责以及工作流程，还记载着几年来帮教的经历、学生的转变过程等等，既系统，又细致。

"从最需要帮助的学生抓起"是万石中学"四帮一"活动的主旨。该校先筛选出有问题的学生若干名，为他们分别建立档案，组成"四帮一"小组，签订帮教协议。每个学期进行总结表彰，只要被帮教的学生取得进步，他的奖品等级比普通学生的奖品更高。

小曹就是一个"最需要帮助的学生"，他有小偷小摸、不思学习的劣习。被列为帮教目标后，退休教师刘金根每个星期都骑着电动车去他家，一次来回20多里路。有一次小曹5天5夜没进学校没回家，刘金根得知后，心急火燎找遍了网吧，终于在常州市武进区漕桥镇上一家网吧找到了他。把他接回家后，刘老师主持召开一次家庭会议，经过教育，小曹当即认错并写了保证书。刘老师了解到，小曹的奶奶和妈妈之间婆媳不和，给小曹带来负面影响，因此就去调解婆媳关系。一年后，他转变明显，成绩上升。毕业后，刘老师安排他到酒店当保安。就这样，刘老师在6年中帮教了3名"问题学生"，获得了"感动无锡2010教育年度人物"殊荣，万石中学成为2010年度无锡市关工工作初中排头兵学校。

四方合力点化"顽石"

职业中学的学生难管难教，也许是人们认为的普遍现象。可是如果你走进和桥职业高级中学，一定会改变你的看法。校长褚亦平今年光荣出席了全国关心下一代工作会议，在会上作了"四帮一"经验介绍，得到了全国关工委的充分肯定。

6年来，和桥职高帮教了36个学生。正如和桥派出所汤所长所说："'四帮一'活动对一些有不良行为学生的矫正转化十分有效，对预防和减少青少年违法犯罪有着十分现实而突出的作用。和桥职高多年来零犯罪纪录就是一个明证。"

要将顽石点化为金子，光靠任何一方面的力量都是不够的。四方合力，立体帮教，才能有实效。和桥职高"四帮一"教育活动立足"帮教一个、转化一个、带动一批"的原则，坚持每月一次与被帮教学生谈心，每月一次到校与班主任联系，每月一次与家长沟通，每月一次到被帮教学生家交流，每月一次听取被帮教学生思想汇报。这"五个一"如春风化雨，教育和感化了一批被帮教学生。

和桥职高的谢燕秋是班长，他与帮教对象小朱同学结对后，主动请缨与小朱同桌。以一个朋友的身份，用真诚换信任，小朱渐渐被感动，违纪行为一天天减少，还积极要求加入学生会。在"四帮一"活动开展之初，大多数被帮教学生的家长感到脸上不光彩，有点排斥。但是随着活动的深入，他们的观念转变了。学生小唐的母亲，原来从不主动与学校联系，自参加帮教活动后，渐渐地被帮教各方的真诚所感动。为此，她学会了发短信，以便第一时间了解孩子在学校的情况，也让学校了解孩子在家的情况。小唐在各方面的帮助教育下，转化为一个好学生，已进入大学深造。

对有不良行为的学生永不言弃

在宜兴市城北小学，活跃着一群退休教师。他们退休不退教，成为"四帮一"教育活动的主力军。几年来，有40多位思想行为较差、学习成绩较差的学生经过他们的真诚帮教，转化为全然一新的好学生。好转率达67%。

学生中有一批农民工子弟，他们中的"问题学生"比例较大。退休教师就建立了一个"新市民学生阳光辅导站"，为10多个学生"开小灶"，开展形式多样的道德教育、课程辅导和文体活动，还自己掏钱为他们买学习用品。

丁维英老师已经81岁，在帮教小颜同学时，动员丈夫一起参与，他们用爱心对待学生，每周一次到学生家里谈心，嘘寒问暖，教育其诚实守信，帮助其补习课程。期终考试时，小颜的语文、数学、英语全部达到80分以上。退休教师协会小组长吴梅华主动要求帮教3个学生，每周与学生家长电话预约上门家访，她把当教师的女儿、女婿也动员起来，帮助学生补习功课。

眼看着原来有不良行为的学生一个一个转化成长，退休教师们十分欣慰和自豪："我们所从事的是一项伟大的事业。虽然这些学生思想品德和学习成绩有问题，但是他们同样是祖国的花朵。我们坚信，在'四帮一'的阳光雨露中，他们会健康绽放，我们永远不会放弃他们！"

（2011 年 4 月 2 日）

探秘宜兴古街区

宜兴，中国陶都，悠久的历史和璀璨的文化，成为中华历史文化中引人注目的一抹星光。岁月挥之过，多少遗存留？在"中国历史文化名城"这块金字招牌下，宜兴的月城街、葛鲍聚居地和蜀山古南街三个历史文化街区开始走进人们的视线，并引起了广泛的兴趣和关注，其严格而详尽的保护规划已经于日前通过了省级专家论证。

古城缩影——月城街

月城街在哪里？即使是宜兴人，也不一定知道。因为它早就被林立的高楼和喧闹的街市所遮蔽，就像一块淹留在天井里的老玉，无声、无光，却包藏着底蕴。

其实月城街就在宜兴市区主街道解放东路边，只是入口处太小，只有2米宽，守护着大门的是一个小小的糕团店，有谁会知道，走进去，就是另一番天地？

时空到此，截然分界——这是我最直接的感受。月城街是宜兴古城的缩影，是一条已有600年历史的古街巷。上世纪60年代，月城街改称东风巷。

月城街历史文化街区面积2公顷，街长约100米，宽约2米左右，街的尽头，是一座横跨旧护城河的明代石拱桥"东仓桥"。街区比较完整地保留了古代宜兴城的布局结构、历史街巷、护城河及跨河桥梁、河埠、道路和民居构筑风貌等诸多特征与细节，是古代宜兴城镇生活的一个缩影。

我走进月城街时，正是上午时分，梅雨季少见的一轮艳阳照在雕龙画凤的屋檐上，炒菜声、饭香味，一股生活气息扑面而来。这里道路基本保持明清格局，路面为青石板铺设，街两边的民居一般为两层楼的店面房，其下层为长板门店铺，楼上用作住房。部分民居保存有明清时的石雕门楼或木雕花栏及隔扇门窗，房顶有两坡、四坡、悬山、硬山等不同形式，具有明清时期江南民居及商铺的典型特点。

在月城街，有一座跨过古代宜兴东门护城河东仓河的明代石拱桥，桥基、桥面、桥洞保存完好，雄风依旧。桥上巧遇宜兴民俗学者徐建亚，他说："这里原是南宋时的官仓，历史上就是繁华之地，一直到抗战时期，这里都是十分热闹的，有南货店、旅馆、杂货店、肉店、饭店、布店、茶馆等等几十家。农民摇着船来，总是先到此码头岸边歇一夜后再进城。"记者走上桥顶，探头下视，但见汛期泛黄的河水急流而去，冲击着桥边一个古码头遗址，这是宜兴过去第一个，也是唯一的轮船码头。据史料记载，郭沫若先生在上世纪20年代曾到宜兴调查江浙齐卢之战战祸，从上海出发到无锡，再从无锡乘轮船到宜兴，就是从这个码头上的岸，他写的名篇《到宜兴去》，里面许多见闻，即是月城街当时风情风貌。

月城街目前有住家80多户，仍然住着明清古屋，用着古井、古河埠。宜兴对历史文化街区的保护修缮已经开始，我走进一个小巧玲珑的四合院式的民居，里面住着3户人家，61岁的退休女工杜云仙说："这里过去是个米行，我从小就住在这里，这几天政府在为我们全面整修，恢复过去的面貌，并增设了卫生间，不要我们付钱，真是太好了。"

陶业世家——葛鲍聚居地

宜兴市丁蜀镇上，葛姓、鲍姓绝对是鼎鼎大名的陶瓷"大窑户"，即陶瓷业老板。丁山白宕是葛鲍两姓的聚居地，清末、民国年间约有500余户2000多人，几乎"家家制坯，户户捶泥"，"衣食所需，惟陶业是赖"。

如今在丁蜀镇的西部，仍然保存着几乎原汁原味的葛鲍两姓的聚居地，虽然历经变迁，但从留存的明清建筑，仍可想象到"商贾贸易廛市，山村宛然都会"的景象。

据丁蜀镇文化中心张主任介绍，葛鲍两姓原是姻亲关系，鲍氏祖籍安徽庐江，于北宋迁至宁波鄞县定居，为避战乱，于南宋咸淳年间到宜兴丁山落户；葛氏祖籍也为宁波鄞县，因避倭寇侵扰，于明代中期移居宜兴丁山，这两姓人世代艰苦奋斗，开办的陶瓷行业闻名全国乃至东南亚一带，至清代发展成为宜兴最大的窑户和商户。

这个街区以大新陶瓷厂为界，东区为鲍姓，西区为葛姓，绵延数百米。具有江南宅院特征的合院式民居是这里主要的建筑，"天井院"的构造使排水、通气、防火功能非常健全；"三雕"（木雕、砖雕、石雕）这类吴越民居装饰艺术的遗存随处可见。我走进东区一个高高的砖雕门楼，里面一排围墙是用瓦罐垒起来的，富有陶都特点。主人是退休陶瓷职工鲍匡寅，他正在炒菜做晚饭，看来厨艺不赖，他说自己是明代著名窑户鲍四房的后代，"鲍四房"曾与"陈树隆"合股在新加坡开设"鼎生福陶器店"，开创了宜兴陶业在国外经营的先河。他父亲鲍西生创办过陶瓷厂，这座房屋已经住了300多年，鲍家20多代人在此生息。不久前东南大学教授专门来考察过他的房子，确认其历史文化价值。

在西区，许多葛姓人家在此劳作和生活。这里是宜兴陶瓷"五朵金花"之一均陶的发源地，宜兴均陶厂和古龙窑就在这片土地上。民国元年，"葛德和"的老板葛翼云与日商合股在日本大阪开设陶器店，经销他自己生产的钵、盂、花瓶等均陶产品。

在中庄村一座古宅里，我看到均陶艺人吴娟和丈夫正在创作一只叫做"松鹤朝阳"的均陶大花瓶。她精细熟练的堆花技艺让人叫绝，均陶堆花技艺已经被列入江苏省非物质文化遗产，而且正在申报国家级非物质文化遗产。这个房屋是吴娟母亲葛蕴珍祖传的，原来很大，有四进，太平天国前就开始居住了。她说，像他们这样的葛姓人氏在此居住和制作陶瓷的人还有很多，这不由得让我感悟到，葛鲍聚居地不但保留了吴越风格的民居建筑，而且体现了陶瓷家族的文化和精神，展示了从明清大窑户、民国民族资本家到解放后公私合营的陶瓷业发展历程。

紫艺之源——蜀山古南街

"看紫砂，要到蜀山"，这是内行人的话。丁蜀镇其实是由丁山和蜀山两个集镇组成。蜀山是个不大的集镇，有数不清的紫砂作坊，特别是有宜兴最大的两家紫砂厂。紫砂艺术的发源地就在蜀山古南街。

蜀山古南街位于秀气的蜀山脚下。街长三四百米，街宽两三米，街中地面均以 1.4 米长的整条天紫花岗石销砌，底下有排水道，下大雨时，能听见地下水道汩汩的流水声。街道两边都是两层楼木结构店铺，下层是长条木板拼门店面房，楼上均是雕花短木隔窗。整条南街沿蜀山山脚逶迤而建，各家店铺，鳞次栉比，沿山而立，各家各户，错落有致，紧傍蠡河。有人形容南街的特点：人躺在蜀山上睡觉，脚伸在蠡河中洗澡。这种街道地形，真是世间罕有！古南街的东南，是东坡书院。苏东坡曾在此地买田办学，由于思乡心切，遂将将此山改名"蜀山"。这个书院至今保存相当完好，是游客必到之处。

我拾级走上蜀山大桥。过去这是一座高大雄伟的石拱桥，建于清同治年间，1983 年因影响水路交通改建成水泥桥。但是桥的基础仍是原来那一长条一长条的花岗石，叫人时时想起古桥韵味。站在桥上远眺，青青蜀山为背景，古南街依山而筑，临河而生，蠡河上百舟运壶，繁忙不已。正是靠着这条水道，使蜀山紫砂有了外运通道，哺育着紫砂产业不断壮大。

明清之际，南街的经济已经相当繁荣。上世纪 20 年代，南街的陶瓷生产、销售已具相当规模，特别是紫砂行业兴旺发达，专烧紫砂的龙窑就有 7 条！从事紫砂行业的达 600 多人。紫砂产品不仅在国内走俏，而且进入国外市场，远销欧洲、日本和东南亚一带。

让我感到奇怪的是，与以往不同，许多老屋门上钉上了标牌，上面写着"顾景舟故居"等等，仿佛向人们炫耀着古南街紫砂群星璀璨的历史，原来，这是不久前丁蜀镇为了开发古南街旅游事业而做的"功课"。这条街可以非常自豪地说："人们耳熟能详的紫砂名人，如明代的时大彬，清代的杨彭年、黄玉麟，近代的朱可心、顾景舟、当代的徐汉棠、徐秀棠、李昌鸿等等，多半在古南街出生或学艺成才。"

在一幢古色古香的二层小楼门墙上，钉着"顾绍培旧居"牌子。顾绍培不是当今中国工艺美术大师吗？我好奇地走进去，同屋里全神贯注打坯捏壶的一对小夫妻打招呼。他们告诉我："顾大师搬入新居后，旧居就让我们做了'潘氏紫砂'工作室。"夫妻俩祖上都是做紫砂的，其手艺已经非常纯熟，像他们这样继承祖辈紫砂事业的后人虽然在蜀山古南街已经不多见，但是从外地来的新一代紫砂人却在古南街租房做坯，他们成群进驻，几乎没有让一间旧屋子空着。也许正是他们带给文化艺术积淀丰富、历史过于沉重的古南街以全新的朝气和灿烂的阳光。

（2011 年 6 月 24 日）

桥洞下的居委会

宜兴屺亭街道有一座彩虹般的大桥，叫塘田大桥。大桥旁边是一个崭新的小区，叫东郊花园，被人们称为"拆迁户的新乐园"。记者日前走进东郊花园，只见绿树成行，鲜花盛开，环境保洁之好，管理之有序，让人很难相信这是一个农民拆迁安置小区。这里医疗中心、文化休闲广场等等一应俱全。来到两层楼的老年活动室，楼下是棋牌室、阅览室，楼上是戏曲票友社，明亮宽敞，人们都面带幸福笑容。80多岁的马老伯玩得正酣，他说，他家安置到两套房子，住不了，打算卖掉一套，可得80多万元呢。他说："共产党真好，人民政府真好，我们吃穿不愁，生活幸福，多活一天也好啊！"他说到感动之处快要掉下眼泪了。

记者听到一桩鲜为人知的故事：去年6月小区一期建设竣工，第一批安置户就要兴高采烈地进来入户了。可是社区居委尚无处所，只好在塘田大桥的桥洞里一间建筑工棚里办公。当时正值盛夏，里面热得像蒸笼一般，社区居委所有工作人员都在这个工棚里，满面笑容接待前来办理入住手续的数千个农民。在天气最热的两个多月中，工作人员每天汗流浃背，顶着蚊虫叮咬，工作到深夜12点，但是他们一丝不苟、全心全意的服务精神深深地感动了众多拆迁安置户，他们顾全大局、主动配合，使过去显得特别复杂、疑难的问题变得简单易解，充满和谐气氛。

"要给农民拆迁户最舒适的住所"，这是宜兴屺亭街道党工委领导班子成员的心愿。东郊花园在宜兴是数一数二的大社区。由于经济开发的需要，村庄大量拆迁，这个小区需要安置7个村庄约1.5万人入住。目前入住的是第一期，5000多人。从规划设计开始，开发区确立了"一流安置小区"的定位。他们专门到杭州、苏州等地的安置小区参观学习，引进了先进的建设理念和管理经验。这里的设施先进，水、电、气管道全部铺设在地下，仅绿化建设就投资 2000 多万元。安置小区的管理不断创新，相继成立了社区党总支、居委会、事务工作站，以及青、妇、老龄协会和民事调解委员会等居民自治组织，推行扁平化管理模式。小区启用一年来，先后组织环境卫生集中整治 20 多次，清运垃圾 1000 多吨。20 名保安队员进区后，接受半军事化训练和管理，社区没有发生一起盗窃案件。

"为农民拆迁户建设和谐社区、幸福家园，需要我们居委会每个人都有真诚的爱心。"东郊社区居委会党总支书记马其能深有感触地说。记者看到，东郊花园二、三期工程、菜场、人才公寓和办公楼等都已经规划好，美丽的蓝图令人向往。不久，将会有更多农民拆迁户欢天喜地住进这个和谐幸福的小区。

（2011 年 9 月 15 日）

拉萨布达拉宫留影（2013 年 8 月）

欧洲行"三叹"

最近同妻子、女儿一同到欧洲诸国旅游，圆了一个许久的梦。

真个是"到者方知"：原来这里的千景万物，仿佛很早很早就已经耳熟能详、眼熟能详，因为那些城市、风景、建筑、文物、人物都在汗牛充栋的图片、影视中反复出现过，在脑海里的印痕不可谓不深矣。不过我们今天是来看个真实、真切，图个触摸感而已。所以，今天我如若只是记录旅游所见，描述风光景物，重复导游介绍，就与书店里的游记集子恐无二致，读者会味同嚼蜡，甚至倒胃口。

感受，才是我自己独特的原创产品，没有人可以雷同，更不可以仿制，这样就不会出现仿冒事故，也不会闹出知识产权纠纷了吧。因之，我将此次行程三宗较为深切的感受，也即本人的三宗"叹为观止"同诸位共享吧。

一叹：满城尽奔"迷你"车

欧洲是汽车的发源地。奔驰、宝马、雪铁龙、菲亚特、大众、雷诺等等，都有上百年历史了，而且已经潮水般涌进日新月异的中国，中国人现在眼界开阔了，当然不足为怪了。不过，到欧洲还是可以满足一下饱览"正宗名车"的欲望。因为在中国的"洋版"车，基本都是中国厂家自己造的，牌子一样，实质毕竟还会有不小的差距。我走过德国、奥地利、意大利、梵蒂冈、瑞士、法国，一个又一个国家，一个又一个城市，以及优雅宁静的乡村，身边呼呼而过的，路边静静停泊的，出乎意料，几乎清一色是小型车，甚至是"迷你"的微型车，五座、四座、三座、两座的都有。

"大块头"名车哪里去了？我走近一看，原来这些"小身材"的竟然都"出身名门"——奔驰、宝马、雪铁龙等等，这些车型，与我们国内见到的同样牌子的高档、豪华、气派的大型轿车可谓恍如隔世，因为它们的"体量"

大概只有国内车的一半大小。在德国慕尼黑，中午的阳光下，一位高大魁梧的德国中年人，从他坐着的小小的"宝马"汽车里出来，如此小个子的"宝马"我在中国还没见过。在我看来有点滑稽，起码是不太"得体"，但是他说："汽车就是代步的工具嘛，车型小一点可以省资金、汽油，还方便停车，有什么不好呢？"从法国人那里得知，轿车的发明始于欧洲，那时车型很大，但早期欧洲的轿车并不属于普通大众，只是有钱人家的玩物，是奢侈品，普通百姓根本没有接近的机会。到了上世纪三四十年代，"甲壳虫""雪铁龙2CV"等小型车开了轿车进入普通家庭的先河；50年代在战后的复兴中，新开发的小车又推动了这一历史进程；后来曾有一阵追求豪华的风气，但是70年代在石油危机的背景下，人们对轿车的需求很快又回归到小型车上。

　　德国、法国等国家满街跑的汽车中，"甲壳虫"这类小型轿车占了很大比例。此次欧洲行，我还听说"甲壳虫"的诞生有这么一则耐人寻味的故事：1924年的德国，希特勒在柏林进行了一次失败的政变，喜欢汽车的他被捕后在监狱里产生了一个念头，他想生产出一种普通人都买得起的汽车。在1933年他刚成为总理的那个秋天，希特勒邀请工程师波尔舍到柏林皇家饭店会面，希特勒亲自绘制了"甲壳虫"轿车草图，制定了标准。

　　小型轿车的诞生和流行是欧洲轿车史上的一次重大变革和历史进步，这与当下中国人的观念有着天壤之别。我自己就有着亲身的经历和深切的体会。

　　自从10年前我第一次选购汽车时，就听说欧洲车是高贵典雅和浪漫的象征。我根据自己的财力和爱好，买了一辆法国血统的雪铁龙富康两厢车，在当时私家车还是凤毛麟角的年代，这是一款还算不错的车了，甚至骄傲地成为市政府大院里第一辆私家车。

　　可是没过几年，私家车便开始迅速膨胀。政府实行车改了，廉价拍卖公车，公务员们几乎人人都买得起车了，而且享有优惠补贴政策，有的每年可以拿到30000元车贴。政府大院里的车一年比一年多，一年比一年高档，宝马、奔驰等等名车相继开了进来。一股攀比轿车豪华、气派的风气在社会上悄悄弥漫。如今开在长三角发达城市大街上的，名牌车占了很大的比例，而且大多是又长又宽的"大块头"车，此种场景，与欧洲国家恰成鲜明的对比。因为人家崇尚节能、实用的小型车，而那种"大块头"的奔驰、宝马车，则大多是出租车。

仿佛"大块头"名车一夜之间全部涌进了中国。也许在当今相当一部分中国人眼睛里，汽车档次高低和车型的大小体现了坐车人身份的高低贵贱，比如说高档豪华的轿车进市政府大院一般是不会被保安拦下检查的，可以一路畅通，而普通车、小个子车的待遇就不一样了。有一次我开着我那小小的富康车进市政府大院，被新来的保安挡了下来，我说是进去上班的，他反复观察我的汽车，露出一脸的怀疑。就这样，我曾在政府大门被反复挡下多次，总想发火。有一次我耐住性子，下车对保安认真地说："你看看清楚，我这辆车是市政府大院里第一辆私家车！"他一脸惊讶，以后再不敢阻挡。可是没多久，换了一批保安，我又承受新的"白眼"和被挡下的"待遇"。还有一次，要采访省委书记来宜兴调研工作，我开着自己的富康车跟着由10多辆车组成的车队，可是半路上被一辆警车认为可疑而拦了下来。警官一下子认出了我，惊奇地说："嘿，是大记者呀，这是你的车？"言下之意，这样的车不符合我的身份，更不适合在这种高档公务场合出现。我的亲戚朋友近几年也在我耳边不断鼓吹轿车的"档次""身价"理念，如此三番五次，我只好硬着头皮"出血"换了一辆据说带着英国贵族血统的大轿车。

追求轿车的奢华，其实真实显示着社会发展层次的欠高和价值观念的低俗。不过，我相信，在能源日益紧缺的今天，国人对节能降耗、低碳生活的观念定会日益接受。尤其是对轿车的庸俗攀比风气，也定会自觉抵制并无情抛弃。那样，不用几年，我们中国大地上也一定会同欧洲一样，奔驰着更多省钱、实用、节能、低碳的"小个子"轿车。

二叹："小偷"云游享"天堂"

从出国那一刻起，每到一地，导游王先生就不厌其烦地告诫我们："欧洲国家盗贼很多的，钱物切记当心。"

我们这个团是上海国旅组织的欧洲精华游，30 多人，绝大多数是上海人。上海人的精明和小心是不用说的。大家原来总认为，要说小偷多吧，总多不过中国吧。中国地大物博，人口众多，贫富悬殊，社会处于转型期，具备小偷如毒菌般滋生的土壤。欧洲国家经济发达，社会文明，法制健全，小偷肯定不会太多吧。不过，无论如何，出门总归大意不得，我和大家一样，增加了更多的小心。我随身斜挎一只小皮包，包里面有一个带拉链的夹层，我把钱包放在里面，拉上拉链，走路、游览时一只手总搭在包上，这样才觉得万无一失。

梵蒂冈是全世界最小的国家，一个具有崇高地位的世界宗教圣地。它就坐落在意大利首都罗马的西北角，高高的围墙里面，总共 0.44 平方公里，1000 多人口，而世界各国游客每天有数万人。这个国家的圣彼得大教堂，是全世界最大的教堂。其恢宏气势让人肃然起敬。地陪导游是一北京姑娘，她说，在圣彼得大教堂，有着极其丰富、极其珍贵的历史文物和艺术瑰宝。但是这里也是小偷出没最频繁的场所。因为人们的眼睛朝上看建筑瑰宝，聚精会神地听讲解，此时小偷最容易得手。从人口比例来说，圣彼得大教堂里的小偷占比绝对是"世界之最"。这时，一个肩背吉他的男子笑盈盈地贴着我们团队边上慢悠悠地走过。导游姑娘立即提醒我们："这是小偷，大家当心！"我们赶紧用手捂紧了包，生怕它魔术般的飞掉。原来，这里的小偷大多是天天来此显示"手艺"的，就如大教堂里的"上班族"。导游在此时间长了，都认识。在这个地方，梵蒂冈和意大利只有广场地上一条白线作为"国界"，而且出入境不用任何检查。因此治安有点"两国不管"的味道。但是这里的小偷严守"行规"，只许偷，不许抢，他们吃的是"技术饭"，因此挂在脖子上的项链应该没有危险。游览结束时，我们全都安然无恙，大舒一口气，被导游说得神乎其神的欧洲小偷的故事只被当作茶余饭后的笑谈，甚至觉得自己有点过于谨小慎微了。

到了法国巴黎，王导更加强了对我们的防范教育。他说，法国是一个崇尚自由、浪漫的国度，正因为如此，这里的治安更糟糕。从非洲国家过来打工的人特别多，尤其是吉普塞人，他们在法国是最不受管束的群体，法国警察见了他们就头疼。即使抓进去了，也不能判他们的罪，马上就要放出来。"三进宫、五进宫"对他们来说是家常便饭，脸带微笑从警察局一走出来，就又奔向游客"一展身手"了。

巴黎是个购物天堂，也是个盗贼天堂。如今它是中国游客蜂拥而至的地方。走到巴黎商业街，巴黎春天、老佛爷等著名商场都是中国脸、中国话。中国成为世界第二大经济体了，中国人形象"华丽转身"了，不再又穷又脏，而是怀金揣银的主儿，连续多年蝉联巴黎购物"世界冠军"呢！因此，巴黎的偷儿们将目光瞄准了黄皮肤的中国人，中国人出国最喜欢的旅游活动无非是购物，尤其是奢侈品——尽管很多人嘴上说对旅行社的过多购物安排有意见。中国人在巴黎遭窃是天天有。

在巴黎的最后一天，也是我们此次欧洲行的最后一天，是一个令我难忘的日子。

早上导游一上车就很庆幸地说："我们这次旅游很顺利，没出什么事。谢天谢地！"

参观了不能不看的"世界之最"卢浮宫、凡尔赛宫，饱览了塞纳河两岸美景，最后一个景点是埃菲尔铁塔，游览这个百年前铸就的世界奇迹是令人激动的时刻，它高大无比的身躯叫人高山仰止，给人心灵以无穷的震撼。参观者们排着百米长队缓缓前行，当我们正要乘电梯上铁塔时，安检人员让我们打开包检查，这时，我把包打开一看，顿时惊出一身冷汗：包的里层拉链被拉开，钱包不翼而飞了！

这可能吗？我可是一直捂住包的呀！受此打击，哪里还有心游览埃菲尔铁塔？回到旅馆，我寻思着：钱包里有哪些东西？欧元全部用光了，剩下的人民币也只有1000多元；有几张中国的银行卡、一张身份证和一张工作证。我庆幸这是欧洲行的最后一天，钱包瘪了，损失不大。但我还是不敢怠慢耽搁，借了同行的一位上海热心大哥的手机，打国际长途电话一件一件地挂失。同时，我脑子像放电影般仔细回忆着一个又一个细节，排查着是哪一个环节有疏忽。所有的场景都一一排过了，我的防范意识和防范措施可以说无懈可击。那钱包真的是长了翅膀飞走的？

突然，一个场面闪电般在脑海出现：那是在埃菲尔铁塔排长队，因为队伍很长，后面看不到前面，而且是蛇形前进，当前进了一半路程时，突然见到一扇木门框，就如飞机场安检处的一样，有安检人员在检查，要求每个人打开包给他看，我也同所有人一样，通过了他的检查。可是过了50来米排到铁塔下面，又遇到一次安检。这样回忆下来，我突然脑子里"当"地响了一下，我怀疑了：为什么会有两次安检？这是违反常规的呀！再仔细回忆起细节，诸多疑点汇到一点：我走过"安检门"时，没有响铃，而且所有人走过都没有响——这或许是一扇假门。过了门，我把皮包递给那个黑黑的安检男人时，一个像游客的人突然挤到我面前，挡住了我的视线，使我有两三秒钟看不见皮包。由于十分拥挤，我取回皮包时没有检查皮包。联想到导游提醒我们的：法国有一些小偷会冒充国家工作人员，有时甚至会到旅馆里敲你的门要求检查证件和行李，然后伺机行窃。真是异曲同工啊！我敢肯定埃菲尔铁塔下第一道安检是一个假"安检"！就是那个假"安检"以及那个挡住我视线的同伙偷走了我的钱包！那么，在偌大一个广场、众目睽睽之下私设所谓"安检门"会没有人管？人们告诉我，那样的小偷得手后，很快就撤离了，那扇所谓"安检门"他可以在10秒钟之内竖起来，也能在10秒钟之内像舞台道具一样拎了就走，或者干脆一弃了之，在人群中淹没得无影无踪。在这种地方即使报警，也没有人会认真追究。

我真的遇到扒窃高手了，也是巴黎一景，这里是"小偷"们扒窃游客的"天堂"！

三叹：完美古建万年观

我喜欢看欧洲的建筑，总也看不够——这是个情结。

不光光是40多年前，我，一个孩童第一次到上海看到欧洲建筑时的惊奇，直到今年5月底，也就是去欧洲的前夜，在上海看到海关钟楼、和平饭店、老上海市政府、上海大厦、国际饭店、永安大厦等等，还是仰着头从下看到上，再从上看到下，把脖子都看僵了。上海有个别称叫"万国建筑博览园"，在我的心中，那些欧式建筑，就是一件件美轮美奂的艺术品，一座座承载着历史故事的文物古迹。

可是，到欧洲后，才领略到，上海的那些欧式建筑立马相形见绌，至多不过是一些粗糙的仿制品，远看、粗看还可以，经不住近看、细看，因为欧洲建筑的精雕细琢、艺术水准，远不是上海老建筑所可相提并论的。

在意大利的威尼斯、罗马、佛罗伦萨，满眼皆是古代建筑，其保存的完整程度，令人惊叹。仅看教堂，就有"黄金教堂"之称的圣马可大教堂、象征文艺复兴的佛罗伦萨百花圣母大教堂，还有梵蒂冈的世界第一大教堂——圣彼得大教堂等等，这些建筑从大处看，其宏伟的身躯给人震撼，叫人折腰；更难能可贵的是，从细处看，它们从外到内、从上到下，数以百计的人物雕塑，个个栩栩如生，每一个穹顶、每一个角落，都经得起细细琢磨，在大理石的人物雕塑上，你甚至能看到人物皮肤的肌理和披纱的质地。这才叫艺术！

同样，在繁华的法国巴黎，大气磅礴的凯旋门自不必说，坐游船徜徉塞纳河，两岸的建筑依次而过，巴黎圣母院、卢浮宫、埃菲尔铁塔，以及在其下经过的数十座古桥等等，无一不是人类艺术的精华。这些群体古建筑引起全世界不同国家、不同肤色人们的好奇、赞叹。

我在好奇和惊叹之外，更有一番沉思：泱泱中华，5000年文明史，为什么看不到多少美丽的古建筑呢？

这也许要从历史、政治、文化和国民性的深处来考量了。

欧洲的建筑从奠基的一刻起，考虑的就是永久性，绝对没有临时性的"政绩"观念和超速"赶工期"观念。在意大利首都罗马，圆形的古罗马斗兽场是个建筑奇迹，它建于公元72至82年间，占地面积约2万平方米，圆周长527米，围墙高57米，全部是用最坚韧的花岗岩砌成，这座庞大的建筑可以容纳近9万观众，相当于北京奥运会的"鸟巢"。近2000年来，除少数部分坍塌外，基本保持着原状，人们有时还能在里面搞大型文体、典礼活动。周围的街道，还是2000年前铺成的黑色石头路面，光光亮亮的，它的路面不是将石头平铺的，而是将一根根四方柱形、表面10厘米见方、高二三十厘米的石头，竖着排进去的，2000年来，路面虽然磨下去了10多厘米，但是毕竟还剩一半，它还能磨2000年呢！而诸如古斗兽场这样保存下来的古建筑，在罗马城里有成百上千，抬头便是。这个城市的总体形态还是 2000 年前的，"条条大道通罗马"名不虚传，仍然能适应今天市民的生活，真不得不感慨当年设计者的前瞻性和科学性。梵蒂冈的圣彼得大教堂是世界第一大教堂，艺术大师米开朗其罗参与设计，这座教堂竟然建造了 120 年才竣工。其间不知有多少代教皇、多少代建筑师、多少代工匠参与决策、设计、施工。质量第一、持之以恒是他们的信条。正因为有这样 120 年的"慢耗"，才崛起一座不朽的建筑。

扪心自问：我们有这个信心、耐心和恒心吗？很遗憾。

为什么中国的古建筑遗存如此稀少？有建筑专家提出"材料说"：这是由于西方的建筑材料跟东方建筑材料是大相径庭的，西方主要以石头为材料，而东方最多的则是木料，这两种材料的差异造成了保存难度的差异。依我看，这只是原因之一。看了欧洲就会知道，历史建筑的保护是人类信仰和智慧的体现。对于古建筑的保护，首先得说说观念，欧洲人具有"艺术是属于全人类的"这一崇高观念。意大利、法国等等即使在战争年代，他们从不忘记保护古代建筑和人类文明，有时甚至采取妥协策略，宁可暂时失去城池的拥有，也要让人类文明免遭战火。而丧心病狂的德国法西斯视人类文明于不顾，在盟军兵临城下、败局已定的形势下，仍然负隅顽抗，结果是柏林的著名建筑几乎全部毁于战火，古代、现代文明荡然无存。欧洲国家政府历年来保护和维修这些古建筑所付出的成本是非常高昂的，他们觉得必须这么做，人民觉得应该这么做。

近现代我国长年处于战争状态，从鸦片战争一直打到抗日战争、解放战争，大量的古建筑毁于战火。上个世纪六七十年代"文革"期间，我国大兴"除四旧"运动，又有大量文物、古迹被无情毁灭。即使进入 21 世纪，传统建筑的保护仍然未能在法律层面和意识层面提到应有的高度。有些地方政府为了快速发展经济，采取了很多极端的做法，如在推进城市化的进程中，片面追求"政绩"，众多文化古迹被毫不留情地毁于一旦。

"俱往矣，数风流人物，还看今朝。"焚毁的不会再生，拆掉的不会重来，我们还是着眼于当下的建筑保护和创造吧。欧洲人的建筑理念和保护理念，还是能给我们很多有启发、有价值的东西的。我们能不能不追"一天一层楼"速度，不搞"政绩工程"？多出一点艺术精品，多给后人留一点百年建筑、千年建筑，难道不是我们中华民族的企盼吗？

（2011 年 9 月 20 日）

法国巴黎留影（2011 年 6 月）

寻回宜兴美术陶

宜兴陶瓷有"五朵金花"之美称，你知道是哪五朵吗？你一定知道其中一朵是宜兴紫砂，因为它正开放得如火如荼。其他四朵你不一定全部知晓吧？因为它们开得不那么鲜艳，有的甚至在秋风中凋萎。

宜兴美术陶瓷你知道吗？这朵曾在上个世纪八九十年代名扬神州的"金花"，已经悄无声息、隐名埋姓了将近20年，犹如一座久沉湖底的美丽古城。

然而，日前记者在宜兴突然发现了它的影踪。

宜兴美陶的横空出世，曾经轰动国内外美术品和收藏品市场

在宜兴市陶都路边，有一家无锡市陶都电力器件厂，厂内的一座小楼，赫然挂着"宜兴市陶乐源美术陶瓷博物馆"的牌子，记者急欲进去一睹真容。

真是藏在深山人不识，馆长叫薛兴荣，"稀客"造访，他十分高兴，热情地带着记者参观。这里收藏和展示着2000多件宜兴美术陶瓷精品。都是他在30年间收藏的。当他介绍到宜兴美术陶瓷当年的辉煌时，两眼放光，兴奋异常。

美术陶瓷属陈设艺术陶瓷，是宜兴陶瓷"五朵金花"之一。它从上世纪70年代发展起来，融紫砂的制作技艺和均陶的传统釉色于一体，以人物和动物造型为主题材。宜兴人发挥独特的聪明才智，通过高温发生窑变形成了千变万化的釉色造型，开发了虎皮釉、豹皮釉、羽毛釉、雪花釉等釉色，非见可感，栩栩如生，在全国陶瓷界独树一帜。宜兴美术陶瓷厂集中了宜兴陶瓷界的精英，也吸引了全国工艺美术界的精英。中央美术学院、中央工艺美术学院、浙江工艺美术学院等全国几十家工艺美术高等学府的200多个专家、教授、大师来此考察和创作过成千上万件作品，一时成为全国雕塑界的集大成之地。他们中间有韩美林、张守智、周轻鼎、傅维安、

张德蒂、时宜、冯河、赵瑞英等等，宜兴丁山群贤毕至、星光璀璨。

北京奥运标志设计者之一、著名艺术家韩美林是宜兴的常客，他痴迷于宜兴美术陶瓷，在宜兴一待就是三四个月，他以写实和抽象相结合的手法，创作了"美林虎""美林狮""美林马"等等一大批全国知名的美术陶瓷作品，成为美术陶瓷动物塑造的典范。福建工艺美术学院教授、福建省工艺美术大师王则坚，创作了"大风歌"，将刘邦的意气风发、豪情壮志表现得神态飞扬、淋漓尽致；清华大学美术学院张德蒂女士创作的"吉普赛女郎"惟妙惟肖，表现了迷人的异国风情，成为美术陶瓷人物塑造的典范。这些艺术大家在宜兴创作的成果，使宜兴美术陶瓷登上了艺术殿堂，成为中国雕塑艺术一个独特的门类。

宜兴美陶的横空出世，轰动了国内外美术品和收藏品市场，成为当时的时尚礼品，产品出口到中国香港、澳大利亚及欧美国家，许多产品被故宫博物院、上海博物馆、南京博物院和黑龙江博物馆等收藏。

灿若群星的美术陶瓷仿佛一个夜晚从人间消失

一个独特的陶瓷门类、一片灿烂的艺术霞光、一朵绚丽的陶瓷金花——美术陶瓷缘何衰落得几乎无影无踪？

宜兴人都有这样的感觉：灿若群星的美术陶瓷仿佛是在一个晚上从人间消失的。

记者在采访时的感觉是：这或许是万物盛衰的魔咒，谁也逃脱不了。这或许又是中国改革开放的浪潮和市场经济涤荡中的一则传奇。

让我们走进陶都宜兴，走进改革开放后曾经烈焰熊熊、若干年后又变得冷若冰霜的窑炉；让我们翻开陶瓷的古籍，听听当地人的口述，来对美术陶瓷的兴衰历程作一番审视吧。

不要说得太古太远，只说"阳羡第一人物"——晋代"除三害"的周处大将军，他在宜兴的墓葬曾出土一只"神兽罐"，造型优美，釉水鲜亮，现为南京博物院的"镇院之宝"，它就是一件典型的美术陶瓷作品。到了明代，宜兴美术陶瓷进了皇宫，如陈鸣远等等名家也跻身美陶制作人的行列。明代徐友泉制作的美术陶瓷"太平有象"，被台北"故宫"作为稀世珍宝收藏着。宜兴现代美术陶瓷，应追溯到1976年，那年，"四人帮"被打倒，"百花齐放，百家争鸣"成为文艺的主旋律，中国的传统工艺美术开始获得新生，宜兴美术陶瓷厂就在这个历史关头诞生了！从此开启了美术陶瓷最为辉煌的一页。美陶厂产品供不应求，广交会上宜兴美术陶瓷展厅总是门庭若市，中外客户排队订购。因此，宜兴掀起了"美陶热"，几乎家家陶瓷厂都改换门庭，来做美术陶瓷了。

风水轮回，大浪淘沙。转眼到了20世纪90年代。中国的经济大潮汹涌澎湃，颠覆数十年计划经济的市场经济来得异常迅猛，简直有点叫人措手不及。宜兴美术陶瓷厂顺应潮流，引进了两个经济项目，一个叫陶瓷香水瓶，一个叫陶瓷手模。陶瓷香水瓶就是用陶瓷做成小瓶，里面可灌充各种香水，利用陶瓷的微小气孔，慢慢地散发香气。可以放在室内、车内，也可带在身上。据说当时在国际上很潮，市场很好。陶瓷手模，是做乳胶手套的模具。把做成手形的陶瓷放到乳胶里一蘸，脱下来就是一只乳胶手套。这两种陶瓷产品从设计和生产来说，都是再简单不过的"小儿科"，不需要艺术，也不需要多少技术，且能成批量生产，成批量出口，比起绞尽脑汁，请来专家教授设计制作美术陶瓷，要轻松容易、经济实惠得多，产值和利润都能实现翻番。在当时一切只看经济效益的年代，陶瓷香水瓶和陶瓷手模轻而易举打倒了艺术宫殿里的美术陶瓷。可怜如明星般的美术陶瓷一夜之间陨落了！

更可悲的是，陶瓷香水瓶和陶瓷手模也没能逃过命运魔咒。3年后，它们在国际上不再时兴，需求急剧下降，订单很快告罄。没有了市场，只享受了短暂的"海市蜃楼"般美景的美陶厂陷于绝境。当人们再想回头来捡起美术陶瓷时，才猛然发现：人才走了，设备损了，销路断了——这朵"金花"已经败落！2001年，宜兴美术陶瓷厂宣告破产。

只要政府扶持引导，不久会迎来"五朵金花"竞相开放的新时代

沉舟侧畔千帆过，病树前头万木春。美术陶瓷的衰落，起初并没有引起人们太多的关注，无非就如一片琉璃瓦掉进了河里。

可是就有这么一个人，几十年如一日，对美术陶瓷情有独钟。他看着美陶的衰落，痛心不已，暗暗下决心要让美陶这朵金花重新开放。这个人就是薛兴荣。

上世纪 80 年代，薛兴荣只是个电子厂的职工，所幸美术陶瓷厂就在对面，他像个天真的孩童经常去看艺术家们制作，从此爱上了美术陶瓷，并且开始用心收藏。

他目睹了宜兴美术陶瓷的兴衰。当宜兴美术陶瓷厂破产 4 年后，已经当了无锡市陶都电力器件厂厂长的他于 2005 年自筹资金 200 万元，经过宜兴市民政局和江苏省文物局批准，创办了宜兴市陶乐源美术陶瓷博物馆，他同时还创办了宜兴市陶乐源美术陶瓷厂和宜兴美术陶瓷研究所。从此踏上了一条顽强振兴宜兴美术陶瓷的艰辛道路。他曾在恢复美术陶瓷生产中，开发了 100 多个新品种，受到人们的喜爱。他得知有一位收藏家收藏了上千件美术陶瓷，他出资数十万元，将其全部收来展出。

薛兴荣的振兴美陶之路走得并不顺，2008 年，宁杭高铁动工，正好在他的美术陶瓷厂穿心而过！

厂被拆掉了，薛兴荣几近梦碎。但是他决心将博物馆开办下去。

"给我一块地吧，我要创办一个新美陶厂、一个新博物馆！"

这是薛兴荣一直想喊出来的心愿，但这需要政府的扶持，靠他一己之力，恐怕难以实现。

依记者之见，目前，宜兴陶瓷"五朵金花"基本上还只是紫砂"一花独放"。人们总说"一花独放不是春，百花齐放春满园"，新的时代有新的机遇，随着经济的发展、社会的进步，人们对文化艺术的追求越来越丰富，均陶、精陶、青瓷、美陶等四朵"金花"，都出现了市场转暖的迹象。薛兴荣兴奋地告诉我，最近来美陶博物馆的人多了，人们都对这里的作品很感兴趣，仿佛发现了一个"新大陆"。在美陶收藏市场上，王则坚的"大风歌"、韩美林的"美林虎"等名人作品每件都在万元以上，千元一件的作品已经比比皆是了。

薛兴荣信心百倍地说："只要政府重视，着力扶持和引导，一定会迎来宜兴陶瓷'五朵金花'竞相开放的新时代。"

（2011 年 9 月 29 日）

种田也能成"大亨"

——秋收田间访宜兴农民杜新明

宜兴出了个"种田大亨"！这个称呼有人感到十分新奇，也有人感到十分古怪，因为以前只有"种田大户"。

正值秋收季节，稻谷飘香。昨天，记者来到宜兴市高塍镇徐家桥村田间，采访了"种田大亨"杜新明。长期的风吹日晒，使杜新明脸孔黝黑发亮，但是他身体健壮，笑容憨厚。就是这个农民，承包了1000余亩田地，种植规模在无锡地区首屈一指！

种田能不能挣到大钱?

"种田大户"和"种田大亨"，一字之差，差在能不能挣大钱。杜新明是"种田大亨"，因为他种田挣了大钱。

"种田既辛苦又挣不到什么钱。要想成'大亨'，只有办厂经商"——这是多年来人们普遍的认识。杜新明却正在以自己的行动，改变着人们的认识。他的千亩良田，今年亩均产量预计超过600公斤，亩均收入可达2000多元，去掉化肥、农药、人工工资等成本后，总经济效益可超百万元！所以，他是名副其实的"种田大亨"！

上世纪90年代，农村很多人跳出了世代耕种的土地，进入乡镇企业。杜新明却反其道而行之，他跳出村办厂，承包了村里30亩土地，成了"种田大户"。这些年来，他的田越种越多，目前已发展到1050亩，在寸土寸金的苏南地区十分罕见。

这几年，粮食市场行情逐年看涨，稻谷价格从上世纪90年代的每担80多元上升到150元。但是村里种田的人还是越来越少，他们一是嫌种田辛苦，二是觉得收益不如在厂里打工多。杜新明就是在这样的背景下，不断将人家不想种的田揽来种，才变成这么大的种植规模，也挣到了"大钱"。

挣大钱，吃苦精神是必须有的。今年 39 岁的杜新明属牛，他笑言自己就是一头"老黄牛"，和种田有缘分。眼下正是秋粮收获的关键时期，他每天早上 5 点起床，一直忙到晚上 10 点多钟回家，每天几乎有 17 个小时忙碌在抢收一线。

"种田大亨"是如何炼成的？

"种田大户"是一个历史概念，二三十年来，其规模内涵一直在变化。上世纪八九十年代，三五十亩就可以算是种田大户了，而如今杜新明竟然超过了千亩！这个"种田大亨"告诉记者一个不是秘密的秘密："有规模就能赚钱，规模越大赚钱越多。"

规模经营意识，显然是炼成"种田大亨"必备的素质之一，但是记者从杜新明的身上看到，作为一个成功的新型农民，他还具备了现代科技意识、风险投资意识和经营管理意识。

"如果还用'面朝黄土背朝天'的传统耕种方式肯定不行"，杜新明的现代科技意识处处可见。他的农场场部，仿佛是一块"停机坪"：插秧机、联合收割机、变型运输车等各类农机具，记者粗略一数有近 20 台。一台日本进口的"久保田"收割机一天可以收割水稻 60 多亩。没有足够的机械装备，是不可能发展规模种植的。"现在种田必须要有科技文化知识"，他坚持学习科学种田知识。虽然只有初中文化水平，但杜新明在育秧育种、现代化机械的操作、修理等方面，样样精通。除了每年参加宜兴市农林部门举办的各类培训班，他还自费订了不少农业科技方面的书报杂志，定期学习新技术，引进新品种。这些年来，杜新明的种田技术日益精湛，成了当地有名的"土专家"。

"发展农业必须舍得投资，有投资才有回报。"杜新明说，这些年他仅在农机具方面的投入就超过了 100 万元，光一台"久保田"收割机就要 30 多万元，他出手不眨眼。他逐渐享受到了投资的回报。随着机械化水平的提高，他种田越种越轻松，收益也大幅提升。每到农忙时节，他不仅按时完成自己田里的任务，还帮助周边农户收割 1000 多亩，取得一大笔额外收入。村里的鱼塘、废弃砖瓦厂等搞复垦，也由他一手承包。过去收获的粮食一旦受潮发霉，损失就十分惨重。杜新明在宜兴第一个投资引进稻谷烘干机，每天能烘干稻谷 2.5 万多公斤，有效化解了粮食储藏这一难题。

上千亩田的经营管理不是一件容易的事情。为此，杜新明自创了一套"企业化"管理新模式，家庭成员和雇用人员分工明确、井井有条。日常的机械操作都由他主要负责，哥哥负责田间的种植管理，妻子和嫂子负责后勤保障。他聘用了 3 名"正式员工"，包吃包住，每个月还付给比较丰厚的固定工资。科学的管理方式，到了农忙时，再聘请一些临时工。日臻完善的管理，使他的种田事业蒸蒸日上。

明天的田谁来种？

现在，农村种田的年轻人越来越少，离土、离乡、进城是一个难以逆转的大趋势。那么，明天的田谁来耕种？对于这个问题，杜新明有自己的见解，他认为，今后，应该培养一代青年来种田，特别要吸引大学生来种田，他们知识丰富，精力充沛，他们才是中国农业的希望。

种田会对年轻人有吸引力吗？杜新明很有信心地说，现在国家对农业十分重视，各级政府都加大了扶持力度。不光农业税不用缴纳了，种田还有直补。每年，政府还开展"阳光工程"等，对农民进行免费技术培训。购置农机具，政府也补贴很多钱。他认为随着国家扶持力度不断加大，农业的吸引力也会越来越大，会有更多年轻人加入到种田队伍中来。

杜新明希望自己是一个现代种田的"先行者"，为年轻一代新农民做出榜样。他的目标是把种田面积扩大到 2000 亩，并在"做精做强"上下功夫，创办一个育秧工厂，引进和培育一些新品种，不断提升粮食作物的档次和产品附加值。目前，他已组织当地农户成立了一个专业合作社，准备发展大米加工业，为产品注册商标，打响自己的品牌，增强市场竞争力。

这位农民笑着描绘了自己的理想：有朝一日，买一架农用飞机，翱翔在现代化的农庄上。他希望看到更多年轻人变成有理想、懂科技、会经营的"种田大亨"，在祖国的大田上耕耘出丰硕果实。

（2011 年 11 月 8 日）

"骆驼墩文化"让你直视史前太湖西岸

宜兴市新街街道境内，紫云山重峦叠嶂、云遮雾绕。山北面有一座郁郁葱葱的小丘，叫骆驼墩。上世纪 80 年代初，这里开办了一座砖瓦厂。工人们就在砖瓦窑旁边取土制砖，挖到齐腰深时，一个工人惊叫起来，原来他挖到了一只瓦缸，平底、圆边，缸中还有一具小孩的骸骨。工人们继续挖，竟挖到了许许多多各式各样的瓦罐，一看就知道是稀有的古物。再挖下去，那就更加神了：竟有厚达一米的大面积贝壳堆，还有不少古人的墓葬。

骆驼墩挖到"窖子"了！消息不胫而走，惊动了宜兴市文物管理委员会。宜兴市文管委的报告惊动了南京博物院。南京博物院迅速派出考古研究所的精兵强将，奔赴骆驼墩展开考察。2001 年 11 月至 2002 年 7 月，南京博物院考古研究所与宜兴市文管委联合对骆驼墩进行考古发掘。

这便是荣获"2002 年度中国考古六大新发现"的混沌伊始。

7000 年前古村落农渔猎繁荣昌盛

秋天阴雨绵绵，我跟随宜兴市文管委办公室主任黄兴南先生，沿着弯弯曲曲的泥泞小路，来到了宜兴骆驼墩遗址。这里现在是新街街道塘南自然村。一个小小的村庄，静谧地横在田间。宁杭高速公路在村南 100 多米穿过，宁杭高速铁路在村南 300 多米穿过。当人们坐在汽车、火车里通过这里时，有谁会知道就在自己脚底下，深埋着 7000 年前的史前文化呢？

展现在我们面前的骆驼墩遗址，是一片正在收割的水稻田。黄主任告诉我，历时一年零八个月的考古发掘工作告一段落后，为了保护遗址，也为了不影响村民的正常生活和劳作，马上就复垦了，深深的遗址全部运来泥土掩埋起来，农民照样种庄稼。从村里走出来的农民脸上，只写着忙碌的神情和丰收的喜悦，好像这里什么也没有发生过，什么也没有发现过。

不管村民是怎么看、怎么感，这里确是当代中国考古的一大神圣宝地。

南京博物院考古研究所的资料表明，骆驼墩遗址是一个7000年前的古村落，而且是一个繁荣昌盛的村落。它的面积在25万平方米，相当于一个小镇的规模了。这里发掘面积1309平方米，只是其中一小块，但是发现非常丰富。

在这一小块土地上，共清理墓葬52座、瓮棺葬39座、灰坑5座、房址3座、大型贝壳及螺壳堆积遗迹1处、祭祀遗迹4处，出土各类动物骨骼标本约2000余件。出土石器、陶器、骨器、玉器等400余件，其中陶器群有着明显的自身特色，炊器以平底釜为其主要特征，且类型丰富多样，各个系列均有自身的演变轨迹。

这些表明，在现在村庄的北面，是一个墓葬地，地层中漂洗出的2000余粒炭化稻米，表明当时的先民们已经脱离了纯粹的渔猎生活，开始种植水稻，步入农耕。它为研究长江下游稻作农业的起源和原始水稻的驯化提供了新的证据。

考古学家说，这些东西在太湖东岸的马家浜文化遗址中是没有见过的。与马家浜文化遗址相比，这里时代早、文化面貌单纯、文化性质纯粹，代表了太湖西部山地向平原过渡地带的全新文化类型。因此，它获得"2002年度中国考古六大新发现"称号，并在2006年5月25日，被国务院核定公布为"全国重点文物保护单位"。

"骆驼墩文化"当与"河姆渡文化""马家浜文化"齐名

距离骆驼墩的考古发掘开始10年后，2011年10月的金色秋天，用它温柔的气息和温情的目光开启了崭新的文化大幕。

全国考古界的精英齐聚宜兴竹海国际会议中心，出席由江苏省文物局和宜兴市人民政府联合主办的"骆驼墩文化论坛"。江苏省文物局局长、南京博物院院长龚良先生和宜兴市政府领导发表了热情洋溢的致辞。大家来到这里，有一个共同的愿望，镌刻一块中国考古界最新的里程碑、一张陶都宜兴最新的文化名片！

　　仅参加骆驼墩文化论坛的专家学者的名单，就足以令人震撼，他们代表了当今中国考古界最强的实力和最高的权威。有中国考古学会理事长张忠培，中国社会科学院考古研究所所长、研究员、博导王巍，北京大学考古文博学院院长、教授、博导赵辉，南京师范大学社会发展学院教授、博导裴安平，复旦大学文物与博物馆学系副主任、教授、博导高蒙河，上海博物馆考古部主任宋建，故宫博物院研究室研究馆员杨晶女士，以及吉林、北京、山东、湖南、浙江、安徽等地的考古研究专家学者等等。

　　在宜兴天高云淡的竹海里举办的论坛是一个"百花齐放、百家争鸣"的广阔天地。他们在此研讨骆驼墩代表的太湖西部史前文化的真实面貌、文化特征和历史价值诸方面的重要问题。真知灼见，海阔天空，闪耀着思想和智慧的火花。

　　南京博物院考古研究所所长、研究馆员林留根力主将骆驼墩遗存命名为"骆驼墩文化"。他认为，骆驼墩遗址的发现与发掘为研究太湖西部的史前文化提供了新材料，填补了太湖西部史前考古学文化的空白，并成功连接了环太湖流域文化圈研究的缺环，从考古学文化上说，骆驼墩文化当与河姆渡文化、马家浜文化齐名。它们共同证明了长江流域是中华民族文明的发源地之一。无锡市文化遗产保护和考古研究所所长、研究馆员刘宝山发表了《平底釜和骆驼墩文化》的发言，他从对骆驼墩发现的平底釜（即瓦罐）的研究，论述了把"骆驼墩遗存"命名为"骆驼墩文化"的科学性。他认为，可以把以平底釜为特色的文化系统称之为"骆驼墩文化"，这是太湖西岸独特的、自成体系的文化类型。它与马家浜文化共同构成了环太湖流域最早的新石器时代文化，显示出太湖流域新石器文化的多元性特征。

　　"骆驼墩文化"之命名，已经成为专家学者的基本共识。除此以外，专家学者还对骆驼墩文化的意义和价值作了更为深入宽广的研究。复旦大学文物与博物馆学系副主任、教授、博导高蒙河说："骆驼墩遗址反映的动植物种类大概有三种，一种是大型动物类，一种是稻米就是植物类，还有一种是贝类和螺蛳壳类。这种遗存所反映的是生业方式或者说经济模式的问题，这是一处既有农业又有狩猎和渔猎的聚落遗址。湖南省文物考古研究所所长、研究馆员郭伟民发觉了骆驼墩文化中陶器夹砂夹炭的特点与长江中游诸文化颇有类似之处，他据此证明两地之间很早就有了文化的交流。

太湖西岸的昔日文明"变身"今天文化新名片

南京博物院的专家完成在骆驼墩的考古发掘后，前脚走，后脚就有另一支精悍的队伍进驻了。他们是宜兴市政府请来的"保护神"——同济大学建筑设计研究院、同济大学国家历史文化名城研究中心的一批专家教授和他们的助手。这支队伍在长达 2 年的时间里，栉风沐雨，潜心研究和制订骆驼墩遗址的保护规划，绞尽脑汁编撰出一本重达 3.4 公斤的巨型文本。

宜兴市站在发展和繁荣文化事业的高度，从建设"文化强市"的战略上来考量骆驼墩文化遗址的保护和利用，感觉其意义重大。宜兴市文广新局局长许夕华感慨地说：遗址的开发，使宜兴的昨天和今天相映生辉，提升了宜兴这个国家历史文化名城的内涵，我们要将遗址打造成宜兴新的城市文化名片。同济大学建筑设计研究院阮仪三教授认为：骆驼墩遗址给人们提供了一个近距离接触史前文化的机会。该遗址作为旅游资源的禀赋极高，开发潜力巨大，完全有能力达到甚至超过宜兴善卷洞等风景区的旅游开发水平，成为宜兴旅游新名片，经济效益和社会效益必然是巨大的。

宜兴市已经对骆驼墩遗址的保护和利用做了详细规划、周密部署，主要措施有：加强对遗址地形地貌及水网河系的保护和整治，禁止在遗址范围内取土掏挖；整体搬迁保护范围内的塘南村，保护好遗址墓葬区；搬迁企业和建筑物；把遗址内的苗圃转变为防护林地；建设防水与排水设施；把遗址内农业用地逐步变为文物古迹用地，等等。

在入口处将建设一座骆驼墩文化博物馆，将考古挖掘出的陶器、石器、玉器，及其瓮棺等，集中到博物馆加以保护。对于发掘过的考古点，如墓葬区、贝壳堆等等遗存，采用玻璃或塑料棚将其大面积覆罩，就像对秦始皇兵马俑的保护方式一样。

秋风吹拂，我的视线之内，那个砖瓦厂已经不见了踪影，一眼望去，青山依旧。在宜兴向"文化强市"的进军中，骆驼墩文化遗址的保护和利用也必将大步前进。

（2011 年 11 月 9 日）

"实事求是"才能引导书画界健康向上

——访故宫书画鉴定家杨臣彬

在故宫博物院里研究、鉴定书画长达 46 年的杨臣彬大师，是国家文物鉴定委员会委员、全国顶级的书画鉴定家。他昨日风尘仆仆来到"中国书画之乡"宜兴。老人家虽然年届 80，却神采奕奕，思维敏捷。他此次是应邀从北京南下到上海出席朵云轩秋拍会的，活动一结束，他就直奔宜兴而来。

"宜兴文化底蕴深厚，陶瓷名扬全球。尤其是'中国书画之乡'，曾经出过徐悲鸿、吴冠中、尹瘦石、钱松岩这样一些全国一流的大家。我在宜兴有许多爱好书画的朋友，所来一来到这里，就心情舒畅，精神振奋，而且可以学到许多东西。"杨老显然对宜兴的文化、山水情有独钟。事实上，他每年都要来一两趟。

杨臣彬 8 岁习书法。1955 年进入故宫博物院，跟随徐邦达先生学习书画鉴定。这使他拥有了欣赏、鉴别中国历古历代最丰富、最高档的书画作品的机会。他潜心钻研中国博大精深的书画艺术，炼出了一双"火眼金睛"，能非常准确地鉴别书画的真伪、年代、作家等等。中央领导曾经当场对他"考试"，要他在故宫画库 10 万件作品中找出 10 件指定作品，他在 5 分钟内便"交卷"了。

谈起文化的繁荣和发展，杨臣彬打开了话匣子。尤其是对当前书画界如何健康向前发展，他有自己独到的见解。

关于创新的话题，他说，要在吸收古代优良传统的基础上进行创新。书法是中国的独创，中国画也是举世无双。但是觉得当前有偏离优良传统的倾向，有些人没学过几天画，没有基础，就标新立异，打着"创新"的大旗，创造所谓"个人的风格"。其实风格是在长期的学习、创作中自然形成的，不是说创新就能创新的，否则就会不伦不类、非驴非马。

说起书画的鉴定和书画市场，杨老更是滔滔不绝。他说："鉴定就是坚持四个字'实事求是'。真的就说真的，假的就说假的。"他认为，当前的问题是，有少数人不走实事求是的正道，为假作伪作大开方便之门。实事求是也是不容易做到的，往往要有得罪人的勇气。如今的书画市场上，拍卖行业兴盛起来了，培养了一大批有相当眼力、实力的收藏家，活跃丰富了文化市场。但是造假也风行起来了，古画、今画中都有，而且造假的方法越来越多，甚至是电脑复制，很多可以乱真的。尤其是仿徐悲鸿、齐白石、李可染等顶级大师价值连城的作品，扰乱了书画界，危害了收藏界。这是需要整治的。

1985 年，他曾应邀同谢稚柳、启功等书画大师一道到无锡博物馆参观指导，他至今印象深刻，难以忘怀，他记得当时住在湖滨饭店，心旷神怡，看着谢稚柳一口气画了 50 幅作品，其中有太湖题材的。他说："我期待中国的书画界正本清源，更加健康地走向美好的明天。"

（2011 年 12 月 14 日）

战友寻迹龙虎山

我少年时就在江西龙虎山当兵。有一天怀着强烈的好奇心，与几个战友到破旧不堪的上清宫去找一口"镇妖井"。因为当时看到《水浒传》开篇说，梁山一百零八将是偶然从江西龙虎山上清宫的"镇妖井"里逃出来的，然后才有他们聚义梁山、替天行道的动人故事。又听当地人说，这里的上清宫，正是《水浒传》说的那个。果然，我们在上清宫古庙里找到了那口阴森森的"镇妖井"，怯生生地看下去，黑咕隆咚的，不知多深，更不知里面到底有什么，这个疑惑一直存在心底。

整整 40 年过去了，最近我们一批战友又相约来到龙虎山聚会，对酒当歌，畅抒豪情，寻迹当年。

从张天师到红军"会师滩"

战友重聚情谊浓，杯杯美酒诉衷肠。除了海喝海叙，当然就是寻觅当年的足迹。由于部队的转移，军营数十年旷久无人，变成了原始树林中的幢幢弃屋。我们记忆中的团部礼堂是庄严雄伟的，但此刻面前的却破败不堪，藤蔓缠身，犹如希腊神庙般古老肃穆。大家在门前合影，在"老表"村口问路，接着便踏上了寻觅旧迹之路。

此次我们在龙虎山、泸溪河、上清宫以及神秘崖葬之间穿行时，方始幡然醒悟：当年日夜站岗放哨、操练兵法的地方，竟是一方世上少有的仙境。

对于宗教传说，我一般不会当真，至多只当是民间文学。但是我认为最靠谱的可能是有关张天师的传说了。不光是因为有丰富的民间传说、翔实的历史记载，更因为在龙虎山麓，有着太多真实的东西。

龙虎山离江西鹰潭市约 20 多公里，这里有上清古镇、上清宫以及天师府。这里之所以被称为"中国道教祖庭"，缘于张天师在这里炼丹修道。

战友汇聚在江西龙虎山军营旧址（2012 年 4 月）

张天师名叫张道陵，是江苏丰县人。东汉光武帝十年（34）生于浙江天目山，年轻时做过官，57 岁时，到龙虎山炼丹修道，用 3 年时间炼成九天神丹，吃后"返老还童"像 30 岁左右的人。此时，他以老子的《道德经》为主要经典，创立了道教。这是中国的"国教"，他也是道教的祖师爷。他活到123 岁才"白日升化"。

我们徜徉千年上清镇，惊叹古韵之浓郁、保存之完好。2 公里古街用青石鹅卵石铺就，高翘的马头墙，封闭通天采光的四方天井随处可见。沿河而建、千柱排立的吊脚楼，蔚为大观。尤其是遍布全镇的千年古樟树，叫人叹为观止。尤其是"红军会师滩"，记录着红十一军奉命南渡信江，与中央红军第一方面军三军团在上清镇会师的历史，当时在此会师的著名将领有朱德、彭德怀、王稼祥、张震等等。

闻名中外的天师府在上清镇西，是历代天师生活起居和日常办公之所。"张天师"是世袭的，第 63 代天师张恩溥在新中国成立前跟蒋介石去了台湾，从此天师府就无人主持。直到 1985 年才由张恩溥的后裔张金涛到天师府主持，他的政治地位很高，是第十届、十一届全国人大代表，鹰潭市人大常委，全国道协副会长。天师府始建于宋代，后经 10 多次修葺，现存木构建筑均为明清遗物。天师府占地 5.5 万平方米，气势恢宏，布局得体，工艺精巧，保持了道教正一派天人合一、神道合居的鲜明特色，以及八卦四象与园林艺术的和谐统一，是我国私第园林和道教建筑的艺术瑰宝。门前一对石雕麒麟雄踞两侧，府门上一对抱柱楹联是明代礼部尚书、大书法家董其昌撰写的"麒麟殿上神仙客，龙虎山中宰相家"，仪门中悬"御赐仪门"大匾。

战友们最记得当年当兵时，曾在荒野间见到过一口被丢弃的巨大铜钟，如今在哪里呢？我终于在天师府里又看到了它，故物重见，格外亲切。这口铜钟是元代用紫铜铸就的，有 9999 斤重，为镇府之宝。

距离天师府 1 公里的镇东面，矗立着巍峨的上清宫。它始建于东汉，是张道陵修道之所。历代天师都要在上清宫供祀神仙。由于历代封建王朝在这里大兴土木，屡毁屡建，先后所建殿宇建筑有二宫（上清宫、斗姆宫）、十二殿（玉皇殿、紫微殿等）、二十四院（三华院、东隐院等）。《水浒传》开篇写的梁山英雄诞生地的伏魔殿和镇妖井都在这里。

泸溪河上"闪闪的红星"

一到泸溪河边，战友中就有人唱起电影《闪闪的红星》主题曲："小小竹排江中游，巍巍青山两岸走……"因为那个镜头，就是我们当兵那时在泸溪河上拍的，战友们个个都知道。

"不游泸溪河，不算到了龙虎山"，当地老表都这么说。其实我们早就听说，没有道教就没有龙虎山，没有泸溪河同样没有龙虎山。这条河是龙虎山的母亲河，没有它，张天师怎么可能到龙虎山来炼丹？当地人颇为自豪地说："泰山、黄山、庐山虽然显赫，却少了河。"确实，像龙虎山这样既有名山又有名水的胜地当属稀世之宝。

游泸溪河要乘竹排，竹是当地的毛竹，排工是当地农民。我们忆起当年当兵时常去 10 里外的鱼塘乡支农，就是从这条河里过去的。河边有大片的水稻田，我们赤脚收割，在田里用大木桶掼稻，浑身大汗时，就往清冽的河水里一泡，那才叫爽！记得那时泸溪河是碧的，竹排是黄的，娟秀、清澈、野趣、玲珑。观看龙虎山的绝佳处，其实就在泸溪河上。坐在竹排上，放眼看着龙虎群山在眼前移动，心神如河水一样清澈见底。河面有宽有窄，河水有缓有急，两岸99座红黑相间的丹霞山一座一座任人游目。那时我们最自豪的是，头上"闪闪的红星"在这深谷里放射光芒。

今天的泸溪河依然是碧清的。它形似漓江，胜似漓江。岸上的山是绝壁，直插河底，深不可测，只见许多无声的旋涡。山上是竹林，青翠欲滴，婀娜多姿。竹排行过10里，我们看到了云锦山，这是龙虎山的主峰，这座山海拔204米，五彩的崖壁看上去就是一幅云锦画，正如《龙虎山志》描述："云锦石，在正一观下，仙岩上游，崭然壁立数百余尺，红紫斑斓，照耀溪水，光彩如锦。"当年张天师一眼看中此山，当场立志就在此地结庐炼丹。这里保存有炼丹池、水帘洞和天师草庐等遗址。

泸溪河九曲十八湾穿过整个龙虎山区。龙虎山有一个世界地质公园，占地38000公顷，主要地质遗迹类型为地质地貌类。呈现一幅碧水丹山的天然画卷，是具有典型意义的丹霞地貌，同时，由于分布着奇特的火山岩地貌及典型地层剖面，因此具有很高的科学价值和审美旅游观赏价值。这里有99峰、24岩、108个景点。漂流进入仙水岩这5里长的水域时，两岸的奇岩怪石列队而来，恍若桂林山水了，所不同的是：桂林属石灰岩喀斯特地貌，峰秀石青；龙虎山属丹霞地貌，峰红石赤，阳光一照，红紫斑斓，分外妖娆，映入溪水，水作五色，比桂林山水更胜一筹。大自然的鬼斧神工，在这里发挥得淋漓尽致。仙水岩有"十景"，皆为自然造化，毫无人工雕饰，活灵活现，逼真至极。"公母石"如夫妻相依；"玉梳石"如一把巨大的玉梳在溪流当中俏立；"仙女岩"酷似仙女外阴，被称为"天下第一绝景"；"象鼻山"的象鼻长达四五十米，可以算是最长的天然石头象鼻子了吧？

天下一绝的崖墓葬

"快看！棺材！"正当战友们漂流在竹排上，有人喊叫起来。我抬头一看，只见两岸绝壁之上，出现一个又一个大窟窿，仔细一看，里面有着一口口木头棺材，显然非常古老了。这就是闻名遐迩的龙虎山悬棺！

悬棺对我来说，不是很陌生。过去在此当兵时，我曾在星期天同战友攀上一座不是太高的绝壁，看到两口棺材并排放着。出于好奇心，加上初生牛犊不怕虎，我们全力搬开了棺材盖，竟看到穿着古装的干尸，衣服穿戴还算整齐，花花绿绿的像古装戏服，现在想来许是春秋战国时期的吧。中国有许多地方都有崖墓葬风俗，即悬棺墓葬，而龙虎山的是最古老的，也是最集中的，有考古专家认为是世界崖墓葬的发源地，难怪这里的老百姓对此见多不怪。

古人为什么把祖先葬到高山绝壁之上？有的人说是为了防止人和野兽的侵扰，有的说是防腐烂，有的说是为了升天方便，也有的说是为了俯瞰子孙，赐福后代。但是问到古人是怎样把棺材放到那么高的绝壁上去的，就叫人傻眼了——这毕竟是个旷世之谜，它让龙虎山披上了一件神秘莫测的外衣。现代考古学家、诗人、原中科院院长郭沫若曾无奈摇摇头道："船棺真个在，遗蜕见崖巅。"表达了无法作出科学解释的遗憾。上世纪80年代，还在全国性的报纸上公开悬赏100万元来揭开悬棺之谜，不久便引起了全国性的"揭谜"科研会战。中国悬棺葬学术研讨会频频召开，还请来美国专家，共同成立中美悬棺科研组织。他们提出了许多种悬棺安放方法的假想，并做过许多种现场模拟试验，据说该研究现在处于世界领先地位。

对于我们来说，最大的兴趣不在探讨深奥的历史和力学课题，而在看到实际操作。这个愿望今天终于实现了，我们看到了真实的崖墓葬表演——"升棺表演"。

我们隔河观看对面一座山崖绝壁，约100多米高，在喧天的鼓乐声中，一个穿着黄衣服的表演者从崖顶上攀着绳索、脚踩着绝壁一步一步向下移动，越走越快，最后竟然在绳索上连续翻筋斗而下，身手如猿，引起人们的尖叫。当他下移到离水面30多米时，他靠绳索的荡力跳进一个崖洞，站在崖口挥手向大家致意。接着，一条载着棺材的船划到崖洞下方，崖洞下方大石头上有四五个拉绳人，他们将从固定在崖顶滑轮上挂下的绳索，放到船上，船上人将挂钩钩住棺材的捆绳，然而纵身跳上棺材盖板。众拉绳人一起用力向下拉，将棺材和板上那个人吊起来，一点一点上升，到与崖洞齐平时，先进洞的人与棺材板上的人配合，将棺材平稳地放进崖洞。此时鞭炮炸响，震撼山谷，一次崖墓葬成功了！也可以说一次科普表演成功了，它真真切切地揭开了悬棺的千古之谜。当游客们齐声欢呼时，我们才发觉超绝惊险的表演让我们手心里全是汗。据说表演者是一个家族，全龙虎山只有这个家族能表演，1000多场了，从来没有失过手。当然，这是绝不能失手的呀！我们默默祈祷他们永远平安。

太阳在红色的崖边落下去了，暮色渐渐变浓，我们将要辞别龙虎山，战友们不由得心生惆怅，今此一别，何日再来？抬头仰望晚霞中的峰峦，胸中依旧壮心不已：龙虎山不老，战友情不了！

（2012 年 7 月 19 日）

江西龙虎山军营旧址留影（2012 年 4 月）

身入敕勒川

读书时代，《敕勒歌》是我最喜爱的诗谣。

"敕勒川，阴山下。天似穹庐，笼盖四野。天苍苍，野茫茫，风吹草低见牛羊。"这首诗谣给了我无尽的美好想象，在我脑海里画了数不清的风景画，每一幅都不同，可全是模模糊糊的。不知道哪一幅是真，哪一幅是假。今年盛夏我终于亲身验证了敕勒川画境。

狂奔大草原

到辽阔的大草原去骑马狂奔，这是做了多年的浪漫梦。3年前的4月，我的家乡已经是春暖花开、草长莺飞的时节，我怀揣着美丽想象第一次走进内蒙古草原。始料不及的是一到草原，却是满目冰冷的黄土，山坡上仍然是冰雪覆盖，一脚踩下去没住脚踝，尤其难忘的是遇到了一场沙尘暴，狂风怒号，沙石飞滚，五步之外，不见牛羊，回到宾馆已成"粉人"。那一次，草原给我的整体印象就是"黄土高坡"。

七月流火，前些天我第二次来到内蒙古，飞机在呼和浩特上空飞行时，我在舷窗口尽力望去，下面是连绵起伏的大地，山水相间，一块绿、一块黄、一块白，银色闪光的河流在中间蜿蜒，就像书法家流畅的笔在游走，极目可见天际线鲜明地透露着霞光。一到呼和浩特，就看到一条雄伟的山脉横亘在城市北面，如同一面巨大的挡风墙，山虽不高，却巨石嶙峋，很有风骨。当地的朋友告诉我，这是大青山，就是古代的"阴山"。我顿时如发现新大陆一般兴奋起来："那么阴山下面就是敕勒川啦？""那当然！"朋友肯定地说。

夏天，才是敕勒川的黄金季节。我和友人来到呼和浩特市东70公里的辉腾锡勒草原，这是一座原始大草原。广袤的大地，有起有伏，绿色宜人，蓝天上一朵朵白云，同草原上一群群牛羊遥相呼应，那是天上的倒影。平原山岗交接，除了风声，再无它响。尤其是草原中间不时出现的水潭，大的有几十亩，小的只有江南农家门前小水塘大小。它们犹如散落草原的一颗颗珍珠，耀眼放光，当地人称之为"泉"，这个草原有99个泉，就如草原的99只眼睛。内蒙古是缺水地区，所以一般年景许多泉都是干涸见底的，我们今天能看到这么多的泉，是因为今年雨水特别丰沛，所以99只泉眼睛全都水汪汪的。

或许每个到草原游玩的人，都想骑骑马。只是有的人敢骑，有的人不敢骑。在一个坡地上，有上百匹马，我们兴奋地奔过去。马主人们热情地招呼我们，扶我们骑上马，带领我们看草原。我的马主人是一个中年妇女，她拉过一头棕红色高头大马，拉住缰绳，教我翻身上马、踏蹬。然后她自己骑上一头马，就带着我出发了。骑马看草原，真是极致的享受，你不用看脚下，不用怕坎坷，不用辨方向，两只眼全部用来欣赏离离原野，一颗心全部用来包容草原天地。边走边看边谈，她夫妻俩养有5匹马，加入了九十九泉旅游公司，家在10多里外的一个小村庄，每天起早带马来上班，根据游客多少，每月到公司结账领工资。每年只有半年旅游季节。她挣钱是为了儿子上学，今年参加高考了，尚未接到录取通知书。"我不会再让儿子放马了！希望他离开草原，到城市工作。"她肯定地说。

按规定游程，骑马走了40分钟就到终点了，该下马了。但是我游兴未尽，走马观花不过瘾，还想骑马奔跑，她说加钱就行。当马起兴奔跑起来时，我才第一次真正体验到飞奔的感觉，马蹄得得响，风声在耳边呼啸，一座座高岗被跨越，一个个潭泉在身旁闪过。只是我的腰被颠震得生疼。马主人告诉我，屁股不能压在马鞍上，脚上要用力，把身体略微抬起，随着马奔的节奏上下起伏，遵照要领，果然奏效。当翻身下马时，我的手心里全是汗水。

在远处，出现了一个白色蒙古包群，中间有一座餐饮大楼，这是九十九泉旅游接待中心。知道我们要去用餐，6个小伙子骑着马、举着彩幡来迎接我们，盛装的蒙古族姑娘给我们献上哈达和青稞酒。席间马头琴琴声悠扬，男女歌声激荡，杯盘交响，草原特色美食飘香。据服务员说，这个大楼可容纳 1200 人就餐，周围有供住宿的豪华式蒙古包、家庭式蒙古包、传统式蒙古包 130 多座。我走进一座蒙古包，里面现代化设施齐全，就同星级宾馆的客房一模一样。这里旅游项目有骑马、射箭、山地自行车、清晨看日出、夜晚看繁星、篝火晚会、民俗风情表演等等。显然，改革开放春风早已度过"玉门关"，商品经济大潮力量远超沙尘暴，牧民的生活和习俗当然也发生了翻天覆地的变化。不过，原始的大草原，能否永久保持原味，当然不是游客所能预见的，游客也不会去操那份闲心吧？

"乳都"见奇观

呼和浩特是"中国乳都"。在市区的西面，大青山，即古称阴山的南面，有一个敕勒川奶牛场。这里饲养着 7000 多头奶牛。它隶属于内蒙古伊利集团。伊利集团是中国乳行业中规模最大、产品线最健全的企业，员工们最为得意的是为 2008 年北京奥运会和 2010 年上海世博会提供乳制品。据说这个集团今年营业收入可超 500 亿元。

在敕勒川奶牛场，我们看到了许多新奇的景象：

奶牛场播放着草原歌曲，悠扬动人——可那是给奶牛听的，为的是让它们心情舒畅，多多产奶。小牛圈最有意思，就像安徒生童话的世界，小牛们还可以钻圈、滑滑梯呢！

"想看挤奶吗？"热情的主人问道。我们当然乐意啦，我的脑海里马上浮现出一幅十分熟悉的画面：蒙古包前，穿着蒙古族服装的笑盈盈的女子，用两只手在为一头奶牛挤奶，下面放着一只盛奶木桶。可是我们的面前没有蒙古包，只有一幢现代化的大厦，须换了鞋才可进去。走上二楼观光厅，隔着巨大的玻璃幕墙朝下看去，几百头奶牛正排队整齐有序地走上一个巨大的金属圆盘，每格站一头牛，每盘可站 60 只奶牛。圆盘缓缓转动，硕大的挤奶室里只有两名操作工人。他们把一只只吸奶器，吸上每一头在盘上旋转经过身边的奶牛的乳房。转盘转一圈 15 分钟就挤完奶了，这时奶牛会将吸奶器一脚推脱，然后退出圆盘。观者无不惊叹："这才是真正的全自动啊！"

自动化贯穿喂养、挤奶、运奶、制奶、包装、成品运输全过程。从挤奶场运出的牛奶要经过几个工厂、多道加工程序才能饮用。运出奶牛场时，运输车是由 GPS 卫星全程监控的，以防在途中出岔子；消毒、加工流水线之繁杂让你看得眼花缭乱，一个流程下来连讲解员也讲得口干嗓哑。包装全是机械人，看起来就是一个个的"变形金刚"。成品仓库是亚洲最大的，有两个足球场大，五六层楼高。机械人和自动运输车在里面穿梭往来，一瓶一瓶成品牛奶被包装成一盒盒，再被集合成一箱箱，再放进仓库的一个设定位置。就这一个仓库，够北京市每人每天一瓶！

别样博物院

没有想到过，我见到的国内最大的省级博物院竟然在内蒙古。"因为我们内蒙古的历史悠久、文物众多、博大精深，博物院当然大啦！"这是穿着蒙古族服装的女讲解员的解释。

在呼和浩特市中心，一座造型别致的大厦，门口有一民族团结宝鼎，庄重威严。鼎身和鼎颈分别装饰着象征内蒙古山川地貌特点和牛羊成群景象的精美花纹。形如马鞍的鼎耳和形似马蹄的鼎足既象征蒙古族善于骑马射箭，又寓意吉祥如意、幸福安康。宝鼎上有胡锦涛同志亲笔题写的"民族团结宝鼎"六个鎏金大字。

外面烈日炎炎，博物院大厅内却凉风习习。几百名学生和家长在兴致勃勃地参观，聚精会神地听讲解。他们不是学校或居委组织来的，而是自发来参观的，如此热烈的场面同国内许多博物院的门可罗雀形成了鲜明对照。

这个博物院真是个庞然大物，主体建筑面积 5 万余平方米，院内藏品达 10 万余件（套）。在民族文物中，蒙古族藏品居全国博物院之首。迄今发现的唯一的匈奴单于金冠就在此展出。

我无意间走进一个大厅，眼前一具恐龙化石让我惊呆了。它足足有三四层楼高！我在北京自然博物馆里看到过号称世界最大的恐龙之一"马门溪龙"，可绝对没这么高大呀。原来它叫查干诺尔龙，身长 26 米，高达 12 米，体重逾 60 吨，是亚洲白垩纪最大的恐龙。这具恐龙化石已经多次远渡重洋，到许多国家展出，引起世界一片惊叫声。内蒙古古生物化石标本的藏品跨越时代较全，所属门类较多，自 30 亿年前到 1 万年前都有，难怪内蒙古叫"化石之乡"。

我的观后感很多，其中有一个比较深刻：一座博物院为什么能吸引如此众多的青少年？我向这里的学生和家长们一打听，原来这里除了展品丰富、特色鲜明、组织有序外，还有许多特色活动，如小讲解员培训班，是针对中小学生开展的学生实践活动。小讲解员可以利用课余时间，通过对自己感兴趣的展厅的参观、学习，提高综合素质。如民族礼俗演示，敬献哈达、演示蒙古族长调、表演马头琴等，可以感受草原文化的魅力与风采。如"欢乐大课堂"竞赛，有化石鉴定、现场纺线、蒙古式摔跤比赛等等。还有如"学生综合实践课"，是为了提高学生动手操作能力及综合素质而开辟的"第二课堂"，包括化石形成与发掘包装、陶瓷制作、蒙古包搭建、奶制品制作等等。这一系列活动，像一块块极强的磁石，将一座博物院与青少年一代紧紧地拥抱在一起——这应该是一座博物院的价值所在，也是最大的成功吧？

（2013 年 8 月 1 日）

内蒙古草原留影（2013 年夏）

暮色里的溱潼古镇

到溱潼古镇纯属偶然。原意只是应友邀约去姜堰赏溱湖美景，吃溱湖簖蟹。到了方知此时正值寒冬季节，百草萧瑟一如各地，远远的溱潼镇被溱湖包围着，岸柳轻摇诉说着无可奈何，哪里可觅什么美景？只可闻听当地百姓自豪地吹嘘春夏的溱湖多么美丽，水多么蓝，云多么白，万亩油菜花多么养眼喷香。

天色稍稍向晚，细雨若有若无。开着闲车一不小心驶入了溱潼镇。进镇并没有什么感觉，同一般比较繁华的农村集镇别无二致。街道比较宽阔，商店鳞次栉比，虽然临近晚饭时分，但是人群倒也不少。我努力搜寻着古镇的"古味"。可是令人非常失望，房子看起来都是上世纪七八十年代以后的，改革开放的式样派头。到处都在叫卖鱼丸、鱼饼、虾球，好像都是油锅里捞出来的，是这里的特产，所以满街都飘荡着香味。当地人在成包成斤地买，看来是当地人的主食之一，不是光为外地人准备的旅游商品。我和同伴何先生买了两块鱼饼品尝，似煎似烤，香中带鲜，味道真的不错。我们问卖鱼饼的姑娘，这里有没有什么古代文化的地方可玩？她说："听说有的，但我没去过，不知道在哪里。那种地方有什么好玩的？"这时一辆三轮车骑到我们身边来兜生意，车夫说可带我们去看看古镇，"古镇？难道在镇中还有镇？"我们提起了精神，二话不说就上了车。约摸一里地后，车夫把我们放下来，要了5元钱，说到了。

这里是街的尽头了，再往前便是农田和河流。我们四处瞧了瞧，哪里有什么古镇呀？突然，在街边上我看到有一间古色的房屋，虽然不起眼，我还是贸然向里一探头，没想到竟然看到一堵屏风墙，上书"溱潼古镇"四字，屏风后是何物看不到，真的有镇中之镇！我们跨进去，没人也没声，突然，昏暗之处一声喝叫吓我一跳："要买票的！"这是一个20来岁的女孩，靠墙角坐着，手机上插着耳塞，正在听着音乐什么的。我们买了票，要 40 元一张，心想这么贵有什么看的？既来之，不怕敲，我们就抱着这么好的心态瞧一瞧吧。

绕到屏风墙壁后面，才明白真是另外一个世界。首先是一座建于清代乾隆年间的古代民居出现在眼前，名叫"院士旧居"，至今已有 200 多年历史。据说这座古宅原有房屋 80 多间，占地 2500 多平方米。"院士"指的是当今摄影测量与遥感专家李德仁和国防科技领军人物李德毅两位弟兄，他们是中国科学院和中国工程院院士，从小在这里出生长大。正厅上方高悬的是民国大总统徐世昌褒赠给曾祖父李贞发院士的"德孝永彰"匾额。院士的高祖父李承霖为清代道光庚子科状元，著述很多，在文学史上有很高的地位。在一间照厅里，挂着"荣氏'三新'集团公司驻溱办事处旧址"的牌子，当年我国民族工商业先驱无锡荣氏家族同李家有着极为密切的往来，为了保证荣家的办公和安全，每当荣德生先生过来，就住在一间带密室的房间里。我探进设计机密精巧的密室看了个究竟，不得不赞叹李家人的良苦用心。

院士旧居有一座小巧的后花园，叫"山茶院"。进了低矮的小门，就见墙边一棵山茶树傲然挺立，虽值隆冬无花朵，却枝繁叶茂，高过屋顶，遒劲的身形显示着它悠久的历史。这是宋代栽种的山茶树，距今 800 多年了。春天花开时，万朵山茶花华丽壮观至极，这是极其少见的奇树，是目前国内发现的人工栽培山茶中树龄最长、基径最大、树干最高、树冠最广、花开最多、地界最北的一棵万朵古山茶树，同这棵山茶同龄的还有树边那口古井，但凡遇旱，必须吊此井的水浇树方能免涸。此"世界茶花王"已得到吉尼斯的认证。这棵树还与台湾阳明山著名的草山红山茶结为"团圆树"，成为两岸同胞交流的见证灵物。

穿过一条小巷子，就来到一个僻静的小院子，这是个寺庙，叫绿树禅寺。山门的匾额是已故中国佛教协会副主席茗山长老所写。禅寺始建于 1000 多年前的五代时期，体量很小，而且可以看出是重建的。真正古老的倒是院里面的一棵老槐树，这是两汉时期的古树，有 2000 年历史了！它曾死过一回，到 1000 年后的唐代又凤凰涅槃，枯木重生，绿树禅寺就因它而建，也因它得名。这棵老槐树高过两层楼，粗壮的根部弯弯曲曲、处处起虬，犹如一个个小孩子在玩耍，其中有一根粗大的树枝正好架在围墙上，街坊说，这树枝太粗重了，怕折断，某公益团体有一年特意造了这堵围墙来支撑它。

已近黄昏，小街窄巷越来越暗，街坊们已端起饭碗。每到一个景点，都会受到讲解员客气的催促："我们这里下班早，不好意思啊。"可是我们的兴致却被这里悠久的历史文化和独特的景观大大地激发起来了，我们想把这古镇的一条街一条巷一幢屋一间房看个仔细，把这里的古往今来弄个明明白白。巷子一般只有一米多宽，铺的尽是麻石，十分坚硬却已经磨得光滑圆溜，从这石头上走过有不一样的脚感和足音，这是重回历史的脚感和足音。路人告诉我们，过去铺麻石的巷子必须是有功名人物居住的地方。朝廷是否有此规定，无从考证。但是这里确实出过"一门五都督，三科两状元"这样显赫的人家。巷子九曲十八弯，房子以明清为主，建筑风格以青砖小瓦、磨檐博山为主体，屋面上饰以淮脊雀尾、"猫头"滴水，再加上木雕砖雕、灰塑堆瓦，装饰点缀，毕肖动人。据介绍，古镇区现有明清建筑 2 万多平方米、古街巷 23 条。有的以桥为名，有的以水为名，有的以姓氏为名，有的以窑为名，各有底蕴。古镇有"三十六桥、七十二井"：现存的古桥有"利济桥""永安桥""古永乐桥""月眀桥""雌桥""雄桥""鹿鸣桥"等；现存古井有"浇花井""学士井""朱氏古井""缫丝井"等，至今流水淙淙，清泉汩汩。这里是这么一个地方：你走着走着，没几步冷不丁就会撞到一个小小的名胜古迹，让你对它的"中国民间文化艺术之乡"和"中国历史文化名镇"这两块金字招牌心悦诚服。

猛然发现，细雨停歇了，空气慢慢地暖和了。又猛然发现，整个古镇区只有我们两个游人，游走在溱潼苍苍暮色中。巷子里有一所旧宅的窗棂悄悄点亮了。

（2014 年 4 月 6 日）

海河一日

到天津，总想在最短时间内看到更多名胜，采访到更多人物，我知道这里历来就是文化之都、战略要地。多年以前出差两次到过天津，都是来去匆匆，没有逛逛，所以天津的印象一直很是很模糊、很恍惚。我当年只跟天津人学过一句天津话："天津有嘛好玩的？"这是反意问句，意思是天津没什么好玩。

缓缓的流水悠悠的人

从百度上搜索，得知"天津一日游"早晨 8 点半在马可波罗广场集中。我 7 点钟就到了天津火车站。接着就向出租车司机打听马可波罗广场，心想这应该是一个人人知道的地方，令人不解的是连问了五六个司机没有一个人知道。但凡一个地方，如果出租车司机都不知道，那就没人知道了。我明白加入团队游是泡汤了，只好硬着头皮打车到天津的标志性建筑"天津之眼"。这是一个架在桥上的摩天轮，高 100 多米，据说同伦敦的差不多高，要说架在桥上的摩天轮，它可数世界第一高。它的下面就是川流不息的海河。

海河流过整个天津，一路向东，直达渤海。她是天津的母亲河。

太阳正在升起，晨风吹拂着脸，有点凉意，很是舒服。我开始打量起这条河来。河宽百余米，河水同其他大城市的内河相比，还算清洁。水流缓慢，没有波浪。河边有绿化带和宽阔的人行道，很多早起的人在这里活动。有的跑步，有的漫步，两个白衣少女在练体操；河对岸的花园中有人在吊嗓子唱京剧。更多是沿岸的垂钓人，我面前的一个老师傅，骑了一辆电瓶车来的，坐在小板凳上半晌没看见鱼钩有动静，肯定河里鱼不多，但是他还是全神贯注，不顾手臂的酸麻。还有一对中年夫妇，他们用类似我们苏南地区捉鱼的箄在捉鱼，只是材料不是竹子的，而是铁丝圈和尼龙绳网，他们捉到了好多小鱼，只有一两寸长，分放在 3 只小桶里。我上前问道："这都是海河里的鱼？"胖乎乎的女人不紧不慢地说："你把它们倒进河去，不就是海河里的鱼啦？"原来他们是要别人出钱放生的，可以算作小生意人，不过他们不像有的地方的生意人那样穷凶极恶地死缠烂打、强买强卖，而是一副愿者上钩、随遇而安的样子。看来天津人的性情是悠闲的。

一回身，我看到河岸墙上有石刻《三岔河口记》，洋洋洒洒数千字，一二十米长，用文言文颇有气势地记载了海河的历史。粗略看一下后，才知这里是一个三岔河口，是南运河、北运河、海河的交叉口，是天津的发祥地，我的脚下曾是明朝设卫筑城时天津的政治、文化中心。只记得文中有"天津二字，意为天子之渡口也"，皇帝出行都要走天津码头，乾隆下江南，就是从这里下船，从海河到三岔河口，一个急转弯进入南运河，一路南下。这里水流湍急多了，船行到此要猛拐 90 度，会叫人一个趔趄，200 多年前下江南的乾隆，虽然贵为天子，想必也不能幸免吧。

比塞纳河更美的母亲河

这里有个大悲院游船码头，是专事海河观光游的。我花 80 元购票上船。钻进船内，船是现代化的，很漂亮，座位也宽敞明亮。不过这个有 50 座的船，只有 5 名乘客。但是船照开不误，讲解员照讲不误。

海河上的桥很多，座座不同，古典为多，中西合璧。它们构成一道天津的风景线。清光绪十四年（1888），天津第一座悬臂式开启桥在南运河上建成，取名金华桥，它替代了原来院门口的浮桥，老百姓俗称这座桥为老铁桥。中国著名桥梁专家茅以升曾经说过："几乎全国的开合桥都集中在天津，这不能不算是天津的一种'特产'。"

一座城市有了水就有了活力，有了桥就有了诗意。天津是一座以"水文化"为依托的城市，桥对于每一个天津人来说，都有着难以割舍的情感。问讲解员："海河上有多少座桥？"他回答说："没有人能说得清，大约上百座吧。"

解放桥是一座全钢结构可开启的桥梁，这座近百岁的老桥，竟没有一点龙钟老态。桥很低，我们的游船过不去。有大船要通过，就要启动桥上的机械装置，两边桥体分别旋转90度从中间打开才能通行。最有艺术特色的数北安桥，它始建于1939年，桥头雕塑采用西洋古典表现形式，吸取中国传统，青龙、白虎、朱雀、玄武，寓意东南西北四方平安，桥墩正面雕像为青铜装饰盘龙，桥栏柱基上为四尊舞姿各异的乐女，金光闪闪，造型高贵典雅，手中分别抱着不同的乐器，琵琶、笙、箫。北安桥是古典与时尚的完美结合体。船在桥下经过时，我的头和眼随着桥上的雕塑转动，直转得眼花脖酸，还是未能尽收眼底，恍恍惚惚感觉如同在世界闻名的"桥都"巴黎的塞纳河上游览，甚至感觉更为美妙。

乘船游海河，两岸无数异国风情建筑如历史画卷依次舒展。天津的著名建筑、街道、古迹几乎都在海河两岸，街道与海河或平行或垂直。你只要沿着海河走，就能将天津历史风貌一网打尽。八国联军入侵中国，就是从天津大沽口上的岸，后来他们在天津建了8个租界，现在大部分保存完好，有的是商业繁华之区，有的是文化旅游之区，有的是银行金融大街。

意风街上一惊一乍

显然，坐船上观光难免生出隔岸观花之感。我因而离船登岸，来到意大利风情街。这是昔日意大利租界。老旧的建筑仍在，经过维护整修后钉上了"天津历史建筑"的铜牌。现在是一个休闲餐饮区，日照当头，人头攒动，穿着时髦的青年男女接踵而来，这里异国风味浓郁，酒吧、小吃店、饮料店鳞次栉比。在一个意大利雕塑的铜柱边，有着玲珑的喷泉，边上停着数辆出租车。我忽然听到有个导游喊了声："到马可波罗广场的来集合！"我惊愕了一下，传说中的马可波罗广场就在这里？这充其量就是意风街里一个停车场啊，难怪连出租车司机都不知道！

意风街除了吃喝，文化场所不多。偶然看见一座挂着"幸福影院"匾牌的小楼，就想进去看看。这幢小洋楼是历史建筑，推门进去，有点阴森森，模模糊糊看见一个老太太坐在里面，我压低声音问道："这里放电影吗？"老太太显然没听懂我的话，一个正好进门的送水工神秘地说："想看电影？这小楼里放的都是恐怖片、惊悚片啰！"然后哈哈大笑。这时我才看清，这也是个饭店，只是一个客人也没有。

狗不理包子与的士司机

过中午 12 点了，我想尝尝久负盛名的天津狗不理包子，就招手上了一辆出租车。司机是一位 60 多岁的老人，头发斑白，很是健谈。我叫他送我去狗不理包子总店，他满面笑容地说："一听您这话就是行家。到天津就是要吃狗不理包子，正宗的只有总店才有。"他说自己以前是个大厨。听说我是江苏来的，他立即说曾到南京夫子庙和扬州瘦西湖考察，想开天津包子店，但是觉得人气不旺，就放弃了。他建议我去五大道玩，而且可以带我玩，只是要多出点钱。我婉言谢绝了，说我不喜欢坐着出租车游玩。他显得有点不高兴。这时到了一个小路口，他停下车，说前面那座房子就是狗不理包子总店。看我有点迟疑，还特意加上一句："不骗你。"我进店里要了一笼狗不理包子和一碗小米粥。细细品尝，味道不好不坏，总体感觉作为天津名点，有点差强人意。结过账后，我问年轻老板："除了你们总店，还有哪些分店？"他的回答叫我吃了一惊："我们这里就是分店啊！"

走马五大道看遍老楼

不管总店分店，好吃不好吃，狗不理包子我是吃饱了，就去大名鼎鼎的五大道吧。在店门口招手上了一辆出租车，司机说："一看您就是外地人，我们天津人早不吃狗不理包子了，以前那个包子味儿早就失传了。"到了"五大道"，才知道这里原来是英国租界，是八大租界里最大的一个。现在称为"五大道"，是因为这里并列着以中国西南名城重庆、大理、常德、睦南及马场为名的五条街道。看到游人都坐上马车，我也上了一辆马车。这是一匹棕红色的高头大马，马夫是一位很有经验的老人，他手扬小鞭子，我就坐在他边上，以便交谈，马鞭和马尾有时会甩到我脸上，马放个屁也会直冲我的鼻子。车上坐了 6 位游客，配 1 位女导游。五大道汇聚着英、法、意、德、西等国各式历史风貌建筑 230 多幢，名人名宅 50 余座。这些历史风貌建筑形式多样，有文艺复兴式、希腊式、哥特式、浪漫主义、折衷主义以及中西合璧式等，被称为万国建筑博览苑。车过庆王府时，导游特别介绍，它原为清末太监大总管小德张亲自设计、督建的私宅。后被清室第四代庆亲王载振购得并举家居住于此,因而得名"庆王府"。它是五大道洋楼中西风东渐的典型建筑。解放后,这座昔日的王府先后成为中苏友好协会天津分会、天津市人民对外友好协会等机构的办公场所。这样走马观花的游览有近一个小时,可说饱览了中西老楼的无限风光。

"瓷房子"千万不能卖掉

天津近年出现一个游览的新热点,是赤峰道上的"瓷房子"。我打车去看时,窄小的巷子里已经排满了旅游大巴,游客们迫不及待地照起相来。围墙上贴满了碎瓷片,大的如手机,小的如硬币,还有许许多多的瓷瓶堆砌成围墙。主体是一座三层法式小洋房,房子很老了,曾经是一个外国使节的住宅。后来的主人就是现在瓷房子博物馆馆长张连志。他是一位著名的收藏家,他用了近10年时间来装饰这座小楼,所有的创意和设计都出自他一人之手,所有的装饰材料全部是他个人的收藏品。这里的瓷片涵盖了各个历史时期,有晋代青瓷,唐三彩,宋代钧瓷、龙泉瓷,元明青花,清代纷彩等各个朝代的精品,总数达7亿多片。瓷房子造价究竟有多高,张连志自己也说无法估算。除了瓷片外,还有3万件古瓷器、400多件汉白玉石雕和20多吨水晶石与玛瑙。这座小房子同法国巴黎卢浮宫等一同被评为世界15个设计最为独特的博物馆。我们在里面粗看细看,只有不尽感慨的份。有业内人估价,这座小房子值20亿元!你就想吧,古玩市场一片硬币大的元青花瓷就卖成千上万元,贴在墙上的7亿多瓷片该值多少?我突然向讲解员先生提问:"有没有被人偷过?"他神秘地点点头。实际上我看到墙上多处有瓷片被撬走的痕迹。据说有一只镶在围墙上的价值上亿元的元青花瓷瓶就被生生偷走了。有网言传说比尔·盖茨想出80亿美金购买瓷房子,但是我觉得这座小楼堪称新国宝,是不能用钱来衡量的,更是断然不能出卖的。我很想去馆长室与张连志谈一谈,但是工作人员阻拦道:"张馆长今天不在。"里面的人告诉我实情,张连志基本不来瓷房子上班,他还是热心搞他的收藏。尤其他还喜欢演戏,《刘少奇一九四九在天津》《江湖笑面人》《红旗谱》《老古玩街传奇》《生死十七天》等电视连续剧都有他的身影。那些才是他的兴趣和事业，毕竟他今年只有 57 岁。

皇上家中喝咖啡启迪静思

　　鞍山道上有一个园子叫静园。末代皇帝溥仪和皇后婉容、淑妃文绣于 1929 年至 1931 年在此居住。我进去时，这座小楼里面空无一人，寂静无声，在一个个精致优雅的房间中游览，我大气不敢出。突然外面一阵喧闹，原来是旅行团进来了，讲解员也出现了，小楼里才有了些许生气。我记得讲解员反复强调，溥仪在这里两年间一直是为复辟帝制作准备。解放后，静园就归公了，直到几年前，这里还是天津日报社的职工宿舍。

　　我顺着走廊独自一人来到院子边上一座小房子，这里过去是溥仪的厨房，现在是静园整修复原工程的陈列馆，还有出售饮料的雅座，一位阿姨在当班，就我一个客人。我要了一杯拿铁咖啡，缓缓地坐下，并请阿姨给我用手机照了个相，她笑咪咪地问道："坐在这里喝咖啡，感觉不一样吧？"我边品咖啡，边透过大窗子欣赏院子，假山、花圃、长廊依然如故。但是我思量着，从故宫里出来的溥仪他们躲在这个幽幽的小园子达两年之久，会不会闷得发慌？

　　我看到里面有一个小书架，便向阿姨要买一本介绍天津旅游、历史、文化或风土人情方面的书，她不好意思地摇了摇头。不多一会我赶到天津火车站的两个书店，目标就是这样一本书。书架上几乎全国各地的旅游书都有卖，唯独不卖天津的旅游书。看到我惊奇，营业员显得比我还要惊奇："天津哪有这样的书？没听说过！"我只好感慨猜想：自古以来生长在京城卫城内的天津人也许天生低调不喜推销自己？还是真的不太懂旅游？

　　不远处海河还在静静地流淌，随着太阳西斜我就要同它挥别了。如果还有人问："天津有嘛好玩的？"我会告诉他，答案就在海河——这条灵动美丽的河流以及两岸众多的历史建筑，足够让天津屹立于世界名城之列。

（2014 年 5 月）

轮椅上的"终身参谋"

——记善卷洞退休老人汤家骏

宜兴善卷洞风景如画、游客如织。在洞旁一幢僻静的旧房子里，88 岁的汤家骏坐在轮椅上，专心致志地整理已经发了黄的善卷洞历史文化资料。他已向宜兴市政府建议再编辑出版几本旅游文化专辑，一曰《善卷洞志》，一曰《名人笔下的善卷洞》，还有一本叫《国山碑》。"市领导已经给了我答复，我非常高兴。我希望在有生之年能看到书的出版。"他向记者道出了自己的终极追求。

汤家骏曾任宜兴善卷洞管委会主任，1987 年退休后，他以一个共产党员忠诚事业和坚忍不拔的精神，把发展旅游事业作为毕生的追求，为善卷洞风景区乃至宜兴的旅游事业呕心沥血，获得累累硕果。宜兴被中国民间文艺家协会授予"梁山伯祝英台之乡"称号，"梁祝文化"被国家列为首批申报世界非物质文化遗产推荐项目，以及"国山碑"升格为国家重点文物保护单位等等历程，都倾注着这位老人的一腔心血。

在长期工作实践和考察研究中，汤老发现，宜兴的风景旅游资源宝贵而丰富，但是迫切需要提高旅游宣传推介的档次。而旅游景点的灵魂在历史文化，因此他从较早时期起就开始挖掘整理善卷洞的历史文化。他将历代游览过善卷洞的 250 多位名人及洞内 86 处石刻作者、105 位为善卷洞作过书画的现代名人的生平及其墨迹等整理成稿，为出版专著作准备。他撰写了论文《记善卷洞的历史文化价值与发展前景》，引起市领导的重视。他请书画家钱松喦先生题写了"万古灵迹"，成为善卷洞最响亮的巨石招牌。他"三请"老一辈无产阶级革命家姬鹏飞为善卷洞题写"人间仙境"，已成佳话。为了弄清楚善卷老人的生平事迹以及"舜禅让善卷"的真实历史，他翻遍了《庄子》《慎子》《吕氏春秋》等古籍，并致函善卷老人的原籍湖南常德索取资料、求证史实，得到了常德市委书记的亲笔回复。他花费

10 多年时间，收集整理了旅游事业的开拓者储南强先生的文字、照片等等资料，参与编辑出版了《宜兴旅游事业的开拓者——储南强》一书，为旅游名人树碑立传。32 年来他为善卷洞的旅游和文化事业立下了汗马功劳，人们雅称他为"善卷洞主"，但是他回应说："善卷洞主只有储南强配称，我只是一名旅游工作者。"

老有所为，老有所乐。汤老将"有为"和"有乐"融为一体，他觉得只要自己在发展宜兴旅游事业上有所作为，贡献一己之力，就有无穷的乐趣，也是延年益寿的最佳良方。尽管腿部有伤，不能再奔波，但是他的精神没有受损。被称为"江南第一碑"的"国山碑"是三国时期的历史文物，它是中国最早记录地震的石碑。由于年代久远，风化剥蚀，上面的文字大多已经模糊不清，他一方面艰难地逐字逐句复原，一方面通过丹麦来中国的留学生，到日本京都大学找到国山碑原文复印回来，还译成通俗易懂的白话文供游客赏读。此举使"国山碑"的历史、科学、书法艺术价值得到充分的展示。"国山碑"被国家有关部门列为国家级重点文物，由此还促成了针对"国山碑"的全国性专题研讨会。不久前，他将自己多年来收集的84 幅名人书画赠给宜兴市档案局和宜兴市文物管理委员会，为宜兴旅游文化再添鲜亮一笔。人们赞誉他为宜兴旅游事业的"高级参谋"，但是他只承认自己是一个平凡的"终身参谋"。

（2014 年 7 月）

是谁发现了顾景舟？
——追忆陶业巨子华荫棠

最近宜兴陶艺界正在积极筹备纪念陶艺泰斗顾景舟先生 99 周年诞辰活动。明年顾老 100 周年诞辰时，全国许多地方包括香港、台湾都将举行隆重的纪念活动。此时此刻总会勾起人们对往事的回忆，其中"是谁发现了顾景舟"引起了广泛的兴趣和议论。记者经过多方实地采访，终于如愿以偿获得答案。

小桥偶遇的传奇经历

上世纪 30 年代一个阴雨绵绵的下午。陶都宜兴丁山镇的一座小桥边，一个洋气派头、绅士模样的中年人路过，看到一个小伙子拎着一篮子紫砂茶壶在寒雨中叫卖，不免动了恻隐之心，就上前看了看，他顿时眼前一亮：这壶做得真不错，很有艺术品位！问其价钱，卖壶人说："一升米（约 5 角）一把。"中年人说："我给你一担米（约 5 元）。"卖壶人疑惑道："你要 10 把？""你每一把壶我都给你一担米。"卖壶人初听一愣，然后连声感谢如此慷慨之人。卖壶人就是后来的紫砂泰斗顾景舟，买主就是中国陶瓷界传奇人物华荫棠。

华荫棠是我国赫赫有名的陶瓷大亨。生于宜兴，长于宜兴，一生酷爱紫砂壶。他懂壶爱壶，更懂才爱才。自从那天小桥偶遇顾景舟后，他认定顾景舟是个有艺术前途的青年才俊，就包销顾景舟所做的茶壶，使原本生活困难的他生计无忧。为了提高顾景舟的制作技艺，他从培养提高顾景舟的文化品位和鉴赏能力着手，常常同他谈论中外艺术，特别是中国文化的精髓，以及紫砂艺术的历史和真谛。这些都让年轻的顾景舟豁然开朗。尤其是华先生有丰厚的收藏，包括明清时期紫砂大师的作品，他都一把一把毫不保留地拿出来给顾景舟欣赏、学习，还作为范本让他临摹仿制，引导他从古人名作中继承发扬紫砂文化和制作技艺。不久，这个勤奋好学、悟性极高的年轻人开始出类拔萃，一步一步登上紫砂艺术的高峰。

华荫棠生意做得大，他青年时期在丁山经营"华信孚陶器厂"和"华信孚窑行"。后来又在杭州创办"华信昌窑行"，在上海创办"大隆陶栈"。他把顾景舟做的茶壶作为礼品送给贵宾朋友，同时把顾景舟推介给名流社会，从此，名不见经传的毛头小伙顾景舟脱颖而出、名震华东，最终成为紫砂界一代宗师。在之后的数十年中，他们之间的交往从未间断。华荫棠比顾景舟大8岁，顾景舟一直将华荫棠当作自己的恩师和伯乐。他俩最后一次相见是1996年，已经成为紫砂泰斗的顾景舟临终前两个月，在丁蜀镇大街上遇见华老，紧紧抓住华老的手诚恳地说："我顾景舟有今天，离不开您昔日的赏识和栽培啊！"他还当即写给华老自己家中的电话号码，邀其上门吃茶谈壶。

主席接见的工商巨子

在华荫棠儿子华永淳先生家，挂着一只相框，照片很旧，是1956年12月18日下午2时，华荫棠出席全国工商联第二次会员代表大会时，受到毛主席等中央领导亲切接见的照片。这幅照片目前同样在中国民族工商业博物馆藏陈列着，见证了华老一生的辉煌和荣耀。

解放后，华老当选江苏省第一届人大代表、中国民主建国会会员、宜兴县多届人民代表和政协委员、宜兴县工商联副主任委员、宜兴陶瓷公司董事长。

这位民族工商业巨子的百年生涯，走出了一条爱国兴业的沧桑正道。

1906年8月21日，华荫棠出生于江苏省宜兴市丁蜀镇边庄村。父亲华万隆，是宜兴的大窑户，45岁时中风而逝。当时华荫棠19岁，在南京第四师范学校读书。为了继承父业，他不得不辍学回家。

抗日战争爆发之前，华荫棠的事业达到巅峰。他的陶瓷厂一家接一家开门投产，烟囱林立，窑火熊熊。他的商店鳞次栉比，打造出丁蜀镇半壁江山，在陶都鼎盛一时，连国民党南京铁道部盖办公大楼也要向华家购买陶瓦。华荫棠勤奋好学，善于经营，而且有极强的开拓进取心。他出击上海、杭州，把丁蜀镇的陶器，用船经太湖运出。在上海、杭州均开办分行。自 1932 年在杭州开设陶瓷行后，当了浙江省陶瓷界"老大"30 年，人称"缸瓮大王"。他还瞄准国外市场，东南亚国家老鼠多，米、衣物容易破损，不容易储存。为此，华老推出了大缸、加盖瓮等新产品，大受新加坡等南洋岛国的欢迎，产品供不应求。华老为中国陶瓷从杭州湾出海占据东南亚各国陶瓷市场立下了汗马功劳，是中国陶瓷出口的先驱人物。为此，他曾作为成就卓著的商界名流出席蒋介石和宋美龄 1927 年 12 月 1 日在上海大华饭店举行的婚礼。

日寇侵华，1940 年 11 月占领丁蜀镇，华老的窑场和商行大部分都惨遭焚毁。

华老怀着强烈的爱国情、民族仇，投入到抗日战争中。他出钱、出物资助各种抗日武装力量。他成功地从汉奸手上救下一名新四军家属的事，至今仍为美谈。那天，他听说宜兴的汉奸少将司令史耀民要迫害新四军葛琴、葛行之的父亲葛沐春，并且当日将在丁山的乌龟山枪决。华老心急如焚，直接赶到行刑地，"抓不到新四军，迫害人家父亲算什么好汉？"华老先用话激汉奸，再拿出大洋给大家发"辛苦费"。冷嘲热讽加上重金利诱，葛沐春老人终于获救了。解放后，葛琴兄妹特意登门感谢华老的救父之恩。

现代陶业的开拓先锋

华老一生坚定拥护中国共产党，深信共产党是中华民族的中流砥柱。解放前夕，国民党当局以江苏省副参议长这一职位对他进行引诱，要他加入国民党，华荫棠坚决拒绝，表现出一个有胆有识、一身正气的工商巨子的铮铮铁骨。

1949 年，解放军百万雄师过大江后，他随即同宜兴县人民政府的首任县长胡求真等人接触联系。从那时起，他一直把"听毛主席话，跟共产党走"作为座右铭。抗美援朝时期，他为中国人民志愿军捐款捐物，捐飞机大炮。在党对私改造政策的指引下，华老带头响应号召公私合营。1956 年社会主义改造高潮到来时，华老把自己名下的华信孚、华信昌窑货行、陶器厂归并入相应的公私合营企业。

华荫棠对陶都宜兴的建设和发展作出过巨大的贡献，他事业的丰碑在陶都随处可见。现今宜兴的陶瓷骨干企业宜兴非金属化工机械厂，就是原来的上海天原化工厂。当时宜兴陶瓷行业急需此类具有先进科技的现代企业，而如果上海天原化工厂能迁到宜兴，对华东地区陶瓷的整体布局是很有意义的战略调整。华老通过个人的努力，将中共宜兴县委的请求报告送到中央领导人陈云同志手中，顺利促成此事，从而让宜兴陶瓷和中国陶瓷事业跃上了一个新台阶。1957年，华老以陶瓷公司董事长身份出席了第一届广交会，为宜兴陶瓷大批量出口创汇打通了大门。

华老晚年仍十分关心宜兴陶业。76岁退休后，退而不休，在中国宜兴陶瓷博物馆为征集鉴别古陶瓷而奔忙。80多岁时，和几位老人合作创办了围棋厂，填补了宜兴陶瓷业的一个空白，华老因此荣获"无锡市老有所为精英奖"。

故事永传的慈善寿星

在丁蜀镇一个旧式居民小区内，青年陶艺家华晓莉放下手中制作的精美紫砂壶，饶有兴致地给我讲起了她爷爷的故事。她爷爷就是华荫棠。说起爷爷，晓莉面孔含笑，眼中放光，满溢着骄傲："我从小就喜欢同爷爷在一起，他仿佛永远乐呵呵的，无忧无虑，乐于助人。经常有人上门来，要求帮这帮那，爷爷从来不拒绝，就是下岗工人找上门来，他也会尽力帮他们去找工作。"

说华荫棠是一位大慈善家，一点没有言过其实，虽然他没有获得过慈善大奖。久负盛名的丁蜀中学，是他于1938年创办的；连通丁山和蜀山两镇的丁蜀大桥，是他于1950年捐木材建造的。

华晓莉说，小时候她爷爷不太讲自己的故事，而奶奶总会给她讲爷爷的故事，其中印象深刻的有两个。

一个故事是树根的故事。华老家中有一些树根，有的简单雕刻成根雕。这些树根从哪里来的？那是1950年，一个灾荒年，华老家的粮仓突然出现一个个小洞，原来是一些饿得走投无路的村上百姓挖洞偷米。华老知道后，非常同情百姓的苦痛，忙喊来管家："明天开粮仓，让村上百姓统统来免费领米，渡过眼前的难关。""华老爷"开仓发米的消息传遍整个村子，百姓们激动得不敢相信。感到无以为报的百姓，连夜到山上挖了几个树桩，回来稍加修饰成简单的根雕，第二天排队领米时，他们把自己的"心意"回赠给华老。

另一个是捐赠的故事，包含着许多国宝的命运和历史。华老是大收藏家，1935年，著名紫砂艺人范大生创作的紫砂雕塑《展翅雄鹰》在英国伦敦展览会荣获国际金奖，华老慧眼识宝，高价收购回来。解放后赠送给宜兴紫砂工艺厂，成为紫砂陈列馆的镇馆之宝。

中国紫砂博物馆内可以看到两只国宝级的茶壶，一只叫"风卷葵壶"，一只叫"竹段壶"，都出自清嘉庆年间宜兴制壶女艺人杨凤年之手，其精美浮雕无与伦比，为工艺美术品之翘楚。据说那只"风卷葵壶"原本是地方官员献给皇帝的贡品，不料半路被盗，后流落民间100多年不知去向。上世纪30年代初，华老在一老乡家偶然发现此壶，当即出高价买下，就此作为家藏宝贝数十年。"文革"期间，一群红卫兵闯入家中，砸碎了许多紫砂名壶，幸亏华老把"风卷葵壶""竹段壶"与其他杂物一起放在不起眼的窗台上才躲过一劫。直到1984年，中国宜兴陶瓷博物馆征集紫砂名壶，老人便毅然将这两把茶壶无偿捐献给国家。"风卷葵壶"目前的身价已经上亿！

华荫棠喜欢书法，他的书法工整中见潇洒，随性中见功力，深得人们喜爱。如果您请他赐个墨宝，他肯定会爽快答应，从不收钱。丁蜀镇上有许多平民百姓家中挂有其书法作品和题词。就在他102岁时，还为孙女华晓莉工作室题写"晓莉紫砂"匾额，并谆谆教导她："好好做人，好好做壶，才会流芳百世。"

2008年4月2日，春风正在吹绿陶都大地，华荫棠以102岁高寿含笑离去。一代陶业巨子的传奇故事随着丁山蠡河水涓涓流淌，荡荡无涯。

（2014年8月28日）

弹指一挥间
——纪念建党 90 周年井冈山之行

上井冈山，不是今天才有的想法。

我 16 岁就离开故乡来到江西革命根据地，在空军当了一名通信兵。记得有一天，我们部队战备野营拉练来到吉安，首长决定带我们上井冈山，接受革命教育。当时天色向晚，决定第二天一早进山。我们扎营在一所小学的教室里，是夜只听得寒风呼啸，破败的窗子、门栅呼呼透风进来，冻得我们把头钻进被窝里不敢出来。一早起来，我们看到一场罕见的大雪，世界顿时"山舞银蛇，原驰蜡象"。有实战经验的老战士说："这样的气候，如果军车进了山，一经封冻，半个月也别想开出来。"首长决定取消上山，说等下一次机会吧。这一等，就是整 38 年！

今天我终于上了井冈山！满足了由来已久的心愿。在 2011 年 4 月下旬的春风中，我参加了宜兴市文联组织的纪念建党 90 周年井冈山采风活动，我不禁吟诵起毛主席 1965 年 5 月写的《水调歌头·重上井冈山》词："久有凌云志，重上井冈山。千里来寻故地，旧貌变新颜。到处莺歌燕舞，更有潺潺流水，高路入云端。过了黄洋界，险处不须看。风雷动，旌旗奋，是人寰。三十八年过去，弹指一挥间。可上九天揽月，可下五洋捉鳖，谈笑凯歌还。世上无难事，只要肯登攀。"

"三十八年过去，弹指一挥间"，不正是我人生经历的真实写照吗？

小"中南海"的两棵树

在井冈山，我们听到许许多多耳熟能详的名称，茨坪、茅坪、黄洋界等等，也听到了许许多多闻所未闻的名字。只有真正踏上井冈山的红土地，才会懂得，我们从小学课本上、从听的故事中、从看的电影里所知道的井冈山只是千百峰峦之一。不用怕人说我孤陋寡闻，大井，就是我第一次听到的名字。

大井，四面环山，想必从直升机上看下去，就是一口井样。这口"井"风水独佳，青青翠竹，黛黛山体，山顶白云飘飘。尤其珍贵的是这里虽然山深林密，却有着充沛的水源，因为有一条溪水流经小小的村落，叮叮咚咚，滋养人畜兴旺。我不由得赞叹，当年毛泽东、朱德他们选择这块地方作为中央红军的主要驻扎和活动场所之一，绝对是独具战略慧眼。

大井，是当时党中央、人民政府的暂住地。用当今的眼光看，就是一个小"中南海"，在这片不算很大的山间平原上，有着一白一黄两幢民宅。宅前有打谷场一样的空地，周围现在是"共产党员试验田"。这里是毛泽东、朱德、陈毅、彭德怀等领导同志在井冈山生活、建政、作战指挥场所之一。1927 年 10 月 24 日，毛泽东率领工农革命军第一团一部，第一次来到大井，率领工农革命军进行了一系列活动，组织了工农暴动队和儿童、青年、妇女等群众队伍，和当地农民建立了鱼水之情，至今还流传着许多动人的故事，如"一篮鸡蛋""一双草鞋""一根扁担"等。毛泽东住的是白房子，走进毛泽东旧居，可以看到当年用过的物品：皮箩、洗脸盆、油灯、桌、凳、床、薄军毯等等。驻足此间，让人顿生敬意。

白房子其实在 1929 年 2 月就被反动派烧毁，仅剩下一堵弹痕累累的残墙，现在的房子是按原样重新建造的。而紧靠白房子后边的两棵树却是原物，一棵是海罗杉，一棵是凿树。这两棵树挺拔苍翠、风姿动人，它们经历了革命烈火的洗礼，有着神奇的故事。村上老人告诉我们，当年反动派"会剿"时，放了一把大火，把白房子几乎烧尽，两棵树也跟着遇难，烧成了两段枯木。1949 年毛主席进了北京，开国大典后，两株枯木突然开始神奇地抽出青枝，长出绿叶，从此一年更比一年枝繁叶茂。1976 年，周恩来、朱德、毛泽东三位巨人先后逝世，两棵树如遇浩劫，相继落叶枯萎，濒临绝境。直到 1978 年党的十一届三中全会召开后，这两棵树再次枯木逢春，从此进入长久的繁华茂盛时期。我被这段故事迷住了，两眼呆呆地注视着这两棵树，仿佛在翻阅中国革命的历史巨著，我不由得心里惊叹：草木尚且如此有灵，何况人间！这是两棵红色树，见证了中国的革命和建设。我默默祝福这两棵树千秋万代繁茂不衰。

黄洋界的炮声

我小时候喜欢写毛笔字，那时最喜欢的是毛泽东的"毛体"，其中《西江月·井冈山》临摹了无数次，总觉得我的"毛体"字已到了炉火纯青、几可乱真的地步，所以几十年来对这首词一直随口即诵："山下旌旗在望，山头鼓角相闻。敌军围困万千重，我自岿然不动。早已森严壁垒，更加众志成城。黄洋界上炮声隆，报道敌军宵遁。"

当我气喘吁吁地登上海拔 1343 米的黄洋界时，突然懂得，要想理解毛主席这首气势磅礴的词，一定得亲身到这里来。

1928 年第二次反围剿时，著名的黄洋界保卫战就发生在这里。当时国民党反动派用 4 个团的兵力，将黄洋界团团包围，欲以此为突破口，铲除井冈山革命根据地。而毛主席领导的红军，只有一个营不到的兵力，结果打得敌人狼狈而逃。这个仗是怎么打的？我对这个军事问题突然产生了浓厚的兴趣。

黄洋界哨口是井冈山的五大哨口之一，也是最高最险的哨口。"敌军围困万千重，我自岿然不动"，这里迄今保留着一条当年红军挖的壕沟和一个迫击炮炮台。这是两省交界处，壕沟对着江西永新方向，迫击炮对着湖南酃县方向。红军和当地群众从黄洋界到半山腰，筑起了五道防御线：第一道路是竹钉阵；第二道是竹篱笆和铁丝网；第三道是滚木礌石工；第四道是壕沟，沟底安置竹钉；第五道是堑壕和用石头垒成的掩体。黄洋界披上了坚固的盔甲。"早已森严壁垒，更加众志成城"，就是词意描述。

黄洋界哨口现今仍摆放着一台迫击炮，这是瞻仰者和游客们都要抚摸一下的器物。据当年参加黄洋界保卫战的老红军回忆，这台迫击炮曾在保卫战中给了敌军致命一击。那天清晨，红军依据着黄洋界的险要地形，与敌人打近战，敌人离阵地几十米时，各种火器一起开火，滚木礌石像山洪爆发，以迅雷不及掩耳之势一泻千丈，连续打退了敌军三次冲击，敌军伤亡惨重。到了下午，敌军孤注一掷，集中全部炮火轰炸黄洋界，一时地动山摇，直到觉得红军阵地被炸毁了，才像蚂蚁般地向上涌来，眼看着敌军就要上来了，红军打出了最后一张"王牌"，抬出了唯一的迫击炮，架在哨口，远远对准敌军的指挥部。一共只有三发炮弹，第一发打出去了，是个哑炮，第二炮打出去了，也没炸响，就在这千钧一发之际，第三发炮弹在敌军指挥部炸响了，敌军顿时乱成一团，惊恐万分，连夜撤逃了。

"黄洋界上炮声隆，报道敌军宵遁"，原来关键的就是这一炮，共产党真是有如天助！想来，工农红军能以少胜多、以弱胜强，夺取政权，得力于天时、地利、人和。

从黄洋界千回百转下山来，路边万丈深沟多少令人有点胆战心惊，因又忆起毛主席的词句："过了黄洋界，险处不须看。"那夜清风朗月，我们住在山脚下。清晨，鸟儿将我催起。走廊上，书画协会的书画家们已经在聚精会神地写生。为不打扰他们，我轻手轻脚不打招呼。走到宾馆大门前，突然看到摄影协会的卫先生一脚高一脚低地走进来，惊问其故，方知他惊叹黄洋界的壮美，一夜难寝，天不亮和徐先生乘出租车"重上黄洋界"，就是为了了却拍黄洋界日出的心愿。到了山顶，始见人头攒动，他们从全国各地来，也是为了拍黄洋界日出。卫先生为了挤抢最佳角度、最佳位置，结果脚下不慎，摔滚到台阶下，不过离悬崖还不算太近，尽管摔得不轻，他还是紧紧抱住照相机没放手，收获了日出的最佳时间、角度、景象，两人在晨光中笑谈而归。

我的红土地足迹感怀

井冈山之行，最后一站是鹰潭。

这里不单是一个交通枢纽、战略要冲，更是我的"第二故乡"，我曾在此当兵5年，红土地上有我的足迹。

我们红色采风的大巴在高速公路上飞驰，越接近鹰潭，我的心跳得越快。当年小小年纪穿上军装的我，离开家乡，在闷罐火车里经过三四个昼夜的疲惫征程，踏上了一块全然陌生的红土地。初到鹰潭时天色漆黑，实为半夜时分。营地离鹰潭18公里，一跳下接我们新兵的军用卡车，抬头一看，头顶竟是一座黑黝黝的绝壁高山，好不震撼！老兵告诉我们，它叫龙虎山——一个响亮的名字！现在龙虎山成了闻名中外的山水旅游胜地，而鹰潭从过去的一个小镇，变成了一个地级市。

远远看到龙虎山高高低低的身影，许许多多往事涌上心头。我无数次在此山野深夜站岗放哨，习惯了身边蛇爬狼嚎。每到过年时节，穿着破旧的军大衣，背着上了刺刀的步枪，独自一人摸黑在山间站岗巡逻时，总会想到祖母、父母、哥哥等等亲人，想到同学和儿时的玩耍打斗；此时是我最自豪的时候，因为虽然艰苦异常、危险四伏，但我相信自己是在保家卫国，是在为全国人民的安全、幸福而站岗，是一个无名英雄。也许现在人们听来，好像是天方夜谭的豪言壮语，可是我敢向毛主席保证，这就我当年是最真实的思想境界。

　　我在龙虎山留下了身影。星期天，我会学雷锋，带一把柴刀，到深山老林里，翻过险崖，蹚过山涧，扛一捆竹杆回来，给战友当蚊帐杆，或者做菜地里的豆角架。记得有一个星期天，我和几个战友一道上山为连队砍柴禾。山越走越深，到处都是绝壁，四周都是令人心悸的深潭，我们突然感觉这里好美，是人迹罕至的仙境，也许从未有人到过。在一个崖壁上，我们发现一个洞。拉着崖壁上的树枝，我们进到洞里，只见里面并排放有三口棺材，棺木特厚，看着年代非常悠久。在好奇心的驱使下，我和战友壮着胆子用力掀开一口棺材的盖子，眼前的景象把我们惊呆了：里面躺着一个穿着古代服装的人，尸体像木乃伊般风干了，却没有腐烂。这种装扮我们只从古装戏里才看到过。我们赶紧把棺材盖上，惊慌失措地离开了。

　　现在我们知道，那就是著名的龙虎山悬棺。可是当年龙虎山的旅游资源还没有被发现，外界鲜有人知这个绝无仅有的神仙之地。直到今天，龙虎山悬棺之谜仍未有谜底：千百年以前，当地人为什么要把尸体棺材放进崖洞里？是怎么放进百丈悬崖里去的？这是一个千古之谜，据说有科研部门已悬赏 100 万元，发誓要解开这个谜。

　　鹰潭的地名是有来历的。这里有一神秘的深潭，老鹰盘旋其上，故名"鹰潭"。我当年当兵时就常常到深潭边观望，确实见有老鹰。此次红色之旅最后一天，在鹰潭假日酒店入住。晚餐后，我与作协的朋友们急切地去寻幽探胜。天刚擦黑，华灯初上，我们来到鹰潭公园，这里古树参天，乐声阵阵，我们穿过一群群跳舞、散步的人，径直走到公园尽头的信江边，江对岸高楼上的霓虹灯闪烁着现代化的气息。我们来到江边的一座山矶，只见一面崖壁插入江中，江水撞上崖壁，形成巨大的旋涡，发出阵阵轰响，犹如万丈深潭。这就是"鹰潭"的潭，只是夜幕笼罩，看不见盘旋的鹰。

经年巨变，弹指一挥间，小镇已变成闹市，深潭上空还会飞来老鹰吗？

（2011 年 5 月 18 日）

井冈山留影（2011 年 4 月）

朱家壶艺有传人

最让人着迷的是丁蜀镇夜晚的灯光，千百年来，古老的大街小巷家家户户都在这灯光下制作着紫砂陶器。故宫、中南海陈设的紫砂壶，许多为华夏文明增光添彩、在国际国内博览会上获奖的紫砂艺术品，都是在陶都这古老小镇的灯火中诞生的。

镇上有座灵气茵茵的小山叫蜀山，在蜀山南麓，住着一户不显眼的人家，一个多世纪以来，每天夜里，从窗口和门缝射出一星亮光，在黑色山影前闪耀。这是一户叫当今中国台湾、中国香港、新加坡和东南亚许多国家和地区的紫砂收藏家向往的人家——"壶艺泰斗"朱可心的家。

深秋的灯光下，坐着一个女孩，白净的脸孔洋溢着江南姑娘的灵秀。她正在端详一把小壶，那是她倾心做了两星期的壶，但是她仍然感到美中不足要修改。"我的太公是朱可心，我做壶当然要更加用心。"她叫朱晨瑶，4 年前从丁蜀高级中学毕业后，没有继续读书深造，而是坐上了泥凳，在泥桌上操起了前辈三代用过的制壶家什，一门心思做起了紫砂壶。从此，宜兴人开始骄傲地颂扬起朱家一门四代做紫砂壶的传奇故事。

晨瑶的太公朱可心是宜兴紫砂"七老"之一，名扬海内外。他于清朝末年出生，读过 7 年书后，就跟着师傅学艺。1932 年他制作的"云龙鼎"壶夺得美国芝加哥博览会金奖，他的"竹节鼎"被"国母"宋庆龄一眼看中，花巨资买下。解放后，朱可心参与创办宜兴紫砂工艺厂，作为第一代大师，他创作了 80 多个艺术杰作，他的茶壶多次在美国、俄罗斯、东南亚展出，被世界上诸多收藏名家作为中国艺术作品经典。

晨瑶的爷爷、朱可心的儿子朱泽华出生在战乱年代，比他的父亲念的书还少。但是他耳濡目染，"艺术基因"充足。他喜欢画画，紫砂装饰、雕塑，紫砂瓜果艺术品从他手中出来，可以乱真。妻子李芹仙是朱可心的得意门生，紫砂作品以"花货"见长。

晨瑶的父亲朱新洪是一个"学院派"。这个新时代的壶艺家曾先后就读于中央工艺美术学院和无锡轻工业大学美术系，比祖、父两辈人加起来读的书还要多。他的设计常以新的手法表现，集陶刻塑器于一体，处理手法多样，方圆之中求变化，力求形神兼备，富有时代气息。他的抽象手法，表达了紫砂器具的层次和浑朴的质感。他数十个品种的壶，被港台及国内紫砂壶爱好者收藏。2012年，朱新洪被授予无锡市"五一劳动奖章"，同时获得"无锡市金牌工人"称号。他的妻子张清也是个陶瓷世家的"璧玉"，她的母亲许慈媛年轻时曾是一个知名度很高的紫砂能手。张清长于镌刻，花鸟虫鱼，国画风光，可谓夫唱妇随，珠联璧合。

朱新洪和张清的独生女儿晨瑶5岁时就喜欢玩捏紫砂泥，竟在不经意间显露出艺术因子遗传的天性。有一天她用紫砂捏出一只活灵活现的小白兔，爷爷朱泽华如伯乐发现了天才一般，乐得连声称赞闭不上口。受到如此巨大鼓励，晨瑶兴趣勃发，信心无限，幼小的心灵顿时放出异彩，就在这个瞬间，第四代传人奠定了基础。"你觉得自己肩上有传承的压力吗？"当我们向晨瑶发问时，她笑笑道："当然有啦。从我的太公朱可心以来有了三世的辉煌，总不能在我这第四代黯淡下去吧？"她说自己喜欢紫砂，是因为紫砂可以"想做什么就做什么"，随心随意表达自己对生活、对世界的理解，塑造人间无穷的美。父亲对她的要求十分严格，尽管有的壶她已经费尽心机，费尽功夫，在她看来已经十分完美，但只要被父亲发现有一点小毛病，就一定挥刀切断，从头开始。此时，她可能会伤心地哭泣，也会要要女孩子的小脾气，但是过后她一定会重新捧起紫砂泥，从头做起。"总有一天我要超越爸爸！"她挤挤眼说，话语里带有些许调皮，带有朱家第四代传人的骄傲。在我们心里，那更是宜兴紫砂崭新一代传人责任和信心的铿锵表达。

（2014年8月）

圣地延安换新衣

　　与 10 多位朋友结伴西安游，看了秦始皇兵马俑、大雁塔等名胜古迹，品尝了羊肉泡馍等西北风味，心满意足。在准备打道回府的时候，有人突然说："我们去延安吧！"理由是到了陕西，革命圣地不去太遗憾。这个提议立即引起了很大的共鸣。但是也有人反对，理由是革命圣地同我们有什么关系，如今"朝拜"它有何实际意义？再说远在 300 多公里之外，恐得不偿失。不过最终还是主游者占了上风——由此看来革命圣地对我们这帮心中有红色情结的人有着巨大的吸引力。

　　车在黄土高原行进了整整一天，进延安城时，已近黄昏。这时，我们开始激动起来，大家扒着窗户向外看，总想找出同记忆、印象、想象中的"熟悉"配对起来。"心口呀莫要这么厉害地跳，灰尘呀莫把我眼睛挡住了……"贺敬之《回延安》的诗句在耳旁真切地响起来。

　　延安是一座山城，峰峦连绵把城市拥抱起来，山上绿树森森，几乎看不到黄土。城区地势高低错落有层次，街道有宽有窄，很多地方都只能单向行驶。宽约百米的延河是穿过全城的中轴线，蜿蜿蜒蜒伸向远方，可惜今年干旱得看不到水。

　　车过一座大桥后，一座现代化的城市猛然耸立在眼前！这里高楼林立，二三十层的比比皆是，仿佛要同群山一比高低。街道虽不宽敞但是依然繁华，汽车虽不高档却也车水马龙。品牌商店、大型卖场鳞次栉比，麦德龙、巴黎春天、肯德基、麦当劳、游戏厅等等一个一个在我们眼前掠过，与我们南方的繁华城市没有两样，商店人群熙熙攘攘。据称延安全市有 200 多万人，城内就有七八十万，正向"百万大城"进军呢。

　　车行到一座很大的广场前，音乐声、人喧声大起。只见人如潮，幡如海。初闻初见，以为是"大妈广场舞"开始了，再一看，那还真不一样。因为很多人都穿着鲜艳的陕北民族服装，好像还有节目在戏台上演着，四周围着羊肉串、烤红薯、烤玉米小铺，卖小商品的地摊扎成堆。这么繁闹和喜气同我们南方的节场庙会有点类似。街道交通要道也被堵塞，我们的车在人群中慢慢挤过去。他们全不顾车来车往，如果汽车按一喇叭，就会有人狠狠瞪我们一眼，似在回应："也不看看爷们在干啥子，汽车来凑哪门子热闹！"

天色擦黑了，我们还是先找宾馆住下吧。我们从网上临时联系到一家宾馆叫隆华酒店，电话联系，对方说他们是全延安最好的酒店。价钱不贵，标间协议价 380 元。我们进了酒店，得知这是新开的四星级宾馆，门楼装饰豪华，大厅也气派，门口停车场很大，100 辆车不会挤。特别让我们称奇的是这里的餐厅，这是一座人造花园式餐厅，在一个高大的穹顶之下，20 多张桌被几座人造树丛花丛、小桥流水簇围起来，还有几个既独立又透亮的小包厢，这种格式派头我还是第一回见。在主楼旁的小山坡上，有一排窑洞式的客房，外观是土窑洞，内部设施同主楼一样先进豪华。我们心想："难怪他们自称为延安最高档的宾馆。"不过，第二天我们看到，延安四星五星高档酒店、培训中心、度假中心比比皆是，隆华恐怕还排不上名次。同行的朋友龙先生慨叹道："总以为延安是个贫穷落后的革命老区，其实不比我们江南差多少了，到者方知啊！"

晚饭后，我和总台有一个叫小郭的服务员聊起来。她今年 20 岁，年轻漂亮、彬彬有礼——具备全国各地高档酒店统一标准。她家在延安郊区，高中毕业，来酒店上班月工资 2300 元。家中过去有田地种粮食，现在父母进城打工了，田就让它荒着。"你爸爸头上扎着白羊肚手巾吗？"我脑海里突然出现陕北人"白羊肚手巾红腰带"的典型形象，立即问道。她笑起来了："哪里还有扎这个玩意的？我出生以来就没见过。也许爷爷那辈人过去会扎吧。"看来我对延安人的概念相当陈旧、相当过时了。

虽然我不会有贺敬之"几回回梦里回延安，双手搂定宝塔山"那样强烈的感情，但是盼望看到宝塔山却是我真切的心愿，也是我们一行朋友的共同心愿。第二天大家起了个大早去宝塔山。

在车上，我们争论一个问题：宝塔是什么时候造的？有人说是毛泽东到延安造的，有人说是八路军为了打仗建的碉堡，还有人说是延安人为了纪念红色圣地的非凡岁月而造的纪念塔。直到我们来到宝塔山下，下了车才得知，这是一座始建于唐代的古塔，有千年历史了！有时候我们的孤陋寡闻和"想当然"真可笑掉大牙！也不能全怪我们，虽然我们学过中共党史，但是从没有老师同我们讲过这座宝塔的历史呀。

宝塔山不高，目测垂直高度不超百米，比周围的群山要低矮一点，但是山顶有宝塔，显得气势非凡，正所谓"山不在高，有仙则名；水不在深，有龙则灵"。遗憾的是那天宝塔正在修缮，周围全部用建筑网罩住了。但是由于天幕背景透亮，我们仍旧能一睹其雄姿。

宝塔山是革命圣地延安的重要标志和象征。1937年1月13日，中共中央由保安迁驻延安。从此，延安成为中共中央的所在地，成为抗日战争、解放战争的指挥中心和战略总后方。这座古塔就成为革命圣地的标志和象征。新中国成立后，国务院将延安宝塔归入第一批全国重点文物保护单位。

宝塔山是融自然景观与人文景观为一体、历史文物与革命旧址合二为一的稀世孤品。林木茂盛，空气清新，站在门口两只手臂凉飕飕的，可以断定这是个消夏避暑的好地方。上山入口处的牌楼是现代的，颇有点气势，上面是沈鹏题字"延安宝塔山"。山上可俯视延安全貌，山下摩崖石刻群更是价值无限，为这座小山披上了厚重的历史文化外衣。其中有范仲淹所题"嘉岭山"大字。特别是毛泽东的"发扬革命传统，争取更大光荣"石刻大字，让延安这座红色"首都"名留青史。

告别宝塔山，我们急切地驱车数公里来到了枣园。低低的围墙是土垒的，门旁有"延园"二字。一进大院门就有一个穿着部队文工团制服、英姿飒爽的女孩笑盈盈地迎面而来，一问，是这里的导游小姐。她领我们走向院子深处。这里古树参天、环境幽静、鲜花盛开、空气清新，就像一座简洁的公园。一幢幢房屋有分有合，窑洞排列错落而有序。

如果称延安是中国共产党当年的"首都"，那么枣园可称是当年的"中南海"。中共中央书记处曾在这里办公，党中央领导人都在这里生活和工作。毛泽东旧居位于枣园东北的半山坡上，与周恩来、朱德的旧居左右为邻。我们争先恐后要去看毛主席旧居，可是当天那个院子的铁门紧锁，原来又碰上维修。我用力将铁门扒开一条缝，总算看见里面了！窑洞面向西南，共分 5 孔，由右边起分别为毛泽东的会客室、办公室、寝室，其余 2 孔是工作人员住室。我将手机伸进铁门拍到一张照片，马上有了几分成就感。

在这个大园子漫步，我们步步都踏在当年领袖的脚印上。在枣园后沟的西山脚下，是毛泽东 1944 年 9 月 8 日出席张思德烈士追悼大会的地方，他在此发表了《为人民服务》的重要讲话。一幢比较大的建筑是书记处小礼堂，它坐落在枣园中央，为砖木结构，是当年中央书记处的会议室和俱乐部，毛泽东、周恩来等在这里运筹帷幄、决胜千里，重庆谈判就是从这里启程的。

从枣园一出门，立即被许多当地人围住了。他们是兜售延安土特产的，其中最多的是卖延安大红枣的小贩。园子外面有一大停车场，停车场四周全是店铺。"我的枣最甜，你先尝尝！""我的枣最鲜，可以邮寄到你家！"特别是他们许多人都经营网上店铺了，抢着发给你名片、网址、邮箱、手机号。红枣中的"狗头枣"真大，小鸡蛋一般，尝一尝真甜，第一次品尝到这么大这么甜的红枣，增添了不虚此行之感。延安是久负盛名的"红枣之乡"，一个小店老板说，1982 年朝鲜劳动党主席金日成访问西安，品尝延安红枣后赞不绝口，随即向朝鲜引种枣树苗 300 株。一会儿，几乎每人都大包小包地拿上车来，更多的是一箱一箱快递回家。小商小贩们眉开眼笑。我们上车就要离开了，正要关车门，一步跨上来一位 40 来岁的阿姨，她身着鲜艳的民族传统服饰，化着浓妆，手摇一把花扇，上来就放开喉咙唱起了陕北民歌《翻身道情》《山丹丹开花红艳艳》，唱得入腔入调，做派绝对有味！我们给了她小费表示赞赏，她一下车马上就登上另一辆旅行车开唱了。朋友李先生有点吃惊地说："延安人真会做生意！"

我终于来延安了！58 年前革命诗人贺敬之云："千万条腿来千万只眼，不够我走来也不够我看⋯⋯对照过去我认不出了你，母亲延安换新衣。"

可不是嘛，大半个世纪过去了，时代海洋，荡涤天地。革命圣地日新月异、新人辈出。正如我们今天所见：延安宝塔在修缮出新，毛泽东窑洞在修缮出新，可见延安精神定会亘古永恒。

（2014 年 10 月 31 日）

"90 帅哥"

宜兴市老干部大学近日开幕的才艺展示会上，一位西装革履、粉红领带的老人迈开矫健的步伐走上主席台宣布开幕，他宏亮的声音回响整个校园，帅气的外表给人精气神的冲击，成百上千的人纷纷好奇又惊讶地打听道："他是谁？多大年纪？"

他叫潘浩史，人们喜欢称他为"90帅哥"，可他不是出生在"90后"，他今年90岁啦！这位离休干部现在的身份是宜兴市老干部大学文学班的学生，可以说，他从表到里都帅呆了！

只见他白白的肤色，咖啡色的西装，浅红的衬衫，粉红的领带，黑色的马甲，银发梳得溜光崭亮，有如上个世纪30年代上海滩的文人雅士。"我每天出家门，就是这么打扮，而且要先经保姆打量检查的。"他微笑着说道。

当然，"90帅哥"最"帅"的倒不是外表，而是他学无止境的求学精神和豁达大度的人生态度。90岁的他是老干部大学里最年长的。他听课要求坐在教室第一排，以便全神贯注不受干扰。他一丝不苟做笔记，有疑问就提，就像班级里一个最小的小学生。

报名来到老干部大学上学3年，他上过电脑班，并且帮保姆也报了名，一道学习有照应、有促进，"我学会了网上冲浪，可以看新闻了。可惜没学过拼音，不会打字"。他报过摄影班，曾经跟着同学一道跋山涉水到风景区采风，直到照相机用坏了。他又上了书法班，尤其喜欢隶书，经过几年苦练，他的隶书作品"但求无愧我心"，今年获得"庆国庆、迎重阳"才艺展示会"十佳书画作品"大奖。他说，以前他的手抖得厉害，吃饭拿不住筷子，经过几年书法训练，他的手腕手指听话了，不再抖了。

他是个读书迷，参加文学班后，他在诗文的瀚海中遨游，感受到无穷的乐趣。他每天抽出时间读些社科和文史方面的书籍，午睡前躺在床上，翻翻《老同志参考》《银潮》等杂志，午睡后，打开电脑看看全世界的新闻。一有空还要整理复习课堂上记录的内容。一到这个时刻，他就被带进一个美好的精神世界，会立即觉得心明眼亮。"每当我沉浸在书本中时，我就胸怀豁达宽广，置个人得失于度外，真正体会到古人说的'腹有诗书气自华'，还充实了我的生理和思维能力。"他读书喜感觉，善总结，例如对于电子书与纸质书的优劣，他也有一番自己的比较判别："越来越多的电子屏幕和网络上的界面阅读，不仅快捷便当，而且可以真奔主题。但是，我认为，读书是有重量的精神运动，它凝聚诸多艺术的神性，内藏时间的纵深和历史的厚重。因此，细嚼慢咽的纸质书阅读要比快速浮华的电子书籍阅读来得牢靠和扎实。"这一理论和实践相结合的高论，足以匹敌当今对此议题的尖端论文。

潘老对诗词的热爱日甚一日。他认为以诗言志，是最合适的表达方式。最近他发表在《红枫》第2期上的《甲午春感六首》引起了很多人的共鸣。其中的《九十自咏》云："岁月如流九十龄，和谐盛世人寿增。情思万缕自悠闲，艺海耕耘意趣生。"还有《上老干部大学》云："曾上井岗立高嵩，忆昔革命圣地宏。我今上学壮志酬，仿效先烈学不休。"抒发了他的无限感慨，更展示他"老骥伏枥，志在千里"的不老雄心。

"90帅哥"潘浩史真的太帅了！他不但学习兴趣浓厚，而且讲究保健养生，身手也很矫健。他家住10多里外的城北，过去曾有热心的同学用车接送他上学，没多久，他觉得这样太麻烦人家了，就婉言谢绝了。现在他每次来上课，都是自己乘坐公交车，没有人知道他90岁了，只听到窃窃赞叹这个"老帅哥"。老伴已去世20多年，他有3个儿女，家庭和谐。他说老干部大学就是他的乐园，他在这里可以增长知识、结交同好，其乐无穷。他常说："只要我的身体和眼睛还可以读书，我就要继续读坚持读，以书为伴，终我一生。"

（2014年12月23日）

风驰电掣见"牛人"

——访著名高铁专家、西南交通大学首席教授张卫华

他属牛，今年54岁；微信名叫"在途牛"；他出生在江南水乡宜兴，从小与牛为伴。

他获得过国家科技进步一等奖2项、二等奖1项，省部级特等奖、一等奖和二等奖各4项，国家教学成果二等奖1项。当他连续获得两次国家科技部"金牛奖"（十年评选一次），并被评为国家重点实验室建设先进工作者时，"牛人"称呼便被叫响，就此成为他的雅号。

"牛人"，就是西南交通大学首席教授、长江学者特聘教授、973计划项目首席科学家、著名高铁专家张卫华。

水牛—铁牛—高铁

4月的成都，芙蓉盛开，春光溢香。记者前往西南交大采访了这位"牛人"。他个子不高，敦厚结实，反应敏捷，一看便觉属于内外都有"牛劲"的一型。

牛，在张卫华眼睛里，是高速火车的远祖——载人拉犁，在某种意义上可以将之奉为神明。他出生在江苏宜兴一个小村子，至今我用宜兴话与他交谈没有一点障碍。他说他从小喜欢骑牛背，驭耕耙。第一次看到手扶拖拉机时，他被"铁牛"的力量震撼了，这铁家伙不吃草、力气大、跑得快，他抚摸着"铁牛"，想象着它无限的远景，就在这一刻，他对机械、牵引、动力产生了浓厚的兴趣。

第一次看到火车，是他考取西南交大、要离乡去读书的时候。那年他在家乡小码头坐上轮船，在小河中叭叭叭一路摇晃北行至无锡，终于在无锡火车站第一次坐上了梦中的火车。雄伟的火车头，巨大的钢铁轮子，一眼望不到头的列车车厢——太牛了！他看得痴迷入神，几乎要顶礼膜拜。

赴成都西南交大采访高铁专家张卫华（2015年4月）

不过，他上了火车就发现了这个"铁牛"的跛处：那时的机车还有烧煤的，平均时速也不过七八十公里，甚至更低，无锡到成都要两天两夜；列车车厢设施简陋，人满为患，卫生间臭哄哄，他有大半天都没有座位，站得筋疲力尽；还有人晕车吐了一地，浊气袭人。他顿时产生了一个强烈的念头：发奋读书，改造火车！让它又快又舒适！

　　理想的实现就在日月轮回中，30多年弹指一挥间。中国铁路机车车辆的每一次提速跨越，中国高铁在世界的领先地位，都与张卫华以及他领导的牵引动力国家重点实验室密不可分。他的创新工作被领域内最权威的英国机械工程师学会授予金奖，这个国际性的学术大奖项已经苦苦等待我们中国人94年！

高铁实验室——"他的另一个儿子"

走进西南交通大学的牵引动力国家重点实验室那天是星期六，成都下着小雨，醉人的春季更加迷蒙动人。清早，人们纷纷开车前往峨眉山、青城山、乐山等郊外美丽的景区观光休闲了，可是实验室却如往常一样，人来人往，机声相闻。

"这是在大学里吗？"首先进入我视线的竟是一条铁轨和一辆列车！见我惊诧，张卫华赶忙说："这条铁轨直通火车站，火车可以直接开进实验室来呢！"走进大"车间"，我看到了多种多样的列车机车和车厢，还有说不出姓甚名谁的大型机械，这些都是轨道交通国家实验室（筹）新建的高速列车实验研究平台：高速列车基础实验平台、高速列车服役性能研究实验平台、高速列车数字化仿真平台，这三个平台对高速列车的发展起到了非常重要的作用，在我国高铁、城市轨道交通、重载、货运等方面发挥了卓越作用。在这里，张卫华所主持建立的高速列车动力学地面实验研究体系，实现我国高速列车试验技术的重大创新，所建立的高速列车耦合大系统动力学新理论，解决高速列车转向架动力学性能提升和双弓受流技术难题，支撑京沪高铁工程。也是在这里，张卫华利用高速列车创新研究成果，不断开拓研究新领域。寒来暑往，春华秋实，这个实验室团队建设亦取得了显著的成绩，目前拥有一个国家自然基金创新研究群体、一个科技部重点领域创新团队、一个教育部创新团队，特别是实验室还培养了2名中国科学院院士、2名中国工程院院士。

在这个体育场般大小的实验室里边走边看，在一套套庞然大物面前，我突然觉得自己显得十分渺小。走到多功能高速列车运行模拟试验台前，张卫华显然特别自豪，他说："你知道列车在超过300公里时速时，遇到暴雨、大雪、狂风甚至是地震时，会是什么反应？会有什么危险？要如何应对？这个平台就能模拟雨、雪、风、地震的自然环境，可以得出我们关心的科学结论。"

这个庞大的"车间"有着辉煌的成果：张卫华主持研制的高速列车运行模拟试验台，解决了轨道轮滚动和垂向、横向激振及左右轮差速的四维运动耦合的技术难题，实现高速列车在直线、曲线和线路不平顺工况的全参数运行模拟。试验速度从第一阶段的每小时400公里提升到每小时600公里，达到国际领先水平。该台架试验完成了我国几乎所有提速、重载机车车辆和我国所有高速动车组的动力学性能验证和优化试验。试验台被评价为"世界上最重要的试验台"。获得国家科技进步一等奖。

张卫华参与筹建这个实验室是有来头的。时任西南交通大学教授、现为两院院士的沈志云的慧眼和信任重重地落在了当时的"小张"身上。张教授至今清晰地记得，那是1989年，28岁的他被沈志云叫去面谈，话题就是筹建牵引动力国家重点实验室。当年沈志云说到动情处，郑重地问了他一句话："你能不能吃苦，敢不敢当'拼命三郎'？"浑身"牛劲"的张卫华在艰巨的任务面前从来不甘示弱，他毫不犹豫地点了头。一诺千金，至今已经历了26个冬夏的艰苦奋战。在这个国家宏伟事业的轨道上，张卫华就如高速列车般风驰电掣、一往无前。

什么叫"拼命三郎"？直到全身心参与到实验室的筹建工作后，张卫华才真正体会到沈志云说的"拼命"意味着什么。设计没有蓝本，年轻的设计者甚至没有见过世面，更没有设计的经验。设计不仅需要理论上的突破，更需要符合我国当时的工业现状和制造水平。白手起家的他们，北上南下奔东跑西，四处寻找能够制造部件的厂家，奔波是他们的生活常态。

"那时候风华正茂，冷也不怕，饿也不怕，硬板凳也不怕，有时候一坐火车就是几十个小时，天南地北到处闯啊！"他回忆起当年一段经历："我们有一次去安徽的一个厂家调研，出来时饿得要命、冷得要命，没有饭馆，只发现一个工地，工地上的工友很多是四川人。一说是老乡，他们很热情，结果，我们只花了5角钱，吃得很好，而且很饱。仿佛是那个时期吃得最好的宴席！"

他把自己最好的年华贡献给了这个实验室，贡献给了国家的高铁事业。

为了到各个高校、科研院所共同攻关和参加业务交流，到中央有关部门汇报研究进度和成果、审批新的科研项目，他一年到头马不停蹄，平均三四天就要坐一趟飞机！他的夫人于晓春回想往事，感慨地说："生下儿子那年，正是张卫华重点攻关时刻，没日没夜成天在实验室难回家，我说实验室就是他的另一个儿子！"

"牛！"——展望第四代高铁

列车会不会飞行？在牵引动力国家重点实验室的一端，一个透明的环形管状物体兀然出现在我的面前，它周长约四五十米，一人多高。"这是世界上第一个环形真空实验室，是我们当前研究攻关的重点。"张卫华特别强调道。

原来，张卫华带着他的团队在这个真空管道里研究的是高温超导磁悬浮列车。这种磁悬浮列车将跑在世界前列。当前时速要超过600公里，今后时速要超过1000公里，那真是"飞行"的列车啊！谁敢说不"牛"！

上世纪80年代，当国外高速列车时速达300公里以上时，我国铁路列车平均时速仅为54公里，旅行时速更低，只有43公里——这就是中国"高铁梦"的起点。而目前我国的高铁已经跻身世界先进水平，集成能力和建造能力世界第一，在用的高速铁路有1.6万公里，在建的有1万公里，每天有1330对高速列车在祖国大地疾驰。

高速发展的中国，离不开高速铁路。张卫华最新的职务是轨道交通国家实验室（筹）副主任，他再一次感到任重而道远，他当前的"高铁梦"是要推进我国高铁进入"第四代"。

"第四代高铁是什么样的？"我非常好奇地问道，张卫华略加思索，便概括出四大要义："一是更高速，时速要超400公里，要在技术上拥有世界领先的速度指标，以引领世界，实现高铁走出去；二是更环保，要降低空气阻力，从而减少噪音等对环境的影响；三是更经济，要降低建设成本，目前正在研究高速列车与轨道间距和隧道截面合理经济的匹配关系问题，还要研究解决降低列车全寿命周期成本的问题；四是更安全，使安全智能化，在结构上采用自动保护技术，例如做到脱轨不脱线、撞车不爬顶等等。"

记者正在西南交大采访张卫华时，传来了一个最新消息：日本低温超导磁悬浮列车试验跑出了时速 603 公里的世界新纪录。得悉此讯，张卫华当即说："我们要加紧研究我们原创的高温超导磁悬浮列车技术了，我们的高温超导磁悬浮列车技术在原理上要比日本的低温超导磁悬浮列车更加有优势（这里所谓高温是 –196℃，低温是 –269℃，笔者注），不能落在别人后面！"从张卫华脸上严肃而坚毅的表情看出，这个消息显然增加了张卫华的忧患感和紧迫感，又一次激发了他从不示弱的斗志。张卫华这个"牛人"牛劲又上来了！他一定会像一头全身铆劲、双角奋挺、四蹄发力的水牛，冲破一切阻力，战胜一切困难，把我国的高铁科技顶上新的世界高峰。

　　　　　　　　　　　　　　　　（2015 年 5 月 12 日）

通

讯

"我得了一把'大亨壶'！"

"欲把西湖比西子，淡妆浓抹总相宜。"4月的杭州，苏轼的名句在西子湖畔唱得更加委婉动人。我推开杭州"华夏紫砂博物馆"的阳台门，一阵湖风吹向脸庞，粼粼的湖光恍若童话再现。不曾想李长平先生将他的紫砂博物馆捧居在这么个风水宝地。

李长平紫砂收藏之丰之优，尤其是他那上千把老壶，不用说在杭州，就是在整个华夏大地，也称得上屈指可数。为此他实至名归地当上了浙江省收藏协会副会长兼秘书长。

今天他见到我们这批紫砂爱好者，话一投机，千言万语，但他最想讲的是一把大亨仿鼓壶的故事：

凡事都离不开一个缘分。也许我就与它有着前世之缘。

有人不相信一见钟情。不管你们信不信，反正我信了。

因为我对这把大亨壶的痴迷，就来自那最初的一眼对视。那时我的瞳孔放大，我的心跳如兔，我知道我再也不能自持。

时光呀时光，还是倒退到2006年去吧。前一年我编辑出版了一本《明清紫砂珍赏》，韩美林先生为我题写书名，西泠印社为我出版发行，就聊作我20年收藏生涯的一个阶段小结和成果展示吧。其中有时大彬、杨彭年、程寿珍等等名家名壶，可谓古壶之大观。藏界高朋好友纷纷前来祝贺并索取，可是我有一个心结却总让我兴奋不起来：书中没有一只邵大亨的壶啊！邵大亨是当代紫砂泰斗顾景舟先生生前最佩服的人，名声多响啊！"人有悲欢离合，月有阴晴圆缺，此事古难全。"如今想要得到一把邵大亨的壶，比大海里捡一颗钻石还难千百倍，看来我只有与东坡老人一同唱悲调的缘分啰。

时来运转出现在 2007 年的初夏，我与天津的壶友相约来到江苏宜兴，这里是原始紫砂的发源之地，也是今天紫砂的繁盛之都。池塘里荷花含苞待放，万木葱葱茏茏，我们在山脚边金沙寺遗址附近发现了砌在墙壁里的一块古碑，它与紫砂的萌芽时代有关，它身上有着许多动听的故事。我们兴奋难抑，这是我们寻古探幽的一大果实吧。当时我们并不知道，更大的果实还在后头呢。

我们走进丁蜀镇一个叫做"古宜陶"的商店。老板叫焦建洪，与我是相识多年的好友。"老哥，我让你看把好壶！"焦老板神秘地把我叫到里屋。"大亨壶！"我的目光同壶接触的一瞬间，我叫了出来。没看印章，没看落款，我就敢一口咬定。

我捧过壶来仔细端详：这是一只经典仿鼓壶，通身暗暗亮亮的包浆光泽显示出它的久远年代和贵族身份，那大气磅礴的造型和精细完美的手工谁看了都要两眼发直。但是由于年代久远，不知历经了多少风雨沧桑、人手更替，这只壶残破得着实厉害。我的心在咚咚直跳，我不是朝思暮想一把大亨壶吗？"12 万？"我小心翼翼地问。焦建洪摇头，表示最少要卖 19 万。19 万？说实话，这么一把好壶，当然不贵，可是我那几年收了一大批名壶，手头能动用的资金已所剩无几了。只是，这把壶真真让我放不下啊。一咬牙，一跺脚，15 万！这已是我能出价的极限了。建洪老兄没吭声，从他的沉默中我知道了答案，此事只能搁置不提。摇摇头，无可奈何花落去啊！

我无限不甘地离开了宜兴，黯然回到杭州。连西湖美景也再不能勾起我的兴趣，唯有这把大亨壶的器影顽固地驻留在了我的脑海中，不停徘徊，久久不淡。正当我为了此壶辗转反侧的时候，突然在论坛上发现了焦建洪发的帖子——《送台湾修补前再上一次大亨壶》。我顿时心急如焚，赶忙联系上焦建洪，力劝他不要修补，因为修工再好也只能暂时复原，随着时间的推移早晚会造成"美人脸上两块疤"，丧失了原貌和魅力。焦建洪对我说："不瞒你老哥，已经跟台湾那边的朋友说好了，人也来了，明天就要带去修了。"我不禁愕然，但是焦建洪接下来的话，又让我的心活跃起来，他说："这样吧老哥，我可以等你到明天把壶送走之前，为了你，我也是豁出去啦！"

人一旦动了念头，就刹不住车了。不管怎么样，先得把太太这边的工作做通了，于是一手把太太拉到电脑边："给你看样好东西。"其实就是那把大亨壶的照片。太太看了一眼发现是个残器，再一听价格，态度坚决地回了一句："不行！"我知道没戏了！太太不肯配合啊。

这样看来，还是得采取迂回战略，联合女儿做太太的工作。是日晚上，我照例开车前往中学接晚自习的女儿。回家的路上，我满脑子还是那把壶，忍不住就打了个电话给温州的壶友"醉壶楼"，朋友很支持我，主动说可以借我10万元，我顿时看到了一线光明，但是我还有好几万元的缺口啊。女儿看出我闷闷不乐，说："爸爸，你有什么心事吧？"我把在宜兴看到大亨壶的事，以及我欲购无钱、难以圆梦的心事对她和盘说出。女儿低头沉思一会，说："你真的这么喜欢那把壶，那就买呗。""可爸爸钱不够啊！""钱不够我以后给你赚啊！"我欣慰于女儿的懂事，却对眼下的情况感到无奈，"爸爸是现在就得凑够钱。"这下女儿也无奈地沉默了。

女儿今年高考，眼下正是复习迎考的紧要关头。原先，我和太太想给她一点小激励，承诺她如果考上名校，就给她置办手机、笔记本电脑等"四大件"。眼下的情况，我决定再和女儿商量一下。"丫头，你看答应你的'四大件'，咱们能不能先缓一缓？"女儿稍作思考，便爽快回答："行！"我一听高兴得要跳，知我者女儿也！可是太太那一关我可没有把握。女儿看出来了，说："老妈那里我去说吧。"俗话说女儿是爸爸的小棉袄，这话真的一点也不错！

女儿是怎么"攻克"她妈妈的？这我就不知道了。时不我待，分秒必争，我赶忙同焦建洪电话联系，谈拢了价钱。第二天，太太专门向单位请了假，同我一起到宜兴丁山，再次来到"古宜陶"。只见焦建洪两眼通红、满脸憔悴，叹着大气道："哎，我一夜没睡啊！前半夜被台湾朋友埋怨，说我言而无信，后半夜被妻子埋怨，说好不容易藏了把好壶，就这样答应卖掉了。我真的是看在你爱壶的这份真切上才肯出手啊！"看得出来，这事也把他折腾得不轻，但他依然选择成全我对这把壶的执着，盖因他也是一个爱壶至深的人啊。

听说我得到了一把珍稀的大亨壶，壶艺界就沸腾了，爱壶人都想一睹为快。汪寅仙大师、何道洪大师、徐汉棠大师、徐达明大师以及吴鸣大师等等众多壶艺名家都来我这里看过大亨壶。他们赞不绝口，称这是邵大亨的巅峰之作。没多久，就有人出 100 万要买这把壶。不用说，就是再多的钱，我也不会出手的。

（2015 年 6 月 2 日）

汶川地震遗址采访（2012 年 11 月）

穿越时空的紫砂际会

——"一壶一盆"的传奇故事

宜兴紫兰苑艺术馆的冬天是暖色调的。

馆主尚未前来会客。我独自走进藏品展区，八折九弯，若明若暗，曲径通幽。从古到今的各类陶瓷在墙柜里的灯光照映下，斑驳陆离者有之、金碧辉煌者有之，它们个个都有着极强的生命力，争相诉说自己非凡而悠久的经历。1987 年，王云飞创办此馆，他是陶都宜兴个人办馆的先行者。馆内现藏有近千件紫砂古器精品，呈现了紫砂历史的清晰脉络。还有宫廷旧藏、各式杂件、名人字画等等，真是蔚为大观！

主人桌子上的一只兰盆首先吸引我的目光。这是一只小巧玲珑的长条四方形紫砂花盆，高不过 4 寸。一株小小的兰花正待含苞开放。她在呼唤着春天。

馆主王云飞来了。一见我注视兰盆，旋即面露欣喜，招呼服务人员："壶拿来！"

拿来的是一把老壶。壶虽古老，却风骨凛然、柔中带刚、春气可人，一看便知属"文人壶"系。此时的我仍然一头雾水，偌大一个收藏家王云飞，应有好壶千百把，为什么独独取出这把壶来向我炫耀呢？莫非有何蹊跷？

果不其然，他泡好一壶宜兴红茶，让我品了一口，待我叫声"好茶"，便开始了他的传奇故事。

今年 47 岁的王云飞与许多大收藏家一样，起步都是为了挣钱生活。他出生在陶都宜兴，天赐其福，与紫砂壶结下了不解之缘。十五六岁正当年少气盛之时，便拎着背包，塞满茶壶，到"北上广深"做起了贩壶生意。在一笔一笔的差价中生存、发展。几十年风雨兼程、摸爬滚打，让他成长为名震华东收藏界的大佬。

话说时代踏进了 2010 年，他心急火燎飞到太平洋西岸美国，一不留意灯红酒绿现代气派，二不眷恋湖山美景，而是径直来到旧金山，因为日前旧金山博物馆亚洲馆馆长谢瑞华介绍了一位叫叶万华的 94 岁老人，那人手中有一把古壶，非同一般，值得一看。王云飞到叶老先生家，拿起壶来仔细一看，立马目不转睛、两眼放光，这壶以紫砂段泥为胎，有着典型的清嘉庆道光年间文人器风格，壶为棋奁式，棋奁即围棋罐也，为曼生十八式中的经典造型，作品造型端庄大度，壶肩折线尤为有力。折肩处刻有"无争心，能清节，不尚元，可知白"，乃古代围棋中的熟语。款落"乙丑杏春星垣陈经"，壶底钤"杨彭年造"印。经查县志，陈经乃宜兴县令，对紫砂壶情有独钟，与壶艺名家杨彭年私交深厚，在陈县令即将离任高升之际，杨彭年特制一壶相赠留念。何以为证？请看壶底有款。王云飞觉得这壶做得好，有故事，遂出 12.8 万美元带回国。

光阴荏苒，转眼到了 2014 年秋天，杭州城熙熙攘攘，西湖花红藕白，金桂满城飘香。而在西泠拍卖会上，却是剑拔弩张，倒海翻江，一个一个藏品的面市，引来一阵一阵出价高潮。在会场一隅，王云飞正襟危坐，看着一个个拍品在眼前闪过而不动心，听着一浪浪出价却不出牌，他高深的眼光在期待着什么？

这时，一个"四方花盆"出现了！这个"小不点"盆体呈长方千筒式，上大下小，三面光素无瑕，块面平整。拍卖师向人们介绍这件拍品时并不卖力，也许他认为这只花盆平平无奇。殊不知，这只花盆却叫王云飞神采飞扬，眼睛放光，血脉偾张。他志在必得，经过几轮较量，最终以 14 万元收入囊中。

"为什么你对这只小花盆这么上心呢？"我把这只花盆捧在手中，细细把玩，想从中看出什么道道而不得，不由得有点纳闷。"你来看！"随着王云飞的指点，我看到四面盆壁的一面题刻着词句："何处生春早，春生书案中。"这该是出自唐代诗人元稹的诗句"何处生春早，春生云色中"，而将其改成"春生书案中"，只说明爱书之切罢了。仅此而已，岂有他哉？王云飞看我仍一脸疑惑，笑笑说："你再看！"这时，我看到了落款："道光乙丑暮春三月星垣陈经。"陈经？这是我刚在棋奁壶上看到的宜兴县令的名字，怎么会到这只盆上？细察盆体，竟没有作者的落款，这是谁做的？"当然也是杨彭年！"王云飞显得有十二分把握，"因为可以对比杨彭年的棋奁壶，底部虽无作者落款，实为出自同一人之手。我来分析给你听：此盆为乙丑暮春三月所做，而棋奁壶上的制作时间为'乙丑杏春'，也就是春天杏花盛开的三月，所以是同年同月所做；特别重要的是，这一壶一盆的泥料和风格完全一致，紫砂泥料的配制是一门学问，只有同一次配制的泥料才会百分百的一致。再看手工的技艺水平也是没有丝毫上下，世界上不可能有两个百分之百一样高低的紫砂做手，所以我当然可以确定此盆亦是杨彭年制作。"这时的我，方才醍醐灌顶、拨开云雾见太阳了！而对于王云飞对紫砂壶的鉴别能力平添了一层敬佩。

　　说完故事的王云飞，品着浓茶，神情自得，显然沉浸在无限满足之中。在我看来，此时的他，倒像清代那个宜兴县令，捧着一把棋奁壶，赏着一只方兰盆，思绪随着阳羡茶和白兰花的芬芳向四周轻扬，氤氲弥散在陶都山水云雾之间。到了这步田地，我方始理解他说的一句话："刚开始做收藏，乐趣在赚钱。今天做收藏，乐趣远在钱之外了！"

　　一壶一盆，在历史的长河中浮浮沉沉，分分合合，经过将近 200 年的大浪淘沙、数万里的艰难跋涉，从太平洋的彼岸又回到祖国，并且际会在它们诞生的"血地"宜兴，这不是收藏的佳话吗？这不是时空的穿越吗？这不是值得讴歌的人间传奇吗？

（2016 年 2 月 17 日）

一球一壶总关情

—— 记中超电缆乒乓球俱乐部董事长杨飞

"国球"长盛　拳拳于心

在紧张激烈的中超乒乓球联赛上，观众席上总会出现一个中年人，他身材健硕，双眼炯炯，神情专注。随着乒乓球比赛的激烈进行，他时而击掌欢呼，时而扼腕叹息……10 年来，随着一次又一次央视赛事直播，他的形象亦已刻写在大众视线里。

人们一定知道他绝对是个"明星球迷""铁杆粉丝"，永远不离不弃地为自己钟爱的球队、球员呐喊助威、鼓劲加油。可是，人们不一定知道，他就是江苏中超电缆乒乓球俱乐部有限公司的董事长杨飞。

说起杨飞，很多人知道他是赫赫有名的上市公司中超电缆的董事长。他有着传奇的创业经历，自从 2005 年创办公司，2010 年就成功上市，到如今短短的 11 年来，已经成为中国电缆行业名列前茅的"大亨"。若要问起杨飞成功的秘籍，他会说，这与他涉足乒乓球联赛息息相关。

创办公司的第二年，中超电缆就参与到乒乓球运动中，是我国较早参与联赛的民营企业。"乒乓球是国球，我们有责任支持它，保证它的长盛不衰。"这是他的一贯思想。同时，他以一个成功企业家的锐眼，看到了乒乓球运动对于企业发展强有力的助推作用。

当他毅然投入巨资创办乒乓球俱乐部时，他就将对国家对社会的责任担在了肩头。作为一家民营企业，中超电缆从最初以冠名的形式参与联赛，到 2008 年整体买断黑龙江女队独立组队参赛，再到 2011 年买壳江苏男乒，每年的投入虽然不断增加，但俱乐部唯一投资人的角色却从未改变过，这在频繁"易帜"的联赛俱乐部中还是所见不多的。

杨飞是个企业家，他善于将企业管理的成功经验有机嫁接到乒乓球运动之中，堪称是这方面的"高手"。一个俱乐部同时运作男女球队，这在国内是比较少见的。他引入现代化的管理模式，在俱乐部管理体制中开创前人没走过的道路。俱乐部聘用具备职业经理人资格的总经理，采用董事会领导下的总经理负责制；建立了一套完整的球员激励体系，按照"保底薪酬＋赢球奖金"的原则，激励每个运动员刻苦训练，打好每一场球，呈现给球迷朋友一场场视觉盛宴。在他的运作和感召下，奥运冠军张继科、陈玘、马琳，世界冠军波尔、奥恰洛夫、王越古、范瑛、韩国吴尚垠、中国台湾庄智渊等等名将先后为俱乐部效力。

只要球队有比赛，杨飞一场不落。即使身在国外，也要排除万难飞回来观战。在这种时刻，他觉得没有什么事情比赛事更加重要。他待球员亲如兄弟，春天到了，他会想方设法将鲜甜的无锡水蜜桃送给球员们品尝；秋天来了，他会千里之外取来名扬四海的盱眙龙虾送到训练基地。德国乒乓名将奥恰洛夫来到俱乐部后，杨飞就十分耐心地教他学中文，不久他们就成了心心相印的"哥俩好"。每次比赛之前，他都要在运动员下榻的房间里召开动员会，给他们放下思想包袱，胜不骄败不馁。比赛一结束，不管战果如何，不管是白天还是黑夜，他都要请大家一起聚餐。领队、教练、球员欢聚一堂，亲如一家。正是有了这种积极向上而又和谐融洽的氛围，近年来江苏中超乒乓球队士气旺盛，一路过关斩将，战果丰硕，2014 年还获得了中国乒超联赛亚军的骄人战绩。

乒乓界人士惊奇地发现，在中超的总部县级市宜兴，竟然有数十名各省体工队的队员在此担任教练，真的是藏龙卧虎！这就是杨飞的乒乓球发展战略。江苏是个乒乓球运动大省，运动基础深厚。但是杨飞觉得要居安思危，谋划长盛不衰的大计。为了进一步扩大乒乓球在江苏省的影响力，他在省内 10 余个城市设置了主场。为了高质量建好后备梯队，中超电缆俱乐部与宜兴市两家学校共同建立了青少年乒乓球培训基地，并组建了一支幼儿园年龄段的梯队和一支小学年龄段的梯队，他们获得过省级小学组（低年级）团队冠军、无锡市小学组男子单打冠军等多项佳绩。

中超电缆俱乐部已经连续多年开展乒乓球运动进校园活动，2015 赛季在扬州主场分别开展了"零距离接触""乒乓进社区""我与奥恰洛夫一对一"的活动。并设立了俱乐部教育爱心基金，帮助一批贫困学子完成学业。

一分耕耘，一分收获，杨飞对乒乓球事业立下的汗马功劳，得到了社会的公认、业界的赞美。但他总是说："是乒乓球给了我更多！那就是健康快乐和精神感悟。"他说，他现在之所以这般健康和快乐，就是经常参加打乒乓球及各种运动的结果。乒乓球运动员在赛场的从容心态、坚强毅力，给了他的企业一笔巨大的精神财富——当企业辉煌时，不能骄傲，当企业遇困时，不能气馁；比赛前教练员的排兵布阵，也给了他如何因材用人的有益启示。

"乒乓外交"在杨飞的运筹之间日臻娴熟，他善于将乒乓球作为企业内外交流的一种媒介。先后多次与中央党校、国球俱乐部、江苏省乒协、国家电网以及军队军校等举行各种乒乓球比赛，将企业文化、理念、实力通过乒乓球渗透到各个领域，创造了许许多多与国内外友人交流合作的机会。而一次又一次的中央和地方电视台的现场直播和转播，各种报纸和网媒的海量新闻报道，则使他的中超电缆企业美名远扬。

"国壶"承创　壮志凌云

打开杨飞的微信，头像是一把紫砂壶，昵称是"紫砂汇"。这显然不是随意而为，个中深意有谁知？

知晓杨飞的人才会说："杨飞是个超人，一只手抓着球，一只手抓着壶。"不言而喻，球是乒乓球，壶是紫砂壶。其实倒不如说，这一球一壶好比哪吒脚踩的两只风火轮，助其成长，带其腾飞。

江苏宜兴，中国陶都。生于斯、长于斯的杨飞，对紫砂陶的情结是与生俱来的。市场就是战场，多年来虽然他在市场上日夜打拼，但总也放不下那个情结。到紫砂作坊察赏、到窑炉洞眼观火、到壶艺家中喝茶、到天南地北搜壶，这一切亦已成为他的生活嗜好。日积月累数十年，他成了远近闻名的大收藏家。

"中国只有一把壶，它的名字叫宜兴"，宜兴紫砂壶就是中国的"国壶"。他有一个梦想：让宜兴紫砂在全国甚至全球红遍，让饱浸着中国优秀传统文化精髓的紫砂文化普惠大众。

他的第一个惊人之举是，在2013年成立了宜兴市中超利永紫砂陶有限公司，注册资本 3 亿元。要知道，历史上的"利永"公司成立于 1913 年，曾多次荣获"巴拿马金奖"等国际大奖，堪称民国宜兴紫砂陶业的行业翘楚。一百年后，杨飞鬼使神差般地让销声匿迹许多年的"利永"公司"涅槃重生"，其雄心壮志日月可鉴。

凭借着中超电缆上市企业的雄厚实力和坚定信心，利永紫砂陶公司从成立的第一响鞭炮声起，便波澜壮阔地奋进，一系列在千年陶都开天辟地的非凡动作问世了：首开紫砂质押融资先河，成功开发紫砂全息影像防伪新技术，首创紫砂竞买新模式，在北京、沈阳、南京相继开设"紫砂汇"博物馆，筹备第一家紫砂产权交易中心，创办《紫砂汇》杂志等等。打开了紫砂产业的新市场、新思路。

2015 年中国宜兴国际陶瓷文化艺术节和纪念紫砂泰斗顾景舟一百周年诞辰活动中，利永公司在宜兴和全国展出了自家收藏的顾景舟的 50 把紫砂名壶，名震华夏！

虽然利永公司成了当之无愧的紫砂界龙头企业，但杨飞的雄心更加高远。他计划投资 50 亿元用于"利永紫砂全产业链建设项目"，将"新文化"产业作为公司另一发展重点，重构中国传统紫砂产业链，实现以紫砂为代表的全新的"文化 + 互联网 + 金融"的闭环生态圈。搭建以"紫砂壶数字防伪云平台""信息化服务平台""大数据中心"为主要内容的"壶联网"，做到人、壶共享，进而形成独特的"紫砂文化金融平台"，使得文化与金融在互联网的作用下形成有机的结合。

从经济上认识紫砂，不如从文化上认识紫砂，这是杨飞一贯的情感思路。他说，紫砂文化让他从一个单纯赚钱的商人潜移默化为一个有文化的儒商。泡茶论道、赏壶谈天远比喝酒 K 歌形象要高雅。以壶会友是他经商交友的又一条重要途径。"壶友没有高低贵贱之分"，他记得，有一位北京高级干部因为喜欢紫砂文化而与他促膝交谈了一个下午，使他有"听君一席言，胜读半年书"的收获。还有一位著名大企业的老板，在火车上偶遇相识，只因对紫砂壶的共同爱好成了挚友，后来成为中超电缆发展中的得力伙伴。

乒乓文化、紫砂文化、创业文化，是中超集团的"三大企业文化"，前两者都是创业文化的载体，而创业文化又支撑和发扬着前两者，互为因果，相辅相成，共同构建起中超文化的大厦。2015 年，中超控股在北京召开有关紫砂产业发展的新闻发布会，公司股票猛涨几十个亿！

　　古人以"一枝一叶总关情"明志，今朝杨飞"一球一壶总关情"——他拳拳于心的是中国乒乓球运动的长盛不衰，壮思逸飞的是中国传统紫砂文化的传承与创新。

（2016 年 5 月 3 日）

访问金门岛（2015 年 9 月）

"独乐乐不如众乐乐"

探寻谈伟光先生的收藏理念

坐落在江苏宜兴的中国紫砂博物馆，终年人流如织，来自五湖四海的宾朋们争睹博大精深的中国优秀传统文化的代表——紫砂器具。在这个著名的博物馆内，长年展出的谈伟光先生的古代老壶收藏品总是最为抢眼的。紧邻着博物馆的是新建的顾景舟艺术馆，一进此馆，当门就可以看到一把"顾氏洋桶壶"，此为馆内顾大师唯一的洋桶壶，这也是谈伟光先生的藏品。面对这些藏品，游客无不叹为观止。熙熙攘攘的人们，有照相留念的，有深究来龙去脉的。

面对此情此景，谈先生无比的开心，"独乐乐不如众乐乐"的收藏理念再次回荡在他的心间。他藏品的价值得到了最大程度的发挥，他作为收藏家的人生价值也在这一刻得到了极大的升华。

2014 年 8 月 25 日，"第五届海峡两岸传统文化可持续设计论坛"在宜兴开幕，此为谈先生难忘的一天。他将自己多年来收藏的 186 件珍品拿来会场，举办了"怀古赏精"紫砂精品展，展品中有他多年来收藏的明清、民国时期著名陶瓷艺人的珍品佳作。这一天众多的观摩者中，有 50 位是来自台湾高校的师生，同宗同祖同文化，台湾师生对紫砂作品和紫砂文化的热情如海潮般高涨，令谈先生感慨万千。

"我的收藏经历与台湾的人文渊源是分不开的。"他对那些充满好奇的台湾师生们娓娓道起了自己的收藏故事。他原本是在政府机关工作的，1995 年下海经商，从深圳启航，创业风雨兼程，企业风生水起，收获丰硕。他作为一名台属，于 2009 年随一个访问团到台湾。那天他应邀到台湾藏界大亨黄正雄家中吃茶餐，席间正巧有宜兴陶瓷行业协会会长史俊棠先生打来电话，说有人要向黄先生买顾景舟的壶，黄回答说只有两把了，不卖。挂了电话，黄正雄突然对谈伟光说："你是宜兴人，爱紫砂、懂紫砂、有实力，怎么不收藏紫砂呢？"那边一句话不打紧，这边谈伟光却如闻惊雷，醍醐灌顶！仿佛突然间面前闪现出一条金光大道！

就是这么个因缘际遇，他踏上了一条紫砂收藏的人生之路。

2010 年正当世界金融危机，台湾经济遭重创，收藏家资金不济，原先收藏的宜兴紫砂壶如洄游之鱼，纷纷返卖至大陆。在这当口，谈伟光昂首走进拍卖场，他以百万之金拍得一把顾景舟的洋桶壶，此乃 1947 年一位鲍姓老板为儿子定制的"镇店之宝"。为做这把壶，顾景舟日做夜思，一改再改，历时 3 个月才收工交货。有趣的是，上面还刻着"价值米一担两斗"字样，其工艺价值和历史文化价值非同一般，真叫人见人爱。一拿回来，顾绍培、潘持平等等大师惊为天造，赞叹谈伟光有眼光，会"捡漏"。

谈伟光初战告捷，信心百倍。他抓住机遇，南征北战，频繁出入各地拍卖会，经历一次又一次的艰难博弈，终于将数百件紫砂珍品收入囊中。其中他最钟爱的有清代名家邵大亨的"掇只壶"，其造型气势磅薄，为稀世珍品；民国著名"金鼎"商标的梅桩壶，是把超大容量的巨壶。目前他拥有 200 多把明代、清代、民国时期的老壶，任淦庭、吴云根、裴石民、王寅春、朱可心、顾景舟、蒋蓉等紫砂"七老"的壶，以及当代国家级大师的壶一应俱全。

收藏茶壶成了他的快乐所在。看到好壶他会不顾一切地出资收藏，每得到一把壶，就像是打了一场胜仗。当许许多多的名壶进了他家的书房、厅堂、藏箱时，他会独自一人细细赏玩，为这些壶陶醉。可是天长日久，他的眼界高了，境界也高了，他觉得与其让这些茶壶放在自己家里一个人欣赏，不如让更多的人都从壶中得到艺术享受、文化感召和历史知识，成为中华民族优秀文化的传播者，那才是收藏的至高境界！

"独乐乐不如众乐乐"逐渐成为他的收藏准则和人生信条。他慷慨地拿出自己的藏品，举办和参加各种展览，总计达上百次之多。2010 年参加了上海世界博览会紫砂展。同年带到香港 40 多把壶，参加亚洲古典艺术品展，凯旋时又应邀到广东东莞办展 5 天。谈起东莞那一次展览，谈伟光至今难以忘怀：他用汽车把展品拉到东莞，东莞方面如获至宝，党政领导亲临展馆，为此展览一路开绿灯。参观者门庭若市。茶壶白天在展馆用玻璃罩罩住展出，10个民警每天全程护卫，晚上护送展品回酒店安放。这让谈伟光感到无上的荣光。

2011年广州第一届紫砂展，他送展20多把壶，件件精品，受到参观者的热烈欢迎，北京大收藏家马未都先生慕名前往参观。一些重要的展览会，主办方都想邀请谈伟光参展，或者借谈伟光的收藏品壮壮声威、提高档次。谈先生总是一口应允，不打回票。2015年10月中国宜兴国际陶瓷文化艺术节上，谈伟光就慷慨出借了徐汉棠大师的"石瓢壶"等20多把名壶，为艺术节增光添彩。他还向中国紫砂博物馆捐出自己精心收藏多年的价值连城的两把名壶，一把是清中期邵权衡制作的"合盘梅花壶"，另一把是清中期的无名款"满彩八方壶"，填补了该馆藏品的一个空白。

与他亲近的人都知道，收藏家谈伟光的主业其实是企业，他是无锡鹏德汽车配件有限公司的董事长兼总经理。他的企业办得红红火火、蒸蒸日上，正是有这个强有力的经济支撑，使他在较短时间内成为异军突起的收藏家。这也成了他办企业的乐趣和动力所在。企业和收藏，两驾列车双双驱动、齐齐发力，带着他奔向理想的远方。

（2016年5月）

姑苏觅壶记趣

因散文《小巷深处》和小说《美食家》等出名的苏州大作家陆文夫，誉满大江南北。可是我最喜欢的还是他的一篇小品文《得壶记趣》。那篇文章闲记了他早年因缘际遇在一个小古董店里见到一把鱼化龙紫砂壶，一时兴起，就以8毛钱买回家。虽经数十年风雨、人生跌宕，他一直放在手边泡茶，不离不弃。直到有一天，偶被宜兴紫砂壶行家看见，并鉴定为清代名家俞国良的作品，始知为传世宝物。那一刻，他竟不知是用好还是藏好。因而他说出了一句传世名叹："世间事总是有得有失，玩物虽然不一定丧志，可是你想玩它，它也要玩你；物是人的奴仆，人也是物的奴隶。"

由此，我便暗想，陆文夫随便一捡便是一宝，足见苏州这个古城，文风气盛、物华天宝，无所不有。尤其是古色古香的东西，比如紫砂壶，一定随处可见。又暗想，苏州明代不是有唐伯虎、祝枝山、文徵明、徐祯卿这"吴中四才子"吗？一定个个捧只紫砂壶，尽显才华横溢、风流倜傥。

5月春阳高照，苏州处处桃红柳绿。我来苏州非为别，只因想看紫砂壶。

苏州最古老的一条街是平江路，这条路宋代便名声不小，而紫砂壶正是始于宋而盛于明清。这是沿河的一条小街，店家不下千百家，十分热闹。小河流急，古桥座座，杨柳依依，繁华中有静谧。

林林总总的店铺中，我最留意的是茶馆、茶室、咖啡屋一类的。因为那里一定会有紫砂壶。

我欣然来到一家茶座门前，店是新装修的，格调古色古香。黑板上彩色广告说，有评弹和昆曲表演，我便跨了进去。想必里面一定有紫砂壶。进去了才有点吃惊，偌大的茶座，只有我一个客人。我叫年轻的老板泡一杯碧螺春茶。递过来一看，是玻璃杯泡的，我说要壶泡的。他就拿了一只壶，一看是白瓷壶，"你们不用紫砂壶吗？"我诧异道。"我们这里都是用白瓷或青瓷的。年轻人不喜欢紫砂壶泡茶，我们也难清洗啊。"我心里嘀咕道："小商人没文化！""我们这一条街都是这样的。"他又加了一句。我茶没喝完，就起身走人。一来有点失望，二来蚊子来袭。

其实那个小商人没有骗我，其后我走了许多店，都没有见到像样的紫砂壶，即使偶有几只，也是蓬头垢面、少人问津。

难道苏州无壶？我突然担心起来，也许要白走一遭了。

苏州的小河小桥小街，幽静神秘，温馨宁和，转个弯，就是一个新的景致。没料到拐了几个弯，鼻子竟碰到了苏州博物馆。游客要排队进馆，原来今天是"世界博物馆日"！

苏州博物馆与苏州人一样，低调内敛，不事张扬。不像无锡博物馆号称"博物院"。这里建筑是古典的，只有两层；色调是素静的，灰白为主。然而内涵丰富，布置精雅，移步换景，仿佛带着你走进了一本巨型历史典籍。

听说这里的"镇馆之宝"是五代时的秘色瓷莲花碗，虎丘塔出土的。我左看右看，上看下看，不过是一只青瓷饭碗罢了，称镇馆之宝，还是有点小气勉强罢。也许我是夜郎自大，宜兴人嘛，只觉得紫砂壶高贵，这个情结总是可以理解的。我心里只惦记着，在这里能见到紫砂茶壶吗？馆办朱莺女士告诉我，壶是有的，但是不知道有没有人会讲解。

按着她的指点，我来到了"吴中风雅"馆，果然有紫砂壶！

展出的紫砂壶和器皿共计8件。有陈鸣远的紫砂干果洗、紫砂莲形银配壶、紫砂石榴杯三件，清代杨彭年制、陈曼生壶铭的壶，杨彭年的紫砂胆包锡壶，清代珐琅彩白砂茶壶，还有紫砂蟋蟀罐、紫砂弥勒佛等等，果为明清珍品！这时，一群参观者簇拥着一名美女讲解员过来了，我请她在紫砂面前多讲解一下，她问："要讲什么？讲工艺、讲价值，还是讲历史？"我说都可以，但是她抱歉地笑笑，摇摇头走了，看来真的是"无可奉告"。她不讲也无碍，哈，正好容我自个细细品赏。

首先吸引我眼球的是陈鸣远的精作，因为就在数日之前，陈鸣远制作的"南瓜壶"，拍得了2800万元的天价！没料到这里竟然看到了他的作品。这里展出的是陈鸣远制作的紫砂莲形银配壶、紫砂干果洗、紫砂石榴杯三件。此三件作品均为象生之作，通过陈鸣远敏锐的艺术观察力和精湛的制作，生动有趣，洋溢着浓浓的生活情趣。

莲形银配壶壶体取半开莲花一朵，壶盖为莲蓬造型，并嵌以精巧的莲子。莲花半开，花苞饱满，比盛放的莲花多了一抹欲遮还休的少女情怀。同时，微卷的花尖又使得泥塑的花苞多了一份动感，像是等待了许久的高清相机，无限的耐心等待之后，终于将这莲花盛放的瞬间定格在了壶中。这个瞬间，我们仿佛可以听见花开的声音。干果洗和石榴杯几可乱真。一抔土在"花器圣手"陈鸣远的手中顿时鲜活起来。

清代紫砂名家杨彭年有两件在展，一件是由陈曼生作壶铭的，一件是紫砂胆包锡壶。陈曼生作铭的壶是文人与工匠的合契典范，壶为典型的"曼生十八式"，稳重大方、含蓄内敛，符合古代文人的审美特征。铭文是"茶鼓声　春烟隔　梅子雨　润础石　涤烦襟　乳花碧"，用心品味，甚是巧妙。"紫砂胆包锡壶"通体包锡，在壶把、壶嘴和壶钮处镶嵌玉石，三种元素和谐相融，凸显大美之姿。此款壶一般被称为"包锡壶"或"三颗玉"。时光荏苒依旧可见昔日的雍容华贵，壶身浅绘线条，只需稍加品味，便有心生舒畅的意境。

在清代紫砂蟋蟀罐前逗留，仿佛看到清代市井画卷，昔日之人亦始用紫砂做起了玩物。这只蟋蟀罐器型古朴，紫砂胎质细腻精良，罐腹浮雕随风摇曳的荷花枝叶和形态生动逼真的鹭鸶鸟及纤细的水波纹，寓意"一路清廉"。整体造型美观，制作规正端朴，画笔娴熟工深，为清代紫砂同类器中之佳作。

苏州博物馆不愧是个藏宝之所，这里还有一件中西合璧的惊艳宝器"紫砂珐琅彩壶"。珐琅是清代国外传入的一种装饰技法，曾为宫廷御用，因而壶身用珐琅彩绘透露出高贵的气息。只见此壶白梅枝节苍劲，刻画生动隽秀，从壶把处蔓延出来，寓意吉祥，富有神韵，壶虽简洁却十分耐看，为后世之典范。紫砂画珐琅如今存世很少，据记载，康熙朝宜兴胎画珐琅茶器仅20件存世，其中紫砂画珐琅壶仅5件，大部藏于台北"故宫博物院"，堪称中国陶瓷史上的旷世珍宝。

谁说苏州无壶！我欣然转变了自己的看法。

这时，我遇到了博物馆保管部的许平先生，听他说，馆里现存有四五十件紫砂珍品，轮流展出。不过真正好的东西还是星罗棋布在全市文物商店。就此说来，苏州民间紫砂收藏实为相当丰厚的。

走向出口处时，我惊讶地发现，这里竟是太平天国李秀成的"忠王府"，更让我惊讶的是，这里还开着一个"紫艺书画馆"，"简介"开宗明义赫然写着清代诗人汪文柏歌咏宜兴紫砂的名诗："人间珠玉安足取，岂如阳羡溪头一丸土。"展出的是各款紫砂壶共计16把，均是由"明道堂主"先生在老泥壶坯上创作书画，经由名家刻壶炼制而成。观其作品古意盎然，清风出袖，紫砂与书画结合，抵达如此艺术水准，在宜兴也难得一见啊！可见，"明道堂主"这位新"姑苏才子"与宜兴紫砂艺人有着不一般的交往，而苏州像他一样喜爱紫砂的人，如大作家陆文夫一样懂得紫砂真情真谛的人，一定会有很多很多。

（2016 年 6 月 1 日）

出席江苏大学杰出校友座谈会（2006 年 10 月 28 日）

评论与观察

民工"夜生活"不是小事情

记者昨日目睹了民工们的"夜生活"。宜兴市城南的城郊结合部，有好几个大工地，所以是外来民工的集中地。黄昏降临时，千百名外来民工纷纷收工吃晚饭。饭后，他们会马上离开自己租住的又闷又热的小屋，走上附近的小街寻找娱乐。

在一个小超市门口，聚集着上百名民工，他们赤着膊、流着汗，坐在地上，簇拥在一起观看店门口的电视，这里每天播放武侠片，也据此引来顾客盈门。在一处空地上，一个安徽来的"草台班"杂技开场了，被围得水泄不通。还有一些出租屋内，民工们在打扑克搓麻将。附近的居民反映，现在的民工们都想找"乐子"，所以这里的黄昏越来越热闹了，娱乐生意也好起来了。

可是在夜晚的灯火后面，记者还是看到或听到了许多阴暗面。一位民工说，他在工地劳累一天后，唯一的娱乐，就是晚上到超市门口看一场免费的片子。而这里天天是武侠片，久而久之也厌烦了，生活真是枯燥。还有一些民工三五成群在大街小巷里串走，自己也不知道干什么好。听说有的人到阴暗的地方看黄片，有些人还会乘人不备做一些偷鸡摸狗的丑事。有的出租屋内经常为了赌博输赢吵架，据说这里还出过两次凶杀案。

外来民工的"夜生活"，即精神文化生活的贫乏是个社会大问题。人首先是自然人，其次才是社会人。打工者身在异乡，面临着巨大的生存压力和心理压力，如无健康的精神文化生活，久而久之，难以排解的压抑就极易导致心理扭曲。据了解，农民工相对集中的两大领域是服务业与建筑业。如果说从事娱乐、餐饮等职业的务工者还有一些基本的文化生活，如看电视、报纸，那么大批从事建筑业的农民工在繁重的工作之余，精神生活就显得尤为贫乏。一边是城市文化的热闹非凡，另一边是城市民工文化生活的严重贫乏，两者反差巨大。农民进城后，有的没有时间，有的没有钱，难以开展合适的文化活动。一方面，他们向往城市，这是他们改善生活的希望所在；另一方面，他们又不能被城市所接纳，很难融入城市的生活中去。因此有人把民工的精神生活称为城市文化的沙漠地带。如果社会不能给他们提供健康的文化生活，腐朽和没落的东西就会占领民工们的精神生活领地。当为民工讨薪日益吸引社会关注之时，帮助民工走出城市的文化沙漠，丰富他们的精神文化生活也需要同步行动。

　　就在城南一个小商店里，记者看到许多民工在买报纸看。店主说，过去我们放几份报纸也没人要，现在每天100份一抢而空，大部分是民工买的。在一条小街的西面还摆放着很多的台球桌，店主说，过去这条街一共只有两张台球桌，现在外来民工一空就来打，生意好了，一下子就增加了十多桌。这说明民工们确实开始追求精神文化生活了。我们常常说，哪里外来民工多，哪里就"乱七八糟"。这在一定程度上固然是事实，可是我们不能撇开民工特殊的生存状态，以及他们生理心理上的自然需求，简单地对其进行道德上的指责。恰恰相反，我们应该反思两个问题：是否注意到了民工精神生活方面的需要？是否给民工营造了一个良好的文化环境？

（2006 年 9 月 4 日）

为医院"完不成指标"请功！

笔者在宜兴市人民医院看到了一张统计表，与去年同期比较，看病业务量增长较大，可是经济总收入却下降了。他们预计全年要少收入 3000 万元，完不成年初上级要求的经济指标已成定局。

面对这个局面，有人喜有人忧。但是社会上绝大多数人喜上眉梢，因为医院的收费门槛低了，他们可以不再一边拖着病体跨进病房，一边还要担心钱包太薄，进去容易出来难。医院收费贵，病人不堪重负，在近几年成为社会"通病"。群众的呼声日益高涨，从中央到地方都在想方设法，采取措施治疗这"社会病"。可是这病是疑难杂症，在"一切向钱看"的商品潮流中，它相当于癌症。医院要效益，医生要奖金，院长要指标，收钱当然是多多益善了。因此，在某些医院，病人一进医院，不管需不需要，先用 N 项仪器通身检查一遍；可用青霉素治的，硬要开出高档的抗生素药方；能用国产材料设备的，硬要用进口的。歪风一吹，所向披靡，社会怎么能不病？

治疗这"社会病"，手术刀要磨得削铁如泥。据了解，宜兴市人民医院是下了狠心的，在医药品采购领域，该院采取严厉措施打击治理商业贿赂。同时划了"红线"规定：门诊平均费用实现零增长、住院费用不得超过去年、药品占总收入比例逐年下降、医保病人费用不得超过去年，等等。硬指标下到各部门，超指标则受处罚。他们的院长说得好："医院应以社会效益为最高追求。"但是如今社会上有多少院长能有这种境界？有多少医院会对高收费动真刀呢？

目前，医院的收费改革文章已经"破题"，可是收费改革与社会方方面面关联着，这是一个全社会的系统工程，不是医院一家所能包揽解决的。全社会各行各业都应对此作出努力。比如说医院的上级部门为医院下达的收费经济指标，就是首先要吃一刀的。有些不合理的指标客观上逼着医院尽力"创收"，而在一定程度上忘却了医院是公共事业。再也不能拿经济指标像紧箍咒一样套在医护人员头上了。在笔者看来，如果因为降低收费卓有成效，病人众口称赞，而到年终未完成经济指标的医院，上级部门应该为他们请功才对。

（2006 年 9 月 4 日）

台湾留影（2014 年 4 月）

"流动的花朵"，你能快乐上学吗？

民工子弟有一个好听的名字叫"流动的花朵"，他们肩负着父母长辈们改变生活、改变命运的重托。可是最近记者得知这些"流动的花朵"在开学之际却遇到了新问题。不久前，来自安徽六安的张某，在未经主管部门批准、没有资质的情况下，租下宜兴市和桥镇锡宜公路边某环保厂一幢闲置厂房中的 28 间房屋，擅自挂出"和桥行知民工子弟学校"的校牌，开办了从幼儿园、小学至初中的 10 个班级，开始向学生家长骗取 360 元至 500 元不等的学杂费、接送费。第一天竟有 90 多人受骗报名。幸亏和桥镇政府发现及时，坚决摘掉了那块假"校牌"，追回了学费。

这样的事情不是仅仅在一个地方出现，一年之中人们可以看到多少回同类事件的报道。我们痛恨骗子，尤其痛恨那些在穷人头上吸血扒皮的骗子。对于这些骗子，我们要高举法律武器，给予狠狠的打击。

可是事实上，当我们处理完这一桩案子，将骗子送进了大牢，并没有能阻挡住类似案件的再次发生。就如田野里的野草，东边割掉了，西边又长出来了，每当骗子挂出"民工子弟学校"的假牌子，就会有大批民工子弟蜂拥而来。这就要求我们再从另一个角度来审视问题了，我们还得看到事件背后暴露的问题。就目前来说，还有两个问题是显而易见的：首先是我们的正规民工子弟学校还是太少，满足不了大量民工子弟上学的需求。其次是我们的正规学校收费太贵，民工微薄的收入不堪负担。外来民工大量拥入城市，这是不可逆转的潮流，据称我们无锡外来民工已经近百万，如果每一对夫妻有一个孩子，那是一个多大的数字！可是我们的社会，却在这种形势面前显得措手不及，即使心急火燎地批准盖起几所学校，也是捉襟见肘、僧多粥少。而那些一肚子坏水的骗子呢，却鼠头贼脑，把民工子弟上学的巨大市场需求瞄得精准。因此他们频频打出"校旗"，而且一挂出"校旗",立刻就会门庭若市。还有一点也不可忽视,我们的学校一般收费确实比较高,就连本地人也叫苦不迭,何况外地民工呢?而骗子的"学校"收费相对比较低,钻了这个空子,他们的竞争力当然就强了。作为低收入阶层的民工,当他们不知真伪时,哪里收费低就往哪里去也是顺理成章的。

民工子弟上学是一件关系到社会和谐的大事。我们应该立即行动,在继续打击非法办学的同时,加快批办一大批合法的民工子弟学校,加速盖起房子、置办设备、招生开课;与此同时,我们应该制定适合民工子弟的低收费标准,尤其是要对特困家庭减免学费,让每个适龄孩子都上得了学。作为政府部门,还应为此拨出专款。如和桥镇在取缔了那个非法骗子学校后,一些学校就对民工子弟网开一面,并由民政部门对特殊困难的学生进行了补助。这样,我们才能从源头上堵住骗子行骗的路径,才能对那些"流动的花朵"上学起到有效的保障作用。

(2006 年 10 月 9 日)

陶都纪事(续)

对"新农村"认识的偏差不能等视

社会主义现代化新农村建设在我市正掀起热潮，从平原到山乡，到处可以看到喜人的建设景象和崭新的面貌。可是记者在各地采访中也发现，在一些农村干部和群众中，在对新农村建设的认识和理解上，仍然存在着一些偏差。归纳起来，有三种不正确的观念：

第一种观念是认为"旧话重提"，没有新意，因而没有激情。有的农村干部说："'新农村'这个词喊了半个多世纪了，我们从解放初就开始建设新农村了，没有什么新意。"这是在农村干部和群众中普遍存在的认识偏差。确实，在一定程度上可以说，"新农村"这个词不是新词，对有些老同志说来耳熟能详。但是，新农村在不同的历史阶段、不同的历史背景下有着不同的内涵，比如解放初期，新农村建设是通过合作社组织，来实现一些最初步的生产和生活目标；80年代初，新农村建设是以建立家庭联产承包责任制为目标的。而我们今天建设的社会主义新农村，是以全面建设小康社会为广阔的历史背景的，拿我们无锡市来说，还有着更具体的内涵，就是与"两个率先""一当好，三争创"相联系的，更领先一步的"现代化"新农村，加了"现代化"三个字，就是与无锡实际结合起来了。从我们无锡来说，现代化的新农村就有着很实际的意义，它有着9项工作、32个指标。比如说"三大合作建设"方面，就有组建村级股份经济合作社、土地股份合作社、农民专业合作经济组织等等具体内容，这些新内容、新形式，过去有过吗？毋庸置疑，这些都是全新的内容、全新的课题。因此，新农村绝不是"老调重弹"，它是"老话题、新课题"，是我们党新时期崭新的目标。

第二种观念是"畏难情绪"，认为目标太高，可望而不可即。就农村改革而言，以往都是由农村自发出现了新的改革萌芽，然后由中央肯定并推行的，如联产承包责任制。而这次建设社会主义新农村的口号，是由中央提出的，这是第一次自上而下提出的新目标，可见"三农"问题在党中央的地位之重。号召一出，山呼海啸，全国各地农村迅速掀起了建设高潮。可是记者在一些村庄也听到了不和谐之音，其中最多的就是"畏难情绪"。有的人说："搞新农村建设首先就要有钱，我们村一年才有多少钱哪？别的富村可以建，我们穷村建不了。""伸手主义"也在抬头，一说到建设新农村，他就说："先拨点款子来吧，否则我们只好原地踏步，等待观望。"诚然，建设新农村需要经济基础，可是经济基础是个动态的概念，建设新农村也不是一蹴而就的，它有一个时间过程。从实践来看，新农村富有富的建法，穷有穷的建法，我们的方针是一切从实际出发，不强求一律。对于穷村而言，建设新农村对它是一股强劲的东风，建设的过程，就是一个治穷致富、改变落后面貌的过程，所以"畏难情绪"是对新农村理解有偏差的表现，它是消极的，应该坚决抛弃。建立起必胜的信心，确立一个经过数年奋斗可以达到的目标，并从眼前做起，不懈拼搏，才是当前要务。

第三种观念是"大拆迁就是建设新农村"。有时在乡村会听到农民在议论："我们村怎么还不拆？"在他们看来，要建新农村，就是要大拆迁，拆了就有钱来，有新房住了。甚至有的村干部也是这种认识，要建新农村，只有搞拆迁；而如果没有足够多的钱搞拆迁，也就搞不成新农村建设。其实这是对新农村建设的又一种误解。因为中央对新农村建设总的要求是：生产发展、生活宽裕、乡风文明、村容整洁、管理民主。诚然，我们有许多地方的新农村建设需要搞大拆迁，特别是城乡结合部的村庄。可是并不是全部村庄都要拆了重建。反过来说，并不是拆了重建的村庄就表明建成功了。新农村有多种形态，只要从实际出发，发挥各地优势和特色，建成符合中央方针、农民得到实惠的新农村就是成功的。

思想指导行动，对新农村认识上的偏差，正如道路上的沟沟坎坎，限制着我们前进的速度，甚至会引起方向的偏离，我们对此应引起足够的重视，不能等闲视之。

（2006 年 12 月 22 日）

陶都纪事（续）

文商须直答"一张考卷三个问号"

来到宜兴"八面来风堂"，1000多平方米的展室中，名人书画、紫砂艺术、专业网站等等会令你惊叹："堂主"石晓良先生素有"民间文化大使"之誉，一年来，他在南京等几个城市搞的几项文化传播活动有声有色。一个民营文化企业，能做到这么大不说是个奇迹，也可算是出类拔萃的了，石晓良应该感到自豪了吧？但是他却向记者吐出了满肚子苦水，他说："一开年，就有北京的一个文化人来劝我，做文化商人，要耐得住寂寞，当今要发财难啊！无锡也有一个著名的文化企业来交流，尽管他们做得还像模像样，但他们共同的感觉是一个'难'字，甚至怀疑行当选错了。"石晓良是2001年从部队转业回来的，由于对文化的热爱，他选择了创办文化沙龙的事业，靠着勤奋耐劳和对文化事业的执着精神，他经营的书画、陶艺、网站在苏南业界也算小有名气了。但是，他越干越觉得困惑重重。这种困惑是当今民营文化产业的困惑，也是民营文化商人的迷茫。他说："文化商人正面对'一张考卷三个问号'，必须正面回答！"

是单纯逐利，还是坚持品位？

"品位越高，市场越小。"这也许是石晓良的"经典总结"。

"现在读书的人很少，不管是当官的、有钱老板，还是一般的老百姓，基本上从书本上吸收营养比较少。像我自己出的书印5000册，要有100个人认认真真看完这本书我就很满意了。古人云：三日不读书，面目可憎，言语无味。现在很多人何止三日不读书，有的甚至三年不看一本书。你花很大的精力去写的、编的书，大多数只不过是作为领导干部或者一般企业老板的一种摆设。当今是俗文化占主导地位的时代，所以你的文化产业立足点越高，那么你的市场就越小，就越难扩大规模，甚至跨出每一步都比较艰难。"石晓良收藏了很多作品，其中不乏高品味的作品，包括宜兴紫砂大师和无锡泥人大师的作品，应该说是高品味精神的东西，可是这些作品极少能卖出去。石晓良觉得如果单纯跟风逐利，经营低品味的东西，不给人们和社会以高雅的精神文化，便是跟自己的良心过不去，可是你"清高"了，顾客不买你的账。石晓良认为，文化商人不光是做生意的，还有着传播先进文化、提高全民族文化素质的一份责任，所以要有相当一部分文化企业来经营高雅的、有品味的艺术文化。可是眼下在社会上还是行不通，因为这样你很可能会喝西北风。

是跟风作假，还是守法经营？

石晓良为艺术市场的不规范苦恼了好几年。他觉得游戏规则的混乱是制约我国民间文化产业发展的重要因素，他说：我们的法律法规，经济、科学等等都努力在与国际接轨，但是艺术品市场还是中国传统式的、封闭式的一种习惯的形式。他认为最突出的表现在两个方面：

第一是文化中介规则不健全。在国外画家都是与文化中介签约的，一个艺术家卖自己的作品是最羞耻的事情。而在中国个人卖自己的作品，大家会感觉到他这个人有本事，是一件最自豪的事情。社会为什么要文化艺术中介？这是社会分工的必然，为的是艺术家可以专心搞艺术。可是我们这里，文化商人为一个书画家或一个陶艺家花了那么多精力，搞策划、搭平台，只要他自己一联系上买家就把你甩掉了。像我的企业去代理艺术家的作品，是要交税的，可是艺术家他自己卖东西就不交税。我们是一个中介机构，无法去制约他们。这样下去，文化商人还怎么吃饭呢？

第二是文化艺术品"假风"盛行。"假作真时真亦假"，市场上假的东西太多了，别人也不相信我的真东西了。这也是制约文化产业发展的一道障碍。目前真正守法经营的文化商人，实际上利益少得可怜，真正经营上好的艺术品利益微乎其微。哪些人有大利益呢？制假、贩假，这是暴利。还有现在艺术品"假拍"现象非常严重。所谓假拍，就是说我这件作品在现场拍卖，我自己找人去买下来，同拍卖行私下讲好了，把价格抬上去了，大家分好处。我说怎么就没有办法治治他们？起码税务部门可治，如果假拍，拍出来 100 万，我收你 20 万的税，那你还敢假拍吗？有很多民间文化商人，在这种潮流面前，就走上了跟风作假的歧途，要不只能甘于清贫与寂寞。

是守守摊子，还是向上攀登？

石晓良说：我们民间文化商人有自身的局限性，主要是指政治实力、经济实力以及文化实力的局限。从发展趋势来看，这些制约会越来越大。先说政治实力，我们民间文化商人普遍社会地位不高，社会关系不硬，所以生意做不大。再说文化制约，目前的文化商人还是商人多，文化少。真正有文化、懂艺术、会经营的高层次的人还为数很少。这里我尤其要说说经济制约，这是民营文化商人做不大的主要原因。我刚从部队回来时就只有 20 多万元，2002 年开始贷款创业，一步步走过来的，每一步命运对我的恩赐还是比较大的，但是再发展就难了。我现在的收入主要靠两个：第一个就是紫砂礼品，第二个就是帮人家做文化策划，一年能够盈利上百万元也只是基本能够解决企业生存问题，只能算小打小闹吧。但是如果想做一些全国性的活动，比如说搞一些大型思想传播的研讨会，比如说同名气大的出版社合作出书，或者走出国门去传播中国文化，就受到经济条件的制约了，心有余而力不足了。所以我们民间文化商人大都是小本经营，经不起风浪，所以在一起时都有点消极，都说是守守摊子，混口饭吃吃算了。

同"八面来堂"堂主石晓良一席谈话，笔者感到文化产业的发展不会是一帆风顺的，尤其是民间文化企业的发展壮大还是一个值得研究的课题。虽然面对着的是重重困难，石晓良还是执着地说："文化产业的发展和民间文化企业的发展是我国建设和谐社会的需要。但是我们需要政策的扶持，比方说自己可以在文化艺术领域办报、办杂志；在工商税务上得到优惠政策；可以组织一些民间活动，把文化艺术的氛围造得更浓厚等等。虽然道路艰险且漫长，但我作为新时代的民间文化商人，还是想竭尽全力，为祖国的文化事业和文化产业贡献自己的才华和能力。在这张'考卷'上写下人们满意的答案。"

（2007 年 5 月 29 日）

党员新市民何处安"家"？

宜兴市一家文化艺术服务部最近招聘了 3 名大学毕业生，都是中共党员，他们一进公司大门，提出的第一个问题是："党组织关系落户在哪里？"这个问题一时难倒了经理，因为这个服务部尚未建立党组织。经过几番周折，最后在宜兴市委组织部的帮助下，终于落户在一个社区党总支。这样的事情并不是个例，记者最近在一些乡镇或企业采访时，多次听到类似的问题。随着外来新市民的急剧增加，党员新市民正在以一定的比例快速增加，其中很多党员尚未找到党组织，或没有落实组织关系，或没有参加组织生活，因此，尽快将他们接进我们的新"家"，就成为当今摆在我们面前的一项新的重大任务。

外来党员急切找"家"，这是一个让人欢喜让人忧的新问题。喜的是党员组织观念增强，把党组织关系的落实当作自己事业的新起点；忧的是我们大多数个体或民营小企业不具备组织条件，即使有党组织的地方也没有把它当作一件大事来认真对待。从组织原则上来说，一名从外地来的党员，应与本地党员一样进入一个"家"，这就是党组织。有了党组织才会履行党员的义务，例如交纳党费、发挥党员的先锋模范作用等等；他们要享受党员的权利，例如选举和被选举的权利等等。

为外来党员安"家"，应该根据各地不同情况区别对待，据记者所知，目前行之有效的有三种形式：第一种是将流入党员编入本单位或企业的党支部；第二种是为外来党员建立独立党支部；第三种是成立流动党员管理站，将因种种原因而无法编入党支部的纳入流动党员管理站中。如流入宜城街道有关企业的党员就进入了管理站，他们参加流入地的党课教育、文娱体育、科技创新、公益助困、争先创模等等所有组织活动，成效很好。

外来党员进了"家"，并不是万事大吉，我们的党组织应该加强和改进对这些从外地流入党员的教育管理，以便充分发挥他们的先锋模范作用，这是新形势下保持共产党员先进性、提高党的执政能力的一项重要任务。例如可为外来党员登记造册，建立管理台账和信息库；建立流入党员服务中心和管理站；开通流入党员的咨询热线，接受他们的咨询和投诉；举办流入党员专场招聘会，优先帮助他们创造就业机会等等；总之，要对这些流入党员在政治、经济、生活、业务等方面给予关心爱护，才能留住他们的人，留住他们的心，让他们和本地党员一道，为建设美丽富饶的"第二故乡"贡献才智和力量。

（2007 年 11 月 7 日）

评论与观察

343

面对"民工荒"咱们心莫慌

记者最近在一些乡镇和企业采访时，听到最多的忧虑是三个字："招工难。"一场大型招聘会，往往不能满足企业对职工需求的一半人数。要留住民工更难，企业主有的说："我们这里的外来民工是'白脚花狸猫'，屁股没坐热就跳槽了。"有的说："我们的民工身价直线上涨，而且越来越不知足了，不加工资就要走人。"有统计数据表明，苏南一带约有半数企业用工不足，无锡有一家重点企业缺工四成，严重影响了企业的正常运转。更加"火上加油"的是，有一个输出民工的大省，最近出台了一项优惠政策，吸引 300 万本欲外出打工的农民留在原籍建设家乡，这对于我们这个用工大区来说好比"釜底抽薪"，它给我们敲响一记警钟：来势汹涌的"民工荒"已经不可避免。

从民工"就业难"变成企业"招工难"，是一个历史的演变过程，从某种意义上说，是社会进步的一种表现。它表明人的价值上涨了，它叫任何人都不再敢小觑一个"人"字，外来民工工资近 2 年来涨了近 50%，就是明证。曾几何时，有些赚了大钱、粗了腰杆的企业主，竟不知天高地厚地说："在中国，找人容易找狗难。"确实，中国这个十几亿人口的大国，有时人满为患，无奈地"降低"了人的价值。可是在经济发展、社会安定、法制进步的今天，党中央提出的"以人为本"观念日益深入人心，人的价值在迅速提高，当今的"民工荒"就是一面明镜，民工在这面镜子面前一定会挺起胸膛，变得非常自信。

面对"民工荒"，企业主不能一味叫苦、怨天尤人，而应该首先反省一下自己："我待职工好吗？"你应当明白，以低工资、低待遇来"施舍"成天挥汗如雨的职工，甚至还要克扣和拖欠工资，从而获取超额利润的时代正在成为过去，一个向和谐社会前进的国家，是不会允许这种现象长期存在的。不懂得人的价值，不尊重职工的企业主，谁愿为你干活？你的结果只能是人皆避之，被社会抛弃，何谈企业的发展。

面对"民工荒"，我们心不用"慌"。只要政府和企业，甚至整个社会都积极应对这种变化，我们就能因势利导，开创出一个全新的局面。我们可以主动到外地广辟用工渠道；可以提高自动化程度，来改变用工密集型的现状；我们可以有百种、千种应对办法，但最根本的一条，就是必须本着"以人为本"的精神，提高职工的待遇，改善职工的生活，当前特别要为外来民工做好社会保障工作。"人往高处走，水往低处流"，这是自然和社会的统一规律。广州市最近将100多万外来民工纳入了社保体系；上海市政府最近决定，将对职工工资过低的企业进行处罚；宜兴有一家电缆厂的老板待职工如兄弟姐妹，大家生活在一个温暖的"大家庭"，职工和技术人员几乎没有一个愿意离开，外地民工纷纷慕名前来应聘，因此他们从来没有遇到"招工难"的问题，其结果是工人干劲足，车间开工足，企业效益好。如果我们的政府和企业都能做到这样，真正成为外来民工生活、工作、创业的乐土，为何还要为用工而"心慌"呢？

（2007 年 12 月 3 日）

评论与观察

345

春节民工返乡谨记"三要"

新春佳节将到，民工返乡如潮。记者在车站码头，看得心潮汹涌。在与民工朋友们聊天中，才懂得，他们的返乡过程其实是一个社会过程，它充满着喜悦，又充满着波动。民工一年辛苦到了头，怀里揣着人民币，劳动有了回报，心中百感交集，兴奋之情难以言表。可是要平安返乡、幸福团聚、建设家园，还有一个不小的行程。记者觉得民工在返乡过程中要谨记"三要"：工资要拿到手、安全要记在心、钞票要合理用。

一要：工资要拿到手

拖欠农民工工资的现象，是社会中的一颗毒瘤。近几年来，在建设和谐社会过程中，我们已经挖掉了许多这种毒瘤，社会风气也纯净多了，农民工的工作生活条件发生了很大变化。可是这种现象并非已经绝迹，从去年来说，无锡全市共检查了936家大量使用民工的企业单位，发现有254个单位拖欠农民工工资，总额达4602.64万元，涉及农民工1.91万人。有关部门奋力追讨，及时帮助民工"追欠"，责令企业支付到位，终于给了农民工一个说法。但是到了年底，有些老板还心存猫腻，总想在农民工身上抠一把，往自己口袋里装一把。因此拖欠工资的恶劣现象总会在我们面前出现，我们对此要有充分的心理准备和反击准备。遇到这种情况，农民工不可姑息迁就，吃哑巴亏，要敢于拿起法律武器追讨，要让那些黑心老板受到应有的惩罚。

二要：安全要记在心

民工们走南闯北，远离家乡，亲人望眼欲穿地等待他们回家团圆过春节。可是每年都会看到不少民工遭遇失窃和交通事故的报道，令人痛心疾首。去年，我市精心组织实施了"百万员工安全生产教育培训"的实事工程，农民工安全生产意识增强，各类事故明显下降。与上年同比，去年发生的事故和死亡人数有了大幅度下降，去年有关部门大力帮助农民工依法维权，共办理民工法律援助案件1316件。可是在回家过春节的路途中，我们还是应该再次敲起警钟。我们应该向民工朋友们进行"春节临近，加强防范"的宣传教育。提醒民工回乡尽量不要走偏僻道路，防止抢夺，带少量现金，余款应存银行或汇回家；在车站要谨防各类骗局；途中上下车要按次序，不要拥挤，防止小偷趁乱扒窃等等。另外，不要坐车况不好、超员、司机酒驾的客车，也不要坐黑车及农用车。一旦发生失窃和交通事故等情况，要及时与公安交通部门取得联系，寻求法律援助。

三要：钞票要合理用

农民工一年下来，只要是勤勤恳恳的，收入都在万元左右，一些能吃苦耐劳并有一定技术的农民工，收入甚至在两三万元以上。农民工的钱，是血汗钱。年底了，农民工朋友回乡过年，这笔血汗钱对于个人、家庭而言都极其珍贵。一年所挣的血汗钱，是花掉还是存起来？还是投资？这是农民工应该考虑的问题。然而记者从一些乡镇了解到，一些农村过年时的坏习惯，使农民工无法将钞票正确使用。农村腊月都是农闲时分，有些民工认为这是一年中最应该"放松"的时候，喝酒打牌成了他们的习惯，甚至还有人参与赌博。不少农民工辛辛苦苦在外挣的钱，回家过年时可能就"消失"在牌桌上，有的还会引起夫妻争吵、家庭不和，实在令人担心。

打工得了钱，农民工也要学会理财。据国内某著名网站所作的调查显示，近80%的农民工有存钱计划，其中大多数人的存钱目标在5万元以上。调查发现，民工存钱的目的是为了投资做生意，其次是子女教育投资。选择投资做生意的普通民工高达65%，均远高于给家里盖房子、结婚、购物等消费性选择。这说明我们的民工已经成为投资创业的一支生力军。可是记者在此还是要对民工朋友说一句："投资有风险，入市须谨慎。"要懂得科学投资、理性投资，否则你那一点辛苦钱就可能打水漂。事实上，一些急着要做生意赚大钱的民工往往由于缺乏可行性调查，盲目投资，或者轻信人言，而上当吃了大亏。

（2008 年 1 月 14 日）

陶都纪事（续）

关注农村孩子"上学难"

寒假过去了，学校又热热闹闹地开学了。记者发现有很多农村学生由于到学校的路途遥远，上学是一个艰难的行程。一些学生要到离家数公里，甚至十多公里的学校上学，他们得每天早上五六点钟摸黑起床，然后想各种办法、用多种交通工具赶到学校上课。遇到刮风下雨，上学途中的艰难更是可想而知；到了放学时，回家的路又是同样的漫长而艰难。这表明在新形势下，农村孩子遭遇了新的"上学难"。

近几年，由于乡镇村的行政区划调整，撤并了大量的镇村，同时也引起了学校的大量撤并。学校数量的大幅减少，从好的方面来说，是促进了教育优质资源的充分利用。可是我们不能不看到它带来的负面影响，原来可以在家门口上学的学生们，不得不长途跋涉，这除了增加家庭的交通开支外，更是把宝贵的时间浪费在上学和回家的路上，难免在一定程度上影响教育质量，也增加了学生在上学途中的安全隐患。

面对农村孩子新的"上学难"，有许多学校从关心下一代和"以人为本"的原则出发，已经采取了许多行之有效的对策。如宜兴市在努力实现教育高位均衡发展过程中，开始高度重视农村学生上学难的问题。万石中学努力为学生创造寄宿条件，新造了30多间学生宿舍，全部装了空调，并逐步改进成公寓式宿舍；离校远的学生，全部住进了学校。每天晚上都有干部和教师值班管理，保证学生的安全，家长们非常满意，现在寄宿生已经占到学生总数的40%左右。有的学校专门为远路学生安排了接送车，并给每个家长发了安全告知书，提醒他们不要让孩子坐"黑车"、超载车和报废车。更多的学校正在投资建造学生宿舍，让更多的农村孩子享受到寄宿便利，减免每日长途奔波之苦。这些适合农村实际的新做法，值得大力推广。

农业、农村、农民，历来是共产党和人民政府关注的重中之重。春节后刚刚公布的改革开放以来第十一个中央"一号文件"，再次表明了中央解决"三农"问题的决心和信心，这其中当然包括了农村教育问题，并且有许多解决农村教育问题的精辟论述和具体要求。目前我们如何使农村孩子的"上学难"变得不难，使他们能像城里的孩子一样，每天轻轻松松地上学，轻轻松松地回家，实现真正意义上的教育公平，这是摆在我们面前的一个新课题。

（2009 年 2 月 9 日）

在钓鱼台国宾馆参加采访（2007 年 12 月）

"危机"是人才储备的良机

宜兴"八面来风堂"是个只有5名工作人员的个体文化沙龙，却赴安徽合肥工业大学、安徽科技工程学院等高校进行现场招聘，吸引上百名应届和往届大学生毕业生前来应聘文案编辑、美术编辑等岗位。昨日，满载而归的"八面来风堂"堂主石晓良十分兴奋地说："我们企业过去能生存和发展，靠的是优秀人才。现在虽然遇到了金融危机，但我们不能光看到眼前的困难，而要看到当前正是吸收和储备人才的最佳时机。"

记者觉得"八面来风堂"虽小，却有宏大的战略眼光。国际金融危机到来后，许多企业订单少了，利润跌了，难免产生恐慌，因此有的企业主就说："饭都吃不饱了，怎么还能养人？"遂大规模裁员，甚至将原来为企业发展立过汗马功劳的技术人才和管理人才也"忍痛割爱"，企望以此来降低成本，渡过经济"寒冬"。而"八面来风堂"同样遇到了难关，却非但不裁员，反而大量引进专业人才。因为他们的信念是："困难总是暂时的，而人才却是永远的。"

危机中潜伏着机遇，这是千真万确的哲理。目前我们的企业都在艰难中寻寻觅觅，找到了不少危机中的机遇：有的企业抓住政府贴息的扶持政策，投入巨资改造提升生产装备；有的企业利用原材料价格低谷，大量"囤积居奇"，以备高峰；有的企业不失时机，大量收购亏损、倒闭企业，实现低成本扩张。

"低成本扩张，低成本储备"都是企业家远见卓识的表现，但是我们更应该懂得：人才是需要储备的，而当前正是人才的"低成本扩张和低成本储备"的良机。大学生求职的高峰已经到来，有关部门预测今年全国有200万大学毕业生难找工作；一些企业亏损或倒闭，使大批工程技术人员和企业管理人员不得不离开企业，重新求职。在这种形势下，企业的一个大机遇来了：一是人才市场的大门开得更大了，有了选择各种所需人才的余地；二是这些人才不会不顾现实而要求过高的报酬和待遇；三是可以享受更多鼓励人才投资和人才储备的扶持政策。

人才战略是兴国战略、兴市战略。从某种意义上说，我们学习实践科学发展观，就要深刻理解人才战略的意义，摒弃鼠目寸光的思维和用人方式。历史表明，每一次经济危机后，必将迎来一个经济复苏和振兴的高潮。"一才难求"是前几年经济高涨时一些企业主不幸的遭遇；而在当前企业处在低谷时，如果不储备人才，那么到经济复苏振兴到来时，你又会吃"二遍苦"。谁拥有人才，谁就拥有财富；谁储备人才，谁就能夺得复苏和振兴的先机。

（2009 年 2 月 19 日）

福空通信团在漳州轮战合影（1974 年 1 月 1 日）

经济拒绝个人崇拜

世界"股神"沃伦·巴菲特 2 月 28 日公开承认，他没有预料到国际油价会出现大幅暴跌，他在去年国际油价接近最高点时大量买进美国康菲石油公司股票，是一次明显的投资失败，导致伯克希尔·哈萨韦公司损失了数十亿美元。巴菲特的惨败令世人震惊，一时间成为全球特大新闻，有人惜之，有人怨之，有人笑之，有人损之，好像经济世界的一尊"神像"轰然倒地了。其实不然，因为在经济的世界里，本来就没有"神"！一切关于神的传说、神的崇拜，都是可笑而可悲的。

当今的世界经济有一股个人崇拜的潮流。例如人们将在股票市场上具备卓越的投资眼光、创造巨大财富的人称为"股神"。最早戴上"股神"桂冠的是美国的投资家巴菲特，中国有"股神"称号的也不少于一打。推其开来，还有炒汇的"汇神"、炒期货的"期神"等等，介绍"经济领袖"的书籍一时间汗牛充栋。这种现象的出现和盛行，反映了人们对经济财富的急切追求和对经济现象的迷惘不安，他们希望有"神"来指引他们，避免大风大浪，到达发财致富的彼岸。因此，我们可以看到近几年经济领域中的"个人崇拜"如日中天，某"股神"的一句话可以让大盘波澜起伏，叫亿万百姓将养家糊口的钱双手捧送，落得血本无归；某理论学者的一个哗众取宠、误人子弟的"预言"，能叫许多高智商的学子趋之若鹜，奉为神明；某借道讲学的经济学家一个轻率的判断，能决定数亿元的项目上马或者下马……今天巴菲特的失败，给人们敲了一记醒钟：经济领域的个人崇拜应该落幕了。

经济拒绝个人崇拜，因为经济是一门科学，有自己的客观规律，人们通过无数次学习和实践，在成功和失败中可以无限地接近科学真理，但是没有人能掌握全部科学真理。经济是发展的，科学真理也是发展的，没有

在福州军区空军服役（1976 年）

人能料事如神到不失一城的境界。盲目跟人，盲目跟风，总是败多胜少。我们在经济生活中要有自己独立的思考，独到的眼光。经济界要少一点空手投机意识，多一点夯实经济基础的意识；少一点一本万利的梦想，多一点薄利多销的营生。

经济拒绝个人崇拜，因为个人崇拜是一种变相的迷信，而迷信只能造成悲剧。《国际歌》我们今天要唱得更加响亮："从来就没有什么救世主，也不靠神仙皇帝！要创造人类的幸福，全靠我们自己！"经济是因时、因地而千变万化的，将经济理论与经济实际结合、因地制宜地发展是一个真理，也是科学发展观的一个核心理论。不唯上，不唯书，只唯实，是我们应有的态度。

当国际金融危机横扫世界各地时，曾有人幻想着"股神"巴菲特等"经济领袖"能成为"救世主"，可是现在大家终于知道，他们也是"泥菩萨过河"。我们只有团结起来，从上层领导到基层群众，用自己的大脑和双手、智慧和能力，以扩大内需、转变发展模式等等方面的实事为己任，才能顺利渡过危机，走向复苏和振兴的彼岸。让我们的思想冲破"个人崇拜"的牢笼吧！

（2009 年 3 月 2 日）

企业主不是"救世主"　主人翁才是"主力军"

面对国际金融危机的严峻形势，政府在行动，金融机构在行动，企业在行动，那么奋战在一线的职工如何发挥在经济复苏振兴中的主力军作用？记者近日走访了一些部门和企业，发现这是一个新课题，因为有些企业主不是一味伸手向上"求援"，就是只相信自己是企业的"救世主"。轻视职工的"主人翁"地位，忽视职工的"主力军"作用，是我们当前应该严重关注的问题。

职工是企业的主人，其崇高地位并没有因金融危机而改变。金融危机风暴袭来时，我们关注得最多的是政府、金融机构和企业的应对行动；而讲到企业时，又基本上是讲企业主的决策行动，却往往会轻视英勇奋战在一线的工人的行动。不可否认，企业主在企业中起着主导作用，但是，他们的正确决策，都要通过工人们的脑力劳动和体力劳动来贯彻实施，才能赢得生产和经营的成功。就如军队统帅领兵打仗，其作战意图、战略决策，都要靠士兵的血肉之躯冲锋陷阵、攻城略地，才能将胜利的红旗插定。因此，职工应该是经济复苏振兴的主力军，最大限度调动他们的积极性，是应对金融危机的一大战略。

化解危机，企业必须依靠职工。依靠职工，前提是承认和尊重职工的"主人翁"地位。有些企业主沾染上了"太上皇"习气，不把职工当"主人"，喜欢居高临下地对职工发号施令，遇到困难也想不到职工的力量，企业命运几乎全由几个人决定；依靠职工，就要创造一个和谐的劳资关系，对于企业领导来说，必须始终维护职工的合法权益。事实证明，哪个企业职工权益维护得好，哪个企业在危机面前就会出现劳资双方风雨同舟、转危为安的局面；反之，就会"兵败如山倒""树倒猢狲散"。记者了解到，"中国电缆城"的上百个电缆企业目前大部分做到了对职工"保岗位，保工资"，职工积极性空前高涨，因此目前生产形势稳定，经营逐步上行；依靠职工，企业还应该大力采取激励措施，营造一个"劳动光荣、知识崇高、人才宝贵、创造伟大"的浓厚氛围。

要使"主人翁"真正成为经济复苏振兴的主力军，就要积极引导职工在危机中建功立业。宜兴市的一些做法值得推广：该市围绕保增长、促复苏，积极开展劳动竞赛活动，组织"千家企业职工职业技能大赛"；很多企业大力开展以自主创新、节能减排、挖潜提效、增收节支为主要内容的职工技术创新活动，推动企业科技创新和技术进步；各级工会大力实施职工素质提升工程，组织开展岗位练兵、技术交流、技能培训等等活动，在危机中提高职工自身技能水平。

危机是英雄模范辈出的时机，职工们要争当经济复苏振兴的"主力军"，大力弘扬新时代劳模精神，以更加高昂的主人翁精神、更加科学的创造精神，为企业渡过急流险滩冲锋在前。

（2009 年 3 月 13 日）

陶都纪事（续）

工艺品走向百姓天宽地广

看到素以青瓷闻名的宜兴金帆陶瓷公司由年销售额几百万元变成了几亿元，怎不令人振奋？它非同凡响的一跃，是市场创造了神奇。它以辉煌的业绩指明了一个方向：无论何种产业，只有走向大市场，才会有大出息。

"东方蓝宝石"青瓷走向市场是观念转型的胜利，假如金帆公司死守着"象牙塔"，埋头只在艺术上精雕细刻，而放弃开发青瓷的日用功能，同广大普通消费者形同陌路，老死不相往来，那么也许永远只能在"三分田"上耕耘，在"百万级"上徘徊。目前在无锡这个经济蒸蒸日上、传统工艺品发达的宝地，"亿元级"工艺品制造企业依旧寥若晨星，这不能不归咎其市场观念的薄弱。

工艺品走出"象牙塔"，走向日用品市场会"掉价"吗？这种担心是多余的，走向市场就是走向百姓。一般的工艺品如果脱离了老百姓的吃穿住行，其产量肯定上不了台阶，企业当然也难以"发育"。宜兴紫砂壶的市场好行情之所以旷日持久，就是其艺术价值和实用价值的有机结合，获得了艺术收藏和生活实用的两个市场，因而数万紫砂从业者走向了小康，其中相当一部分已经从小富变成大富。这说明，只要能抓住市场机遇，受到市场的认可，日用工艺品照样能赚大钱，金帆公司的一只酒瓶卖1500元，一次订货600万元，这能说是"掉价"吗？

走出"象牙塔"，走向大市场，当然不是喊一句口号就会功成名就的，这需要经历一个磨炼和开拓的过程。从金帆公司成功的转型来看，首先要准确了解市场需要什么，要生产市场最需要的产品、最有前途的产品，金帆公司有幸选对了为造酒业配套的产品。第二要有创新的产品，并且不断提高产品的档次和含金量。第三还要敢于走出去"探水"，国内是个大市场，国际更是个大市场，比如我们的工艺品绒绣在国内萎缩了，但在美国就很有市场；老凤祥首饰最近参加美国拉斯维加斯国际展览后，就打算把工艺礼品和黄金饰品结合起来，由美国来设计款式，老凤祥来加工。目前尚冷落在"象牙塔"的产品和公司，能否借鉴他们转型的新路子，学习他们开拓的精神，向着大市场勇敢出击呢？

（2009 年 12 月 15 日）

江苏大学（镇江师专）第一届团委委员合影（1980 年 12 月）

青山绿水就是"金字招牌"

　　各个城市都有各自的"金字招牌"，也就是其个性的最大亮点和优势的最大发挥。宜兴将生态宜居作为宜兴最响亮的"金字招牌"，可见其科学发展的境界之高。

　　宜兴的生态文明建设步伐近几年一直走在江苏省前列，这是由于宜兴市委、市政府坚持把生态宜居作为城市的核心价值来追求，把生态优势作为最大的后发优势来培育，把生态投入作为最有价值的投入来实施，所以该市去年成功创建了国家生态市，成为人见人爱的秀美城市。

　　奋力实现"十二五"强势开局，离不开良好的生态环境。有限的环境容量，接近饱和的开发强度，都决定了我们再也不能走传统的发展路径。从某种意义上说，能不能以生态文明建设为突破口，倒逼发展方式加快转变，决定着我们城市的前途和命运。生态文明搞上去了，就能成为发展方式的"转换器"、产业升级的"助推器"，全面推动经济社会加快转型，实现综合竞争力的大幅提升，以最小的资源环境代价支撑可持续发展。

　　一个幸福城市绝对离不开良好的生态环境。生态环境是市民最渴望的民生诉求，良好的生态最能满足人的归属感，激发人的幸福感。破坏生态的发展路径，正在为人们所抛弃。通过生态文明造福百姓，是各级政府最应提供的公共产品。推进生态文明，就是要把环境保护作为执政为民的最大实事，把生态建设作为全民共享的最大福祉。在"十二五"开局之年，我们要掀起一场彻底改善全体市民生存环境和生活质量的"生态革命"，把我们的城市建设得更加美丽，打造一个市民满意、世人向往的宜居家园。如果有人问：一个城市吸引人才、吸引投资，最大的吸引力是什么？回答应该是：一个碧水蓝天、芳草如茵、绿树成林的生态环境，只要我们拥有一个好的生态，就是拥有了一块响亮的"金字招牌"。

（2011 年 4 月 19 日）

业务研究

深度报道心得三题

一、深度报道要抓住热点

深度报道是权威媒体的优势，是大报风格的体现，是唱响主旋律、打好主动仗的重要手段。深度报道往往在重要时期，对重大新闻起着重要引导作用，是读者深刻了解党的中心工作、重大决策的有效报道形式。在当前新闻媒体竞争日益激烈的形势下，党报要生存发展，离不开深度报道。

什么叫深度报道？美国《哈钦斯报告》中关于深度报道的定义是："所谓深度报道就是围绕社会发展的现实问题，把新闻事件呈现在一种可以表现真正意义的脉络中。"在事实的基础上，不是简单地报告事实，而是为读者梳理出关于事实的认识。我们现在的报道中，常把详尽的报道误视为深度报道，而没有把注意力集中到"表现真正意义的脉络中"。通常的消息采用的是客观报道形式，属于"一人一地一事一报"平面式的、孤立的报道，而深度报道就需要将事件的"点"延伸到横向、纵向各个方面，展示事件的宏观态势和前景，要求跨越时空，深度报道有对现象的解剖、对问题的透析。可以说，深度报道形成于思，因为思考的深度决定着报道的深度。新闻现象的本质、新闻现象所隐藏的问题，正是通过作者用不同的思考方式，将其剥离和凸显出来，成为新闻的主题。

我长驻宜兴记者站多年，有一个深切感受，就是深度报道要抓住热点，有的放矢。我本人获得国家级和省级的新闻奖的作品，绝大部分是属于这一类热点深度报道。

一要抓住改革开放大潮的热点。例如在改革开放初期，宜兴山区还比较闭塞，信息不灵、交通不便、观念不新，使山区的经济发展比平原地区滞后许多。如何加快山区的改革开放步伐就成了当时的一个热点和难点。这时，我在太华山区发现了新闻：由于较早开放，太华许多人在观念上已突破了山区的篱笆，因而乡镇企业发展特别迅速，超过了许多平原乡镇。我便深入到山区，进行了十多天的采访，写出了深度报道《今日太华山人》。从人的思想素质的提高，反映改革开放的成就，让人们看到改革的春风所到之处，就会产生崭新的面貌。

二要抓住思想议论的热点。当我国农村的联产承包制全面实行后，一家一户的经营成了主要形式。当时出现了一些新的社会现象，因而引出了许多议论，其中有一种议论就是承包到户后，农民的思想觉悟降低了，私心占了上风，对集体的事业不再关心，党组织的凝聚力和号召力也难以为继了。一句话——人心不齐了。我通过在抗洪救灾的过程中所发现的一系列动人的故事，写出了通讯《陶都筑起钢铁城》，在《无锡日报》和《人民日报》上刊登，向人们展示，在大是大非面前，人们的心还是很齐的，党组织的凝聚力、号召力还是非常强的。

三要抓住经济国际化的热点。中国从清朝开始闭关自守，新中国成立后也长期不开放。因而经济的国际化是一个长期的而艰巨的过程，也是需要我们新闻界长期关注的领域。跟上经济国际化的步伐，抓住其中的热点，引申出经济国际化的理念和方法，是十分有意义的。我于1993年到香港采写的《农民闯港记》，就深刻地阐发了中国农民急需走向国际、中国经济急需与国际接轨的理念。这篇报道在《无锡日报》和《农民日报》头版头条刊登，对开放型经济起到了推波助澜的积极作用，社会反响良好，被评为中国地市报优秀新闻。

二、深度报道要处理好几个关系

深度报道可以说是我们党报的"原子弹"，是我们占领制高点、发挥导向作用所不可或缺的。但是，必须处理好几个关系，才能正确地、充分地发挥其效用。

第一，要处理好热点和非热点的关系。要懂得热点的新闻会流于表面化，而非热点的新闻会演变为热点的道理。热点事件容易报道，但也不易深化，这时需记者独具慧眼，由浅入深，找出事件背后的新闻来。同时，记者要有一定的前瞻性，对非热点而可能将成为热点的社会现象有把握、有分析、有准备。一旦成为热点，就先声夺人。

第二，要处理好理性分析与客观报道的关系。虽然是热点新闻的深度报道，但它毕竟偏重理性思辨，如果把握不好，会显得主观色彩太浓和感情渲染过重。缺少新闻味，淡化时效性，作者直接站出来评点是非，用一连串概念启发受众的思维，已成为一些深度报道的通病。要避免这些问题，必须把握好两个定位。一是角色定位。记者要摆正自己的位置，自己只是事件的反映者，不是法官，不是包公。二是报道角度定位。新闻是用事实说话的，事实的深刻胜于思辨的深刻。在报道中，用理论思辨深化新闻主题，强化新闻的社会意义，起到画龙点睛的作用是允许的，但不应过度运用。报道的重点还是要放在对深层事实的挖掘上，深层事实出来了，深层思想也就自然而然产生了。没有深层事实，只有一些自以为是的议论，这样的报道不是真正的深度报道。

第三，要处理好长与短的关系。深度报道由于反映的是重大社会问题，事件错综，背景复杂，篇幅长也就在所难免。在报纸上应适当运用，而不要过量刊登。报纸的基本功能是传播信息，要增大信息量就必须依靠短新闻，短新闻应成为报纸版面的主体。在此，有两种不良倾向必须纠正：一是深度报道篇幅的人为拉长，画蛇添足，该短而不短；二是任何题材都想写成深度报道，结果造成深度报道没深度，空话废话一大篇，报纸杂志化，新闻文章化。

三、创新是深度报道的生命

深度报道最忌千篇一律。它需要不断地创新，主要在主题和题材两个方面创新。

一是主题创新。要保持增强舆论引导的影响力和指导性，新闻工作者就必须有开阔的视野和敏锐的洞察力、着眼点和立足点，而这种功夫，就在你所要表达的新闻主题思想。因此，我们在表现新闻事件之时，除了对新闻要素进行恰如其分的"优化组合"，一定要以最具典型的事例落笔，以最能揭示主题意义的点上开端，使文章的题材要素紧紧围绕所要阐述的主题服务，并能从一定广度上深化主题，而不要以事论事。二是题材创新。

我们正处在改革开放向纵深发展的时代潮头，物质文明、精神文明、政治文明，给我们新闻工作者提供了诸多的新闻源头，是我们取之不尽、用之不竭的新题材。特别是如何从老题材中找出新规律，突出新亮点，写出新意来。老题材出新意，主要是题材的刷新，围绕一个新字，将老题材写活，写出新情况，变化新内容。唯物辩证论告诉我们，事物都在发展变化，不会一成不变。农民的思想观念的更新是一个永恒的题材。农民在经济大海中学习游泳也是一个艰难的过程，是一个社会前进的过程。我在这些年来写了《来自山区农民消费的新信息》《悲鸿家乡的摩风》《滆湖飞舟》《一私营业主在六国申请了专利》《富裕之花为什么这样红》《唱响农家生意经》等报道，在题材上不断创新，从而使主题不断深化。

（2007 年 3 月 6 日）

江苏大学（镇江师专）同学合影（1981 年 3 月）

好题材 + 好角度 = 好新闻

写出一篇好稿，是由多方面因素决定的，所谓天时、地利、人和，缺一不可。但是最基本、最主要的因素有两个，一个是题材，一个是角度。《无锡日报》2007 年度好新闻评比中，我采写的《年产十亿竹制品 "竹海"不少一根竹》《太华为保水源挥手告别种稻史》和《农家的"新年礼物"》3 篇稿均获得一等奖。如果说要谈谈体会，无非就是"好题材"加上"好角度"吧。

好题材难得，要看得准、抓得住

新闻题材可以说上到天文地理，下到社会各阶层、各事件，随处都是，随时都生，因为世界是变动的，社会是发展的，发展和变动就产生新闻。可是新闻有大有小，这是由它的新闻价值所决定的，新闻价值是一种客观存在，新闻价值的高低大小是由多种因素决定的，说起来比较复杂。好稿件首先是它的新闻价值高，没有较高新闻价值的事实，即使你花九牛二虎之力去采访，用生花妙笔去修饰，也难以成为人们关注的好新闻稿件。我们说新闻事件多、新闻题材多，可是有较高的新闻价值的事件或题材，总是有限的，而且稍纵即逝，因此，我们必须努力发现它，并且要全力抓住它。好稿的成功都是一个新闻价值准确判断的结果和一个不失时机抓住新闻的结果。

新闻价值的判断决定了你采访什么、写作什么，新闻价值的判断需要有较高的新闻敏感性，新闻敏感性是记者的基本素质，它是记者政治素质、文化素质、新闻业务素质的综合表现。它的提高是一个长期学习和磨炼的过程。

例如《太华为保水源挥手告别种稻史》一稿，我是从以下几个方面来判断它的新闻价值的：我觉得它的新闻价值首先表现在这件事情的新闻显著性上，6000多亩稻田全部停种水稻，改种旱作物，牵涉到全镇数千户农户，而且改变了千百年的种植历史，这必定引起相当大的社会关注度，这不同于一般的农业结构调整。其次从这个事实的新闻宣传性质上来判断，它有三个显著特点，一是"水改旱"为的是让国家大型横山水库免受农田面源污染，让百万人民都喝上洁净的横山水库的水，这是保护生态环境和改善民居环境；二是事件中太华人表现出了高尚的道德风尚，其奉献精神是可圈可点的；三是太华镇委、镇政府因势利导，将挑战变成机遇，将此作为向现代农业转化的一个契机。这三个方面的特点正是当前党的"十七大"所大力提倡的和需要大力宣传的。因此，由这些方面构成的新闻要素，就汇合成相当高的新闻价值。

判断出好新闻是一回事，能不能抓住它又是一回事。优秀的记者既要"识货"，又要会"抢货"。这就要及时抓住它，千万别让它在你眼睛前面飘走、鼻子底下溜走、手指缝里滑走。我们有许多好新闻就是这样丧失良机的。记者要头脑反应快，这就是要有迅速判断新闻价值的能力，还要行动快，这就是要在第一时间赶赴新闻现场。太华镇靠着安徽省，是宜兴最边远的山区，一个来回要100公里路，但在告别种稻史这一新闻上，我是去了两趟的，第一趟是跟着市领导去调研，当时只是听到有这么一个大计划。而我最后一次采访，是在2个月之后，我选择了最佳新闻表现时机，那就是农民将最后一担稻谷挑上场的那一天，这样更加凸显了"告别"这两个字的深刻含义。这样才算真正抓得及时，抓得准确。新闻价值可以说是"时鲜蔬菜"，如果过了这个时机，就大减价了，甚至分文不值了。

再说《农家的"新年礼物"》这篇稿件的采写经过，也是一个快速判断新闻和果断抓住新闻的经历。去年12月的一天，我并没有打算去谢桥村采访，因为我不知道那里有什么新闻，只是自己开着车跟着宣传部的同志到一个镇去看精神文明建设情况的，在回家路上，车子路过谢桥村门口时，宣传部一位科长告诉我，谢桥村一年印一本挂历，发到每个农户家中，连续印了十年，我一听，马上产生了"第六感"——有好新闻来了！当时车已驶过村门一里多路，我果断地打转方向盘，调过头来开进村部，找到了村支书。就这一回头，使我得到了一个好新闻。可是当村支书看见我来采访时，只是想报道该村新农村建设发展的全面情况，而认为挂历一事分量太轻，不值多说。过了两天，我们再去登门采访，用锲而不舍的精神打动了村支书，终于得到了我们所要的新闻素材。这样，我们才抓住了一个好新闻。所以面对新闻，要抓得住，就要发扬新闻记者应有的敬业精神，排除干扰，克服困难，一往无前，不达目的不罢休。

好角度难找　要既"新"又"小"

　　面对一个新闻事实，从什么角度来反映，是写好新闻的又一个课题。"横看成岭侧成峰，远近高低各不同。不识庐山真面目，只缘身在此山中。"新闻也是一样的道理。我们想让人们看到这个事实的哪一面，是有我们的主观性的，这就是所谓的导向性，新闻主题是由新闻角度表现出来的。我们要寻找新闻独特的视角，彰显新闻的重要性，甚至引导人们看到新闻背后所隐藏的深刻含义，打动读者，教育读者，起到引导舆论的良好社会效果。

　　要找到一个好角度是不容易的，本人多年来，努力地、不断地寻找角度，找角度要牢记一个"新"字，着眼一个"鲜"字，因为每一个新闻事实都是不一样的，要因地制宜，因材选角。有时候还要在一篇文章中不断尝试着变换角度，就像拿着照相机左右前后上下试镜头一样，而在具体写稿件中，就不像对镜头这么简单了，这就要花费反复大修改的功夫了。我在张渚镇听到镇长说，他们的竹制品加工跃上了新台阶，一年生产竹制品十亿元，成为全省乃至全国著名的竹制品基地。我当时决定从发展农副产品加工业、发展农业龙头企业的角度来写，应该说，这是一个不错的角度，因为这也是农业现代化的一个重要方面，而且张渚镇在这方面是有闪光点的。可是在深入采访中，我突然想到，一年生产十亿元的竹制品，要砍伐多少毛竹啊，照这样下去，用不了几年，茂密的"竹海"不是要成为荒山秃岭了吗？这不是重蹈了"发展了生产，破坏了环境"、吃光了"子孙饭"的覆辙了吗？我带着这个问题，再找张渚镇农林部门负责人问个究竟，他们用事实圆满地回答了我的问题，原来他们采取了一系列措施，一是扶持湖南、江西等贫困地区大力发展种竹业，将那些省份作为原料基地，也使那里的农民增加了收入，二是在本地继续积极种植毛竹，做到新生的比砍伐的多。因此张渚的"竹海"非但没有减少，反而一年比一年茂密。面对这样一个新闻事实，我选择了一个全新的新闻角度，那就是"环境友好型经济"，这是一个经济与环境相得益彰的典范，是符合科学发展要求的典范，这个角度，在当时的媒体上还是不多见的，符合新闻角度要"新"的原则。同样是一个竹制品加工的新闻事实，当我们用独特的视角去看待时，就避免落入原先写了多少年的所谓"龙头企业""农副产品加工业"的老角度，它就被赋予了全新的意义，也就给了人们全新的理念、全新的思维、全新的榜样。

找角度，还要注意一个"小"字，一个"巧"字。因为我们地方报纸，在全国的传媒业竞争中，不是以广角镜式的方式取胜的，而是以"以小见大""一滴水见太阳"来取胜的。它要求主题要大、思想要深，可是角度要小、要巧，这是我多年新闻实践的心得。

《农家的"新年礼物"》是从一本挂历来反映新农村建设的辉煌成果的。《年产十亿竹制品 "竹海"不少一根竹》是从一根毛竹入手，打开"环境友好型经济"之窗的。"小"和"巧"都需要记者的独具匠心，要有灵感，而灵感的得来是长年积累、厚积薄发的结果。特别是要认真学习掌握党的路线、方针、政策，还要牢牢掌握当地的新动态，及时发现新鲜事、新鲜人，从他们的身上找到闪光点，从而得到灵感和最佳的角度。

（2008 年 4 月）

经济新闻如何活起来美起来?

经济新闻给人的感觉似乎不像社会新闻一样丰富多彩,仿佛枯燥乏味和言语空洞是它的同义词。其实,经济新闻是与人们关联度最高的新闻类别之一。人们的衣食住行,哪一样不同经济紧密相联? 社会的变革、时代的变迁哪一桩不是由经济先行? 随着经济全球化迅速发展,无论是综合性的经济报道,还是专业性的财经资讯,都越来越深受读者的广泛关注和青睐。特别是一些视角独特、紧跟时代、贴近百姓生活、凸显人文关怀、独辟蹊径的经济新闻,更受读者喜爱。据有关资料统计,目前,我国经济新闻在媒体上占总量的60%—70%。这表明,在以经济建设为中心的今天,经济新闻已经摆上了十分突出的中心位置。因此,写好经济新闻,是时代对新闻媒体的要求,是新闻记者的使命、基本功和实战武器,是现代媒体渗透力、竞争力的集中体现和前途所在。

经济新闻是新近发生在经济生活中,读者关心的、重要的事实报道。客观地说,同其他新闻报道相比,经济新闻在可读性上不可避免有自己的弱势:一是经济新闻不像突发事件那样引人注目,关注性和震动性不大,一时难以产生"爆炸"性的社会效应;二是经济新闻不像典型人物那样栩栩如生,具有传奇的经历、生动感人的事迹、引人入胜的人生思考,它常常是以数字、措施和效益说话,写得不好确实枯燥、干巴,吸引不了读者;三是经济新闻不像社会新闻那样可读耐读,因为它没有扑朔迷离、世间百态,更没有趣闻轶事的描述;四是经济新闻不像时政新闻那样风云变幻,抢眼抢耳,它所孕育的波澜往往需要一个阶段、一个过程,甚至是一个时期才能显现。这四个特点决定了经济新闻采访难度大,写作难度更大。

走出经济新闻三个误区

一个记者写不好经济新闻，使经济新闻苍白无力、半死不活，原因是多方面的，我认为主要有三个方面的误区：

一是思维陈旧，只会唱"四季歌"。时代在前进，事物不断发展变化，可有的人跟不上节拍，抱着"春耕、夏种、秋收、冬藏"的传统观念，墨守陈规，缺乏创新思维，总把开一个会、检一次查、搞一个活动、提一个新话题当作经济新闻，结果写来写去"涛声依旧"。

二是空话套话，从概念到概念。直言不讳地说，在我们的新闻中，相当多数的新闻工作者写经济新闻沿袭一个公式，即观点＋数字＋事例，"年年岁岁花相似"，今年的报道与去年相比，只是时间、地点、数字变换而已，给人以"似曾相识燕归来"的感觉，达不到"见物见人见思想"的基本要求。

三是奉命行事，重在表现领导意志。有的人写新闻不是按新闻规律来采访、写作，而是完全或不折不扣地按领导的旨意办事，好像新闻就是领导的"特供品"，认为领导满意就达到了最佳效果。

经济新闻如果跳不出观念＋数字＋事例的老模式，缺乏生机和活力，就没有影响力和生命力。当前，应该提倡将经济新闻写活写美，那么经济新闻怎样才能写得活、写得美呢？

古人云：写文章者，倾其心血；读文章者，感其至诚。每一篇好的新闻佳作，都仿佛是一个鲜活的生命，每一位作者都是创造生命的人。人活着是因为有生命，文章活起来同样要有生命。有一位新闻界名师说，文章里有心灵、有肝胆、有魂魄，语句中有脉搏、有呼吸、有律动，词汇间有个性、有气质、有神采。从事新闻工作的同志只要以热爱生命之心去热爱和投身新闻写作，焉有不"精诚所至、金石为开"的道理？

多抓事件性新闻，使概念变形象、抽象变具体

概念是指思维的基本形式之一，反映客观事物一般的、本质的特征。人类在认识过程中，把所感觉到的事物的共同特征抽出来加以概括，就成为概念。前面说的写作公式化，实质上是概念的东西，是经济新闻活不起来的主要原因之一。

什么叫形象化？就是运用形象思维的形式，来展示生动具体的、能激发人们思想感情的生活图景，使观点具体化、产品人性化、数字情节化，以表达作者的思想感情和写作动机。如果形象多于概念，作品就会生动，反之则会枯燥。而事件性的经济报道如果写得好，则会十分生动具体，形象逼真，当然会引起人们更多的关注。随着经济的发展，我们每天被大量经济信息、新闻所淹没，要把这些漫无头绪的信息形成一个完整的影像或"信息储存网"，就需要一种晶核或者"结点"，这就是经济事件。经济事件的报道能起到提纲挈领、振聋发聩的作用，是经济报道中不可缺少的品种，也是体现经济报道力度和深度的重要形式。经济事件的出现有其偶然性，但在人的经济背景下，又有其必然性。记者要善于思考分析，透过事件，抓住事件背后看不见的手。我们目前媒体发布的经济新闻以静态的为多，而典型的经济事件却占比太少。

我近年来采写了一批经济事件性的新闻，如《为宁杭高铁搬"石障"》《壶与茶的"天仙配"——从国际茶博会透视宜兴壶艺人的机遇意识》《文化遗产日 陶艺大师在京掀起"陶都风"》。再如《远征草原大"风场"》，是反映宜兴民营企业到内蒙古抢占战略性新兴产业高地的事件。通过民企为了发展风电产业，在高原沙尘暴中奋战、与当地党政官员洽谈、与科研人员携手等等具体生动的事实，使人们对新兴战略性产业的概念具体化、清晰化，对民营企业家敢于远征创业的精神产生敬佩之情。

善于运用数字，让经济新闻灵动起来

经济新闻离不开数字，运用数字既是报道的客观要求，也是增强语言表现力、说服力的需要。数字是枯燥的、抽象的、浅显的、冷静的，也可以是生动的、具体的、深邃的、热烈的。数字的运用要讲究艺术。

众所周知，新闻的第一目的就是将信息传递给读者，数字也是信息传递的一部分。虽然用了一些数字，可以增加一些说服力，但过多的数字就会让读者厌烦。这就要求记者能从繁多的数字中精选出最有代表性、最能揭示新闻价值的数据运用到新闻中，其他的一概舍去，将数字减少到最少。如《江苏拟提高扬尘费标准 省内11个城市空气质量达二级》有一节表述如下："城市空气质量也有了较明显改善，主要污染物浓度稳中有降，省辖城市空气质量优良天数比例均达 85% 以上。13 个省辖市中，南京等 11 市已达到空气质量二级标准。全省范围内，平均酸雨发生率为 33.4%，其中，苏州市的酸雨发生率最高，常州和无锡市次之，徐州、淮安、盐城和宿迁 4 市未监测到酸雨。与 2008 年相比，南京等 7 市酸雨发生率都有所下降。"三言两语、几个数据便概括了总体情况，而避免了许多可有可无的数据，使读者轻轻松松就明确地把握了空气质量大体走向。

要想方设法让数字形式更加形象直观。数字的形式各种各样，有百分数、小数、倍数、平均数，要灵活运用，用得好便会产生意想不到的效果，而且在一篇新闻稿件中，这样的数字是很容易被人捕捉到的，有很强的视觉冲击力。如新华社发的消息《日本帆船横越东海到达上海》这样写道："一艘从冲绳县那霸港出发的 10 米长，4.5 吨重的日本帆船，冲破每秒 15 米的劲风、10 米高的巨浪和连绵的阴雨，历时 97 小时 27 分钟，航行 470 海里之后，今天徐徐驶入上海港。"导语使用了 6 个数字，给读者展示了帆船乘风破浪、勇往直前、胜利到达目的地的画面，使读者对帆船的大小、劲风、巨浪、航程等都有了直观清晰的印象。

善于将枯燥的东西理性化

我们知道，新闻写作中离不开理性思维，即理性认识。所谓理性认识，是指在感性认识的基础上，把获得的感性认识材料，经过思考、分析，加以去伪存真、去粗取精、由此及彼、由表及里的整理和改造，形成概念、判断、推理。理性认识是认识的高级阶段，是感性认识的飞跃，它反映事物全体、本质和内在联系。前面说到将概念化的东西形象化，这里为什么又要将新闻事实理性化、概念化？原因有三：一是对一些行业性、政策性较强的新闻事实应该站在理性的高度去认识，认真加以总结，给人以摘要式的提示；二是写新闻要通俗化，在尊重新闻事实的同时，将新闻事实归纳概括，将专业性、政策性的东西用通俗易懂的语言表述出来、提炼出来，便于大家理解、消化、接受；三是在枯燥的新闻事实中，折射一些理性之光，能使文章活起来，起到画龙点睛的目的。这样写观点鲜明，开掘的主题也比较深刻，能够引起读者浓厚的兴趣和共鸣，达到理想的新闻传播效果。

《北京日报》在报道我国年纺纱能力的一篇消息中，是这样处理数字指标的："如果用我国一年生产的棉纱织成布，给地球做条'围巾'的话，这条'围巾'可绕地球650圈。这是我国的年纺纱能力——2600万锭，居世界首位。"这则消息并没有直白地罗列数字，而是以读者熟知的"围巾"作比拟物，巧妙地将数字与实物联系起来，使数字活化，增强了消息的形象性和趣味性，扩展了读者的想象空间，也就容易为人们所理解、接受。

沉下去才能写活经济新闻

写活写美经济新闻，要求记者沉下去，到基层第一线，到新闻事件的现场去观察、体验、发掘。有人认为，在网络、通信设备高度发达的时代，对新闻记者的传统要求"脚板底下出新闻"已经不合时宜了。在这种思想的误导下，一些记者靠从网上扒新闻，从别家报纸上摘新闻，从通讯员的来稿上窃新闻，从新闻发布会上"剪"新闻。这些记者高高在上，写出的稿子不是应景，就是类同。这样枯燥无味、平淡无奇的稿件，在过去简直是闻所未闻、见所未见的事。从这个方面看，假新闻也好，失实报道也罢，为什么会层出不穷？为什么我们的媒体上可读可感、可思可品的经济报道不多，究其原因，就是我们有些记者没有下到基层，没有深入到社会实际生活中去，没有拿到新闻的第一手材料。

东汉文学理论家王充在巨著《论衡》中说："涉浅水者见虾，其颇深者察鱼鳖，其尤甚者观蛟龙。足行迹殊，故所见之物异也。"这段话说明，要擒"蛟龙"，就得到深水中去。同样的道理，记者要抓住"蛟龙"那样高质量的经济新闻报道，必须沉到现实生活的"深水"中去。

（2010年10月8日）

用"心"走基层　捕捉鲜活"鱼"

——试论"走基层"新闻如何上台阶

基层出新闻，千真万确。但是要采写并刊出大量生动鲜活、读者喜闻乐见的基层好新闻，不是轻而易举之功，这也千真万确。

今年以来，走基层、转作风、改文风，已经成为新闻工作者的潮流和追求。记者们以饱满的热情走边疆、进哨所、访老区、赴灾区、到厂矿、进农家，把镜头话筒对准普通群众、聚焦平凡人物，记录城乡基层的可喜变化，展示各族人民的崭新风貌，反映人们对美好生活的期盼愿望，集中推出了一批来自一线、鲜活生动的报道，引起广泛共鸣，受到普遍欢迎。

当新闻界的一个大活动成为大潮流时，当每天各种媒体"走基层"新闻铺天盖地而来时，提高"走基层"新闻报道的质量，跃上一个新的台阶，就应该成为我们媒体人的主动意识。本人将近期研读的一批"走转改"新闻再作了一番审视，觉得在可喜可贺之外，还存在着三大问题：一是针对性不够强，二是"鲜活"度不够高，三是人物新闻太少。

"走基层"要用"心"去走——这是本人多年在农村基层一线采访的深切体会。在此，针对我所发觉的"走基层"新闻的"三大问题"，结合近几年在基层一线的采访和写作的"心得"，与新闻界同仁们一道探讨如何提高"走基层"新闻的质量，奋力使其登上新台阶，应当会有所裨益吧。

胸中要有大背景　一滴水就见太阳

基层新闻从本质上有着自己的优势，但也有着自己的先天劣势，这就是地域小、事件小、人物小，与重大的政治新闻、经济新闻、文化新闻和名人新闻相比，人们的关注度显然不会太高，读者面不会太广，其社会影响力也就不会太强。如果想扬长避短，就要有的放矢，具有强劲的针对性，从一个小地方、小事件、小人物来反映广阔的社会，政治的、经济的、文化的等等。让读者能从一滴水见到太阳。

2008 年下半年，世界性的经济危机波及中国，中国的企业出现了资金断裂、订单失却、失业增加等一系列前所未有的困难，经济不断下滑。在危机面前，是束手待毙，还是迎难而上，这是对政府和企业的考验，也是对每一个人的考验。此时，各地政府和企业联手打了一场经济"保卫战"。本人在此时期采写了近百篇有关稿件，但是，其中最具影响力的不是政府的组织行动，也不是企业转危为安的报道，而是一则"小人物"新闻：《宜兴残疾艺人意志惊天，紫砂微雕"万众一心"创世界纪录》，报道的是一个残疾人马志刚，他历时 6 年制作了一件紫砂微雕作品"万众一心"：一段树木上，11181 粒蚂蚁在平等和谐的环境中共同营造它们可爱的家园。这是一件旷世奇作，堪称微雕领域的"金字塔工程"。可是即将成功之时，却盘裂砂断，毁于一旦。在万分痛苦中，他没有放弃，而是从头再来，最后终于成功，获得了中国世界纪录协会颁发的"世界之最证书"和"世界纪录证书"。他说："我多年心血凝成的紫砂微雕虽曾惨遭'崩盘'，但是我的精神没有崩塌，所以我成功了！"这铿锵的话语，用在当时的经济领域中，是非常给力的。所以当我热泪盈眶地采写他的经历时，脑子里想到的是一个很大的社会背景。那就是我们面对经济危机，只要发扬马志刚那种不屈不挠的精神，就一定能见到成功的彩虹。这篇新闻就具有了强劲的针对性。

从这篇报道得出一个启示，只有深入了解基层情况，才能更好地理解中央政策、宣传贯彻中央政策。做好新闻宣传，必须吃透"两头"，找准中央精神与基层实践的结合点，更好地推动党的理论和路线方针政策在基层的贯彻落实。

睁大新闻眼睛　务必"鲜活"取胜

基层新闻少有惊天动地之功，但是如果有"鲜活"之美，就足以让人喜爱、动情、思考。最美丽的风景在基层，最感人的故事在基层，基层蕴藏着最鲜活、最生动的新闻资源，到了基层，就有了报道的素材，有了思想的火花，有了写不完的故事。新闻记者要提高新闻敏感性，善于发现基层的鲜活新闻，及时地报道出来。

今年以来，本人着力在基层，特别是农村一线采访、挖掘鲜活的新闻，及时地作了报道，收到了很好的效果，也得到了读者的喜爱。

如《蔬菜有了"身份证"》，就是记者在宜兴市和桥农贸市场看到的新鲜景象："每个装蔬菜的袋子上，都贴着一块小小的条型码纸条，上面印着'宜兴市蔬菜质量安全查询条码'以及查询网址等等信息。这就是蔬菜的'身份证'——蔬菜'条型码'。"

在宜兴市高塍鹏鹞农业生态园，记者又看到和听到："水产养殖户老史前天在无锡城里办事，忽遇雷雨交加，天气倍感沉闷，如果不立即给家里那60亩养蟹池供氧，螃蟹可能会因缺氧而致死。可是此地离家60多公里，怎么办？只见他心不慌手不乱，拿出手机，拨出一条短信，蟹池里两台供氧机便隆隆地运转起来了。记者昨日到这个生态园领略了这种'感知农业'的神奇，惊叹现代农业与物联网'攀亲'，犹如'一步登天'。"

《横山水告急》是记者在宜兴横山水库看到的景象："原来浩瀚的水面缩小了许多，原来很深的水域现在变得浅浅的。由于前期降雨偏少，横山水库水位持续下降，可取水源不足500万方，宜兴人民的饮水供应面临严峻形势。"

记者在走访宜兴屺亭街道东郊花园时，还惊奇地发现了一个桥洞下的居委会，正是临时在桥洞下办公的居委会一班人"先天下之忧而忧，后天下乐而乐"的精神，使一个拆迁户的聚居区很快变成农民的新乐园。

这些身临其境场面的描写和真切的感受、中肯的评价，都是在走基层中用心捕捉鲜活新闻的结果。我国新闻界老前辈的经验之谈是：不下基层不行，下了基层浮光掠影、走马观花也不行，只有到了深水区，才能抓到"活鱼""大鱼"。确实，我在多年采写基层新闻的过程中体会到，新闻工作者应当走出高楼大厦，走出书斋会场，深入改革发展前沿，深入群众生产生活，挖掘现实素材，采写现场报道，以敏锐的时代眼光提炼报道主题，以深厚的生活积淀丰富报道内涵，不断增强吸引力、感染力。深入基层、深入群众，是改进文风、转变作风的根本途径。在田间地头采访，才会采出清新朴实的文风，同百姓"唠嗑"，才能说出家常话，抒发百姓情。

唯有深入才生动，真切朴实最感人。

确立"主角"意识　多写"小人物"新闻

纵观"走基层"新闻，还可以发现一个问题，就是报道乡镇、街道、企业、社区、村委等等基层单位、基层组织的多，而报道新闻人物的很少。这也许会使我们的"走基层"新闻走进一条概念化、表面化、程式化、枯燥化的死胡同。

新闻以人为本，人物是新闻的主角，所有社会活动都是人的活动。所有变化，都是人的变化；所有发展，都是人的发展。离开了人，新闻就变成无源之水、无本之木。

基层人物应成为"走基层"新闻的主角。新闻人物，在基层有很多，且层出不穷，然而一般难以被发现，因为他们的地位很低，言行影响力有限，正所谓"人微言轻"嘛。其实，他们是沉在水底的金子，只是发出的光芒难以看见。我们记者就有发现他们的历史使命，并努力将他们的光芒辉映人间。

本人在基层采访报道的实践中，对"小人物"新闻作了一番尝试。作为一个记者，在基层采访关键是要会"识人"，即敏锐地发现有新闻价值的"小人物"，而这样的人物新闻，往往是摒弃了程式化、概念化，具备较高的新闻学意义上的"价值"的"真新闻"。本人蹲点采写的《"国家好了，百姓才会好！"》，报道了一个年届半百的农民，近两年来，在新浪、网易、腾讯等重要网站和一些报纸杂志上发表了100多篇议政评论文章，涉及政治、经济、外交等等领域，他的评论大多针对国家时政和农村现象，针砭时弊充满着善意和真诚。这样的"小人物"，凭着他的身份和他的所作所为之间的巨大反差，就出了一条"真新闻"。

发表在去年七一建党节《无锡日报》的《89岁农民老妈申请入党》，是又一个"小人物"的"真新闻"。七一前夕，我一得到线索，便立即赶往30公里外偏僻村庄的陈荣娣家，对她本人和子女进行现场采访后，及时作出报道。它深刻而生动地反映了农村党组织的健全和农民对共产党的信任。

《一个"月嫂"的跌宕人生》报道了一个从湖北房县来宜兴打工的农

村妇女，成功地创办了一家母婴护理中心，成为"全国特色妇幼健康服务机构"的非凡经历。她的创业成功，也就具备了非同一般的新闻性和可读性。

人物新闻具有强烈的感染性和示范性，需要我们新闻记者提高修养、用心捕捉。一旦我们的媒体出现大量身怀"真新闻"的"小人物"，那么我们的"走基层"新闻报道一定会拥有更加广阔的天地、更加众多的读者，也就跃上了一个更高的台阶。

（2011 年 12 月）

陶都纪事（续）

带领宜兴县中学学生在百合场开展少先队活动（1983 年初夏）

把导语写多彩些有味些

如果说新闻（消息）的标题是新闻的眼睛，那么新闻导语就是新闻的面孔。长得啥样子，五官端正不端正，一眼就能看清。

"立片言以居要"的新闻导语是新闻（消息）这种文体与众不同的地方，它有四个特点：一是它是新闻的消息体裁特有的；二是它处于文章的开头部位；三是与任何文章的开头不同，它是新闻事件的结果、提要或者高潮；四是它能刺激受众的新闻欲，吸引他们继续看下去。它要求用最精粹的文字，写出消息中最主要、最新鲜的事实；它要揭示题旨、制造悬念，唤起读者阅读兴趣。新华社、人民日报社招聘考试时总是要求写一段 50 字以内的导语。导语写得好不好，很能看出记者的功力如何。

新闻（消息）导语的写作是灵活、开放、多彩、富于创意的。其写作方式有人归纳为 10 种，有人归纳为 20 种，还有人归纳为 30 种以上。例如直接式、设问式、描述式、评述式、比兴式、对比式、拟人式、悬念式、背景式、欲擒故纵式、化静为动式等等。一个优秀的新闻记者，起码要熟练掌握七八种不同的导语写法，在运用时才能得心应手，信手拈来，一语惊人，才不至于千篇一律，"语言枯燥，像个瘪三"。

本人对《宜兴日报》7 月份的头条新闻导语作了重点关注，发现头条消息的导语几乎全都是直接式导语，变化不多，新意不足。

直接式导语是直接叙述新闻事实的导语，这是导语的主要形式，它的特点是开门见山、直奔要害，也容易掌握。但是，如果全部都用直接式导语，那就难免给人一个不太好的印象，就是写作方式单一、缺少变化，显得平淡无奇、枯燥乏味。

本人觉得有些直接式导语其实可以改写成多种形式的导语，给读者增添新鲜感、新奇感，从而阅读兴趣陡增。下面试将 5 个一版头条的导语作些修改。

直接式可改成设问式

设问式导语是先提出中心问题，再用新闻事实来回答问题。

例如：是谁 40 多年在村书记位置上，一心只为民造福，将个人功名利禄置于身外？是谁 50 多年全身心只为村子发展，从晨到昏，无暇思虑家庭得失？他就是已经离我们而去的华西村老书记吴仁宝。

《每十天有七天空气质量"杠杠的"》原导语：昨天，据市环保部门消息，今年上半年，全市 AQI（空气质量指数）优良天数达 131 天，占比达 71%。也就是说，每十天中有七天空气质量达到优良等级。国内主流媒体公布的全国 360 个城市一季度 PM2.5 浓度排名表中，我市以优良的空气质量位居江苏榜首。

试改成：江苏空气质量谁最佳？昨天从环保部门获悉，我市荣登榜首！

直接式可改成对比式

对比就是形成反差，新闻讲究强烈的反差，比如天壤之别的大小对比、反其道而行之的概念对比、天文数字的悬殊对比，都会给人以极其深刻的印象。

例如：联合国一年要发多少文件？一份文件有 30 厘米长，如果把联合国去年在纽约和日内瓦印刷的全部文件首尾相连排列起来，总长度将达 27 万公里。

《宜兴每年书画交易额超亿元》原导语：7 月 10 日，第二届徐悲鸿艺术节在宜兴徐悲鸿艺术馆开幕，引来了海内外众多文化艺术界人士。两届徐悲鸿艺术节均由宜兴徐悲鸿艺术馆承办。这座面积 4000 多平方米的艺术馆，由江苏省宜兴市泽润文化艺术发展有限公司创办。

试改成：一张纸、一枝笔，价值不过一杯清茶，可是由一纸一笔创作的书画，宜兴一年交易额超过了一个亿！

直接式可改成比兴式

"比"即类比，"兴"即起兴。比兴式导语是先言他物，以引起所咏之辞。

即由另外一个事实引出消息中要报道的事实。

例如："春蚕到死丝方尽，蜡炬成灰泪始干"是唐代诗人李商隐脍炙人口的名句，不过，如今的蜡炬（烛）却不一定都流"泪"了，我市日用杂品商场正在出售的各种工艺彩蜡点燃时就无烟无"泪"。

《宜兴农副产品品牌锃亮》原导语：炎炎夏日，陶都广袤田野一派欣欣向荣的喜人景象。"湖㳇杨梅"等一批特色农副产品积极申报地理标志证明商标；远在意大利米兰举办的世博会上，宜兴阳羡茶作为重要主题元素大放异彩，引来现场中外嘉宾的一致赞誉。近年来，我市积极调整农业产业结构，强化区域特色品牌培育，全市目前拥有各类涉农注册商标近千个，其中国家级驰名商标 1 个、江苏省著名商标 12 个、无锡知名商标 30 余个。一批在国内外市场风头正劲的宜兴本土农副产品，彰显出农业品牌建设的丰硕成果。

试改成：赤橙黄绿青蓝紫，谁持彩练当空舞？宜兴万紫千红的农副产品在国内外市场风头正劲，一个个放射金色光芒的农业品牌托举起百媚千娇的大地舞者。

直接式改成评述式

评述式导语是有述有评，夹叙夹议，指出事实的重要性。

例如：为庆祝中华人民共和国成立 64 周年，美国奥克兰市 10 月 1 日举行了隆重的升国旗仪式。奥克兰市长关丽珍、中国驻旧金山领馆总领事袁南生和来自中国的"亲情中华"歌舞表演团，以及近百位东湾华侨华人和市民共同出席了国庆升旗仪式。这表明中国和美国的经济发展正本着寻求双赢的目的而发展，未来两国在发展经济、维护世界和平和保护环境等方面将能够继续加强合作。

《宜兴首例拒不支付劳动报酬案判决》原导语：市人民法院对该公司处以 20 万元罚款，褚某被罚款 5 万元的同时，被判处有期徒刑 1 年 6 个月，缓刑 2 年。

试改成：昨天上午，市人民法院公开审判我市首例拒不支付劳动报酬案件。我市某纺织公司及其主管人员褚某，因拖欠职工工资 338 万余元拒不支付而被判刑。这是法制社会建设发展的明证，此举向"老赖"敲响了警钟，他们躺在"欠账本"上安享清福的时代一去不复返了。

直接式可改成描述式

描述式导语是以对现场情况的描述开头，给人以清晰的事实印象和亲临其境的感受。

例如：一眨眼之间，他已在青藏高原奋战了 27 个春秋了。原来的满头青丝，现在已染上了祁连山的霜雪；脸上的皱纹，就像是风沙雕刻的痕迹。这是少数民族地区科技工作者代表座谈会上，高级地质师胡贤农给记者留下的深刻印象。

《技防城建设已基本覆盖全市》原导语：最近，位于丁蜀镇的蠡苑小区、教工宿舍小区、顺伟小区内，一个个技防高清探头立杆而起，成为当地住户讨论最多的话题，言语中充满期盼。在其助力下，全市违法犯罪警情数、两抢警情数、可防性案件数逐年下降，破获刑事案件总数、抓获嫌疑人数均位居无锡前列，连续多年实现命案全破。

试改成：昨天夜间，丁蜀镇蠡苑小区的住户猛然发现多了一位"居民"——一只技防高清探头立杆而起，俯视全区，任何违法犯罪的蛛丝马迹都逃脱不了它的火眼金睛，人们敬称它为"天眼"。这是我市实施了五年的技防城建设的一角。目前技防城建设已基本覆盖全市。

（2015 年 8 月）

标题制作要"别具匠心"

新闻（消息）标题是新闻区别于其他文体的最显著的特征，可以说没有哪一种文体的标题对于全文来说是如此重要，也没有哪一种文体的标题如此美妙动人、出神入化、变化无穷。它是编辑、记者新闻业务能力、水平、文字功底的综合展示，也是编辑、记者有无灵感、灵气的试金石。"做出一个好标题，成就一半好新闻"，这句话没有夸张。

《宜兴日报》出现过很多读者喜闻乐见的好标题，叫人拍案叫绝、久久品味、长期难忘。但是我们也要看到，从总体上说，好的标题还是不多。主要问题出在口号式、套话式、官样式、文件式的标题太多，其结果是概念化、空洞化、呆板化、一律化。

本人细细品读了《宜兴日报》2015 年 8 月份的部分新闻标题，值得表扬的标题当然不少，在此暂且不提。只是觉得有这么几个方面须加强研究和改进，也算我的建议吧。

一、标题要喊出新闻价值的"最强音"

例一：8 月 3 日二版原标题《不遗余力为家乡发展添砖加瓦——访宜兴籍资深外交官朱邦造》。

试改成《"中国的强大，身在海外体会更深"——访宜兴籍资深外交官朱邦造》。

标题要体现最有新闻价值的内容，拎出最核心的东西，并将之用最闪亮的方式推向读者眼前。因此制作标题时首先要对这条新闻有全面而深刻的理解。文中提到朱邦造说："作为中国的驻外大使，我在参加一些活动时，位置甚至可能被安排在美国大使的前面。中国的强大，只有身在海外，才能体会得更深刻。"此话是朱邦造先生的真情实感，也是全文中的最强音，

在宜兴日报社讲课（2016 年 1 月）

是当前爱国主义教育的绝好材料和口号。而"为家乡发展添砖加瓦"用在一个中国资深外交官身上，显得很局限、很渺小。事实上，朱邦造不可能为家乡作多大的贡献，他的知识、能力的价值体现在中国的外交事业中。"中国的强大，身在海外体会更深"这句话有振聋发聩之气，直接引用将会引起巨大的共鸣。假如发到网上，用原标题估计没多少人会认同和关注，而标题修改后，相信会有很广泛的转载、受到很强烈的关注，因为这是站在中国、世界的高度来讲的。

例二：8 月 21 日一版头条原标题《宜兴区域性综合交通枢纽地位凸显 常宜、宜长高速有望"十三五"启动》。

试改成《宜兴无锡将通高铁　常宜宜长高速亦有望"十三五"启动》。

报道称："近日，江苏省委、省政府公布《2015 年度推动长江经济带发展重点任务分工方案》（简称《方案》），明确一批连通省内省外的重大交通民生工程，其中涉及宜兴的主要有盐泰锡常宜城际轨道交通工程、常州至宜兴高速公路、宜兴至长兴高速公路等。"那么这"一高铁两高速"哪一个对于宜兴来说更为重要呢，人们最盼望的是什么呢？显然是宜兴无锡之间通高铁更重要。这条高铁通了，就打通了宜兴至"首府"无锡之间多年来的交通梗阻，到常州、苏州、上海等地都可以直接坐火车了，将对宜兴人的出行和经济社会发展带来极大的便利和广阔的前景。而原标题中没有提及，这是个失误。原因是没有从宜兴经济社会的发展全局和全体宜兴人出行的角度准确把握新闻事实，没有深刻认识这条新闻最大的价值在哪里。

二、标题要讲究主副搭配、虚实搭配

例三：8月6日一版头条原标题《"互联网+"破解流动党员管理难　全市2317名流动党员"安家"移动互联党支部》。

试改成《QQ叩响党员心扉，微信提升组织威信　"互联网+"为两千流动党员"安家"》。

这是一条好新闻，将"互联网+"与党的组织建设拥抱在一起，用"互联网+"这个最新鲜时髦的方式来破解流动党员管理的难题，应该说是一种创新。但是从标题来看，失之平淡。主题和副题都是大实话，直接叙述，文件式行文，缺乏文字的艺术魅力；主题和副题之间缺乏有机的搭配，有重复之嫌。

此标题试改成《QQ叩响党员心扉，微信提升组织威信　"互联网+"为两千流动党员"安家"》，用的是将抽象概念变成具体实物的原理，即将互联网+这个大概念，用实物QQ和微信来代替。然后巧妙地用谐音的修辞手法，将QQ和"叩"、微信和"威信"、"+"和"家"，进行修辞修改。

例四：8月19日一版原标题《两部门服务合作升级　国地税推行"互驻办税"》。

试改成《进一家门能办两家事　国地两局"互驻办税"人办人爱》。

"互驻办税"是一个概念，很多读者不太会懂。以往国税、地税部门的服务一直"各安其位",纳税人若需同时办理两项业务,则须地税大厅、国税大厅两头跑。现在,只要向国税或地税中任意一家税务部门提交相关材料,就能办理开户业务,相关手续由两家税务部门内部流转办理,纳税人无需再跑两家单位。这是一种服务合作升级。修改标题引入"家"的概念,彰显税务两部门以纳税人为中心的人性化办税,行文上避免了过多的"官方"色彩。副标题借用"人见人爱"成语,巧改成"人办人爱",与办税主题呼应,也反映出这种新方式深受纳税人的欢迎。

三、标题要少用官话、套话,多用有形象、有表现力的语言

例五:8月4日一版头条原标题《政府把经营管理权交由专业机构 "公建民营"助力农村敬老院》。

试改成《我搭台你唱戏,你赚钱我监管 政府和企业在敬老院联袂上演"双推磨"》。

"公建民营"这种新的养老产业模式在宜兴初试,其实质是政府把公建的敬老院的经营权交给企业,同时发挥监管职能,充分发挥双方的力量将养老产业做优做强。"公建民营"是一个概念,改成"我搭台你唱戏,你赚钱我监管"非常形象,意思明了而且十分贴切。"助力"是一个概念性的套话,修改时增加一个副题"政府和企业在敬老院上演'双推磨'"。《双推磨》是锡剧名戏,大家都知道,如此可以体现政府和企业之间的合力,又可与主标题的"搭台唱戏"呼应搭配起来。

例六:8月10日一版头条原标题《省各大银行行长聚首陶都共商发展大计 22家金融机构与我市签署119亿元授信合作协议》。

试改成《行长厂长相约陶都:你好我也好! 全省金融巨头咸集我市出席无锡市政银企合作恳谈会》。

如何把政务、经济新闻的标题写得新鲜活泼些、有趣艺术些,这是个值得研究的课题,尤其是要在一版头条新闻标题上勇于创新。"共商发展大计"这类套话、官话用得太多了,要尽量避免。主标题的"聚首"改成"相约",更有一番诚心合作意味;"你好我也好"是一句人们耳

熟能详的广告语，读者都能意会，在此表示银企之间的相互依存、共同发展的意思，在轻松诙谐的语境中耐人寻味。副标题中不用具体授信数字，因为对大多数读者来说这个概念引不起多少兴趣，且主标题已改成了虚题，因此副标题就要改成实题"全省金融巨头咸集我市出席无锡市政银企合作恳谈会"。

四、标题要有情趣、有温度、有触感

例七：8月7日五版原标题《宜兴也曾有恐龙出没过，目前全省唯一的恐龙遗迹在牛犊山》。

试改成《宜兴"龙"出没！江苏唯一恐龙遗迹在牛犊山现身》。

这条新闻既有科普价值，又富有地方特色，是读者喜看的新闻。原标题《宜兴也曾有恐龙出没过，目前全省唯一的恐龙遗迹在牛犊山》主标题和副标题都是实题，平淡无奇，而且都显得冗长，相互之间缺乏虚实搭配，没有艺术感染力，修改后的新标题用显眼的"宜兴'龙'出没！"为主标题，惊人夺目，又巧借了当前央视热映的卡通剧《熊出没》之势头，提升广泛的传播效应。副题"目前全省唯一的恐龙遗迹在牛犊山"改成"江苏唯一恐龙遗迹在牛犊山现身"，用"现身"两字体现新闻的第一性和时效性，同时增加了新闻的动感。这样主标题和副标题一搭配，既写得传神有趣，传播了科普知识，又歌颂了家乡历史悠久、地灵物博。

例八：8月11日一版原标题《无人机助力现代农业　我市首次利用无人机遥感监测作物生长》。

试改成《长空飞来"神鸟"　护"稼"洞察秋毫　我市首次利用无人机遥感监测作物生长》。

为了将标题写得情趣盎然，叫人喜闻乐见，可以用拟人的修辞手法。无人机是无生命的，把它比喻为"神鸟"十分贴切而传神，且避免了在主标题和副标题重复使用"无人机"字样；再借用"保驾护航"的概念，用谐音的修辞手法，创造出新词护"稼"，也恰到好处。

为什么做新闻标题叫"制作"？因为它是一门艺术，与我们制作紫砂壶，制作国画油画一样，需要艺术思维，需要别具匠心。运用之妙，存乎一心。我们的记者编辑要在标题制作上用心、用智，刻意创新。还要苦苦"炼字"，发场古代诗人"吟安一个字，捻断数茎须"的执着精神和"僧敲月下门"的"推敲"精神。新闻标题没有最好，只有更好，我在本文中所试改的若干新标题，并不完美。见仁见智，在此只是抛砖引玉，引起关注罢了。我们希望看到更多带着"神来之笔"的标题在《宜兴日报》上熠熠生辉。

（2015 年 9 月）

陶都纪事（续）

背景介绍大有文章

摄影讲究背景，为的是突出主画面、主人物，彰显主题。没有一定的合适的背景，画面就显得单调模糊，人物就显得单薄无力，主题就难以突出。同理，新闻写作如果不讲究背景，也难以写出上佳的新闻作品，难以达到最佳的新闻传播效果。通过对《宜兴日报》2015年9月份的新闻稿件的阅读，本人觉得有一部分稿件在新闻背景的处理上不是太理想，新闻背景运用单调乏味，甚至不合理、不充分，有轻视、忽视新闻背景的问题，致使一些稿件的意义不易揭示，新闻的价值不易彰显，社会关注度难以提高。

新闻背景是指新闻事实发生发展的历史条件和环境条件。历史条件指事实自身的历史状况，环境条件指事实与周围事物的联系，可分为社会背景、历史背景、地理背景、事实背景、人物背景、技术和专业背景、材料背景等等。

介绍背景，能对新闻事实起到说明、补充、衬托作用，又称为"新闻背后的新闻"，并且有利于了解新闻发生发展的来龙去脉，加深对新闻的认识和理解，深化新闻的主题，并有丰富内容、增加知识性和趣味性的作用。

从对台风"杜鹃"的预报看新闻背景

刚刚过去的台风"杜鹃"，是有史以来最强的台风之一，引起了全社会极大的关注（虽然最后台风剑走偏锋，未对宜兴地区产生太大的影响）。各大新闻媒体都对此进行了集中的事前预报和事后报道。我们从《宜兴日报》和《扬子晚报》对同一事件事前预报的对比中来看看新闻背景运用的差别，评价其利弊得失。

首先来看《宜兴日报》2015年9月28日的事前预报《台风"杜鹃"袭来 宜兴将出现阵雨天气》：

刚过去的双休日天气晴好，气温攀升，给中秋带来了一份"节日礼物"。

昨天，《宜兴日报》记者从市气象部门获悉，从今晚开始，受台风"杜鹃"外围影响，我市将出现降水天气，市民出行还请带好雨具。

刚过去的双休日，最高气温达到29.1℃，暖阳照在身上，让人觉得十分惬意。昨天是中秋节，赏月的气象条件更是堪称"完美"。不过，从今天开始，天气马上变脸了。受今年第21号台风"杜鹃"外围影响，今天晚上开始，东北风力增大，将会出现阵雨天气。9月29日—30日，我市将延续阴雨天气，雨量小到中雨，部分地区雨量偏大。10月1日起，随着受台风影响减弱，我市天气将逐渐转好。

报道中新闻背景部分为："刚过去的双休日，最高气温达到29.1℃，暖阳照在身上，让人觉得十分惬意。昨天是中秋节，赏月的气象条件更是堪称'完美'。"共计仅56字。运用的是对比式的背景。

我们再来看《扬子晚报》9月29日的事前预报《今明两天沿江苏南大风大雨　国庆长假冷空气来袭》：

国庆节前，强台风"杜鹃"飞来，昨天已经登陆台湾，预计今天还将登陆福建。从预报看，这只"杜鹃"不会登陆江苏，但风雨少不了，尤其是今明两天，沿江苏南都有中等以上降雨。欣慰的是，"杜鹃"不会给大家国庆长假出行添乱，国庆前，江苏雨水基本结束。目前看10月1日苏南还有些雨水收尾，其他地区降雨停止，2—4日江苏都没有降雨。但是本周的两场冷空气，会让您有"一雨入秋"的感觉。

其下为新闻背景部分：

昨天中央气象台称，"杜鹃"不愧是中秋节前后活动的台风，圆得跟月饼似的；而且眼睛也是又圆又大，格外分明！气象专家称，"杜鹃"台风眼直径达140公里，而一般台风眼的直径不超过100公里，属于少见的"大眼"台风。

台风"杜鹃"的形状具有环状台风的结构特征，其结构不同于一般台风。一般台风有非常明显的外围螺旋云带，但环状台风的外围螺旋云带不明显或者没有外围螺旋云带，强对流云区集中在台风眼区周围附近，形状对称、结构密实、眼区较大，这使得台风中心附近两侧的风雨比较集中。

近十年来，2005年第19号台风"龙王"和"杜鹃"在个头和形状上比较相似，移动路径也相似，"龙王"在2005年10月2日先登陆台湾后登陆福建，登陆时台湾花莲观测风速突破历史纪录。同时，"龙王"导致福建多地沿岸出现风暴潮，福州在强降雨和风暴潮的共同作用下，发生严重城市内涝，并造成重大人员伤亡。

《扬子晚报》的报道新闻背景部分为383个字，超过了新闻导语和新闻主体的文字量。背景共有3个小节，主要运用了知识背景和历史背景。第一、第二小节是知识背景，第三小节是历史背景。先运用知识背景，比如为什么说台风"杜鹃"具有特大的破坏力，介绍了其环状台风的结构特征，其结构不同于一般台风的地方。再运用历史背景，用2005年的"龙王"台风作比较，"在个头和形状上比较相似，移动路径也相似"，介绍当时的破坏力和损失情况，让读者充分认识到"杜鹃"的潜在危险，以便作好充分的防台抗台动员和准备工作。

这两篇台风"杜鹃"预报放在一起，就可以看出《宜兴日报》的预报背景运用不够充分，显得文字单薄、轻描淡写。这实际上也反映出我们的记者平时对有关历史、科学文化知识积累的不足，以及对新闻背景运用技能的欠缺，也是我们一些报道总是写不丰满，表达不充分、不突出的原因所在。

对一篇报道的新闻背景分析

新闻背景的作用不容小看。其作用大致有5个：一是说明、解释，令新闻通俗易懂；二是揭示事物的意义，唤起社会关注；三是用背景进行对比衬托，突出事物特点，显示变化程度；四是以背景语言加以暗示，表达某种不便明言的观点；五是借背景为新闻注入知识性、趣味性内涵，使其更具有可读性。

新闻背景的运用要根据突出新闻价值的需要灵活运用，其类别可分为社会背景、历史背景、地理背景、事实背景、人物背景、技术和专业背景、材料背景等等。一般运用其中的一两三种即可，如果需要，可以运用更多种。

下面来分析《宜兴日报》一篇报道的新闻背景《第二届宜兴少儿方言大赛开赛喽！》（2015年9月12日）：

"天上一颗星，地下一块冰，屋上一只鹰，墙上一排钉……"9月11日上午，一声声带着稚气的乡音从市实验幼儿园内传出，市首届网络文化节之"盛世桃园"杯宜兴少儿方言大赛在此拉开帷幕。

去年12月至今年1月，宜兴日报社、宜兴网举办我市首届少儿方言大赛，吸引了400多位小朋友参加，在全市范围内引起较大反响。今年7月底，由市委宣传部主办，宜兴日报社、宜兴网承办的本届宜兴少儿方言大赛进入筹备阶段，并成为我市首届网络文化节的重要活动内容。目前，已吸引了500多名小选手参赛。昨天，首先参加入围赛的是市实验幼儿园的小选手。随后，市教师进修学校附属幼儿园、市大树幼稚园、市艺术幼儿园、市湖滨实验学校附属幼儿园等学校的小选手也将进行激烈角逐。

据了解，本届方言大赛除团体报名外，组委会也接受个人报名参赛，具体报名方式详见宜兴网、i宜兴手机客户端。前期入围赛中，将通过现场评比及网络投票等多种方式，最终将选出40名小选手，参加10月10日在宜兴大统华城北购物中心南广场的总决赛。

此稿的新闻背景部分为："去年12月至今年1月，宜兴日报社、宜兴网举办我市首届少儿方言大赛，吸引了400多位小朋友参加，在全市范围内引起较大反响。今年7月底，由市委宣传部主办，宜兴日报社、宜兴网承办的本届宜兴少儿方言大赛进入筹备阶段，并成为我市首届网络文化节的重要活动内容。目前，已吸引了500多名小选手参赛。"

细析背景，其中交待了"我市首届少儿方言大赛""本届宜兴少儿方言大赛进入筹备阶段，并成为我市首届网络文化节的重要活动内容"这两个事实背景，这是十分必要的，有助于读者了解新闻事件的来龙去脉。但是"宜兴方言在中国方言，特别是在江南方言中处于一个什么地位""宜兴方言有什么特点""为什么要举办少儿方言大赛"等等问题，没有交待，这正是读者想了解的，也只有运用了这些背景材料，这条新闻的价值才得以充分显现。

这条新闻可以增加"专业知识背景"，可以说说宜兴方言在中国、在江南方言中的地位，宜兴方言的特点、优点，比如说音律优美、表达细腻、形象鲜明等等。可以增加"历史文化背景"，比如古代宜兴方言的入诗、入词，"阳羡词派"创作中宜兴话的运用，对诗词发展所作的贡献。还可以增加"当前问题背景"，如多年推广普通话，学校只讲普通话，因此相当部分的少儿对宜兴话听不明白、讲不通顺、对宜兴话中表现力特强的成语、俗语不会运用，甚至电台、电视台的宜兴方言节目播音员、主持人也难以说一口地道、流利的宜兴话。作为宜兴地方文化特质的宜兴方言的某些部分已经开始被人们遗忘，这是宜兴优良地方文化的一大危机。

当我们增加了"专业知识背景""历史文化背景""当前问题背景"这三个新闻背景，人们就能充分认识到举办这届"少儿方言大赛"的重要性和必要性，这条新闻的价值就直线飙升了。

（2015 年 10 月）

395

在以色列耶路撒冷留影（1996 年 8 月）

主体应似孔雀开屏

孔雀开屏可以说是自然界中最美丽的姿态之一了。它把自己的尾翼羽毛展开得充分圆满、有条有理、婀娜多姿，它把自身最有价值、最为美丽的部分展现给世界，让大自然生灵（含人类）争相一睹，叹为艳绝。

新闻消息主体是由导语为源头展开来的，是紧承导语之后被展开的新闻主要段落。有了它，新闻才显得完整和充实，主题才有可能得到具体的揭示和深化。新闻主体的展开，就要像孔雀开屏一样圆满有序和多姿多彩。

写主体要注意以下几点：一是主干要突出。新闻的主体是主干，典型材料要用在主干上。二是内容要充实。回答导语中提出的问题，其内容必须具体、充实，这样才有说服力。导语提出什么问题，主体就要回答什么问题，这样才能紧扣中心，突出重点。三是结构要严谨。要恰当地划分段落，有条不紊地展开叙述，严密而有条理，活泼而不紊乱。

以下试以《宜兴"老玩意儿"散发无穷魅力》（10月26日一版头条）一稿为例，评析其主体部分的优劣得失，以便讲清要义。

先将导语摘录如下：

本报讯　10月20日，在第八届中国·宜兴国际陶瓷文化艺术节暨2015中国陶都（宜兴）金秋经贸洽谈会开幕式上，《男欢女喜》《漏湖渔歌》《车水号子》《挑稻歌》等宜兴民间文艺表演，在舞台上一一绽放，一下子就将嘉宾带入了古老的宜兴风情中。多年来，我市一直致力于挖掘散落民间的各类传统特色文化，并将它们融入普通市民生活，让这些"老玩意儿"散发出无穷魅力。

以陶文化节引出导语，自然并有较好关联性。读者从导语自然而然会思考几个问题：传统特色文化有哪些？是怎么挖掘的？对当今的生活有什么意义？新闻主体要就回答这些问题作充分展开。

下面我们来评析此稿的新闻主体部分，并期待以点及面，以对一稿的评议，引起记者对众多新闻稿件主体部分写作方法改进的重视。

一、展而有序，逻辑分明

此稿主体有3段：第一段，近年来，我市利用社会主义新农村建设的契机，鼓励更多行政村主动参与到文化遗存收集整理、保护开发的过程中。第二段，让民俗活动富有生命力地发展和传承，是很多有识之士和文化工作者的共同愿望。第三段，民俗表演和民间手工技艺在不断地挖掘和传承中历久弥新。这3个段落层次有内在的逻辑联系，对主题展开得比较充分，让读者看到了宜兴"老玩意儿"的无穷魅力。不足在于：虽然逻辑的层次分明，但是逻辑的递进不够明显，平均用力，因此难以抵达高潮。

二、材料典型，表述充分

新闻主体需要大量典型材料来说明、解释、佐证标题和导语的提示，所谓典型材料就是那些有广泛的代表性、强大的说服力的材料。如本文中，主体第一部分，叙述近年来，我市利用社会主义新农村建设的契机，鼓励更多行政村主动参与到文化遗存收集整理、保护开发的过程中的事实时，就从市、镇、村三级层面展开，有市委的号召，有西渚镇的方案和投资，有五圣村对古窑址的保护措施和成果。因此这条消息写得充实、不空洞，有来源于主体中典型材料的强力支撑。

三、手法多样，新鲜活泼

在主体中，此稿表现手法多样，避免了平铺直叙，给人以新鲜活泼的感受。在主体的第2部分，主要是展示民俗表演和民间手工艺的传承和创新。人物的语言如："在周铁镇沙塘港村，一年两次的民俗文化活动是村民生活中的盛事。不但本村人翘首以盼，连四邻八方的人也会闻讯赶来。'春天有太湖（竺山）风筝节，秋天有竺山文化艺术节，每次都热闹得不得了！

那风筝节都连着办了十多年了！’村民裴效琴高兴地说。”主体第3段里，锡剧道具制作师、《男欢女喜》团队里的“小年轻”等等，都能“发声”，增强了新闻的可信性和可读性。另一值得肯定的是，主体里除了个体的描述，也有总体的概述，如："目前，我市已有国家级代表性非遗传承人3人、江苏省级代表性非遗传承人12人、无锡市级代表性非遗传承人85人。"便于读者对新闻事实的总体把握。

四、主体展开欠精炼，例证枝蔓嫌冗长

江苏省好新闻参评条件要求消息字数在1000字以内。本文计1285字，显然超标。如何削短篇幅？着重要在新闻主体中削砍。新闻主体既要充实，又要精炼，生活中的现象往往是琐屑的、不典型的，但我们在消息主体中使用的那些材料，要从浩如烟海的现实生活中发现精华，要展示最能揭示事实本质的材料。那就要去头绪，减枝蔓，与主题无关的要舍弃，次要材料要简略，“忍痛割爱”是记者的应有心态。

在此有两点要特别引起注意：一是导语中已有内容不要在主体中重复；二是每个层次中同类例证只要有一个就够了。我们来看看此稿新闻主体第3段：

民俗表演和民间手工技艺在不断地挖掘和传承中历久弥新。吕建平是我市锡剧团的道具设计制作师，已设计制作了数百个《男欢女喜》面具。这些面具制作数量越来越多，并在不断地改进中。“因为我们现在的演出活动多了，队伍也扩大了，所以经常需要补充新面具。”张渚镇《男欢女喜》团队里的“小年轻”冯钰洲说，自从《男欢女喜》走进上海世博会后，来自全国各地的表演邀请不断，《男欢女喜》有了更多展示的舞台，也得到了更多人的喜爱。为了传承发展，他们也在后继团队方面想办法。在张渚中等专业学校招募近40名学生，定期排练《男欢女喜》，让这一古老的民俗表演呈现出“年轻态”。同样，杨巷镇的《琅玕武术马灯队》、徐舍镇的《宜兴丝弦》《车水号子》、官林镇的《龙灯队》、西

渚镇的《牌楼花船舞》等民俗表演项目，都在用不同的形式寻找着"接班人"。目前，我市已有国家级代表性非遗传承人3人、江苏省级代表性非遗传承人12人、无锡市级代表性非遗传承人85人。

此段里面同类型、平行的事例有5个，多达399字，文章就像"拉面"一样拉长了。

还要指出的一个通病是，我们的主体往往一段写得很长，铁板一块，读者难"啃"。完全可以分成几个段落，使层次更加分明一点、脉络更加清晰一点。

五、希望看到更多"倒金字塔"

新闻主体的展开顺序可以是多种多样的，有时间顺序、空间顺序、逻辑顺序、倒金字塔顺序等等。

《宜兴日报》记者在前3种展开顺序中比较得心应手，几乎日日可见，不乏佳篇。就10月份的《宜兴日报》而言，运用时间顺序的有《宜兴拥有国内唯一的陶窑体系》《宜兴小伙将赴驻外使馆掌大勺》等等，运用逻辑顺序的有《宜兴新登记市场主体增幅高于全国水平》《"非常5+1"挺直张渚发展脊梁》等等，运用空间顺序的有《开发区项目建设好戏连台》《陶文化节陶艺大餐香味渐浓》等等，都展开得结构严谨、层次分明、重点突出。

有必要指出的是，我们的记者对新闻中最经典的"倒金字塔"结构顺序却相当生疏，很少有见到记者采用"倒金字塔"结构顺序来展开新闻主体。这种结构把最重要的事实安排在主体的最前面，次等重要的东西放在稍后段落里，最次要的放到最后，依次形成一个"倒金字塔"结构形式。这是写消息必须掌握的基本功。所以我们的记者要在这方面引起足够重视，要加强学习、加强训练，以求娴熟运用。

（2015年11月）

《宜兴小伙异国掌厨收获满满》改写成
《我为习主席做菜》如何？
——兼论通讯写作成败在角度和立意

刊登于 2015 年 12 月 20 日《宜兴日报》三版的《宜兴小伙异国掌厨收获满满》是一篇值得关注的通讯。因为其中包含了一个重要的新闻信息：在新加坡大使馆经商处工作的 27 岁宜兴青年厨师郭超，11 月 7 日为正在新加坡进行国事访问的习近平主席做菜肴，并同习主席合影留念。我认为，这是一个百年难遇的好题材，我们的新闻记者迅速及时地捕捉到了这个新闻信息，而且运用现代化的通信技术和通信工具——手机微信的交流进行采访，且人物在使馆工作经历叙写都比较详尽，细节也较丰富，是下了一番"越洋采访"功夫的，可见该记者是有一定的新闻敏感和职业技能的，可喜可嘉，值得发扬。

但是，本人在作出上述肯定的同时，还要指出令人惋惜的一面，那就是此稿角度不好、立意不高，埋没了它的新闻价值。我们来读一读表明主旨的第一小节："10 月 12 日，《宜兴日报》'社会·民生'版报道了 27 岁的宜兴青年厨师郭超通过层层选拔，将赴中国驻新加坡大使馆经商处掌大勺一事。而在这篇报道刊登后不久，他就踏上了前往新加坡的班机。时隔一个多月，11 月 18 日，郭超通过微信开心地告诉宜兴日报社记者，虽然在新加坡的工作才刚刚开始，但他已经收获满满。"就此立见端倪，记者想写的是郭超这个人物在新加坡大使馆当厨师的经历，想写他方方面面的"收获满满"，这其实就已经选偏了角度。

这则通讯的最大新闻价值在哪里？显而易见，是郭超作为一名普通工作人员为习主席做菜并合影留念了。因此，应该将此作为主题，舞台上所有灯光都应集中射向这一场景。我认为，标题可以改为《我为习主席做菜》，让郭超的自豪之情跃然纸上，把他对习主席的热爱之意展露无余。要写这个题目，正文就要把这一时刻描写得详尽、充分、细致，把人物刻画得栩栩如生。尤其是习主席的诚恳为人、亲切谦虚、对普通工作人员的关爱等等，做到珠玑必录，毫厘不遗。一句话，把这个方面的文章做足做透，其他方面都只是为此衬托的背景。如果这样写了，那么它的政治性、新闻性、可读性都会得到极大提升，完全可以刊登在一版突出位置，成就一篇难得的好新闻，说不定成为又一个"庆丰包子"新闻也未可知。

从《宜兴小伙异国掌厨收获满满》标题和正文来看，这是一篇人物通讯。凡人之所以成为新闻人物，是因为他制造或参与了新闻事件。郭超参与了新闻事件，一生难得。可惜此通讯没有充分表述。细看此文结构，用了3个小标题："荣幸！他为习主席做过菜""自豪！宜兴元素得到热捧""努力！边学习边提升厨艺"。这3个小标题，将全文机械地划分为3个部分，而这3个部分又是平行的，"平分秋色"的意味太过明显。为习近平主席做菜只是其中之一部分，而真正写到重点的只有244字（全文总字数为1371字）。一个大使馆的厨师，一般成不了新闻人物，如果不是习主席访问新加坡，而又在大使馆用餐，郭超永远只会在厨房默默无闻地工作，不会从后台走上前台、从平民百姓成为新闻人物。因此，记者只有竭尽描写渲染之能事，用他的眼睛去看习主席，用他的耳朵去听习主席，用他的心灵去感受习主席，他才能真正成为一个新闻人物。

如果用我设想选取的《我为习主席做菜》的主题，那么所有材料都要往主题上引。比如第2个小标题"自豪！宜兴元素得到热捧"，就应该写成"习主席喜吃宜兴土菜"，将习主席一行如何津津有味地品尝百合炒芦笋、东坡肉、烤蘑菇等宜兴特色土菜尽情描述。第3个小标题也要如法巧妙而自然地搭上主题。当然，采访的主要方向也要转过来。

本人曾聆听我们宜兴籍的新闻前辈、著名记者徐铸成详解他的"新闻烹调学"理论。我对他的理论有一个通俗简单的理解，就是同样的新闻事实，同样的新闻素材，从什么角度来看它，用什么思想来考量它，要表现什么主题，都在记者自己的手中。就像一个厨师面对一刀肉，可以做成红烧肉、白汤肉、粉蒸肉、鱼香肉丝、肉末豆腐等等，五花八门，但在特定的时间、特定的地点、面对特定的食客，只有一种做法是最合适的。这一切都在自己的掌控之中，做得好不好，全看你的眼力、脑力、功力如何。同理，新闻写得好不好，就看你记者的脑洞开没开、角度好不好、立意高不高了。

（2016 年 1 月）

陶都纪事（续）

宜兴市元老足球队与少年足球队友谊赛（2003 年夏）

选题和立论决定新闻评论高下

主流媒体近年来普遍加强了新闻评论，如《宜兴日报》有短评、阳羡时评、荆溪浪花、今日谈、老杜说事等等。言论的增强，使主流媒体发声更响，舆论引领作用进一步彰显，也得到了广大读者的热烈欢迎和应声响应。同时出现了一批写评论的能手，每天活跃在版面上。如果说新闻报道是新闻宣传的主体和基础，那么新闻评论就是旗帜和灵魂。

本人细读了 2016 年 5 月份《宜兴日报》的部分评论，颇有感触，借此机会谈一谈感想，也可谓之评论的评论吧。

新闻评论是一种政论性的新闻体裁。它是针对新近发生的、具有普遍意义的新闻事件和迫切需要解决的问题，发议论、讲道理、直接发表意见的文章。

一篇新闻评论的高下，由诸多因素决定，如选题、立论、说理、论述、文采等等，但是关键的还在于选题和立论，这是两个决定评论孰高孰低的大件。本文单单从选题和立论这两个方面来谈一谈。

选题方面

选题对新闻评论来说，就是你要对什么（或人或事或思想）进行评论？拿什么来"说事"？即选择所要评价的事物或所要论述的问题，也就是确定一篇评论所要评论的对象和论述的范围。

优点

一、善于从身边的实际生活选题。实际生活中层出不穷的新情况、新变革、新矛盾、新风险，以及来自广大群众和社会基层的呼声和要求，是新闻评论选题取之不尽、用之不竭的源泉。5 月份的言论，选题比较灵活，反应比较敏捷，大到社会热点，小到邻里琐事，都有涉及。如《暖人的细节》，以作者在音乐演出现场看到工作人员为观众打灯的细节为选题，《可笑谣言为何还能热传》，以作者发现一些人热传飞机在宜兴撒农药的谣言一事为选题。

二、善于从各种新闻中选题。新闻事件和新闻人物，是社会舆论关注的热点，是结合实际引导舆论、发挥教育功能的好教材，也有助于评论选题富有新闻性和时代感。这是9篇言论中最多的选题类型。如《"好人好事"值得奖励》，是以市公路客运有限公司出台《"好人好事"奖励办法》、设立专项奖金这一新闻事件为选题的，《振兴足球须剔除丑陋因子》是以江苏苏宁与武汉宏兴两队比赛中出现的围殴这则新闻为选题的，《四天能解决的事为啥拖了十年？》是以宜兴土杂小区被占用了近十年的消防通道终于被清理干净了这则新闻为选题的。

缺点

言论选题来源尚欠宽广，尤其是对上面党政精神的直接反应不够及时有力。我们很少见到对政治、军事、经济、全社会热点问题的评论。因此，我们应当加强当前的客观形势、舆论动向和宣传任务，以及最近中央发布的重要决定、工作部署和最新的政策精神作出及时的响应和评论，这样，就能更加直接有力地体现主流媒体坚定正确的政治方向，树立舆论权威的形象，得到读者的公认。例如，对习近平同志最近在哲学社会科学大会上的讲话精神的反应、如何迎接"十三五规划"的实行、实行供给侧结构性改革在思想认识上的障碍和中国《反恐怖主义法》正式施行后，与我们县级市有什么相干，发现引力波与我们生活改变的前景等等。虽然《宜兴日报》是一张县级报纸，有一定的地域范围局限性，但是不应有思想高度的局限性。如果在这些重大的问题上有及时的言论反应，而且这些言论与我们当地的实际又是联系紧密的、接地气的，那么必将使《宜兴日报》发声更响、更高，整体提升一个档次。

立论方面

　　"立论"即言论所要表达的观点、思想。这是言论选题这棵大树上开出的鲜艳花朵，是作者要给读者看的主要部分。一篇成功的新闻评论作品，立论应具备这样的基本要求：准确性、针对性、新颖性和前瞻性。

　　优点

　　一、观点准确，篇篇都是正能量。立论的准确性始终是第一位的要求。必须完整、准确地阐述党和政府的方针政策和法律法规；立论违背了准确性，就失去使人信赖的基础，甚至引起人们思想上和行动上的混乱。立论准确，舆论导向方能正确，方能为党和人民造福；否则，就会产生错误的导向，给党和人民带来祸害。

　　二、针对性较强。《四天能解决的事为啥拖了十年？》评的是宜兴土杂小区被占用了近十年的消防通道终于在媒体曝光后4天内就被清理干净这件事。评论直接针对管理部门的工作态度和工作效率问题，要求职能部

孙家老宅门口亲友合影

门的责任心和责任感更强一些。《可笑谣言为何还能热传》评的是作者发现一些人热传飞机在宜兴撒农药的谣言一事，针对的是当前人们普遍存在的不作鉴别，没有立场，随意转发信息的陋习，提出对一些无中生有的、影响社会安定的、有损文明的网络信息，就不应转发的观点。

三、有的评论表现出可喜的新颖性。新颖性有多种表现：论题的新颖，见解的独到，新鲜的事实材料作为由头或论据，选取新的立论角度，在交锋中闪现亮点。《振兴足球须剔除丑陋因子》评的是江苏苏宁与武汉宏兴两队比赛中出现的围殴这则新闻，提出中国足球积纳了太多的"丑陋因子"这个新颖的词语和新颖的观点，进而指出摆脱足球水平不高的窘境，需要循序渐进、脚踏实地的磨砺，而不是急功近利的"运作"就能见效，更不是靠毫无章法的"烧钱"。《"好人好事"值得奖励》，评的是市公路客运有限公司出台《"好人好事"奖励办法》、设立专项奖金这一新闻事件为选题的，针对的是人们对于"好人好事"是单纯采用精神鼓励好，还是必须有物质鼓励的思想疑虑，讲了一则"子牛受牛"的故事，并以子牛受牛后受到孔子褒奖为论据，提出在大力学习"雷锋式"无私奉献精神的同时，也不妨借鉴"子路受牛"的态度，给做好事者适当的经济奖励，从而鼓励更多人想做好事、敢做好事。这个论据的摆出具有突出的新颖性。

缺点

一、缺乏具有前瞻性的评论。前瞻性指的是能够及时洞察矛盾和预测将会出现的矛盾，尽早去探寻事物的内在规律及其发展趋势，进而设想出解决矛盾的办法和途径，以便站在时代潮流的前头引导舆论，推动事物的发展。立论的前瞻性表现在：洞察力、预见性和引导性。

如针对当前对于"莆田系"医疗问题，我们当地有什么教训和今后的对策？宜兴是否与恐袭绝缘，应该以什么样的态度对待？对这一些全社会关注的问题，发表一些预见性的言论，起到一些告诫和引导作用，即使不一定全对，不一定非常全面、非常深刻，能触及就好。表明我们的媒体与广大读者一脉相连、休戚与共，而且我们有着广阔的视野，有着敏锐的眼光，我们看得更准、更远。

陶都纪事（续）

二、标题不太吸引人。如《"好人好事"值得奖励》，这太老套了。文章写得不错，但是标题不见亮点、没有卖点。

（2016 年 6 月）

无锡日报宜兴记者站的创办经过

（代跋）

1983 年初，市管县体制开始实施。原由镇江地区管辖的宜兴县改由无锡市管辖，无锡市同时管辖江阴县、无锡县、宜兴县。为了适应新的管理体制，中共无锡市委机关报《无锡日报》决定在三县设立记者站。

一

那一年是改革开放烽火燃烧之年。当时《无锡日报》虽然是一张小报，却是有着光荣历史的党报，也是当时无锡全市唯一的周七刊日报。采编人员大部分还是老同志，其中新中国成立前进入报社工作的老报人也不少，且都是挑大梁者。无锡日报社开创了向全社会公开招聘新闻采编人员的改革举措，也是全国新闻界的石破天惊之举。大约在 5 月份，《无锡日报》连续发布招聘启事，招聘范围为无锡市一市三县。

当时的新闻职业是非常热门的。报名应聘者门庭若市，其中政府部门干部和教师占了相当大的比例。我当时在宜兴县中学（现江苏省宜兴中学）当教师，对记者职业充满着神秘感和挑战感。在报名截止日下班时分，我匆匆赶到宜兴县委宣传部报名。此时负责报名的老师就要下班回家，对我这最后一个报名者笑笑说："你再晚来一步，就报不上了！"

大约有 200 多人报了名。6 月份经过严格的笔试、面试，还有政审后，开始了录取工作。宜兴县参加应聘的录取了 2 名，我是其中之一，那年我 27 岁。江阴县和无锡县也各录取了 2 名。

我们这批新记者从 9 月 13 日起在无锡日报社接受了为期两个星期的新闻业务培训。我们这些家不在无锡城区的就住在中山路无锡浴室。培训结束后就分别分配到工商组、农村组、副刊组、青年组等等部门。宜兴县的

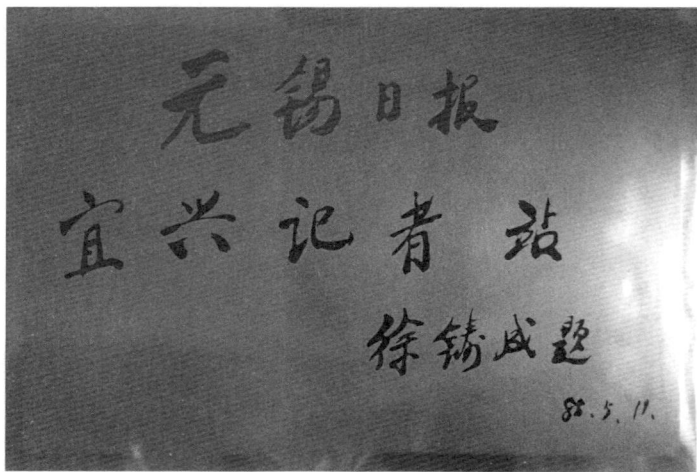

我国著名老报人徐铸成题写的无锡日报宜兴记者站站匾

我和杭国民，江阴县的华轩忠、杜庆华，无锡县的薛梨英、王斌分到农村组。接着就于 10 月初紧锣密鼓地分别奔赴三县创办记者站。

二

那是 1983 年 10 月 3 日，国庆假日刚过，农村组组长周衍带着我和杭国民到宜兴创办记者站。当时，无锡市委、市政府办公室专门下发了在江阴县、无锡县和宜兴县设立无锡日报记者站的通知，通知要求各县县委、县政府支持无锡日报创办记者站，明确记者站分别设在各县委大院内，而且把各站记者的姓名也附在通知上了。

那天我们首先拜访了中共宜兴县委书记姜启才同志，把无锡市"两办"的通知递给他。他微笑着说："这件事我已经知道了，我们会尽力支持的。宜兴是个很有特色的地方，可以报道的方面很多。虽然目前经济块头还不算大，但是我们丰富多彩的'盆景'是端得出的，希望《无锡日报》多报道宜兴。"然后手一挥，说道："记者站的办公室我们已经安排好了，我让县委办公室主任带你们去。还有什么要求尽管说！"

宜兴记者站设立在宜兴县委大院内。宜兴县委大院是个典型的江南大宅院，据说是艺术大师徐悲鸿原配夫人蒋碧薇的祖宅。它的正门朝北，在学前巷，后门在大人巷。有五六进房屋、天井，都是一层两层的木结构，中间还精巧地隐现着小花园。由于宅院足够大，县委所有机关部门都容得下。我们记者站在进大门后的第一排小楼，小楼共两层，楼上三开间，我们是第一间，另外两间是团县委。我们走上木板楼梯时，发出吱呀吱呀的声响，好像很久没有整修过了。这间房间的房顶很低、地板很厚很古，有点高低不平，踩上去会作响。老式的窗子不大，而且有大树遮盖，所以房间光线较暗，白天看报写稿也要开灯。有了房间，我们就跟着县委办公室和团县委的同志去搬办公桌椅，有两张办公桌和两张椅子是给我们准备的，深色雕花，厚重结实，看起来像是明清红木家具。我们奋力抬上了小楼。最重要的是电话，联系采访、与报社的联系发稿，都得靠电话。我们的电话是单独的，不在县委统一账号里，因此要自己申请装机。那时我们的电话线要从楼外另一个地方牵进来，周衍老师亲自爬上围墙拉电话线，协助邮电局职工在很短时间内装好了电话，下来时一身白灰。记者站电话号码为3702，账号为240，跟总部一挂，通了！杭国民家离城15公里，不能每天回家，他就买了一张简易床，搭在办公室里过夜。夜里有蚊子，要点蚊香。隔壁就是宜兴团县委，都是一批阳光青年，朝气蓬勃，干劲十足。我们相处融洽，他们很多重要活动我们都参加并报道。

三

记者站有了办公室，有了电话机，就具备了基本工作条件，我们便立即投入了工作。我虽然有文学爱好和写作基础，却从来没有写过新闻报道，连业余通讯员也没当过，刚开始真不知道从哪里下手，采访回来拿起笔来，却不知道第一句写什么。但是我最大的优势就是对当记者有浓厚的兴趣，而且有信心和决心当一名合格、优秀的记者。

我们跟着周衍老师边跑边学。46岁的周老师是一个让人敬佩的老记者，他性格直爽、待人真诚，业务水平堪称一流。他说："记者站成立没成立，不是看有没有办公室，有没有挂牌子，而是看我们记者站能不能把当地的新闻及时有效地报道出来？能不能在《无锡日报》上占一席之地？在党政机构和人民群众中产生的影响有多大？"

上世纪 80 年代初的交通条件和通信条件都比较差。出门采访，在城里基本是骑自行车，下乡是去汽车站排队坐农村公交车，到了乡镇再转坐敞篷"三卡"到村子，一个来回在路上的时间起码要半天，满头满身都是泥灰。山区更难，基本上是步行和爬山。有时采访结束时末班车已开走了，只好找个最便宜的客栈住下，蚊子臭虫常伴左右。

记者站的发稿是一件麻烦事。那时没有传真机，电脑、网络、手机还没有诞生。写稿叫"爬格子"，一般的稿件起码写两遍，一遍草稿，一遍誊写。誊写的字迹要写得正而清，否则编辑和排版人员难以看清，会出差错。稿子写好后，就插进信封到邮局去寄，一般当天寄，第二、第三天才能到达无锡日报社。如果是急稿，就电话口报。那时没有直拨电话，要向长途台挂号，然后就在电话机旁等待接通，这个过程快则三五分钟，慢则半小时一小时，是相当煎熬的。电话接通后，我在宜兴这一头握着话筒，看着稿子一字一句念，编辑在无锡那一手握听筒，一手握笔，一字一句地记。声音时清时不清，每人的口音有差异，有时一句话、一个字要重复好几遍，同音字、名字、数字、专有名词最容易搞错搞混。一篇五六百字的稿子，要报半个多小时，编辑都很耐心，不厌其烦。偶尔也有不耐烦的，直嚷嚷："听不清、听不清……寄吧、寄吧……"

四

我进无锡日报社时总编辑是尤纪泉同志，他是新中国成立前进报社的老新闻工作者，在新闻界有一定的知名度和影响力。开始我们叫他"尤总编"，他很认真地纠正："不要叫我总编，叫我老师就是了！报社没有什么官！想当官的、想发财的就不要进报社来。"从此我们都改口叫他"尤老师"。从此我们知道，新闻界"老师"就是"老大"。尤老师很关心我们宜兴记者站的创办，亲自来过几次，在县政府招待所吃饭时要求同行用餐的人平均分摊费用，他自己先掏钱。他很注重对新记者的教育和培养，总是要求我们抢独家新闻、争头条新闻，还勉励我们说："不想当将军的兵不是好兵，不想当名记者的记者就不是好记者。"这些话我一直都当座右铭记在心头。

在报社老师的指导下，我在建站后最初的两个月内连续上了两个一版头条新闻，一条是《宜兴县严格书场管理　清除精神污染》，另一条是《宜兴县积极支持发展种田大户》，对当时的社会有较强的针对性和导向性。紧接着是报道江苏省首次高等教育自学考试的短新闻《考场巡礼》，其典型采访和现场描写当即受到报社领导的公开表扬。新记者连上头版头条，并受到报社领导表扬，确实会让人刮目相看，更重要的是会极大地增强新记者的自信心，也就会对新闻事业产生热爱的激情。

驻站记者需要尽快建立当地的联系网络。我们除了与宜兴县委县政府建立上层联系渠道外，还开始与宜兴本地的报社、电台建立了密切联系，宜兴日报社总编辑许周溥等老新闻工作者给了我们不少帮助。我们还与当地许多通讯员建立了交流合作关系，成了好朋友，并且组成了由各机关团体、各乡镇的骨干通讯员为主的通讯员网络。我经常应邀去他们组织的通讯员培训班讲课。后来我们举行过多次无锡日报宜兴通讯员会议，表彰奖励优秀通讯员。渐渐地，无锡日报宜兴记者站的名声响了、人脉多了、地位稳了，工作局面逐渐打开了，犹如在新闻舞台上拉开了一道闪亮的大幕。

1985年5月11日，我国著名老报人徐铸成先生来故乡宜兴，我闻讯即前往宜兴宾馆拜访他。他已年过八旬，与我一见如故，侃侃而谈，欣然为无锡日报宜兴记者站题词。由徐铸成先生题写的"无锡日报宜兴记者站"牌匾至今仍然挂在记者站。

无锡日报驻宜兴记者站创办至今33年过去了。记者站人员也历经多次变动，但是我不改初心，坚守岗位直至退休。当记者是不简单的，有时甚至是艰难的，但是我觉得当记者每天早上都会看到一个新的太阳，会得到极大的新鲜感、挑战感和成就感，这也就是人生价值的实现吧。所以，我越来越理解和认同《人民日报》原总编辑范敬宜先生说过的一句话："若有来生，我还当记者。"

是为跋。

许元强
2016年8月于江苏宜兴

图书在版编目（CIP）数据

陶都纪事：续/许元强著．—上海：文汇出版社，
2017.2

ISBN 978-7-5496-2004-3

Ⅰ．①陶… Ⅱ．①许… Ⅲ．①新闻报道—作品集—中
国—当代 Ⅳ．①I253

中国版本图书馆CIP数据核字（2017）第018689号

陶都纪事（续）

著 者 / 许元强

责任编辑 / 许 峰

装帧设计 / 李树声

出版发行 / 文匯 出版社

上海市威海路755号

（邮政编码200041）

印刷装订 / 苏州华美教育印刷有限公司

版 次 / 2017年2月第1版

印 次 / 2017年2月第1次印刷

开 本 / 889×1194 1/16

字 数 / 250千

印 张 / 26.75

ISBN 978-7-5496-2004-3

定 价 / 68.00元